七、獎項：
「人間魚詩社年度金像獎」：得獎者三名，得從缺。
第一名：獲得獎座、獎狀，出版詩集以及詩電影拍攝合約一紙。人間魚詩社並將協助出版詩集之行銷推廣。
第二名：獲得獎座、獎狀及拍攝詩電影合約一紙。
第三名：獲得獎座、獎狀及價值4000元以上之公益禮盒。
獲「人間魚詩社年度金像獎」第二、三名之詩人，得繼續參加金像獎詩人之選拔，直到獲得金像獎詩人第一名。

七、參選方式：
投稿至「人間魚詩社」臉書社團，或姊妹詩社推優選入《人間魚詩生活誌》有參選資格。

八、評選流程：
1. 初選
於上述平台投稿之詩作，一經選入「人間魚詩社月電子詩報」，即同時進入初選。

2. 季複選
入選「人間魚詩社月電子詩報」之作品，每三期將由人間魚詩社邀請外部名家組成評委，擇優選錄至《人間魚詩生活誌》紙本季刊，一年出刊四次。
第五屆由《人間魚詩生活誌》季刊第十六期至第十九期(2024年1月、4月、7月、10月出刊)，收錄該年度徵件期間所有經由月電子詩報選出的季複選作品。

3. 年度總決選
入圍年度金像獎詩人資格如下：
投稿詩作選入刊登於《人間魚詩生活誌》紙本季刊，總數達八首以上。
(2) 需有一首五十行以上長詩投稿。
(3) 需有投稿編年詩人體例三首以上詩作。
(4) 鼓勵多元創作，包括編年詩、雙語詩、攝影詩、長短詩、主題詩、自由主題詩等，各種體裁詩作均鼓勵投稿，至少三種以上。

於年度最後一次季刊發刊後(2024年10月)，人間魚詩社聘請綠蒂、蕭蕭、孟樊、楊宗翰等四位老師組成評審團，討論每位候選人於該年度進入決選之所有詩作，並選出「人間魚詩社年度金像獎詩人」得主，最多三名，得從缺。

九、年度金像獎詩人第一名，如經詩社邀請，須同意無條件擔任下三屆人間魚詩社年度金像獎詩人之評審。

十、人間魚年度金像獎詩人專刊：
評選結束後，將於下期《人間魚詩生活誌》季刊製作年度金像獎特輯專刊〈前往金像獎詩人的道路上〉，專訪年度金像獎詩人、邀請入圍候選人、得獎者專稿及收錄編年詩人詩作。

十一、詩電影專題：
獲選金像獎得獎詩人第一、二名，須同意詩電影拍攝搭配得獎詩作，配合於《人間魚詩生活誌》進行詩電影專題。

十二、注意事項：
1. 投稿作品需符合「人間魚詩社版規」及相關投稿規定。限未刊登於其他紙本或電子刊物的作品，亦不可一稿多投。如有違反，將取消參選資格，已得獎者，將追回獎項及獎品。

2. 投稿作品嚴禁抄襲與人身攻擊，如有相關情事，文責自負，人間魚詩社若因此產生損失或法律責任，由投稿者自負。

3. 投稿至「人間魚詩社」臉書社團之作品或經姊妹詩社推優選入之作品，即視同授權人間魚詩社將該作品刊登於人間魚詩社所發行的月電子詩報、《人間魚詩生活誌》紙本季刊以及相關出版刊物等。

4.人間魚詩社年度金像獎之得獎詩人或入選之詩人作者享有著作權，並授權主辦單位於著作權存續期間，享有不限時間、地點、方式利用或轉授權他人利用該著作之權利。著作人不得撤銷此授權，主辦單位亦不需因此支付任何費用。

5. 得獎者應配合相關出版計畫不得拒絕。

6. 人間魚年度金像獎詩人之詩電影拍攝合約，其內容包含「授權書」，關於智慧財產權之約定，以該授權書詳定之。拍攝期間為合約生效後一年內完成。如因故無法如期完成，將改以人間魚等值商品替代之。

7. 活動要點若有疑義或其他未盡事宜，主辦單位保留刪修之權利。

PROLOGUE | 總編輯來敲門

在遺忘與記憶之間 我們創造歷史　008

EDITOR'S ROOM | 編輯室手記

柔性的力量　010

SPECIAL PROJECT | 特別企劃

把生命極大化的女性——女力從政　012

危崖攀行——吳音寧的信念與行動 | 許麗玲　016

從診間到國會——林靜儀的生命激盪與結晶 | 許麗玲　032

家庭、學院、公共事務與政壇
——林志潔的斜槓人生和志業 | 黃智卿、許麗玲　048

跨界與銜接——苗博雅的創造改變與新世代政治 | 黃智卿、許麗玲　064

CONTENT

SPECIAL PROJECT | 特別企劃

公民版國政白皮書
2024，台灣準備好了嗎？

詹順貴、吳瑟致、苗博雅、沈有忠、
黃越綏、杜正勝、蘇煥智、張宇韶　078

VIEW POINT | 人物報導

飛越與沉澱的寫作之道
——陳銘磻的「大寫」人生｜郭瀅瀅　080

FEATURED | 青世代觀點

珊瑚復育：島嶼的海洋生物多樣性之路｜楊姍樺　094
在除魅權力的路上，我們能否站穩腳步｜蕭伶伃　100

IMAGE FEATURE | 為何是 / 不是 X X 圖鑑

寫真後話：專訪瀧本幹也 Mikiya Takimoto｜郭潔渝　104

ILLUSTRATION POETRY | 插畫詩

詩日記｜陳保如 × 郭瀅瀅　122

EXCLUSIVE | 田原評詩．日本詩選

迴避思想與邏輯——北園克衛其人其詩　152

FEATURED | 正青春

AI 時代，文學系的危機與可能——專訪靜宜大學台文系
系主任 申惠豐 × 教授 黃文成｜郭瀅瀅　168

FEATURED | 正青春

北教大校園詩選
詩氣，瀰漫芳蘭——北教大詩園綜覽｜孟樊　198
學生作者群：王昶勝、吳羽軒、林玉婕、洪熙庭、許心寶、廖子璇、鄭亦芩、賴宛妤

FEATURED | 名家詩選

林煥彰、林廣、白世紀、王宗仁、劉三變　209

SPECIAL ALBUM | 客語詩特輯

堂堂溪水出前村 在寂靜中成長的客語詩 | 陳寧貴

羅思容、陳美燕、黃碧清、江昀、葉莎、羅秀玲、彭歲玲、利玉芳、劉慧真、張芳慈、王興寶、邱一帆、劉正偉、陳寧貴　216

LONG POEM | 長詩創作

長詩創作：壯年自遣 | 蔡富澧　235

詩評：走進蔡富澧〈壯年自遣〉的嘲諷世界 | 林廣　239

ON THE ROAD | 走在金像獎詩人的道路上

人間魚月電子詩報 44 – 46 期 詩作精選　243

FOCUS | 焦點特輯 金像獎詩人們

第三屆「人間魚詩社金像獎詩人們」專輯　288

在疾病與療癒之間寫作──專訪丁口 | 郭瀅瀅　292

寫詩，探索存在或創造存在──專訪晚晚 | 郭瀅瀅　298

騎著童年的馬，踢開「未能解開的困惑」

──專訪江郎財進 | 郭瀅瀅　304

【人間魚詩社】發行人 許麗玲 | **社長** 綠蒂 | **副社長** 石秀淨名 | **社務顧問** 落蒂、孟樊、陳克華、楊風 、劉正偉、田原、黃文成 | **台語文顧問** 黃徙
年度詩人金像獎評審 綠蒂、蕭蕭、孟樊、楊宗翰

【編輯部】總編輯 PS. 黃觀 | **主編** 郭瀅瀅 | **詩作編輯** 文凡云、柯宛彤、曾子妮 | **視覺設計** 胡適維 、紀、Joanne
特約企劃 郭潔渝 | **攝影** 郭潔渝

【行銷業務部】行政總務 Juny Tseng、蘇曉妹 | **業務專員** 曾子妮 | **廣告諮詢專線** 0958-356-615
【會計部】會計專員 古桂美　**【印刷】**漾格科技股份有限公司 02-22235728

CONTENT

SPECIAL PROJECT｜詩電影專輯

《穿過日影的翅膀》：當生命化為薄霧——專訪郭潔渝｜黃靖閔　312

《刮傷廚房》：幽默雙關下的殘酷物語——專訪郭潔渝、陳保如｜黃靖閔　320

NOTE & COMMENT｜談詩論詩

鄭慧如說詩｜連綿語勢與意涵暈染——方旗詩例｜鄭慧如　330

大馬的詩．大馬的人｜繆斯鍾愛的女兒：美過的方娥真｜溫任平　333

說詩人｜詩的行規｜孟樊　338

雪城詩話｜新詩的功能與未來｜傅詩予　342

詩想筆記｜劉三變　345

那一年我們追的詩集｜山城手記 06 狩獵季節｜吳長耀　350

FEATURED｜凌煙閣

食柑仔蜜的方法｜凌煙　354

COLUMN｜專欄

無名老詩人的死前生活｜許丁江　358

再三想想｜一日詩人外兩篇｜落蒂　365

歷史的隱喻與再詮釋｜奧本海默存在的時代意義｜張宇韶　368

第七種日常的詮釋｜迷戀裡的夢想｜郭瀅瀅　372

【出版】
社團法人台灣人間魚詩社文創協會　10695 臺北市大安區基隆路二段 112 號 3 樓
電話　02-2732-3766 / **傳真**　02-2732-3720 / **E-mail**　service@pfpoetry.org
中華郵政台北雜字第 2356 號執照登記為雜誌交寄

出版補助單位

國立臺灣文學館補助 112 年度「優良文學雜誌補助」

初版一刷　2023 年 9 月
定價　300 元
服務專線　0958-356-615
投稿信箱　kuanhuang@pfpoetry.org
劃撥帳號　社團法台灣人間魚詩社文創協會 50466217

Printed in Taiwan

在遺忘與記憶之間
我們創造歷史

美國媒體《POLITICO》報導，英國國會下議院外交事務委員會於 8 月 30 日發布的印太戰略報告中說：「台灣已經是一個獨立國家，國名是中華民國。台灣擁有具國家地位的所有資格，包括常住人口、界定的領土、政府，以及與其他國家建立關係的能力，只是缺乏更廣泛的國際承認」。

英國執政黨委員會主席克恩斯（Alicia Kearns）說，這是英國國會報告首度做出這樣的聲明。克恩斯還表示：「我們承認中國的立場，但我們不接受這樣的立場。外交大臣必須堅定地、公開地支持台灣，並明確表示我們將維護台灣的自決權。」克恩斯又說：「此一承諾不只符合英國的價值觀，也是在向全球獨裁政權傳遞尖銳訊息，表明主權無法透過暴力或脅迫手段取得」。

近年來，許多民主國家紛紛表態支持台灣並承認其獨立的國格。然而令人不解的是，台灣內部直至今日，竟然無法凝聚共識，並且自我承認台灣是一個獨立的國家。

2024 大選將至，我們的社會又進入眾說紛紜、喧嘩吵鬧的狀態，藍綠對峙、意識形態分裂，這會是一場集體的混亂，或是具有象徵意義的「過渡儀式」（Rite of Passage）？我想，關鍵在於每一位公民的自覺！

《人間魚詩生活誌》從文學出發，也觸及國內外各種議題，我們認為，喚醒每一位公民對政治與社會議題保持好奇和關注，是媒體的責任。

延續上一期〈台灣這張考卷〉議題，這一期我們特別企劃了〈公民版國政白皮書〉，然而在策劃期間，社會發生了一連串的性騷擾揭發事件，「Me too 運動」掀起的傷痛，撕破了我們原本對「台灣性別平權已逐步落實」的想像。長久以來，女性面臨的危險處境再次被討論；作為一個進步的國家，我們所有公民需一起努力，成就彼此更好的未來。

重整腳步後，我們邀請多位專家學者參與新的〈公民版國政白皮書〉討論，讓更多國政議題能被看重，其中曾任教育部長的杜正勝院士提出的「國格」與「國家精神」，值得正視。許多人希望台灣成為一個「真正的國家」，但甚少人提出如何面對過去、凝聚共識並且指出未來。杜正勝認為，台灣的領導人應指出台灣的「精神價值」，以此建構國格。這個精神價值來自於，面對過去的種種，和深刻了解台灣這片土地上所發生的歷史與人的處境。

政治評論者張宇韶也提出他的國政建議，此外，他還為本刊撰寫「歷史的隱喻與再詮釋」——〈奧本海默存在的時代意義〉，從電影奧本海默探討「美國 1930 年代，社會左傾、曼哈頓計

01
總編輯來敲門
PROLOGUE

文 PS. 黃觀

畫替代方案、美國冷戰初期核子戰略」。張宇韶在這次的「Me too 事件」中捲入性平風波。我們絕對尊重並支持女性權利，同時，我們也相信，台灣需要更多知識份子貢獻所長——尤其，我們正面臨民主體制與國家主權的關鍵時刻。因此，我們仍希望，這兩篇文章的價值能被看見。

本期推出了雙封面，其一以文學為主軸，扣緊本次報導的作家陳銘磻，另一封面則是以時事為主軸的「女力從政」。我們報導了四位代表民進黨參選立委的女性，在一片性平議題中，女性自覺、主動參與公共事務的力量也呈現出民主台灣不同的樣貌與未來。

這一期的內容極度地豐收，相信這將會是《人間魚詩生活誌》的常態與特色。

除了「詩電影」、「長詩創作」、「談詩論詩」、「田原評詩．日本詩選」、「走在金像獎詩人的道路上」、「名家詩選」等精彩單元外，本期「為何是／不是 XX 圖鑑」透過視訊方式，訪談了日本著名平面攝影師——同時也以電影攝影師身份參與是枝裕和電影拍攝的瀧本幹也（Mikiya Takimoto），不僅呈現精彩的訪問內容，也獲得刊出大師作品的授權，這絕對是一場視覺與文字的饗宴；而在生活層面，喜愛料理的作家凌煙在本期「凌煙閣」專欄中，分享〈食柑仔蜜的方法〉，讀來令人口頰留香。

另外，由陳寧貴擔任客座主編的「客語詩特輯」，也期待讓讀者從中體會客語的語境與詩意；詩壇前輩及兒童文學作家林煥彰，在本期以詩紀念詩人羅行，羅行曾任《人間魚詩生話誌》的義務法律顧問，在追悼詩人的同時，我們更感念他對本刊的奉獻；本期「青世代觀點」，蕭伶伃以〈在除魅權力的路上，我們能否站穩腳步〉一文，討論台灣的性別平等；楊姍樺的〈珊瑚復育：島嶼的海洋生物多樣性之路〉則讓生活在島國的你、我對於海洋生態有進一步的認識。

年輕世代的創作也是本期特色之一，除了「正青春」單元中，收錄了由孟樊擔任客座主編的「北教大校園詩選」、靜宜大學台文系的學生創作、還有趣味性十足的「插畫詩」，洋溢著滿滿的青春氣息。

目不暇給但又不想錯過任何一篇，我們只想呈現美好！

不論是文學、政治議題、視覺藝術、生態環境或是性別平等，透過《人間魚詩生活誌》，我們看得到，台灣充滿了生命力與多元的世界觀，用文字與圖像，我們一起創造歷史——在遺忘與記憶之間。

02 編輯室手記

EDITOR'S NOTE

文 郭瀅瀅

遲來的「夏季號」——時序進入秋天，終於送到了讀者的眼前。在此，要先謝謝所有受訪者、詩人、創作者、作者群們對我們延後出刊的諒解。面對許許多多的情境變動、單元的擴充、調節或重整，經常感到鍛鍊與跨越便是一份結合詩歌與時事的刊物，必然面對的挑戰之一。而每一期，我們總擔心頁數太多、重量太重而閱讀不易、攜帶不便，但漸漸地，我們不再擔心它逐漸增長的份量與厚實，期望以「雜誌書」的形式呈現我們所擁護的價值、希望延續討論的議題與所投入推廣的文學。

本期以文學為主軸的人物報導，專訪了具作家、作詞人、出版人、編劇、電視節目主持人等多重身份，且為「報導文學先鋒部隊」的陳銘磻，以回憶錄、傳記性的方式，希望留下陳銘磻五十多年的創作生涯裡，為「文學」奔走的軌跡，也從中探詢，一位「大寫」的寫作者的感性與熱情、生命中較為隱密的情感與經驗、透過作品呈現的不同自我，以及，一個敏銳而情感豐沛的寫作者，如何以外在行動回應對文學的愛與初衷。

而「詩」是如何作用於詩人的生命中？個人的生命如何被詩所承接，並將之作為內在的歸屬？本期訪問三位「第三屆人間魚詩社金像獎詩人」，邀請讀者透過詩人對自身作品的詮釋、對生命經驗的回望與文學養成的爬梳，貼近詩人的情感體驗、走進已然消逝卻留存於詩裡的意念、仍在發光的創作當下。

柔性的力量

上一期，我們透過每日不斷與 GPT-4 提問關於「2024 台灣總統即將面臨的 33 道關鍵議題」，企劃了〈台灣這張考卷——給未來的總統〉，本期以文學報導持續了 AI 主題並走訪校園，訪問了靜宜大學台灣文學系，系主任申惠豐教授與黃文成教授，談談在少子化的危機、重理輕文的當前社會情境下，人文學科彷彿面臨寒冬般的嚴峻挑戰，而較少走進大眾視野的台文系，是如何看待與定義自身？以及在 AI 時代，文學系的危機與可能——是價值日漸衰微，或迎向一場充滿可能性的新局？兩位教授的談話彷佛一面推向眼前的鏡子，不僅映照了在全球結構性的問題下，人文學科的現實處境，也提醒了人文研究者無法迴避的自我追問與反思。

而一份結合時事與詩歌、結合了文學與藝術的刊物，自第六期改版出刊以來至今，無喘息地走到了第十四期，是不可思議的路程，而當每一期在審慎的構思下被具體地實現，我們便再次遺忘了曾有的艱難，遺忘了中途的跋涉與「必經」——而以一份刊物的發展與歷史而言，我們仍舊還很年輕——我們期望能反映時代的精神、讓不同領域與族群在此相互觸及，也期望成為創作者的美好空間，以及結合了時事與詩歌、文學與藝術的，一道柔性的力量。

吳音寧

把生命

吳音寧 林志潔
林靜儀 苗博雅

林志潔

林靜儀

極大化的女性

女　　力　　從　　政

前言

撰文 **編輯部**

女性獲得權力時，壁壘就會崩塌。當社會目睹女性的能力所及，當女性目睹女性的能力所及，就會有更多女性各盡其能，而我們所有人都將因此受益。

——美國女性大法官 金斯伯格（Joan Ruth Bader Ginsburg）

金斯柏格作為美國第二位高等法院的女性大法官，她的一生充滿傳奇，因為不輕易妥協且能仗義執言的鮮明性格，人們稱她為「聲名狼藉的金斯伯格」（The Notorious R.B.G.），「Notorious」原本是負面的形容詞，在她身上卻變成大膽、勇敢的代名詞。金斯伯格曾說：「有時候人們問我，在九位最高法院大法官中，要有幾位女性才足夠？我回答：九位。人們對這個答案表示驚訝，但當大法官由九位男性擔任時，卻沒人對此提出質疑。」這句話也指出作為先進的民主國家，美國男性主流思維直到二十一世紀仍然在政壇上具有主導地位。

2016 年我們選出第一位女總統，並在 2019 年通過同志婚姻合法化，今年三月，民進黨女性立委蔡培慧宣誓就職時，立法院長游錫堃表示：「台灣的女性立委比例近四成三，勝過美國、加拿大、日本、韓國、英國等國家，是全球民主國家前段班，更是亞洲民主國家之首」。這些年來臺灣的政壇越來越多女性與跨性別人士參與，我們正朝向健全發展的民主國家努力邁進。

這期封面報導，編輯團隊特別企劃了「女力從政」專題，邀訪了今年 6 月民進黨「民主大聯盟」跨黨派徵召的三位女性立委候選人：吳音寧、

ABOUT 黃智卿

左手寫報導，右手寫公文。喜愛觀察日常事物，認為生活是一種自我實踐。喜愛山、喜愛土地，關注環境、文化、社會，堅持認識一個地方最好的方式是用腳走過，行動與思辨同等重要。

ABOUT 許麗玲

不務正業的宗教學研究者：認為宗教研究在實踐不一定在學院。不商業的品牌創辦人：相信品牌是從品質到精神的一致性。不做則已的刊物發行人：相信一本用心的《人間魚詩生活誌》能讓臺灣更好。

林志潔與苗博雅，再加上臺中第二選區競選連任的林靜儀立委。在訪談中，我們發現這四位女性候選人都是全方位開展、兼具勇敢與智慧的女性：吳音寧穿越「北農事件」的網路流言攻擊，仍然不改初衷，希望能貢獻專長，改善彰化家鄉既有的農業問題，並且推動永續發展的農業政策；以婦產外科專業長年投入女性議題的林靜儀委員，她的婦女關懷、年輕人居住正義還有地方發展規劃與推動，獲得地方選民的肯定與支持；有「法律女王」之稱的林志潔，身為女兒、妻子與母親，同時也是教授、法學專家、和雙親的長照者，她的時間管理與專業能力都令人讚嘆；現任臺北市議員、社民黨的苗博雅正緊鑼密鼓地挑戰明年的大安區立委，她也是首批公開女同志身分的市議員，有著法律系背景的苗博雅，她的思路清楚、評論時事有條不紊並且還充滿幽默感，她也擅長利用網路平台傳遞理念。

在這個專訪企劃中，我們加上「番外篇」的撰寫，針對每一位候選人的特質或是她的挑戰，我們以幽默的手法來呈現臺灣選戰的另一個層面並且搭配有趣的插畫，我們想要傳達的是：民主社會中看起來紛紛擾擾、眾聲喧嘩的選舉活動以及政治對手之間嚴峻的攻防，其實從社會學的觀點來看，那是某種社會秩序的解構與重建的過程。民主社會中的選舉除了具有實質的功能之外，從象徵意義而言，它也是一種「儀式」，而「幽默」正是儀式中讓聖俗同在、化危機為轉機的重要媒介。

透過這個專題，我們想與讀者共同見證：當生命極大化時，性別、身分不再是一種限制，而是不斷地跨越與展現！

危崖攀行

吳音寧的信念與行動

/ 女力從政 /

ABOUT 吳音寧

彰化縣溪州人，就讀彰化女中，東吳法律系。曾為作家、記者、編輯，出版過《蒙面叢林》、《江湖在哪裡？台灣農業觀察》、《危崖有花》等書，因為對家鄉的使命感，進入溪州鄉公所擔任主任秘書，2017 年獲邀擔任台北農產運銷公司總經理，堅定推動市場改革，確保農民權益。2023 年 6 月獲民主進步黨以民主大聯盟模式徵召參選彰化縣第三選區 2024 年立法委員。

採訪 **許麗玲、黃智卿** | 撰文 **許麗玲** | 攝影 **郭潔渝**

閱讀吳音寧、走讀濁水溪

為了專訪吳音寧，今晚入住西螺鎮上的商務旅館。夜色中車子行經鋼鐵桁架造型的西螺大橋，橋下是全長 180 多公里的濁水溪，這條台灣最長的河川因為夾帶著大量的泥沙而得名。

濁水溪下游在西部平原沖涮出許多支流和肥沃的沖積平原，濁水溪沖積扇也是台灣面積最大的沖積扇，範圍佔彰化縣及雲林縣的大部分，更是台灣重要的農業生產地區。

根據彰化縣政府農業處的資料，彰化縣一半的土地都用於農業生產：雞蛋一年可生產供應約 35 億顆，全台平均每 2 顆雞蛋就有 1 顆來自彰化；牛奶年產逾 11 萬公噸，平均每 4 瓶就有 1 瓶來自彰化；縣內葡萄產量居台灣之冠，產量更佔全國近 50%。

早年台灣稱港口交易的商業工會為「港郊」，台語中常見的：「頂港」、「下港」，指的就是以濁水溪為界；河流北面的港口為「頂港」、南面的港口稱為「下港」。頂港、下港各具不同的農、商經濟型態和人文風情，形構出濁水溪兩岸獨特的水土與人文樣貌。被喻為「母親之河」的濁水溪，可以說是承載了台灣歷史記憶的「大河」，要了解吳音寧必得走讀一趟濁水溪。

吳音寧的家鄉溪州位於彰化縣最南端，這個地名源自濁水溪下游的兩條支流：東螺溪與西螺溪之間的氾濫平原，「溪州」就是「溪上的沙洲」。

從小在父親的書房中閱讀各式書籍和黨外雜誌，吳音寧的大學志願只填寫法律系，因為她「想要成為一名人權律師」。大學畢業後她沒有從事法律相關行業，而是到報社擔任編輯，沒多久她辭去媒體的編輯工作去到美國。在偶然的機緣下和表哥一起進入墨西哥探訪「查巴達民族解放軍」(EZLN) 自治區，因而撰寫了《蒙面叢林》一書報導了這段經歷。

這本書的字裏行間呈現出在資本主義、自由市場的運作下，墨西哥原住民被剝奪土地的命運悲歌。

這首土地與人民的悲歌不只出現在墨西哥的叢林，二戰結束後它也在世界其它角落陸續響起：歐美國家的城鄉差距伴隨著越來越巨大的貧富差距；發展中國家先後成為世界工廠之後，也付出環境污染、農民消失、鄉村空化的巨大代價，台灣不例外地也在相同的命運列車上急速行駛。

台灣的農業悲歌在 2003 年底，被一連串的「白米炸彈事件」給敲響：來自彰化 25 歲的年輕人楊儒門，先後在公共場所放置 17 顆「白米炸彈」，他要求政府正視農民生活困境。

當時台灣的民主政治已經進入政黨輪替的第三年，但是，無論政黨如何輪替，農民的生活永遠是最先被犧牲卻也是最後受到關注。

楊儒門事件讓吳音寧深受震撼，2005 年楊儒門入獄服刑後，吳音寧和他書信往來，並將楊儒門的信編輯整理成《白米不是炸彈》一書。同時，她也翻閱大量資料、爬梳臺灣五十年來的農業發展史，在 2007 年出版《江湖在哪裡？——台灣農業觀察》25 萬字的巨著。

這之後，吳音寧留在自己的家鄉，幫忙當選溪州鄉長的表哥，2010 年她進入溪州鄉公所擔任秘書。

鄉公所秘書的薪水微薄，但吳音寧全心投入，她對於農村大小事能夠如數家珍，並且也帶動了不少改變：例如「田裡的營養午餐——溪州鄉立托兒所在地食材計畫」，將食材標案的決標制度從「最低價標」改成「最有利標」，讓三百多個溪州的幼童可以吃到豆漿、蘿蔔糕以及在地的蔬菜和稻米，取代原本由食品供應商提供的香腸、沙其馬和餅乾。看似簡單的改變，其實串連了相當多的人力與物力，但也建立了從幼兒飲食健康到食農教育的最佳典範。

2010 到 2012 年間吳音寧以及她的父母還致力於「國光石化」和「中科搶水」的反抗運動。一方面，她在體制內的鄉公所推動改變，但同時又跳脫體制，反對政府不顧地方需求所進行的開發案。

成功擋下兩個開發案之後，2013 年，吳音寧協助成立社會企業「溪州尚水農產股份有限公司」，促成更多的農民進行無農藥的友善耕作，並幫忙推廣銷售；2017 年 6 月吳音寧接受農委會主委陳吉仲的邀聘，擔任台北農產運銷公司（簡稱北農）總經理一職。

作為全台最大產銷蔬果平台，北農經營權牽涉的不只是蔬果銷售，而是長期以來被把持的龐大利益與權力結構。吳音寧一上台就遭到國民黨市議員質疑她是否看懂財務報表，她回答：「我有認真學習」，這句話被放大詮釋為：「坐領 250 萬年薪的實習生」，而 2018 年 2 月爆發的「北農事件」更讓她飽受各種不實的指控與攻擊，她也在 2018 年 11 月離開北農總經理的職位。

離開北農之後，吳音寧繼續推廣溪州的有機栽種，並著手寫作。

今年 6 月 14 日，民進黨召開的立委提名「民主大聯盟」記者會，宣佈徵召吳音寧參選 2024 彰化第三選區立委，記者會上她以清晰、堅定的語氣再三說著：「我回來了！」

父母都是教師退休，父親是得獎無數的鄉土詩人。出生並成長於家鄉的吳音寧除了原生家庭提供的環境之外，她的人格養成也與濁水溪沖刷而來的肥沃黑土平原有關。

從學運到農運，從關懷南美洲雨林原住民到台灣農村的處境、從環境生態到人文生態；從彰化溪州鄉長秘書到北農總經理及至參選立委，吳音寧的信念與行動有哪些堅持與轉變？

接受民進黨徵召成為彰化第三選區立委候選人，面對競選對手在地數十年的龐大財力與勢力，經歷北農事件的抹黑，吳音寧為什麼再度選擇投入政壇？

查閱維基百科，吳音寧的身分是：女性作家、農村運動工作者與政治人物。實際接觸她，我們看到一個具有行動力、思路清晰、貼近土地又具文采的女性，她清澈的聲音、溫和的語氣中帶著某種不屬於語言本身的堅持。

閱讀吳音寧的著作，無論是報導文學或是詩篇的創作，她是一位才華洋溢且具有人道和土地關懷的作家。

除此之外，她還是地方創生的重要推手，她影響了一群年輕人住到溪州或是附近的農村，這些來自都市或是返鄉的年輕人，他們都受到吳音寧的影響，除了一起參與抗爭之外，也投入無毒農業的耕作或推廣。這群年輕人沒有固定的組織或團隊，但是共同理念形成的默契，呈現在一年一度的「溪州黑泥季」、老屋民宿或是有機耕作與農產品銷售等等，這群年輕人也將經驗分享給鄰近村落，協力其它有心在農村安身立命的伙伴。

這一切的發生都來自眼前這個帶著笑容緩緩訴說家鄉種種的女性，如果要用一篇文章來解讀吳音寧，那應該要從她的原生家庭、家鄉的水文、土地和地方歷史說起；而貫穿其間的應該就是滾滾流動的濁水溪！

濁水溪的江湖

2013 年公視陳添寶導演耗時 3 年拍攝濁水溪的記錄片，他發現濁水溪的上游清澈、中游「變臉」，到了下游竟出現人河爭水的慘烈狀況，導演感嘆：「濁水溪是條荒謬的溪，源頭竟是間廁所。」

這是一條深刻影響臺灣農業、人文、生態與政治的河流。

紀錄片中看得到美麗的山川，但也看到千瘡百孔的生態環境：從源頭荒謬的污染，一路往下的工程開發、水霸、攔河堰等等，到了下游含沙灰黑的水面，分不清是肥沃的黑泥還是污染，因為濁水溪下游正面臨工業區、畜牧業的廢水排放問題以及日漸沙漠化的河床等等嚴重的河流生態問題。

以「中科搶水」這件事為例：

溪州的「莿仔埤圳」（地方居民習慣稱之為「大圳」），開鑿於 1901 年，是台灣水利史上第一條官設埤圳，也是彰化縣第二大灌溉系統。這條大圳從溪州鄉大庄村引入濁水溪水，流經溪州、埤頭、竹塘、北斗、二林、芳苑、大城等彰化縣西南地區鄉鎮聚落，主幹線有 39 公里、支線 211 公里、分線 148 公里，形成大大小小、縱橫交錯的水路，灌溉沿線一萬八千多公頃農田，有名的濁水溪米大多來自莿仔埤圳所灌溉的肥沃水田。

2011 年中科四期因友達光電有意設面板廠，行政院提出從濁水溪引水的計畫，中科管理局向彰化農田水利會買水提供給光電業者，水利會還可以從中獲利。2012 年友達因財務問題取消設廠計劃，但水利會還是展開中科四期的中期用水工程，計劃在莿仔埤圳埋設每日引水 13 萬噸的大管，搶用農民賴以維生的農業用水。

當年吳音寧和她的父母號召鄉親以及藝文界人士反對這個與農搶水的工程，甚至不惜以肉身擋住怪手，還被工程包商以「妨害自由」、觸犯「強制罪」提告。上百名藝文界發出一篇〈一條即將被告的水圳〉的共同聲明，文中提到：「對音寧提告，也就是對農民提告，也就是對水圳的提告，他們憑什麼！誰可以對一條水圳提告？誰可以決定一條養活了千萬畝良田的水圳的命運？」

吳音寧在《江湖在哪裡》書中，對於台灣戰後五十年來的農業問題做了深度的觀察與剖析，作者描述台灣農村在工業化之後，迎來了：因過度使用農藥而造成農民健康的危害、工業用地排擠農地，大面積的農、牧用地遭到變更，其中，水資源更是台灣農村面臨的一大問題。工業及科學園區除了給當地帶來空氣和水質污染之外，工廠需要的大量用水也搶佔農業用水，無水可用的農民只好抽取地下水，這一來又造成地層下陷的問題。

除此之外，鄉間的公共建設往往來自開發案的工程需求所做的思考，而不是從村落環境、居民與土地之間的角度進行規劃。例如：百年大圳的莿仔埤圳因為配合「集集攔河堰」而重新設計並進行改造：原本美麗、可攀爬的人工壘石圳堤變成又深又高、表面光滑的 U 型水泥壁。這麼一來，許多人童年回憶中抓魚蝦、摸蝌仔的水圳，變成高窄、危險的水泥圳溝，稍有不慎就造成戲水孩童的生命危險（2022 年 9 月就有一名國小學童因此而命喪於莿仔埤圳）。

這篇專訪就是在臨近莿仔埤圳，名為「大圳屋」的老屋民宿中進行的。民宿是在反「中科搶水」之後，吳音寧協力當年一起護水的年輕人所進行的老屋改造計劃。老宅於 1968 年落成，是一位前牙醫師家族的私人住宅。屋子前後都有庭園，坐在涼爽的客廳中，看著前院花木的光影，寧靜的夏日午後，吳音寧的聲音迴響在老屋四面白牆及磨石子地板之間：「我心中有個美好的圖像，一個美好的農村願景圖，我相信它會因為有心人的堅持與努力而實現。」這幅「農村願景圖」是她剛進入溪州鄉公所時就動手畫下來的，十多年來，她仍舊朝向這個願景而行。

她說：「其實理想農村要的不多，就是我們會想要的事物能否在這裡出現：有學校（就近的孩童教育）、有一間書屋、一個小酒館、好吃的餐廳、方便的公共交通（可以讓人從住家到鄰近城市通勤上班）……。」吳音寧心目中的美好農村應該也是許多熱愛農村生活的年輕人的心聲，或許我們也可以想像，有這麼一天，吳音寧心目中的理想農村在台灣出現了：空氣清新、河海溪流乾淨、山間林木森森、村落擁有活躍的生活圈，更重要的是人們重新學會如何與大自然共榮共存，政府的經濟策略不再只是追求成長，而是朝向土地的永續和人民的幸福感而行。

書本與革命少女

吳音寧曾經說過：「寫作和參與公共事務是她的兩個愛人。」，從小就沉浸在父親書房的吳音寧，印象深刻的童年閱讀經驗是：國小五年級時躲在臥室的蚊帳中看完一整套「世界兒童文學」，一個暑假結束後竟然近視了！鄉下小孩不容易近視，她成為班上第一個近視的學童。

除了文學名著之外，吳音寧也閱讀楊逵、呂赫若、翁鬧等日治時代的台灣文學家，這些作品描述了資本主義社會的剝削與貧富差距，她也還記得自己在國、高中時看楊逵的《送報伕》感動掉淚的心情。

除了人道主義的文學作品之外，小時候也會從父親的書架最下層拿出「黨外雜誌」來看，這些為追求台灣的自由、民主而努力發聲的雜誌，深深影響吳音寧，她想要成為一個為人權發言的律師，因此大學的唯一志願就是「法律系」。

沒想到進入法律系之後，她發現法律系只教「法律」不教「人權」，因此，吳音寧大部份時間都在街頭，她還記得當年參與了抗議刑法一百條，大學期間在街頭的時間多於在課堂。畢業後吳音寧沒有參加律師執照考試，也沒有從事法務工作，不過她發現法律系的學程有助於日後參與公共事務。

如果直接問吳音寧在兩個愛人當中，她最愛的會是哪一個？或許這個問題不容易回答，但換一個方式問：「如果有一天家鄉的問題或是台灣的農村不再有這麼多問題，一切開始走上『理想農村』之路，妳會想要做什麼？」

我們原本以為吳音寧會回答：「那我就天天吃美食、閱讀，還有寫作。」沒想到她的回答是：「我想我會去更需要我的地方吧，或許是去東南亞或是南美洲國家……。」從這段話中可以感受到當年那個被楊逵的文字感動的革命少女仍然活在吳音寧的內心，而她想要落實人與土地連結的農村願景也沒有停止的時候。

吳音寧說：「我算是家中最叛逆的。生於1972年。是家中老大，有兩個弟弟。」她還笑著說：「很多人都以為當醫師的那個是我哥哥，但其實他是我大弟。」通常家中排行老大的女兒是最乖巧的，不過吳音寧好像天生帶著不容易妥協的個性，她想起小時候的一件趣事：「國小就開始不和父母妥協。有一次在國中當老師的媽媽認為學校的飲水機不是很乾淨，於是要我自帶水壺上學，但因為同學沒有人帶，我當然不要。媽媽說：『不帶就不要去上學啊。』那一天我就沒去上學，等媽媽傍晚回到家時發現，問我：『你就這樣沒去上學？』我只是簡單地回答她：『對啊』。還有，國中時上的是媽媽服務的學校，她要我搭她的車一起去學校，我就不想要，堅持自己和同學一起騎腳踏車去上學，但是弟弟就沒有任何異議地搭媽媽的車子去上學。」

不妥協的個性加上從小對人權的關注，從探訪墨西哥叢林的查巴達革命軍、剖析台灣五十年農業問題到實際推動理想農村，吳音寧的江湖路是一條需要持續堅持的土地與人的「農之路」。

政壇江湖

帶著好奇，我們問吳音寧：「時至今日，經歷過『北農事件』的風浪，妳還是當年那個冒險的革命少女嗎？」她帶著笑回答：「我看是沒有什麼改變。現在參選也是一種冒險。」

問起當年她為什麼會同意擔任北農總經理？她說：「當時我在溪州，是溪州鄉的主任秘書，我表哥擔任兩任鄉長。他認為我應該繼續選鄉長。當時我認為自己完全可以勝任鄉長的職務，沒想到會接到陳吉仲主委的電話，徵詢我有沒有興趣接北農總經理。我父親並不同意，他覺得去台北太複雜了。我表哥也認為我不適合去台北。但我還是決定接受。應該就是想冒險吧。」

「北農事件」發生時，網路充滿了大量的攻擊聲浪，事隔數年之後，仔細釐清整件事的過程，會發現那是一件充滿了惡意的媒體操作以及大量轉發假消息的事件，而攻擊吳音寧最嚴重的時期，也正是曾任北農總經理的韓國瑜競選高雄市長的階段，整個過程看得到中國試圖影響台灣選情的認知作戰手法。

當年被莫名誣衊的當事人至今並沒有得到任何「道歉」，甚至在吳音寧宣布參選立委時，同樣惡意的誣衊言辭又重新拿來針對她。

沒有是非、沒有真相、沒有輿論公義，我們正面對「資訊流量」決定一切的網路時代。

今年6月14日吳音寧在她的粉絲專頁貼文公告接受民進黨徵召，參加彰化第三選區的立委選舉。這篇文章在短短一、兩天內得到三萬多人按讚，三千多人分享轉發。貼文下方的照片是吳音寧笑著站在她家的稻田揮手，一整片金黃色的稻穗把她襯托得更瘦小。

如果說網路世界好像存在著一群不知名的惡意攻擊者，從吳音寧的臉書貼文得到的支持數，台灣有更多人是真心了解並珍惜這位熱愛家鄉與土地的勇敢女性。

2019年台灣基進黨曾經詢問過吳音寧，希望將她列為不分區立委，但當年她婉拒了。然而現在她反而選擇一條更辛苦的區域立委參選之路。

吳音寧說：「接受不分區立委的安排並不符合我的初衷，我的心不在政治，我想要幫助更多的人，我有理想要實踐。我一直認為各種位置都可以實踐這些理想，參與政治是一條比較直接的路。」

我們問：「當選立委後，想要推動什麼事？」

聽到這個問題，吳音寧專注且帶著急切地回答說：「有好多事，比如說，講了十多年的二林精密機械園區，究竟有沒有設立的必要性？如果當選立委，就可以直接詢問並影響這件事。我不喜歡畫大餅，但實際上有很多事是我可以協助的。比如說我們這裏的葡萄產量是佔全臺50%的。有人在二林試著做酒莊，結合觀光、農產加工及農業種植，然而葡萄種植目前有許多農廢問題需要解決，還有附近的芭樂栽種，都是值得去幫忙推動，讓產銷一線。養豬業有許多環保的問題，要如何去幫助解決

問題，這些都需要能做研究並且提供實質幫助。另外，雞蛋供銷、養雞場等等，都是未來我可以效力的事。還有，芳苑的蚵仔，因為溫室效應也遇到許多困難。總之，第一線的生產遇到許多問題，需要投入政治來進行改善或推動改革。」

相較於急切地想要為各式農業問題找到解決方法，吳音寧似乎並沒有太在意這次立委選舉的競爭對手背後所代表的龐大家族勢力，然而，每個人都知道吳音寧正面對著一場嚴竣的挑戰。

正如吳音寧的詩〈危崖有花〉所描述：

你說愛 像危崖一朵花
要去
要去
有點害怕
也要攀過去

參與公共事務正是吳音寧的愛人之一，吳音寧所參與的立委選戰可說是危崖攀行之路，但也是一條愛與勇氣之路！

番外篇

台灣啊螂的告白

撰文 許麗玲 | 插圖 陳保如

在夜幕低垂之時，我入住到西螺鎮上的商務旅館。這飯店看起來很新，到處都是白色：白色的牆面和白色的床單，洗好澡後躺在床上看書，忽然，我聽到一串細微的聲音：「嘿唷、嗨唷、嘿唷、嗨唷……。」

我四面環視，發現有一隻黑色的甲蟲，正努力從窗沿往我的床爬過來，牠推著一顆泥球，那哼哼聲竟然是牠發出來的。

我看著這隻小甲蟲，心裏想起吳音寧在《蒙面叢林》一書中翻譯由墨西哥查巴達民族解放軍（EZLN）副總司令馬訶士（Subcommandante Marcos）所寫的〈甲蟲德瑞多系列〉。

「我不會也遇到德瑞多吧？！」我心想。

「我叫做啊郎，你可以叫我臺灣啊郎！」

「天啊，牠可以讀我的心思？！」

「是啊，不然我們如何走避你們人類的手掌和鞋子？我們當然讀懂你們。」

我發現這隻自稱臺灣啊郎的黑甲蟲，應該就是台語所謂的「牛屎龜」。

「你叫做啊郎？」我心裡想著：這甲蟲有一個很「台」的名字。

「不是啊郎，是虫字邊的『螂』，我的學名就叫做『臺灣側裸蜣螂』又稱『臺灣推糞金龜』，所以請叫我臺灣啊螂或是啊螂！」這隻蟲子再次強調牠的名字。

我發現牠用後腳倒退嚕，推著一顆大牠兩倍的糞球，同時，也看到這甲蟲背上竟然還揹著一把小小的吉他。

牠說：「沒看過揹吉他的啊螂？要知道農村也有搖滾歌手的，我想請你幫我向吳音寧告白。」

「啊～向吳音寧告白？一隻臺灣糞金龜？！」

「沒有人能愛她勝過我啦，也沒有誰比我更適合當她愛人啦！」

牠讀懂我滿滿的「此話怎講」的疑問。

只見牠用長長的後腳將糞球小心翼翼地靠著牆面放著，然後慢條斯理地從背上拿下吉他，牠自彈自唱起來：

「誰能比我更愛她
我知道她愛我勝過任何
誰比我更愛她
誰比她更愛我
喔喔喔 比她更愛我
喔喔喔 比我更愛她
喔喔喔，沒有人，只有啊螂、台灣啊螂」

沒有什麼比聽一隻糞金龜唱歌更詭異的事了，更不用提那不成調的歌聲以及怪異的歌詞。但是，想到明天要採訪吳音寧，一整天滿滿

的行程，現在很晚了，和一隻甲蟲對話雖然很新奇，但我也不想就這樣無止境地尬聊到天亮。

啊螂放下吉他，走到（不，是爬到）我身旁，牠說：

「你們這些都市人，總是時間不夠。什麼事情會比替我向吳音寧告白更重要？即使要和你談到天亮，我都會進行。哼，時間不夠，你都六十幾歲了，還相信時間這種東西。」

「就是因為我年紀大了，更清楚時間寶貴啊！」

「你年紀不會比我大啦！」啊螂依老賣老地說著，頭上兩個觸角微微動了動。

我立馬拿起手機，好奇地查起台灣糞金龜的壽命，雄性糞金龜只有六十幾天的生命。六十幾歲的我至少多了這隻正在發情的臺灣啊螂好幾百倍的生命時間。

「不能用人類的時間來說我們，我們沒有時間，只有生命，沒有壽命。」

「你們用出生到死亡來說壽命，我們用生命來說生命時光，就是你們人類說的『命光』而不是『時間』。」

接著，啊螂清了清喉嚨，然後有模有樣地像個教授一樣演講起來：

「你們只有個人生老病死的時間，我們卻是生生不息的甲蟲生命——和所有生命一樣，但你們就是固執地想要不一樣，於是你們就只剩下個人的生老病死和永遠不夠用的時間。」

「那什麼是生命時光？」我問。

「生命來了又走、走了又來，每一次的春夏秋冬、每一片葉子、每一滴雨水，每一坨芳香無比的糞便，都是永不止息的生命時光。」

這話讓我想起埃及的糞金龜聖甲蟲，也是重生、復活與不死的象徵，這下子我的好奇心勝過睡意：「為什麼不死的甲蟲會愛上必死的人類吳音寧？」

聽到這話，啊螂的眼中露出（我打賭，我真的看到牠的眼神）情聖般的光芒，牠說：「你們所謂的文明來自於時間；或者說時間感創造了人類的文明。吳音寧不一樣，每一次她踩著泥土、看著天空，我都知道她在生命永恆的時光中愛著我。」

「我很不想傷害您（我在這裡用了您，因為不知為何，我有點尊敬起這隻奇怪的蟲子），但是說吳音寧愛上一隻甲蟲，這很難說得過去吧。」我很小心地在心中回應牠。

「你永遠也傷害不了我，我能推動比自己身形還大兩、三倍的糞球，只要有糞球可推，我會生生不息地出現，在推動糞球的同時，大地、星空還有世界也會被我推動著。我，台灣啊螂推動世界，與一切心意相通，我當然知道吳音寧愛著我。」說著這些話時，這蟲子用力地抬起牠的兩隻後腳，向我顯示牠雄性的力量。

接著，這傢伙動了動觸角，示意我向前，牠說：「請幫我傳達情意，告訴吳音寧，一定要讓她知道『我知道她愛我，我也愛她』，這對她來說很重要！」

看到我的不解，這蟲子說：「如果吳音寧能知道我知道她愛我，我也愛她，她會更有勇氣，因為愛無所不能！更有勇氣的吳音寧一定能贏取這場選戰，這是作為一個愛人的我，能送給她的最好的參選禮物——我的告白！」

對於這份愛的告白，我完全無言了。

隔天一早我是在滿室燈光中醒來，昨夜我竟然沒有關燈就睡著了，啊螂不知何處去，我甚至懷疑或許那只是一場夢。只不過，當我從床上爬起來時，感覺腳下踩到什麼東西，低頭一看，是昨晚被啊螂辛苦推過來的糞球！這傢伙真的來過，那坨壓扁的糞球似乎在提醒我一定要傳達牠的告白！

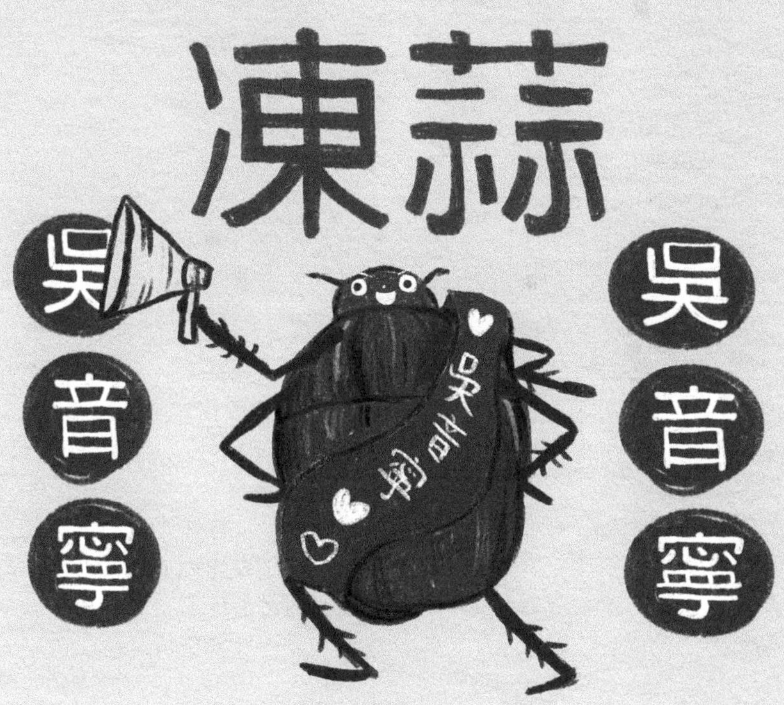

從診間到國會

女力從政

林靜儀的生命激盪與結晶

ABOUT 林靜儀

政治工作者，臨床醫師，斜槓寫作，出生於南投縣鹿谷鄉秀峰村，曾任中山醫學大學附設醫院婦產科主治醫師、台灣女人連線理事。現任立法委員，曾任無任所大使、中山醫學大學附設醫院國際醫療中心主任、民進黨婦女部及國際事務部主任，之後於 2022 年代表民進黨黨當選臺中市第二選舉區補選立委。現代表民進黨參選 2024 年立法委員。

採訪 **許麗玲、黃智卿** | 撰文 **許麗玲** | 攝影 **郭潔渝**

親臨生命第一現場

「如果你願意將你的一生，投入在一個非常關鍵的位置上……。」

——《與十九世紀傑出女性科學探險家相遇》第二章〈世界上第一位女醫生——布蕾克威爾〉（Elizabeth Blackwell）

十九世紀的美國女醫師（也是世界上第一位女醫師）布蕾克威爾，年輕時聽到一名年長的婦女告訴她，她可以成為一個學醫的良才時，當下她的回應是：「念醫學？我從來沒想過。要背一大堆骨頭的學科，太無聊了！」當年那位老婦人就回答她上面所引的句子。

剛進入醫學院時，林靜儀發現入門的挑戰就是必須背一大推生硬的醫學名辭，和布蕾克威爾及其它有志於醫療工作的人一樣，她接受醫療專業訓練過程的種種挑戰，只為了「將人生投入在一個非常關鍵的位置上」。

林靜儀在 2018 及 2021 年分別出版了《診間的女人》與《診間的女人 2》兩本書，記錄了身為婦產科醫師在診間所接觸到的產婦和女性患者。全書令人深思的是作者的視角，除了醫療專業之外，身為女性醫者，作者參與、見證了圍繞在女性生理事實之上所形構出的各式生命現場。

每天得面對數十甚至上百位門診患者，還有 24 小時待命進產房，在忙碌的問診和制式化的醫療流程中，林靜儀獨具隻眼地透視女性生命。

國中一年級時，林靜儀是全校第一名，校內老師說：「女生在國一都很容易拿到第一名，等到了國二，有物理和化學就會輸給男生。」這話讓她很不以為然，因此，她更努力在功課上表現，到了醫學院，更是發現醫療這個行業——尤其是外科醫師，幾乎是以男性為主。林靜儀在男性本位的環境中並沒有特別爭取自身的權益，反而要求自己要與男性的能力相當（甚至做更好）。

從中山醫學院畢業之後，林靜儀先後取得臨床醫學、分子醫學雙碩士和醫學博士的學位，在這之間，她累積了二十年的臨床工作經驗和十年國際醫療服務經驗，她的醫療專長是產前遺傳諮詢、高危險妊娠和青春期婦科。

這些專業成就都十分不容易，更不簡單的是林靜儀還同時投入公共事務和政治工作：曾任台灣女人連線理事，也擔任過行政院婦權會委員、民進黨婦女部主任及民進黨國際部主任。2016 年，林靜儀擔任民進黨第九屆不分區立委，也在 2022 年 1 月繼陳柏惟被罷免後，由民進黨提名並贏得台中第二選區第十屆立委補選，在服務中二選區的選民一年多之後，林靜儀繼續挑戰 2024 的立委連任。

林靜儀的對手顏寬恒所代表的是台中顏家兩代人、數十年的地方角頭勢力，雖然她在 2022 年勝選，然而，面對信誓旦旦要重新拿回立委席位的對手，林靜儀面臨的挑戰可謂空前巨大。

從專業婦產科醫師到問政犀利的國會議員，從診間到國會，林靜儀的視野是否能一如既往：穿越意識形態、性別與專業，落實於以人為本位的生命第一現場？！

問診：診間的性別處境

「我現在每兩個禮拜還有一次晚上的門診。對我來講，那算是一種選民服務。」林靜儀回溯她從實習至今可能接生過上萬個新生兒，有些之前接生的嬰兒現在都上大學了。

關於婦產外科醫師的職業生涯，林靜儀說：「大家都說政治圈工作壓力很大，可是當過產科醫師的人，會覺得這個壓力其實還好。」

婦產科醫師半夜會經常接到醫院的電話，這時必須要立刻清醒、進到醫院，並且在 10 分鐘之內準備好進產房。

林靜儀也提到：醫學界有九成的醫療奉獻獎都是男性獲獎的，而這些得獎的男性背後往往有著不知名的女性伴侶默默地支持和照顧。但女性醫師甚少會有伴侶的支持與照顧，她在職場上必須表現的和男性同事一樣；甚至能力還要更傑出，才有機會獲得肯定。

說起醫療職場的男性本位主義，林靜儀並沒有什麼不平的心情，她反而很開心自己能夠一路在專業上精進，沒有受到太大影響。最主要的應該是她看懂：性別議題貴在自覺。身為男性也有許多社會上的負擔以及文化對男性所帶來的影響。

林靜儀以台灣男性口腔癌、食道癌發生率為女性的 11 ～ 16 倍為例：「男性的口腔癌跟食道癌非常單純，是『社會文化性別』所造成的疾病。男性想紓解情緒或分享兄弟情感的時候，他們尋求的是抽煙、吃檳榔等對健康不友善的行為，而這兩種行為正是口腔癌及食道癌的主因。這是社會文化造成的，不是生理性別的問題，所以文化性別會造成健康問題。要減少這類危害健康的行為，必須要男性帶著自覺。」

台灣的醫學界一向以男性為主體，林靜儀

舉「國防醫學院」為例，這個臺灣最高層級的軍方醫學訓練學校直到 1994 年才首度招收女學生，很難想像女性在職場的選擇上仍然受到許多傳統制式的框架所限。林靜儀說當初會選擇婦產科是因為她喜歡外科，但是年輕的女性外科醫師，光是要取得患者的信任都頗具挑戰，實習階段她常遇到男性患者看到她就說：「我要找醫生，怎麼是護理師過來？」但是在婦產科，她的性別反而讓患者一見面就產生信任感：「她們會想，同樣是女人，這個醫生一定能了解我的問題。」

林靜儀的父母有兩個女兒，在她的原生家庭中並沒有「重男輕女」的問題，會特別留意到女性議題是從大學時代開始的，當年林靜儀參加的學校社團相當「左派」，社團的學長姐帶領的讀書會讓這些學弟妹們除了厚厚的醫學專科書籍之外，也關注起婦女運動和臺灣走向民主社會的種種議題。

現今快速變遷的網路資訊社會，很難想像還有多少女性受到傳統觀念的影響與束縛。在《診間的女人》一書中，林靜儀提到：「臺灣人幫女兒取名字：『嫻』、『淑』、『順』、『柔』期待她們乖巧聽話，不爭不求。」光是名字就是一種認知框架。名為「靜儀」但個性直來直往、問政犀利，很明顯地，林靜儀的獨立思考能力與勇往直前的性格並沒有受到太多傳統性別文化的影響。

然而，她也經歷過婚變，面對關係的斷裂，她走過女性生命中最難過的「情關」，這些傷痛她如實呈現與面對，沒有任何掩飾也無有留下怨恨。

從婦產科的診間看見女性身心的艱難之處，常有患者在她面前訴說壓力，林靜儀的門診和其它醫師不一樣，常被護理人員笑稱那是「護產精神科」門診。

二十年的臨床經驗，林靜儀看到女性從生育能力、胎兒性別、正確的性教育到準備懷孕，這一切，除了和生理狀況有關之外，也離不開傳統的道德、家庭和文化價值觀。林靜儀發現，婦產科不只是單純地面對各種症狀與疾病，女性在有限的生育年齡中充滿了各式問題，更不用提性病、婚生子女或非婚生子等等不同的生命情境與難題，人生好難，女人的一生因為生育能力而有更多的問題需要面對和克服。

林靜儀在書中記載了一名女性，因為婆婆想要一個孫子，而她只要再一次懷孕生產就會有生命危險，卻也來問醫師：「要如何才能懷上男嬰」，身為醫師，當然是告誡對方，不要只是因為婆婆想要一個孫子，而隨意冒著生命的危險。書中作者面對這名無奈又無助的女性，她感慨地說：「我很想伸手安撫她，但我的手再長，也無法伸出診間保護她。」

或許是這樣的「俠醫」情懷，讓「林醫師」離開診間進入國會，成為「林委員」。

問政：進入國會、挑戰連任

出生於南投鹿谷，林靜儀是在進入政壇之後才聽家中長輩提及，她的母親及父親的家族中，曾祖及祖父都曾經參與政治，祖輩有人曾擔任省議員及縣議員，外公還是到日本留學法律的。討論政治、關心社會議題在林靜儀的原生家庭中是很常見的。

大學時除了合唱團之外，林靜儀還參加了中山醫學院的杏園社，這個社團的讀書會選讀的書大多偏社會學與哲學，社員也都熱衷於參加社會運動，社團還有刊物出版，林靜儀的文筆就在那個時候得以發揮，她記得當年還參與媒體尚未解禁時所謂的「地下電臺」，為不公平的社會議題發聲。

2008 年林靜儀加入民進黨，因為 2007 年陳水扁總統推動「臺灣入聯公投」，當時對於民進黨以臺灣為國家主體的理念十分認同，因此透過醫學院的老師李茂盛教授推薦加入民進黨。林靜儀也提到：「2008 年民進黨的處境並不是很好，所以當我拿到黨證的時候，已經又是政黨輪替了。」

關於婦女地位、醫療、性別等國際事務，早在林靜儀加入民進黨前就開始投入，她曾經代表「臺灣女人連線」赴美參加相關論壇。

2007 年「臺灣女人連線」推薦林靜儀進入行政院婦權會，這之後，她先後擔任民進黨婦女部及國際部主任。2016 年擔任民進黨的不分區立委，林靜儀以醫療和性別專業進入立法院，雖然只擔任一屆不分區立委，但她在立委任內所表現的認真、勇於面對的問政風格，成為陳柏惟被罷免後民進黨挑戰中二區立委補選的最佳人選。

林靜儀曾經感慨地說過：「擔任醫生時，頗受患者信任，反觀政治人物卻是台灣行業中信任度最低的。」 但是，她在醫療工作中，看到許多政策和現實需求不符合，常常會覺得無力或忿懣，當有機會進入公共事務甚至加入政壇時，她雖然不捨醫療工作，但是心想：「與其在外圍抱怨，不如進來改變它！」林靜儀說：「這個從政的初衷直到現今角逐區域立委連任，都沒有改變。」

擔任不分區立委時，當有法案要推動、審議時，必須全天候留在立法院，林靜儀提起不分區立委與區域立委的差別：「就民進黨提名的不分區立委而言，每一位都有其特殊的專業背景，不分區立委會負責許多『能見度不高，但專業度很高的法案』。至於區域立委，因為是地方選出來的，所以區域立委除了要在立法院推動法案之外，許多時間必須回到選區進行選民服務。選區無論大、小事都與區域立委有關，從下水道排水不良、學校及地方公共空間的建設案到地方產業政策的案子，這些都是區域立委的責任。」

林靜儀再補充說：「區域立委還必須讓民眾覺得親近，所以每天有非常非常多的活動行程，可能跟政策或法案無關，但還是要參加。比如說廟會、進香或是地方的里民活動、清潔隊、地方志工、警界聚餐等等都要參與。而這些都有其必要性，因為民眾是透過這些場合接觸你的。」

林靜儀認為區域立委要贏得選舉，必須用心經營地方。如果要取得民意支持，必須靠地方經營、在地服務以及問政品質再加上形象魅力等等，她強調說：「如果真的要比較的話。我覺得區域立委更值得敬佩，在當不分區立委時，我是很敬佩區域立委的，因為知道他們的生活非常地忙碌與不容易，而他們是由民意所推舉出來的，這正是民主政治的關鍵。」

當選區域立委之後，林靜儀隨即投入忙碌的行程，她說：「當選隔天我沒有休息，而是馬上行動，為更長遠、更廣泛的民眾需求而努力。」

即將挑戰 2024 立委連任的林靜儀，她的對手顏寬恒所代表的是媒體稱為「顏氏王朝」的台中顏家。雖然兩次敗選，但是顏家深耕台中市，顏清標與兒子顏寬恒先後擔任五屆立委，女兒顏莉敏是現任台中市議會副議長，政治實力雄厚。在商界，顏家從瀝青買賣開始，經過數十年，版圖橫跨砂石、土地開發、旅宿、餐飲等，相關企業十幾家，顏清標長年擔任大甲媽祖廟鎮瀾宮董事長，顏家綿密的政商網絡與在地勢力，也是台灣角頭派系「權、錢」互生的寫照。

2012 年顏清標因貪污案終身不得選公職，由長子顏寬恒代替出選立委，順利當選第八屆及第九屆立委，直到 2020 年敗給基進黨的陳柏惟，之後又在 2022 年補選時再度敗北。林靜儀認為，中二選區的選民兩度用選票來證明地方期望改變，雖然顏寬恒這次抱著「勢在必得」的反攻決心，不過，她相信，選民看得見長期被把持的地方政治在改變之後所帶來的正面影響。這個影響她會持續下去。

但是，林靜儀分析這次的選舉比上次還具挑戰性：「全國性的立委選舉要突顯地方弊端的議題比較困難，因為閱聽大眾的注意力會被分散，上次補選能獲得全國的注意力，所以在網路宣傳上可以取得優勢，這一次就沒有這樣的優勢了，必須一步一腳印應戰。」

2022 年補選時，顏寬恒採取掃街拜票，林靜儀則是舉辦一場又一場的「客廳會」來接觸選民，這一次她沿用「客廳會」的方式，不一樣的是選民不再對她感到陌生。

顏家在極盛時期就連總統大選都具影響力，現今在區域立委選舉上備受挑戰，時局變遷，政治版圖正在改變，2024 年林靜儀是否順利連任立委，不只是她一個人的挑戰，它應該還具有臺灣民主政治能否脫離地方派系的指標意義。

年輕族群與未來展望

2022 年 1 月台中第二選區的立委補選，開票結果選示林靜儀在中二選區的五個區得票都高過顏寬恒，其中又以「屯區」的烏日、霧峰這兩區分別勝出 11.4 個百分點和 6.5 個百分點位居前兩名。

以烏日區為例，當地因為高鐵站及其周邊發展，吸引不少年輕族群入住，這個區域的人口結構可說改變最大，從林靜儀的得票可以看出她獲得年輕人的肯定。

中二選區接連兩次改變舊有的政治版圖，顯示年輕選票將會是臺灣民主社會和未來展望的關鍵，林靜儀也認為政治人物要能落實年輕人的想望，才能共創未來。

針對年輕族群最關注的居住正義，林靜儀有感於 2022 年 3 月台中市發生的違建大樓火災，這場大火造成六死、六傷的悲劇。事發後林靜儀重批台中市政府，她認為：有外住需求的學生、社會新鮮人、工作不穩定族群等等，都是社會弱勢者，台中市政府應該要幫助這些弱勢族群落實推動安全、適合居住且低成本的社會住宅。

身為區域立委，她也提出居住正義應該要從中央到地方落實「交通建設與產業發展並重的政策」：

均衡產業與交通建設，年輕人就不需要擠在大都市，都市周邊應該要有方便的交通建設，可以紓解交通工具和通勤時間成本，這應該是年輕人居住友善的第一步。

在都市周邊居住成本較低的地方，維持年輕人就業、就學、娛樂與生活需求，無須為了工作與生活便利，擠在都市中心。如果交通建設和其它適合居住的配套能夠完善規劃、落實建設，就能讓年輕族群獲得友善的居住機會。

第二就是：友善的租賃制度補助、購屋貸款補助以及社宅建置。

政府近年來推出抑制蓄意炒作、補助租屋、支持年輕自用住宅貸款等政策，再加上生

育補助、托育支持、育兒補助和年輕有幼兒家庭的稅賦減免，這些補助與財稅減免政策，都可以減輕年輕家庭的經濟負擔，如此一來，年輕人才有機會存下購屋頭期款。

關於社會住宅的規劃，林靜儀也提出她的政策：

如果在租賃條件友善的情況下，還是存在相對弱勢者，政府應該針對這些人規劃「社宅」，主旨是幫助弱勢者以更低的成本獲得居住空間，讓這些還在社會上努力爭取生存條件的人，他們的基本生活不會再受到租屋成本壓縮，甚至還能有機會存下錢，作為後續調整生活和改善居住環境的資本。

另外，社宅其實還有一個重要關鍵，就是建置在哪裡？

有意願支持年輕人的縣市政府，應該將社宅蓋在大眾運輸交通最便利、生活機能良好的地區，讓居住社宅的年輕人、年輕家庭、弱勢家庭，不但居住硬體成本由政府吸收，就連孩子就學、成年人上班，都能降低自備交通工具的成本。這才是社宅本意。

身為執政黨立委，林靜儀認為她能督促中央與地方政府，努力爭取資源，讓更多的年輕人願意在有山有海的中二選區建構他們未來的家園。

林靜儀相信：如果從中央到地方，都正視：「如何創造年輕人移住城市周邊」這個議題，臺灣的城鄉差距、居住正義和經濟穩定發展也都會獲得具體的展現。

溫柔堅定：女性信心之路

林靜儀的 Facebook 粉絲頁上這樣介紹自己：「政治工作者，臨床醫師，斜槓寫作與國際醫療、性別平等」， 無論是臨床醫療、公共事務或是政治領域，除了不讓鬚眉的專業能力之外，她還以「溫柔、堅定新中二」作為粉絲專頁的名稱及競選口號。她想突顯的是身為女性原本具有的溫柔、同理、務實和堅定的特質，這些女性特質也和對手顏寬恒所代表的父權社會中的角頭勢力以及政治家族的男性權力運作特質迥然不同。

不過，林靜儀直接、犀利的問政性格和直爽、一旦認定就不易妥協的個性，這些特質一點都不輸給男性，這個性格從林靜儀在 2014 年辭去當時由行政院長江宜樺聘任的職位可以看出一二：

2014 年 3 月雖然身為民進黨黨員，因為長年關注婦女運動，林靜儀獲馬英九政府聘請為行政院性平會性平委員，之後因為太陽花學運爆發 323 鎮壓事件後，她在學運演講台上公開辭掉性平會委員。

訪談中，林靜儀提起當年這件事仍然感到不捨與憤慨：「對這些孩子來講，他們當天晚上遭遇到巨大的國家暴力，那個衝擊實在太大了。學生們真的就這樣一個一個被打得鼻青臉腫，還有強力水柱驅離也造成許多人受傷，即使沒有受到身體傷害的學生，那個晚上眼見夥伴遭遇到國家如此的暴力對待，這些從小對台灣的民主體制有著相當程度信任的年輕人，他們的內心一定受到很大的衝擊。在整個太陽花學運期間，我和其他同事都很關注，不少中山

醫學院的學生從台中北上參與學運，而我們幾個醫生也會在下班之後上來臺北關心孩子，發生這種事情之後，我當然會很憤怒，我實在無法接受對學生使用暴力鎮壓的行政院長的聘書。」

除了醫師和政治人物的身份與角色之外，身為女性，林靜儀走過撕心裂肺、傷痛無比的婚變，為了療傷止痛，她參與更多的國際醫療服務，2010 年她二度參加北印度的國際醫療團隊，在一座藏傳佛教的寺廟裡，環視四周的佛像，她忽然對人生際遇有某種深刻的領悟，回來後在自己的網誌中她寫下：「背後有神，前面有路，何懼之有？」，這句話後來也成為她的人生座右銘。

訪談中林靜儀自在地大笑，對某些事情的憤怒或傷感也是直接流露，沒有任何掩飾，從政多年，她並沒有失去真情流露的性格。她提到做選民服務時，常有民眾說自己的幾個小孩都是由她接生的，或是有年輕人跑來說他是林醫師接生出來的。

林靜儀從一名參與和見證生命最初時刻的婦產科醫師，到進入政壇、實際參與臺灣的民主政治，她的競選心願是持續在臺灣民主政治的第一現場發現問題、改變問題並且創造更好的未來。

番外篇

眾神護臺灣：媽祖與註生娘娘論選舉

撰文 **許麗玲** | 插圖 **陳保如**

撰寫這篇專訪時，我看到一則今年六月底的報導：「民眾黨總統參選人柯文哲，前往大甲鎮瀾宮參拜，鎮瀾宮董事長顏清標出國，由長子顏寬恒接待。」我心想：「臺灣的民主發展還是脫離不了地方派系與政治之間的關係。」

同時，我也想到林靜儀醫師接生過數千甚至上萬名新生兒的記錄，腦海中出現民間信仰中「註生娘娘」的形象，我認為：每一雙安撫產婦、接引新生兒的手都可以說是註生娘娘，或是註生娘娘的助手「婆姐」的雙手。

顏寬恒家與大甲媽祖廟的深厚關係，他的立委選舉對手林靜儀醫師則像註生娘娘一般。我好奇，不知道媽祖和註生娘娘會怎麼討論明年台中第二選區的立委選舉？

我猜想應該是媽祖先說話，畢竟祂神格較高。

「你錯了，神格是因為你們需要才有分別，我們神界沒有神格高低之分。」心中出現的回答完全超乎我意料之外。

我好奇地問：「沒有神格高低之分？！那麼祢們怎麼運作？每個神明都各有特色，功能也常重疊，如果沒有神格高低，神界又是如何運作的？」

「我們不用高低來區分，神界完全平等，沒有人間的高低位階，如果有，我們就無法幫助貧富、貴賤完全不平等的世間人了，誰有錢有勢，我們就保佑誰，不是嗎？」

我還是緊追著自己的疑問不放：「沒有位階高低的話，祢們的運作方式又是什麼？或是說，當人們有求於祢們時，祢們不是透過位階來層層運作？如我們在儀式中看到的，民間信仰中的神明組織和古代朝庭的封建結構、官僚體系相似，不是嗎？」

「那是你們想要的，所以我們接受，但我們不是這樣的存在也不這樣運作。」

這下子我覺得有趣：「祢是說，天后、娘娘、王爺、大帝等稱呼是因為我們想要？！拿開這些位階的稱呼，祢們是什麼樣的存在？」

「在某種程度而言，我們是功能性的存在，當你們在心中呼叫媽祖，我們就如母親一般的存在，當你們稱呼「註生娘娘」或是「臨水夫人」、「十二婆姐」，我們就是女性孕產助手的總集合。以此類推，當你們需要權威時，就會幫我們加上很威的稱呼，比如說無極大天尊、帝王、將軍、后妃等等都是你們需要的，不是我們。」

我好像有某種了解，雖然這超出我之前想像的。

我就直接進入主題來問：「請問媽祖和註生娘娘，祢們怎麼看待臺灣每次選舉，不少候選人宣稱是神明授意而出來選？」

「我們鼓勵有更多人像我們一樣喲～」

「這語氣？！祢是哪一位？」我問

「我們也沒有『一位』這樣的單位。我們是能量，是功能與作用，我們是信徒的心與天地相應而存在的。」祂們一口氣回答了我的問題，我卻感覺自己好像在上一堂高深的神學課。

「所以祢們可以同時是任何神明？沒有分別、沒有一個、兩個的單位也沒有名字？」（感覺我的問話快要失去理性邏輯了）

「是的喲～都是因為你們有需要喲～」

「我還喲，拜託不要再『喲』了！」我翻白眼說。

「不行喲，你太嚴肅了，你寫這些專訪文章也太嚴肅了，你需要輕鬆一下喲～」

「唉，好吧，我承認，撰寫候選人的報導的確是一件會讓人嚴肅的事，因為臺灣的選舉充滿了各種口水戰，我希望能在專訪中呈現候選人的深度與用心，不得不嚴肅。那我問祢（或祢們，反正你們沒有單複數），難道祢們不希望真正能為民服務的候選人在選戰中獲勝嗎？不能幫幫忙嗎？」

「我們幫，我們幫所有的人！」

我無法被說服地問：「幫所有的人等於沒幫，不是嗎？」

「不！每個人要的不一樣，我們幫每個人完成心中的想望！」

「如果候選人聲稱要服務群眾，但實質上卻服務了自己家族的權力與錢財，祢們也幫？」

「我們幫真正的想望與表裡如一的做法。表面宣稱，但做起來又是另一回事，我們能幫的很有限。」

我繼續挑戰這場與神對話：「祢們這樣很鄉愿不是嗎？祢們不是也會賞善罰惡嗎？」

「如果你們心中有善惡，就會有賞罰，神界無善惡。」

「無善惡、無分別、沒有單複數，那神界有什麼？」

「神界什麼都沒有，也什麼都有！」

「我不懂，這說了不等於白說？講清楚喔！」我有些發狠了（可能是嚴肅過頭帶來的情緒吧）。

「好吧，看在你實在沒什麼耐性，簡單告訴你，我們就是你們，我就是你！

神明是人類內在最清明、最柔軟、最易感也最堅強的部份，神明就是天地宇宙之心，神、人共此心。正因為如此，所以心口合一才能心想事成，希望你能幫我們傳達這句話，因為很重要，我們想要說三遍：『心口合一、心想事成』、『心口合一、心想事成』、『心口合一、心想事成』！」

這話說完，我看到媽祖娘娘、註生娘娘以及各路神明拿著寫著「凍蒜」的紅布條，送到每個競選辦公室。

我心想，這還真是「眾神護台灣」！！

家庭、學院、公共事務與政壇——林志潔的斜槓人生和志業

/ 女力從政 /

ABOUT 林志潔

現為國立陽明交通大學特聘教授，科技與財經刑法學者，長年推動性別平權，倡議企業人權與消費者保護。

北一女、台大法律系、法律研究所畢業，公費留學赴美，獲得杜克大學法學碩士、博士。曾任財團法人金融消費評議中心董事長，為行政院中央廉政委員、司法改革國是會議委員等多項公部門法律諮詢委員。2023 年 6 月獲民主進步黨以民主大聯盟模式徵召參選新竹市 2024 年立法委員。

採訪撰文 **黃智卿、許麗玲** | 攝影 **郭潔渝**

生命中最值得投入的事

2023 年 6 月 14 日民進黨的「民主大聯盟」記者會上宣布徵召的三位女性區域立委候選人都是法律系出身，其中又以新竹市的林志潔學歷最高：台大法律系、法律研究所畢業，公費留學獲得杜克大學法學碩士、博士。

媒體評議林志潔是新竹選區的「刺客」（意指非政治圈內的人），還說是因為：「民進黨在新竹找不到合適的立委候選人」所以才找上林志潔。這些評議完全無視於林志潔多年來在科技、金融和人權上，協助政府推動許多立法和修法的法學專業能力與實務經驗。

杜克大學法學院是美國排名前十的名校，取得該校的博士學位之後，林志潔原本可以接受高薪的律師工作，但是她選擇回到臺灣在交大任教並協助成立法學院。除了擔任交通大學特聘教授之外，她也身兼行政院中央廉政委員、司法改革國是會議委員、法務部人權委員、陸委會諮詢委員。2017 年起林志潔擔任金融消費評議中心的董事，2020 年接任董事長在金管會金融評議中心，直到今年 7 月因為接受民進黨徵召參選，才卸下金融評議中心董事長的職位。

身為法學院教授，林志潔曾獲教育部優秀教育人員獎、總統教育獎、交大薪傳教師獎，多年來培育出不少專業的法律人士，她的研究領域為刑法、刑事訴訟法、女性主義法學、經濟刑法。已出版 4 本學術論著及中英文論文超過 100 多篇。

無論是學術研究、教學成果、協助國家立法、修法和其它公共事務的投入，林志潔絕非對手刻意模糊焦點所說的：「大學教授」、「學院出身」或是「不懂中央與地方運作的政治素人」。

除了上述的專業能力之外，近幾年來林志潔還必須照顧年邁失智、失能的父母；同時還能陪伴兒子成長，她慶幸並感謝同在交大授課的先生陳鈺雄教授還有其它親友給予的協力和支持。

應允參選新竹市區域立委之後，林志潔就加入民進黨，她認為如果同意代表這個政黨參選，就表示她對民進黨的理念是認同的，因而覺得應該入黨。另一個讓她願意全力以赴參選立委的原因是：她看見新竹市從科技業到教育、環境以及公共建設，都需要一位擁有國家整體和永續發展的理念與實務並重的立委來推動，而三年多來，她並沒有看到新竹市在立法院有提出任何法案。這樣的不作為除了對地方發展有礙之外，擁有四十多萬人口的新竹市同時也是備受國際關注的世界級「科技重鎮」所在，因此，林志潔強調：「新竹強則臺灣強」！她認為當年考取公費到美國留學，能獲得法學博士學位也是來自國家的栽培。因此，林志潔在取得家人、學院和金管會主委的同意與祝福後，就毫無懸念地接受艱困的選戰。

接到柯建銘總召的詢問並答應參選後，林志潔展開頻繁的選舉行程，她比以往更常出現在各式媒體的訪談，滿滿的行程中，林志潔得兼顧：女兒、妻子、母親；教授、法學專家與政治人物等等角色，有如具有超能力一般，她永遠帶著笑容，她的公開論述從強大的專業分析到民眾都能聽得懂的法律科普都能信手捻來，跑地方行程時，她也能穿梭在市場、寺廟和群眾一起行動。訪談中與林志潔談到擔任長照者的種種日常與心情，她不諱言地說起各種困境：打開父母家門迎面而來的各種髒亂與臭味，在崩潰之餘選擇馬上捲起袖子做起清潔工作，同時還要安撫情緒不穩的雙親。問她是什麼讓她保持樂觀、平靜地繼續照顧父母？她當下掉淚說：「我沒有放棄，只因為母親還記得我！」

林志潔的心情和她願意為了腳下安居的這片土地努力應該是一樣的，雖然面對各種選舉的挑戰，但是，她和其他喜愛臺灣這塊土地的人一樣；她在每一張熟悉的臉、每一句帶著腔調的語音中，也在臺灣特有的空氣、氣溫和城鄉、山海景色中明白：「臺灣這片母親之地記得她的子女」。

身為女兒、母親、妻子、教授、公共事務協助者以及立委候選人，林志潔極限挑戰的斜槓人生來自「愛」的志業──為愛而行動，她認為這是生命中最值得投入的事。在專訪的內容中，不論從父母的長照看見台灣長照系統的不足、新竹的地方整體發展；或是台灣主權定位到性別議題，林志潔呈現出現代女性不同凡響的勇氣、智慧與奉獻。

長照人生是一本書，我們的父母沒有準備好就變老了

林志潔答應參選必須取得一些人的同意，原本以為會讓她感到猶豫的，除了交大科法所創所所長劉尚志老師之外，就是自己的先生和兒子「包包」。沒想到這三個人都是異口同聲，覺得她應該要參選，全部支持。林志潔說：**「我先生鈺雄老師還說，他覺得我是一個「量能」很大的人，如果別人能夠因為我的量能而受惠，他認為我應該要試試看。比較慶幸就是在過去一個月裡面，我身邊支持的力量很大」**。

林志潔與家人溝通時，最挑戰的是她的「韓粉老爸」：

「我覺得，選舉過程就是一個示範，一個法律人，如果能在參選的過程，樹立某種典範，那也是一種社會公民教育。我父親說他要親自跟總召談，談完後他說，確實在新竹有這個需求，如果現在沒有更好的人選，那我女兒出來承擔也是應該的，他就接受了。但我還沒跟他說，我想要把「我的韓粉爸爸」拍成影片，這個他可能不會答應了。（大笑）

尤其我父親反年改，他的心情上有很大一部分，覺得輿論把他塑造成好像是坐領乾薪的肥貓，這件事情引發我爸媽的情緒。**我這三年最辛苦的，就是長照。我跟柯總召說：你是不是會算命？你要是早一個禮拜問我，我絕對不會答應。柯總召是 5 月 21 日問我，距離我家的外籍看護來才過一個禮拜。那時我跟總召說，如果看護跟我父母相處不來，我就沒有辦法選。**過去三年，我一個禮拜要回去幫媽媽洗四次澡，我父親八十幾歲，是完全不做家事的，可是我媽現在失智了，變成兩個人一起失能。

我們的父母那一代人，大都是沒有準備好就變老了，他們也沒有看過自己父母親變老的情況，因為那時的人並沒有那麼長壽。在過去 3 年；尤其是從去年到今年的四、五月間，我跟爸爸的關係到了冰點，由於他反對找外人來幫忙，後來我是一步一步和他溝通，並不是立刻就請外籍看護。」

*

黃：您從小就是這麼獨立自主、堅強嗎？像這樣的情況確實是很累。

林：很累，我回家也會很難過。**有一陣子我要打開父母家門之前，可能都要在門口站個幾分鐘，自己先做好心理建設，門裡面的狀況可能是很可怕的。**我父親後來也有一些失禁的問題，打開門時，整個家是狼籍的，你可能會看到地上是尿的腳印，要立刻處理，就是只能捲起袖子和褲管，然後開始刷洗。

這三年的長照人生，真的是可以寫一本書。總而言之，這就是上一個世代，與我們這個世代，所謂 30 到 60 歲的年紀間，處於中間的青壯世代，非常的辛苦。我在網路上也寫這些過程，網友也會留言感謝我分享，我覺得應該是有安慰到很多類似處境的網友。

許：您認為一個立法委員，看到臺灣社會普遍存在長照問題，可以做些什麼？

林：第一個要面對的是人力不足，新竹尤

其是，而且不是只有長照。以臺灣目前產業以及人力的分布，雇主可能會願意付高薪，希望與員工間有較長的契約，可是**年輕世代會覺得，雇主給的薪水不夠高，寧願去做外送。在立委層級，可以做的就是在人力平衡，去媒合、協助勞資雙方達到雙方的需求。以法律人的專業來看，如果一開始就讓雇主在招聘的時候，把需求講出來，同時也給勞工更多的保障跟承諾，雙方開誠布公，讓員工可以提升自己。我在交大教書，看得懂年輕人對於職場的期待，因此相信如果長照也能提供更多的專業提升與訓練，並能讓年輕人感到從事這個行業是能受到尊敬的，這會讓更多年輕人想要選擇長照作為專業。**

再來是外籍人力政策。**臺灣缺人，不只長照，其它服務業也是，**所以外籍人力的引進，包括時間限制以及雇主轉換，這些都是未來政策可以再討論的地方。**人力的缺口是目前不管是民意代表或是執政者，都要非常嚴肅正視的問題。**

所以**政治人物有責任要給新的世代希望。**這個希望必須要具可操作性，有些政治人物是漫天開價，可能沒有真正的理解，有些是完全無法落實的。

性平三法修法，建立制度信任感，讓程序更安心

許：關於最近甚囂塵上的 Me too 事件，您認為在性平法案方面臺灣還有什麼需要再加強的？

林：性平三法「性騷擾防治法」、「性別工作平等法」、「性別平等教育法」，首先是以「地點」作區隔，在學校的是「性別平等教育法」、在職場上的是「性別工作平等法」；在這兩個以外的，比如公車、高捷上，是「性騷擾防治法」，走在路上被突然摸，或者有人突然抱你、親你，那時也用「性騷擾防治法」，目前的 me too 各種型態都有。但是三法仍有遺漏，因法令的規範時間不同，有些定義不一樣，有些會重疊。比如什麼叫職場？LINE 群組裡，下班後，如果在 LINE 裡面，算是職場上性騷擾，還是算是下班以後個人的性騷擾？再來，有些人現在這三個法都有點難處理，但是也是職場，比如說政務官的性騷擾，因為政務官不是公務人員。再來就是像校園的學生身分，對幼兒跟對博士生是用同一個法，就非常奇怪。

林志潔擔任董事長時由「財團法人金融消費評議中心」於 2023 年出版的《樂齡金融生活指引》。

黃：現在性騷擾處理程序，是一個漫長的過程。

林：性騷擾容易公親變事主。雖然性平委員並非行為人，可是很多過程需要更專業、更細心的處理。每個人的主觀感受是很不一樣的，有的行為人會覺得倒楣，還有被詢問的方式，也覺得被騷擾。有些性平委員，是在訪談的過程裡，再被控性騷擾。

許：如何提出對三方都有利的建議，提供一個安全公正公平的環境。

林：我認為**所有性平委員進行處理之前要有講習，告訴委員如何謹慎的處理。性平三法的修法不一定要大動法案，應該要把現在的漏洞補起來，程序讓人更安心，能夠更保密，建立對制度的信任感。在文化上不要去檢討被害人，同時要盡可能地在釐清真相之前，避免行為人的名譽受損。**

性騷擾如果可以彼此開誠布公，也許行為人有機會意識到自己講話或某些行為需要修正，但絕對沒有歧視或者要傷害對方的意思，如果被害人也能理解這一點，也許就釋懷了，不一定要走程序。但進行調解不走程序又擔心吃案，這就是立法者跟民眾之間的兩難，關於這一點我有相當深的感觸。

男女職場大不同，女性當主管前要先建立社會安全網支持自己

許：我們再來討論女性法律人，法律人是不是也是男性居多。

林：現在不是了。我學生去法院開庭，發現新竹地院有個奇特的現象，庭上法官、檢察官、辯護人、法警、通譯、書記官都是女性，全場唯二的男性，只有被告跟律師。

在這幾年確實因為整個社會的性平觀念的前進，打破了某些女性法律職場的性別刻板印象，也有越來越多女老師在高等教育

界，但我國大專院校的女性校長還是不到10%。這就是我們在講說性別的玻璃天花板跟管漏現象，越到高階越少女性。

女性有時在面對主管職位會比較猶豫，並不是因為自己不夠好，而是女性會有後顧之憂。例如有一次我在大法庭做專家證人，正在最高法院接受交互詰問時，老師狂line我說包包諾羅病毒，雖然可以先找爸爸，但是老師就是要找媽媽。如果女性要有一個支持安全網，不要指望伴侶或配偶，因為就算對方願意，社會也不會第一時間就給男性機會。男性在答應主管職的時候，只要決定要不要接受挑戰就可以，女性在答應的時候，可能已經考量100件事情了。

打破傳統性別文化，體制要改革，無論男女都可以先跨出第一步

許：您會後悔身為女人嗎？

林：不會，我覺得太棒了。這一代的男生真的很可憐，我爸那年代一去不復返，現代男性要承擔共業，還要當兵。女性已有role model，但現代男性還沒有，他們沒有過去男性的紅利，卻還是有某些父權的文化上的優勢。這次Me too裡，很多男性根本不知道他們的說話或動作，原來女性是不舒服的，在成長過程，沒有人跟他們講甚麼情形是不對的，所以現代男性要有自覺。現代女性會比較辛苦，雖然法律上給了平等，可是文化上是受歧視的，就是要承擔，像我爸就認為我就是要回去掃地，如果我是兒子，可能就不會受到這種期待。

女性同仁可能會被假定要去接小孩，沒有辦法全心工作，可能會有這樣的偏見，男

性不會先被這樣預期。這當然要在體制上做改革，但女性心理的素質上要更堅強，不要女權自助餐（意指：女性在擺脫父權束縛的同時，卻仍以父權或雙標的眼光去衡量或要求男性，比如說「男人就應該要養家」）。 換一個角度想，因為這個社會對待女性還是有不公平的地方，所以她偶爾還是會用女權自助餐，就看誰先跨出這一步。這個真的很難。

如果能進入立法院，在倡議、立法以及執行三個面向，我都兼具了，最終還會把這個能量再回饋到學院。

許：您是先進學院然後再投入公共事務？是機會來找您，還是您看到有需要，主動去幫忙？

林：我之前有累積一些知名度，所以會邀約我，像司改國是會議、中央廉政委員會，還有幫忙英國商人林克穎引渡案等，每天都在忙這些。2018 年我參加了司改國是會議，雖然很多人批評那是一個大拜拜，但我個人還是肯定的，至少我參與的那組成果很好，許多法案在過去幾年內獲得重視，如：民代斡旋罪、通姦除罪化、吹哨者保護法草案、妨礙司法罪草案、法人刑事責任，兒童死因鑑定通過等等，至於在國家安全方面，我自己推動了經濟間諜法，從 2012 年開始推動，去年終於通過，還有洗錢防制法也過了。

許：您協助推動臺灣的司改這麼多年，為什麼還會想要進入立法院？與之前扮演的角色有什麼不同？

林：我以前是單純的倡議者，如果能夠進入立法院，能更理解當時所倡議法案沒通過的原因。法案從倡議到推動立法，必須理解各方的利益跟不同的立場，以及執行端可能產生的結果。我以前是以學者身份進入司法，如果能進入立法院，在倡議、立法以及執行三個面向都兼具了，最終還會把這個能量再回饋到學院。這也是為什麼我答應選立委的原因之一。

身為新竹人十八年，瞭解新竹需要一個懂立法、能提案的立法委員

黃：您與新竹的關係是什麼？

林：我已經在新竹生活、教書 18 年了，我是在這邊生活的人，不是「刺客」，不是從外地跑到新竹競選的。

許：提到新竹，一定會提到科技業。以您的專長，尤其是在科技法律，將來如果您進到立法院，要如何才能加速改變？

林：未來應該讓法律跟得上科技的進步，這是我最大的訴求。立法者必須要非常理解科技人需要，同時，也要理解民眾跟監理者需要的，想辦法去平衡。以我在金融消費評議中心的實務經驗，感觸非常深，科技需要好的法律跟規範支撐

往前走，要讓產業有動能朝向社會企業責任或是配合政策發展，這些都要靠立法。這也是我為什麼要出來選新竹的立法委員。

還有，**新竹也需要有一個具備國家整體觀的立委。新竹很特殊，地方小，可是有許多地方新竹市政府管不到，像交大、清大、科技園區、空軍基地都是中央管的。很遺憾的，過去三年，新竹幾乎沒有提案，這是新竹迫切需要的，怎麼可能不提案？這也是我會願意出來的另一個原因。**

新竹強則國強，科技要強、維護民主，等待台海和平時期來臨

許：新竹選區是一個什麼樣的人口結構與地方需求？

林：新竹是一個分布很特殊的地方，新竹的閩南、客家、外省，還有原住民、新住民，族群分布很平均，再來是包括竹科及像我這樣的新移民，要服務的群體非常多元。新竹科學園區要兼顧資方、勞方，以及國家，所以在新竹做立委的難度，我認為是很高的。**新竹要有一個能夠想辦法，有國際量能的委員，園區需要立法，幫助科技產業熟悉法令以及接軌國際標準，讓法律跟得上科技，這幾乎是我這十來年看到最重要的事。**

新竹是全國唯一人口成長、生育率成長的城市，需要增班、增校。做一個新竹的立法委員，必須要有能力跟教育部溝通，讓交大、清大能夠設附中。現在有很多產業因為園區土地不夠設到竹北，生醫也在竹北，竹北與新竹市一河之隔，成為新竹生活圈的一部份。**新竹的立委要能瞭解新竹市真正的需求，解決新竹的教育問題，也要有跨縣市對談、與中央做溝通的能力。**

黃：我們常希望政府加快腳步，來處理許多問題。

林：我以前非常沒有耐心，如果說癌症給我最大的好處，就是讓我的耐心變強。我現在知道，有的事情必須要等時機。先前我給加拿大、美國來的博士生演講，他們提問：**臺海之間的和平，什麼時候可能真正來臨？我說，這是時間的問題，臺灣要等自我認同越趨一致的時機，也許這一代沒有辦法解決台海問題，但我希望儘可能的在和平的狀況，等待和平時期的來臨。維護和平，這是這一代人的責任，不用好高騖遠。**當下一代自我認同的凝聚力到 90% 的時候，會認為臺灣就是這樣，很多事情也不用再特別去做。

和平要怎麼做？就是要進步，科技要強，別國打你代價很大，所以新竹強則國強。維持科技的進步，你不能讓中國把優勢技術偷走，中國打你成本很低，就會無所顧忌。我們民主要維護的很好，民主維護得好，你跟他（中國）的距離就很遠。

愛台灣，為土地為國家，台灣主權為基本價值

許：在柯總召找您的時候，您答應了之後，才加入民進黨。您是怎麼看待民主社會的政黨政治，以及為什麼選擇加入民進黨，您也可以選擇不加入。

林：柯總召沒有要求我加入民進黨，賴副總統也沒有，但我認為新竹的選民會在意我有沒有入黨，因為很多人是跟民進黨一路打拼上來的。我跟苗博雅不一樣，她本來就是社民黨，我沒有政黨。除非政黨跟我的基本價值有非常大的抵觸，不然在人情義理上，沒有理由不加入，這是第一個。第二個，我相信任何政黨都有轉型或是要面臨的內部問題，民進黨本身也有，可是我是素人，民進黨的基本價值「愛臺灣」以及「以臺灣為主體性」，這也是我一直以來的價值觀。

過去我沒有加入任何政黨時，跟各黨都有合作。我跟基進黨有合作過反滲透法、外國代理人法、吹哨者保護法等；跟時代力量合作，像反紅媒、兩岸條例裡的人頭罪，陳椒華老師的環保法案、推動刑法等；我跟國民黨也有合作，像游毓蘭委員推的吹哨者法案版本。林克穎案是在馬政府的時代，那時需要一個有能力的刑法、國際法學者去保護臺灣的司法主權，我去幫忙捍衛臺灣的主權。那時候出來，不是因為投機，或是政治傾向變了，那是為臺灣，不是為國民黨，為的是這塊土地跟國家。如果今天找我的是國民黨或是時代力量或其他政黨，我會思考加入有沒有牴觸我的基本原則。如果政黨對於臺灣主體性不夠重視，或者是認為有一天要統一，這顯然跟我的重大基本觀念是有牴觸，就不可能加入。

到選民面前，每一雙手都握到，每一個躬都鞠到，每一個里都踏到，讓選民知道，我就出現在你面前。

許：您的專業、學術貢獻，以及對公共事務的投入，大家都知道，可是選民不一定知道。要怎麼讓他們覺得「我就知道妳就是這麼好」？

林：就是要到選民面前，每一雙手都握到，每一個躬都鞠到，每一個里都踏到，讓選民知道，我就出現在你面前。

後記

在專訪中，我們向志潔老師提到了台灣嚴重的**金融詐騙**問題，志潔老師一本她的理性專業以及熱情，馬上拿出金融消費評議中心今年專為消費者所出版的白話小冊，一再叮嚀一定要推薦給讀者，網路搜尋就能下載電子書。

《樂齡金融生活指引》
電子書連結

番外篇

「你永遠不用許願我愛你，因為我會在這裡，那是因為我愛你。」
——電影《神力女超人 1984》

黑貓メジナ與包包的對話

撰文 **許麗玲** | 插圖 **陳保如**

男孩低頭看著那隻黑貓，大人們忙著喝酒、聊天，他默默走到店內一角，發現那隻黑貓。

「嗨，你給摸嗎？」

「可以讓你摸，不過，我想知道你叫什麼名字？」

男孩說：「我叫包包，我是說，你可以叫我包包。」男孩的手伸向黑貓，那貓果然沒有閃躲。

黑貓說：「我剛才聽到你媽媽叫你，就是這個名字，你喜歡這個名字嗎？你看，我明明是隻貓，但是主人給取了一個魚的名字，就像你，明明是個男孩，卻叫做『包包』。」

男孩：「我聽他們叫你『妹吉那』，那是魚的名字？！」

黑貓無奈地回答：「是啊，那是日語メジナ，也是一種魚的日文稱呼，那種魚的台語就叫『黑毛』。所以我說，他們給我取了一個魚的名字，但我明明是隻貓。」

男孩輕輕摸著貓咪身上黑色柔軟的短毛說：「別難過，他們一定很愛你。就像媽媽叫我『包包』，那是因為我小時候，她為了一面工作，一面要託阿公阿嬤照顧我，她得為我準備各種包包，所以她就叫我包包。我很喜歡，那是因為媽媽愛我！我再偷偷告訴你，她叫把拔『阿彌陀佛』其實我看過阿彌陀佛的樣子，把拔一點也不像祂，只是因為他信佛又吃素，媽媽就叫他阿彌陀佛，我看得出來，她也很愛他呀，每次媽媽叫他阿彌陀佛時，就是很信任把拔、很愛他。你的主人幫你取了一個魚的名字，那應該也是很愛很愛你呀。」

黑貓這時態度有些鬆動了：「其實我也知道啦，只是還是不能接受作為一隻貓，竟然有一個魚名。但是看到你這個男孩竟然叫做『包包』我就放心了。看得出來你媽媽真的很愛你。」

男孩問：「你怎麼看出來的？」

黑貓：「我們看得到人類身上的各種顏色和光。最美麗、最光亮的就是當他們散發著愛的時候，我最常在進到店裡面的情侶身上看到這種光，也在主人買到新鮮的魚時看到他身上有這種光。你媽媽看你時，她身上也有這種光。前幾天你媽媽來到城隍廟，我偷偷溜出去，看到她在講新竹的事情，身上也發著這樣的光。做為一隻城隍廟邊的酒店貓，這幾年我看過太多喊『凍蒜』的人來到廟裡，但很少有人身上發著美麗的光。你媽媽真的很特別。」

男孩很開心：「我知道媽媽愛我、愛把拔、愛阿公、阿嬤，也知道她愛新竹，她常常唱歌、講新竹的故事給我聽。媽媽也愛她的學生和她的工作，我跟你一樣，喜歡這樣的媽媽。我除了努力幫媽媽助選、幫媽媽拖行李、拿包包之外，不知道還能做什麼？」

黑貓：「你知道嗎？是我讓主人找你媽媽過來的。你也可以像我一樣幫上忙。」

男孩問：「你的主人也聽懂你說的話嗎？」

黑貓：「因為你是小孩，所以可以直接和我講話，主人已經是被我嫌棄的成年人了，我只能用愛的意念影響他。我們都能用愛的意念影響所有人，你也可以喔。」

男孩：「怎麼做？我想幫助媽媽選上立法委員，雖然她會更忙，我能聽她唱歌、講故事的時間會更少，但因為那是媽媽想做的事，她說她可以幫助更多她愛的人，我希望能夠幫媽媽達成心願，可是又擔心媽媽越來越忙，不知道會不會太累？」

黑貓：「你有沒有看過『神力女超人』的電影或漫畫？你覺不覺得你媽媽就像一個神力女超人？她可以做到好多事——好多幫助人的事，但她的力量用不完。貓咪、男孩還有你媽媽，都可以用這樣的力量來幫助自己，並且發出愛的意念來影響別人喔。」

男孩好像明白了什麼，他說：「你是說，媽媽身上的光和美麗的顏色就是那個力量？那我知道呀，每一次媽媽叫著我『包包』、『包包』時，我都可以感受到那個力量。我知道了，謝謝你小貓咪，我也可以感受到你身上也有美麗的光和顏色喔！」

這時，黑貓伸了伸懶腰，「喵嗚」一聲享受著男孩的撫摸。
新竹城隍廟邊「保庇 Bar BOBI」店內，媽媽看見男孩和貓咪，或許也感受到某種不可見的光，她靜悄悄地拿起手機拍下這一幕。

Wonder Woman

跨界與銜接

苗博雅的創造改變與新世代政治

/ 女力從政 /

ABOUT 苗博雅

臺北市議員（大安、文山），臺北市大安區立委參選人。2010 年畢業於國立臺灣大學法律系，2014 年參與 318 運動後，投身政治工作，創立社會民主黨。於 2018 年當選臺北市議員（大安區、文山區），2022 年以選區第二高票連任。長期關注臺灣主權、國際外交、性別平等、居住正義、長照幼托、人本交通及勞工權益。並於議員任內推動多項教育改革、淨零碳排及都市更新政策。

採訪撰文 **黃智卿、許麗玲** | 攝影 **郭潔渝**

今年 6 月，民進黨宣布 2024 台北市大安區的立委候選人禮讓給社民黨臺北市議員苗博雅。苗博雅隨即也召開記者會證實，從今年 3 月她就和民進黨討論合作參選，她願意全心投入角逐大安區立委席位。

無論出席各種場合，西裝長褲與襯衫幾乎是苗博雅的衣著「標配」再加上中性的俐落短髮，苗博雅也是臺灣首位公開同志身份並且當選的市議員，她說：「記得競選時到市場拜票，常常會遇到一些媽媽、阿嬤，看著她問『啊你是查甫還是查某ㄟ？你是愛查甫還是愛查某？』」面對這類直接的問題，苗博雅說她一定正面回應：「我是男是女，或者我愛男生或是愛女生，都不影響我想要為民眾做事的能力和意願，我願意公開與眾不同的性向就是想請大家來看看，我這個人有沒有能力替眾人服務？我是不是一個有誠信的人，這些都請大家一起檢視。」就是這樣平易近人、不閃躲的態度，讓「阿苗」成了受到市場婆婆媽媽們歡迎的政治人物。

臺大法律系畢業，苗博雅曾任臺灣廢除死刑推動聯盟（簡稱廢死聯盟）法務主任，2014 年參與太陽花學運，雖然成功擋下「服貿協議」，但也深感社會抗爭運動的有限性，於是決定投入政壇。2015 年第一次參選，苗博雅代表社民黨參選臺北市第八選區立法委員，雖然落選，但也拿到 12% 的選票，更是有史以來該區得票率最高的非國民黨籍參選人，當年她才 28 歲。2017 年苗博雅首度參選臺北市第六選區市議員，以 1 萬 8 千多票當選，2022 年連任時又多出九千餘票，為該選區的第二高票。臺北市議員第六選區涵蓋大安、文山區，而臺北市立委第六選區就是大安區，因此，該區的選民對苗博雅並不陌生。

大安區長期以來是藍大於綠的「文教區」，歷屆立委選舉都是國民黨以極大的差距當選，而最近兩屆（第九屆、第十屆）的藍、

綠選票數差距呈現拉近（小於兩萬票）的趨勢，可見選民結構也在改變中

苗博雅的對手是國民黨經過黨內初選而提名的羅智強。曾任馬英九總統府副秘書長，被視為馬政府執政後重要的國民黨新世代人物，2018 年羅智強以全臺北市最高票（四萬多票）當選第六區市議員，當選之後旋即宣告他想參選 2020 中華民國總統。2022 年 5 月羅智強擔任市議員未滿一屆，就主動辭去職位並宣布他要投入年底的桃園市長選舉，只是這樣的布局並沒能獲得國民黨提名。2022 年 9 月初他在自己的 Facebook 粉絲頁上宣布考慮參選 2024 總統，之後又再發文表示打算先參選立委，為未來選總統之路作準備。

針對羅智強的從政風格，苗博雅認為政治人物最重要的是誠信，而不是一選上就開始想更好的政治前途。這種不負責任的作法很難取信於選民。

從政不滿十年的苗博雅，這些年來除了市議會問政和選民服務之外（她笑說市議員是全年無休的職業），她也透過許多管道，積極發表時事評論，她的口條清晰、語句幽默，能吸引眾多年輕族群關心政治，可說是一枚耀眼的政壇新星。雖然此次答應投入大安區立委選舉，但苗博雅認為她沒有離開支持她的選民，而是將服務的政策與資源從市政府上升到國會。

盤點苗博雅的優勢：年輕、努力、務實、具有行動力以及主張堅守臺灣主權，這些特質可以獲取大安區民進黨和泛綠支持者的選票，而她擅長透過網路向年輕族群傳遞理念也能和羅智強擅長的媒體操作能力產生制衡。

苗博雅的市議員辦公室櫃子上擺了一顆足球，上頭簽滿了球員的名字，那是她在去年一月時出任「臺灣石虎足球隊」總領隊的紀念品。辦公室的書櫃中還有幾本柯文哲寫的書，原本以為是柯市長在任時送給議員們的公關贈書，沒想到是苗博雅自己購入的，她說：「我要質詢這個市長的施政，就必須好好研究他，所以我會去找他寫的書來看。」

社運出身、沒有任何家族背景，苗博雅跨性別與跨黨派的「連結力」和她吸引年輕族群願意關心政治的「銜接力」，應該是決定明年是否能夠一舉翻轉「鐵板藍」大安選區的主要因素。

投身政治，變現願景，讓改變發生

許：民進黨推動「民主大聯盟」，黨主席賴清德以：「跨黨派、跨世代、跨領域」的 3 項原則進行徵召，選擇和您合作挑戰臺北市第六選區立委席位，從議會到國會，您的心理是轉折是什麼？

苗： 2015 年我開始投身政治，第一次參與選舉就是競選臺北市第八選區的立法委員。在那之前，我是一個社運工作者，我參與了整個 318 運動，也就是太陽花學運。在那一次社會運動裡，我體驗到一件事情，就是社會運動有其極限，太陽花學運幾乎動員了史無前例的社會力，可是對當時集政權跟黨權於一身的馬英九總統，還是拿他沒辦法。社運當然是提倡改變，提出願景，可是要**把願景變成現實，讓改變發生，還是需要政治，這也是我在 2015 年決定投身政治最關鍵的原因。因為我認為，臺灣的政治文化必須有所改變。**

2015 年參選立委時，我所屬的社民黨對國政提出了非常多的主張，包括：臺灣的居住正義、長照幼托政策、落實性別平等、臺灣各族群間的平等、拓展更多的外交空間以及捍衛主權等等。這些國政的議題，是我最關心的。當時在臺北市第八選區，我得到 12% 的選票，這是台北市第八選區有史以來，沒有藍綠當靠山的候選人，最高的記錄。

我沒有地方家族或特別的背景，我和團隊證明了，像我一樣沒有特別背景的年輕人，還是可以靠著非常認真的去競選，獲得 12% 選民的支持。接著，在 2017 年，我宣布參選臺北市議員，因為選民支持，我順利進入議會服務。我來自小黨，小黨要很務實地去思考，如何取得席次，能否從地方議會做為出發點，去改變政治。我決定從地方基層議會做起，讓大家看到我們的誠意與能力，但有朝一日，我還是希望有機會進入國會去實現理想。

不忘初衷，帶著歷練與執行力，前進國會

在競選 2015 年立委的時候，我提倡房地產的稅制改革，可是進入臺北市議會之後，因為房地產稅制改革屬於中央權責，反而是社會住宅，地方政府才能有較大權限來決定執行細節，那是我們可以著力的地方，如社宅租金的成本計算。台北市社宅租金在柯市府時期，計算公式裡有高達 1/4 的成本是房屋稅、地價稅，問題是，中央已經規定社宅免房屋稅、免地價稅，可是柯市長認為，因為中央的免稅有落日條款，萬一之後中央又要收就沒錢可付，所以要算進去租金裡。可是房屋稅跟地價稅是地方稅，即使之後要收也是會到臺北市政府的口袋，錢從左口袋放到右口袋，錢還是在台北市。這個問題，透過非常多次的議會質詢，經歷許多跨黨派之間的說服，去說服國民黨、民進黨、所有黨的議員們，終於讓柯市府修正了社宅租金計算公式，租金得以從大約市價的八折，可能到市價的六折，因為跨黨派的議員都支持，無異議地通過，市府只能從善如流。這只是其中一個案例，**透過地方議會的問政、監督跟服務，跟選民證明我的政治歷練在成長，讓選民對我們更為接受。所以這一次參選立法委員，希望選民可以允許我，帶著這些年來的歷練和能力，前進國會，實現從政之初的理念。**

許：去年選市議員的時候，那時沒料到今年會被民進黨徵召選立法委員，當您接受的時候，有沒有選民跟您說，您怎麼這樣離開我們？

苗：我不會離開我的選民，我的議員選區是大安文山區，大安文山區的人找得到我，不會在任期之內跑到別的區去，選上立委後，我的選區是大安區，要找苗博雅，苗博雅就在大安區，不會有任何一個選民找不到我服務。因為選區的劃分，臺北市有 6 個議員選區，但卻有 8 個立委選區，有選區劃分不一致的問題，大安區、文山區是一個共同生活圈，如果我進入國會，文山區王閔生議員也能挑戰立委成功的話，我們可以聯合服務。**我非常確定，我不會離開任何一個我的選民，我就是在這邊為大家服務。**

當然，去年選議員時沒想到選立委，這也是事實，小黨要選立委本來就不容易，幾乎沒有任何空間，當時也不知道林奕華去當台北市副市長還會順便沒收補選。她去年 12 月 25 日就應該到市府上班，她故意拖到今年 2 月 1 號才辭職，立委任期剩不到一年，依法就不能補選了，她如果不拖時間，大安區就可以補選立委，但是現在的大安區，什麼都有，唯一欠缺的就是區域立委。**臺灣解嚴已經 35 年了，還有「沒收選舉」（指林奕華故意操作取消補選）這種事情，對我來說，很難接受這種作為，這些情勢變化，讓我覺得這一次選舉格外有必要證明，大安區並不是國民黨想怎樣就可以怎樣，這是我非常強烈的盼望。**

政治是公共服務業，為了公共利益提案，獲得跨黨派支持。第一步：不斷溝通，累積，讓大家瞭解議題，第二步：共同促成，共同分享成果

許：對於跨黨派協商，一般公民沒有參政過，可能想像：就是像電視裡的劇情，要進行利益交換和黨團協商。社民黨是一個小黨，應該沒多少利益可以交換，你們是用什麼力量去跨黨派的來進行協商。

苗：我認為，政治是公共服務業，包括民代或是公務員，服務的都是公共利益，而不是服務個人和我黨的利益，是公共的、國家的、社會的利益。我們在議會提案是為了公共利益，如果今天只是為我個人，我也沒有臉去要其他跨黨派的同事支持我。他們為什麼要為了我個人的利益來支持我？一定為了公共利益。像前面提到的社宅，現在臺北市社宅的數量這麼少，入住的民眾，大多是屬於社會或是經濟弱勢的族群，還要再剝一層房屋稅跟地價稅的皮，政府不該做這樣的事。這個概念只要講得夠清楚，大多數人可以聽得懂，不會因為是甚麼黨的人，就聽不懂。我記得我質詢這個議題，包括問柯市長跟都發局，至少四、五次。為什麼要質詢那麼多次，為了「累積」，讓其他議員看到我在談這個議題，讓議員的助理、主任們也看到我在談這個議題，讓大家知道這件事是怎麼回事，這是第一步。

第二步，我的政治性格是，一件好事由大家共同來促成，如果今天社會有肯定的話，大家可以一起分享這個肯定。所以我每次在講這件事，絕對不會說是苗博雅個人的政績，我一定會說是我跨黨派的同事，議會裡民進黨、國民黨、各黨的議員，大家都有來支持，一起去分享好的改變發生了之後，所獲得的肯定，我覺得這很重要。不要把群策群力完成的事情，功勞由一個人獨攬，如果不是為了公眾的利益，其它人為什麼要附和你呢？這就會落入黨派的問題裡去了。就像這陣子臺北流行音樂中心的新聞，柯 P 說這是他的政績，他想讓大家來看看，所以想在這邊辦演唱會，但是辦不到的時候，他又批評北流「世態炎涼」。北流是歷經三任總統和三任市長，有藍、綠、白三黨的協力，才共同創造這個政績，中間還被監察院糾正過。歷程中，柯市長提出要增加預算的時候，也是中央幫他增加預算，這是大家一起做的，可以一起分享光榮，這樣才能比較正向。否則政治人物因為害怕功勞被「收割」，合作的意願也會越來越保留，社會就無法進步。

信用與正派，我的政治信念

我不知道別人怎麼看我，但至少我很努力在議會裡面，做一個有信用的人。我不會輕易答應事情，但是答應的事情我會去做，也讓同事知道，因為政黨的立場不一樣，有些事情的立場就會不一樣，但是，我不會去騙合作，然後偷偷捅一刀。對我來講，我不能答應的，我就跟你講，這我沒辦法，我不能答應。可是如果我今天去懇託你，或者是你來找我，我答應的事情，我會做。透過這樣的方式，去累積一些信任度，議會裡優秀的議員其實很多，而且跨黨派都有。

我在議會觀察到一個共通點，有些資深議員講話，大家會聽，前提是他長期在議會累積的信任度，會知道說他講話不純然是為了個人的利益。我希望，我也可以累積。在政治上，我很重視正派，做事要正派。

我的議會跨黨協商經驗：觀察、相互尊重、正派競爭

黃：剛剛談到您在議會的跨黨協商，身為年輕一輩的議員，您如何和其它資深的議員進行溝通與協商？

苗：關於在議會溝通這件事情，新人有個很重要的功課，就是要不斷地去觀察，每一個同事的個性，在黨團裡扮演的角色。還有，最基本的兩個字，就是「尊重」，我們所謂的相互尊重。政治當然有競爭，尤其是不同政黨之間，甚至同政黨之間，都會有競爭，競爭是合理的。但我認為要正派競爭。對我來說，不管這位議會的同事，跟我一樣是新進、資歷淺的，或是資深的，我覺得要讓人家感受到尊重，有不同意見我也會講。

說到議會的輩分，我覺得最重要的是「尊重」和「講道理」。縱然還是會有政黨立場的差異，在某些事情上完全無法形成共識，但是我覺得只要有尊重、講道理的情況下，還是可以爭取最大的合作。

這一次選舉，大安區不是在選政黨基本盤，而是苗博雅與羅智強在選

黃：在民進黨提名您之前，您就提出「非藍大聯盟」的概念。你是在那個時候就已經有接觸民進黨，還是那是您原本主張或是想法。您的對手羅智強要您加入民進黨，才跟你辯論，請問您的看法？

苗：羅智強說我加入民進黨，才要跟我辯論，那顯然就是沒有想要跟我辯論的意思，他在閃躲。但我覺得這一次選舉，並不是在選政黨基本盤。3月上旬有媒體問關於大安區立委的選舉，當時我就提非藍大聯盟。因為我無法接受「沒收補選」這件事情，我認為大安區的民眾應該要突破政黨基本盤的限制。**國民黨之所以敢這樣做，就是因為國民黨認為大安區無論是躺著選怎麼選，它都贏，所以好像肆無忌憚。但我覺得這不符合民主的價值，沒收補選不符合民主的價值，所以我覺得這次應該要團結起來，區翻轉大安選區，證明大安區並不是國民黨的禁臠。**

我跟羅智強提出三個面向的辯論：國防、

TAI MAN

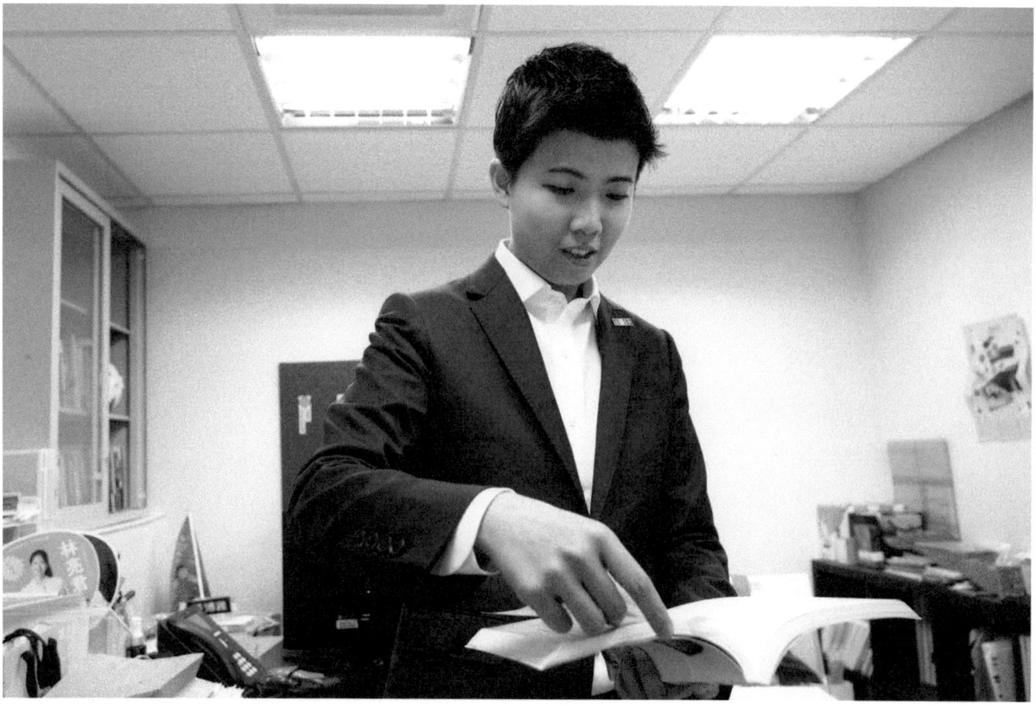

勞動僱用資本
金融騙局
THE CON MEN
李奧・高夫
中國孤兒・香港人
桑普◎著
月經不平等

外交、兩岸。讓大家知道說我們在國政的立場是什麼，這是有必要的，可是臺灣的選罷法，除了總統會辯論，沒有規定候選人一定要辯論。

這一次選舉，羅智強很想把這次選舉變成政黨基本盤，因為政黨基本盤大安區藍綠比率是 6:4，所以他才要苗博雅加入民進黨，因為他想靠國民黨基本盤的支持躺著選。

這一次在大安區，我絕對不認為是一個政黨的對決。這是一個苗博雅跟羅智強之間，究竟誰比較能夠做一個好的國會議員，這是整個大安區選戰最根本，也是大家最應該討論的問題。

許：請談談您的國防、外交跟兩岸的國政觀點。

苗：社民黨對於臺灣的國際定位的論述很清楚，臺灣現在用一個比較簡單的比喻，以前有一首歌叫做”友達以上，戀人未滿”，臺灣是”事實獨立以上，廣泛承認未滿”，現實狀況如此。所以第一個，最底線，一定要守住我們事實獨立的事實，不能夠讓我們的政治、經濟、社會落入外國的控制當中，守住事實獨立這條底線，然後向上，爭取廣泛承認。所以要拓展的，不只是邦交國數字而已，而是要針對世界上重要國家，美國、日本、歐盟，這三個世界上最大的這個民主力量的來源，再加上現在是關鍵角色的印太地區，加深合作及連帶關係，要讓這些沒有邦交的國家，也認為臺灣是不可或缺。因為這是我們爭取廣泛承認必經的一條路。

其實民主大聯盟是基於理念的合作，我們社民黨向民進黨賴清德主席提出7個主張：第一、促進居住正義;第二、優質幼托長照;第三、推動人本交通；第四、促進落實性別平等；第五、健全勞動環境，前面五項是年輕世代關心的內政議題。再加上第六、拓展外交空間；第七、捍衛臺灣主權，以上這七項，我們請賴主席把它融入競選總統的政見，賴主席也同意，這是我們民主大聯盟合作的根底。關於外交跟兩岸關係，就是要以所謂的「實質關係」，作為我們外交的根底，不是糾結在邦交國的數字，變成金錢遊戲，比誰的銀彈投的多。**實質的外交關係，才是臺灣的命脈。**

第二，關於國防，國民黨早年講的反攻大陸，已經完全不適用了。現在國防要走自主路線。除了軍購要買，我們自主研發的能量要增強，所以國艦國造的方向，我是支持的。雖然造軍艦、造潛水艇很困難，也要很多的投資，可是這個是臺灣國防能否自主的命脈。國防要走自主路線，增加國防的投資，讓臺灣可以自己製造防衛性的武器。然後是武器採購，以防衛性武器為主，不對稱作戰，精準打擊、自我防衛的武器，該花的錢要花。

羅智強反對採購，他是根本性的反對採購者。他說，兩岸要和平，不要開戰。問題是，比如說旁邊有一頭老虎，我會主張，至少用個鏈子，讓老虎不要過來咬我；羅智強主張，買這個鏈子要用錢，不能買，你要跟老虎講道理，叫牠不要吃你，這個完全講不通。

對我來說，第一，國防自主，要加大投資我們自主研發和製造能力；第二，採購武器的時候，該採購的要採購，不要意識形態，不要為反而反。蔡英文總統所提的四個堅持，其中最重要的「中華民國臺灣與中華人民共和國互不隸屬」，現階段國際普遍接受「互不隸屬」的立場，所以這也是現階段臺灣要堅持的兩岸立場。那兩岸是不是可以坐下來談，當然可以，在沒有政治前提的狀況之下，大家可以友善、平等、尊嚴的來談，但是如果有政治前提（就是中國所謂的「一中」前提），那就絕對不能接受這種羊入虎口的做法。

讓國家有正向的改變

黃：前面提到，您當選立法委員後，一定會繼續服務市民，您認為還可以為大安區多帶來甚麼？還有，現在的年輕人無論是在臺北市或在整個臺灣，身處多變的局勢，也是努力求生存的世代，您這在這兩方面，有沒有什麼樣的主張。

苗：大安區是臺北市發展相當好的一個區，各種公共設施應有盡有。我認為我來做大安區的立委，大安區至少可以有更多元的政治生態，不再像過去由國民黨一黨壟斷，這是第一個重大改變。第二，我當選大安區的立委後，絕對不會在任期當中跑去擔任其它職位。做大安區的立委，有一個很重要的工作，就是要讓這個國家是有正向的改變，因為大安區是全臺灣資源較多的區域。如何讓這個國家更多的地區，也可以享有跟大安區接近的生活品質？我覺得這是在國會裡面，我們可以去為臺灣所做的貢獻。所以今天投給苗博雅，當然大安區的基層的服務，如燈亮、路平、水溝通等基礎建設，我都會盡力去做。居民關心的危老重建都更議題，以及更多大安區未來發展的議題，我也會盡力去推。希望以大安區的生活做為範型，再往外擴散複製這樣的經驗，讓大安區成為全國幸福社區的示範。

番外篇

石虎、足球、雲豹與臺灣

撰文 **許麗玲** | 插圖 **陳保如**

訪問苗博雅的過程採訪者十分省事，因為「阿苗」一聽完提問就完全自動上路，滔滔不絕、有條有理，很難想像作為一名全年無休的政治工作者，還能精神飽滿地回應這些不知道被提問過幾百遍的問題。

當我們看到辦公室中那顆簽滿球員名字的足球時，阿苗一改原本有點嚴肅的神情，她輕快地說：「我是總領隊，我用自己的時間和資源去幫這支成立了六十年的老球隊找更多贊助。」

足球？在臺灣？當時我心想，只有每四年一次的世足賽才會引起國人注意，平時很少聽到有誰在關心國內的足球比賽。沒想到真的還有人；尤其是政治人物，會努力推動不被重視的運動。

我想著：「如果石虎知道有一支足球隊以牠作為隊名不知作何感想？」石虎或許會這樣回答：「我是貓科動物，但我不是你們人類豢養的貓咪，我不玩球啦（眼神不屑）～」

「不是你來玩球，是你的名字拿來做為球隊的名字，你有何感想？」我連忙拿起手機搜尋台灣石虎足球隊的吉祥物設計給牠看（那可是有名的設計師；也是熱愛足球的姚仁恭設計的）。

「我有這麼威嗎？！這個設計師不錯，我喜歡！」石虎的眼睛睜大地說。

「你本來就很威啊，有人稱你是『豹貓』或『山貓』，你是天生的獵食動物。」我回答。

「唉！好久了，真的已經好久了，我的棲地被人群和房屋佔據，我們被捕、被車輪碾壓（你們稱為『路殺』，但路不會殺我們，是人！），這麼長的時間以來，我們只能躲藏，族群也越來越少。我們已經忘了，祖先們在山林間擁有的自由、尊嚴與威風。」

「冒昧問一下，你們會選擇為了族群的生存，成為人類的寵物嗎？」我想到石虎的族群危機，雖然有許多人創議保育，但仍然和原本的生態相去甚遠，於是好奇地問。

「怎麼可能？我們的血液裡沒有「被馴養」的基因，我們愛自由、愛森林、愛野性。人類不喜歡我們撲殺你們養的雞鴨，可是在我們眼中，那是獵場中的獵物。但是，我們敵不過從山坡上長出來的房子，也敵不過陷阱和路上的車輛。我們只能繼續躲藏也繼續變少。但「被馴養」絕對不是讓族群活下來的選項！」

「這不就像臺灣的命運？」我問，並且快速地在心裡讓牠知道臺灣被中國各種文攻武嚇，就是想要讓我們被同化、被馴服、忘記自由、忘記土地、忘記自己。

「真的！原來我們命運如此相同！那你們需要我們做什麼，好幫你們守住自由、記住自己？！」

雖然這些對話來自內在，但我還是驚訝於作為被人類迫害的野生動物，這石虎竟然會想要幫助在臺灣的我們？

「我一定會幫助你們的，因為只有人類會忘記我們是一體的，我們不會忘記這個事實。你們能自由，我們就會有自由的機會，你們不忘自己，我們也會記得自己。」

這話讓我深思，於是，我再好奇探問：「那個，可以向你打聽一隻貓科同類的下落嗎？究竟台灣雲豹存不存在？還是那只是神話與傳說？」

「你是說，那個『山海的人』；就是你們所稱的『原住民』稱為『神的孩子』的雲豹？牠存在，但是又不存在！」

又來了，番外篇的內在對談，總是出現這類無解的答覆，我翻了白眼，表達對這個回答並不滿意。

石虎露出威嚴十足的神情，慎重其事地說：「就像你們一直想要稱自己為國家，並且稱它為『臺灣』，但是很奇怪，事實上你們是一個國家，名字就叫臺灣，但你們又常在語言中否定它、懷疑它；甚至失去它。你這次報導的這些候選人，不都是強調要守住『主權』和『國家身分認同』嗎？雲豹是『神話』還是『實際存在』？這和『臺灣是國家』是『神話』還是『實際存在』不是一樣的嗎？！你們吵吧！但是，請千萬記得自己並且和平、堅定地守住主權與自由，哪一天，你們真正成為自己，不論是石虎或是雲豹都會再回來！因為我們是一體的！」

國政白皮書 公民版

04 SPECIAL PROJECT　特別企劃

企劃執行　**PS. 黃觀、許麗玲**

公民版
國政白皮書

2023 年人間魚詩生活誌修訂

PS. 黃觀

《人間魚詩生活誌》總編輯。

許麗玲

不務正業的宗教學研究者：認為宗教研究在實踐不一定在學院。

不商業的品牌創辦人：相信品牌是從品質到精神的一致性。

不做則已的刊物發行人：相信一本《人間魚詩生活誌》能讓台灣更好。

/前　言/

2024，台灣準備好了嗎？

文　**編輯部**

上一期《人間魚詩生活誌》（第十三期）的封面主題是:〈台灣這張考卷——給未來的總統；與 ChatGPT 聊國政白皮書 33 道題〉，這個特別企劃是團隊經過幾個月的討論並且反覆地和 AI 聊天機器人互動，整理出 33 道台灣這張考卷的題目與回答。我們希望能夠藉由 33 道國政白皮書，引起社會普遍的關注與討論。這一期，我們接續規劃了「公民版國政白皮書」的專題，並寄出了一百多份詩生活誌給各大媒體、宣布參選的總統候選人、學者專家和政治評論者，也歡迎引用台灣這張考卷的 33 道題。

而此時，「Me too 運動」撕破了我們對「台灣性別平權已逐步落實」的想像。在社會集體的檢討聲浪中，「公民版國政白皮書」彷彿已非國家當務之急。雖然如此，仍有不少人，對我們的邀約與用心表達肯定，如：張雅琴、宋國誠兩位，他們都表示對此議題很有興趣，也仔細閱讀〈台灣這張考卷〉。

於是，在各界的鼓勵下，我們決定堅持下去，並提出一份更具高度的「公民版國政白皮書」。經過數月努力，我們很高興完成這個專題，首先要感謝總統府秘書長林佳龍先生，經過他的推薦，台灣智庫副執行長董思齊先生在短時間內召開了一場「公民版國政白皮書座談會」，當天與會的專家學者討論相當熱烈，其後並有吳瑟致、沈有忠兩位教授接受邀稿，提出他們的國政論點。

我們還邀訪到曾任陳水扁總統第二任執政時期的教育部長杜正勝院士，杜院士是知名史學家，再加上曾任中央部會首長的資歷，他的用心懇切、論述令人深思，他認為：在教育方面，對於中國我們必須要具備有知己知彼、全面性的了解。他也建議，台灣未來的總統除了要有台灣史觀之外，還要能揭櫫台灣的國家「精神價值」並以此建構「國格」。

另一篇份量十足的國政白皮書來自曾任台南縣縣長；也是台灣維新黨召集人的蘇煥智先生，他在今年 5 月宣布投入總統大選，但是也在 9 月 15 日下午公開宣告，表示因個人財力困難，募款不易，決定放棄總統連署參選。雖然無法正式參選，但長期關注台灣政局以及民主社會的發展，蘇煥智這份國政白皮書值得深入探討。

媒體專欄作家、政治評論員張宇韶先生也提出了美、中、台關係的詳細論述。雖然張宇韶捲入「Me too」風波，編輯團隊仍收錄了這篇國政白皮書。原因如下：兩性平等非常重要，讓所有國民都能安心與安身立命，是國家之所以存在之必要；然而，台灣所面臨的問題，從內政到外交，也遠不止性平議題。每一位公民都有關心國政的權利，更應該為國家提供專業的建議。張宇韶長年研究兩岸關係，對中國——尤其是中共有相當深的了解，他所提出的論述與建議值得關注；因此，我們決定將他對國政的觀點，呈現給大家思考。

除了上述五名作者之外，我們還邀請到以下三位提出國政建言：現任總統府國策顧問黃越綏女士，她對於台灣的國家定位、國人自我認同以及制憲等議題都有提出建議。現任台北市議員苗博雅也提出台灣在國際上應如何自我定位、取得認同的觀點。前行政院環保署副署長詹順貴先生，他也對台灣如何借鏡烏克蘭反侵略的決心與行動、居住正義和年輕人就業等議題提出看法；還有台灣獨家傳媒智庫執行長曾建元先生，在 33 道題外，加上了第 34 道題：「如果中國發生劇變」。

感謝這九位作者，善盡公民責任，參與國是討論。我們知道，當關注國事的來龍去脈、前因後果成為「全民運動」時，就是台灣安全與繁榮的最佳保障。或許那一天將會到來，然而，2024 大選在即，國際情勢瞬息萬變、中共對台滲透和武力威脅日益加劇；我們深深知道，民主台灣得來不易，台灣不能等，但我們準備好了沒？

《人間魚詩生活誌》「國政白皮書」接續考題

此一專題的設計，可以看出 貴編輯部非常用心，題目的構想，也可讀出 貴編輯部很關心台灣的未來。

看完「台灣這張考卷——給未來的總統」33 道題目的 ChatGPT 答案，則可以清楚發現這一版的 AI 只能從已吸收的資訊中歸納整理出看似周延縝密而且條列分明的答案，但如進一步細究，其實可以發現答案內容很模式化，甚至流於空泛，最重要的是無法對特定的個別議題提供具體乃至量身打造的解方。

既然是給未來總統的考題，還是應該由目前檯面上三位總統擬參選人他們來回答，以供選民判斷、選擇會比較好。以下試擬 3 道筆者個人非常關心的題目，其中第 1、2 道與貴刊《人間魚詩生活誌》所列 33 道題目息息相關，第 3 道是筆者認為台灣目前最亟需解決的內政社會問題，僅供參考，未必適合刊載。

詹順貴

前行政院環境保護署副署長，環境律師，長年用法律協助並參與社會運動，力阻土地不當開發。曾任台灣動物社會研究會理事長、民間司法改革基金會執行委員等職。

1、民進黨賴清德、民眾黨柯文哲與國民黨侯友宜三位總統候選人，面對中國日翅的武力威脅，都已喊出類似應該積極「備戰而不求戰」的戰略口號，但

終究只是口號，具體的戰略政見是什麼？未來的總統應該盡速提出公告，讓台灣公民能有充分時間析辨、選擇。

ChatGPT：
您所描述的情境涉及到具體的政治情境和可能的選舉策略。至於您提及的三位政治人物—賴清德、柯文哲和侯友宜—截止到我最後的知識更新，他們還沒有宣布在同一次選舉中都參選總統（編按：ChatGPT 資料庫更新至 2021 年 9 月，截至 2023 年 8 月底，公開宣布將參選 2024 年總統選舉的人為：賴清德、柯文哲、侯友宜、郭台銘）。但基於您的描述，我可以給您一些建議性的回答。

具體戰略政見的公布：候選人在選舉期間應該明確、具體地說明他們的戰略和政策。這不僅僅是關於國防，還包括外交、經濟和其他國家治理的各個方面。透明的政見會幫助選民了解每位候選人的立場和策略，從而做出明智的選擇。

面對威脅的策略：「備戰而不求戰」這樣的口號確實強調了防禦的重要性，但候選人還應該說明如何增強台灣的國防能力，例如是否增加國防預算、購買更先進的武器系統、加強軍事訓練或與其他國家建立更緊密的防禦合作。

公民參與：候選人應該鼓勵公眾參與政策討論和形成。這可以通過公開論壇、聽證會或其他形式的公眾諮詢來實現。

強化外交：除了加強國防外，候選人還應該說明他們如何通過外交手段來應對威脅。這可能包括尋求國際支持、加強與其他國家的外交合作、參與國際組織等。

教育和訓練：投資於教育和訓練，提高公眾對國防和安全問題的認識，可以幫助建立一個更有凝聚力和有抵抗力的社會。

最終，您提到的三位候選人應該提供清晰、具體的策略和計劃，這樣選民可以在選舉時做出明智的選擇。

2、俄侵烏戰爭，從國際間咸認會速戰速決，到烏克蘭全國上下團結一心，縱使一開始持續敗退，仍步步堅守，讓歐美國家有反應時間開始資助大量武器、通訊設備與民生物資，並收容接濟難民，讓留守烏克蘭的軍民能守住首都並開始僵持到慢慢收復失土。最新發展甚至出現俄羅斯傭兵組織「瓦格納集團」與俄軍反目，反向佔領俄國南部羅斯托夫（Rostov）地區，而被普京定性為「武裝兵變」，形同「叛國」，未來情勢將如何演變？台灣未來總統應如何借鑑這場戰爭，從中吸取養分，以作為台灣「備戰」、「全民防衛」的活教材？

ChatGPT：
首先，您描述的「瓦格納集團」與俄軍反目、以及反向佔領羅斯托夫的情節，截至我最後的知識更新日期（2021年9月）並未發生(編按：事實上發生了，瓦格納軍團於2023年6月24日發動叛變進軍莫斯科，於6月25日兵變行動結束)。但我可以根據您描述的情境來進行分析。

未來情勢如何演變：

如果「瓦格納集團」與俄國政府真的產生嚴重的分歧和衝突，這可能會使俄國內部出現更多的不穩定因素，分散其軍事和政治注意力。此外，這樣的內部分歧可能使其他國家或私人軍事組織更加警覺，不願意深度與俄羅斯合作。

對烏克蘭來說，俄國內部的分裂可能提供了一個加強其國防和外交策略的機會。

台灣總統如何借鑑此戰爭：
認識本國的力量和弱點：**台灣需要評估其國防力量，並了解在哪些領域需要加強，這可能包括軍事硬體、訓練、情報收集和資訊戰。**

凝聚全民力量：烏克蘭的經驗顯示，全民的團結和決心在抵抗外部威脅時至關重要。**台灣應該加強國防教育，並鼓勵公民參與全民防衛訓練。**

強化與盟友的合作：烏克蘭能夠獲得歐美國家的支援是其抵抗俄羅斯的關鍵。台灣應該繼續強化與盟友，特別是美國的關係，確保在緊急情況下可以獲得支援。

適時的情報與通訊：台灣需要確保其情報收集和通訊系統是現代化的和有效的，以確保在任何緊急情況下都可以迅速作出反應。

內部穩定：保持內部的政治和社會穩定，防止外部勢力利用內部分歧進行干擾。

台灣可以從烏克蘭的經驗中學到許多，但每個國家的情況都是獨特的，因此最重要的是評估自己的情況並做出適當的策略決策。

3、現在的年輕族群普遍面臨的困境，是好工作難找、起薪低，有較多工作機會的都會地區房價高到令人乍舌。因為生活困難，讓相當比例的年輕人不敢結婚、不敢生小孩，未來總統如何提出具體可行的政策（政見），還給年輕族群一個公平、充滿希望的社會？

ChatGPT：
為了解決年輕人面臨的困境，未來總統可以考慮以下的政策建議：

加強職業教育和培訓：提供更多的職業教育和培訓機會，以幫助年輕人獲得所需的技能。鼓勵企業參與職業教育，建立學徒制度。

房屋政策：增加公共住房供應。提供低利貸款或補助，幫助年輕人購房。
加強房地產市場的監管，避免投機性買賣。

生育和托育政策：提供生育補助或獎勵。擴大和提高質量的公共托育服務。提供親職教育，協助年輕父母更好地照顧子女。

<u>勞工政策：</u>建立更為公平的工資結構。加強監督，避免超時工作和不合理的工作條件。提供更多的工作機會，特別是在非都會地區，以避免過度都市化。

<u>創業支援：</u>提供低利貸款或補助，鼓勵年輕人創業。提供創業培訓和諮詢服務。

<u>社會參與：</u>鼓勵年輕人參與公共事務和社區服務。設立青年參與機制，確保他們在政策制定中有聲音。

<u>地區均衡發展：</u>鼓勵產業向非都市地區轉移，創造更多的工作機會。
加強非都市地區的基礎設施和公共服務。

<u>心理健康支援：</u>建立全國性的心理健康支援體系，為年輕人提供心理健康諮詢和治療服務。

這只是一些建議性的政策方向，具體的政策需要基於當地的實際情況和需求進行調整和完善。最重要的是，政府需要密切聆聽年輕人的聲音，並與他們共同合作，創建一個公平和充滿希望的未來。

(延伸上題對房價居高不下的問題，編輯小組加問ChatGPT)

4、針對房價居高不下，在居住正義上，台灣總統應該有的做為，如何提出具體可行的政策？

ChatGPT：
台灣的房價居高不下問題已經存在一段時間，針對居住正義，以下是未來台灣總統可以考慮的具體和可行的政策建議：

公共住宅的擴充：增加公共住宅的供應，特別是在都市地區，以滿足中低收入家庭的需求。設定合理的租金，並保障租賃期限，使其成為一個真正可供中低收入家庭長期居住的選擇。

房屋稅制的調整：對閒置或未出租的房屋徵收更高的稅負，以抑制投機購屋。研究調整地價稅和房屋稅的比重，鼓勵土地和房屋的合理使用。

房價透明化：建立公開的房屋交易資訊系統，包括實際成交價格，使消費者可以更加明智地進行購房決策。

嚴格監管不動產業者：加強對不動產中介和建築商的監管，確保其透明、公正地進行交易。

建設用地釋放及管理：通過都市計畫調整，合理釋放建設用地，以滿足住宅需求。嚴格控制農地轉變為建設用地，避免不當開發。

利用閒置國有地和房屋：將閒置的國有土地或建築物活化，轉變為公共住宅或租賃市場。

鼓勵租賃市場：制定和修訂租賃法律，保障租客權益。鼓勵創建長期、穩定的租賃合同制度。提供稅收優惠或補助，鼓勵房東提供長期租賃。

提供購屋補助或低利貸款：對首次購房的年輕人或中低收入家庭提供購屋補助或低利貸款。

都市更新與再生：鼓勵老舊住宅區的都市更新，提高土地利用效率。促進歷史區的保護與再生，轉變為具有特色的居住區域。

這些政策建議都需要綜合考慮當地的實際情況、資源和需求來制定和執行。居住正義不只是提供屋頂，更是確保每一位公民都能享有安定、合理價格和高品質的居住環境。

接續《人間魚詩生活誌》「國政白皮書」的考題與擬答

「現在的年輕族群普遍面臨的困境，是好工作難找、起薪低，有較多工作機會的都會地區房價高到令人乍舌。因為生活困難，讓相當比例的年輕人不敢結婚生子，未來總統如何提出具體可行的政見，還給年輕族群一個公平、充滿希望的社會？」擬答解方如下：

一、「好工作難找、起薪低」涉及台灣產業結構與產業競爭力、乃至企業營利所得在資、勞雙方的分配上越來越不公平。

解方如下：

1. 政府積極引進並獎勵扶助具未來性的產業發展與轉型，例如（但不限於）離岸風電、儲能等全產業的技術在台灣生根，未來營運管理、機件保養定檢與維修業務，以及電動車的保養維修等業務加速在地化（包括輔導原本燃油汽機車保養廠業主與員工學習與轉型），並搭配技職教育提前培育人才資源。

2. 順應**少子化的趨勢，加速淘汰招生明顯不足的大學院校，改全面推廣輔助技職教育，**並彈性搭配政府當下推動的重要政策（例如當下2050淨零排放下的產業轉型工程）**調整技職教育高年級或畢業前的校內課程與產業實習課程，以利技職教育畢業生可以快速就職並獲得相對較好的薪資。**另外針對人口老化問題，**政府應計畫性鼓勵大量培育長照人力資源，**以減緩各大型醫院將醫護人力調往受益較高的長照業務，而讓醫院的醫病人力不足並快速惡化等。

3. 檢討調升資本利得的所得稅率，但**為鼓勵將企業所得與員工公平分享，配套明訂員工分紅額度可以1.5倍或雙倍抵扣大股東資本利得。**

二、「都會地區房價過高」主要來自於投資者囤房所期待的「交易價值」上漲幅度高，縱使放棄「使用價值」（如出租）的收益，坐等房地價上漲，投資報酬仍非常豐厚，並遠大於出租收益，因而間接造成房租易漲難跌的情況。依內政部統計資訊，<u>**目前台灣約有 920 萬間住宅房屋，但其中約有 117.5 萬間是空屋，如何使這批空屋可以讓有較高使用需求的青年可以合理價金購買，或以合理租金承租。**</u>

解方政策試擬如下：

針對有 3 間以上住宅房屋（商辦不算），依所持房屋數量採累進稅率課徵合理的囤房稅，例如第 4 間每年課核定房價的 3%，第 5 間課 4%（稅率可以斟酌提高），依此類推；此外另外針對閒置空屋也課徵空屋稅（稅率可以斟酌比照囤房稅或自行另訂，並依閒置年數採累進課稅），但有被課徵囤房稅的房屋，如非空屋（實際供人居住使用例如出租，須舉證），則非但免課空屋稅，囤房稅還可享減半優惠，以鼓勵釋出現有空屋。

都會地區的公有非公用土地如參與都市更新或市地重劃，強制一律規劃為社會住宅，都更實施者或重劃會應無條件配合辦理，否則公有非公用土地即不參與都市更新或市地重劃。

總統候選人
如何回應「九二共識」？

任何一位有意參選總統的人都要面對兩岸問題，且必須提出自己的對中政策及兩岸觀點，到底兩岸該怎麼互動？兩岸關係又該如何定性？這關乎到對於國家定位及主權認知，同時也會是國家領導人如何引領國家發展及願景的展現，說白的，就是推動「國家正常化」及奠定「國家認同感」。當然，由政黨提名的總統參選人必須先面對所屬政黨的路線與思維，以及契合當前社會大眾的主流民意，此外，一個有遠景的總統參選人，也要有對於國際情勢的判斷，進而有掌舵國家發展的藍圖，特別是兩岸政策的提出，更能檢視統領國家的能耐。

「九二共識的內容及影響」、「中華民國與中華人民共和國的關係」、「中華民國憲法有互不承認主權嗎？」、「主權與治權的承認是否能切割？」、「九二共識與一中的關聯性」等等，都是每個總統參選人必須回答的議題，恐怕無法四兩撥千斤，畢竟這可以檢視一旦當選後的國家路線及方向；問題是，目前浮出檯面的幾位有意爭奪總統大位的人士又是如何看待？又說了些什麼呢？隨著投票日逼近、選情日益白熱化之後，預計將有更多內容露出，甚至會有激烈的交鋒。值得留意的是，台灣社會對於總統參選人的兩岸政策及論述，應當從哪些視角來作為出發點呢？

吳瑟致

吳瑟致，政治大學法學博士，台灣智庫中國問題研究中心主任、台北海洋科技大學兼任助理教授、兩岸政策協會研究員、專欄作家，長期觀察中國、兩岸關係、國際形勢議題，以「用之則行舍之則藏」自許，但遇到公平正義之事往往有豈能藏之的勇氣。

「台灣是否要接受九二共識？」這是近期一直受到熱議的話題，截至目前為止，國民黨總統參選人侯友宜已提出支持合乎《中華民國憲法》的「九二共識」，民進黨總統參選人賴清德是依循民進黨一貫立場反對「九二共識」，而民眾黨總統參選人柯文哲慣用「兩岸一家親」、至於「九二共識」則沒有正面表態。台灣社會對於「九二共識」的看法存在分歧，支持方認為「九二共識」關係到兩岸和平且「合憲」，反對者認定「九二共識」被掛上「一中原則」及「一國兩制」，九二共識根本不存在，台灣內部對於「九二共識」的認知可以說是南轅北轍。

因此，「九二共識」是否存在？以及到底「九二共識」的內涵是什麼？這才是必須釐清的關鍵面向，事實上，回到當時歷史的真相來看，1992 年台灣與中國在政治上並沒有取得雙方都同意的協議方案，而所謂的「九二共識」是 1999 年李登輝前總統提出「特殊國與國關係」後，中共黨媒《人民日報》片面提出「1992 年的兩會共識」，而一直到 2000 年台灣首度政黨輪替後，中國才開始頻繁提及「九二共識」這四個字，**顯然「九二共識」是後製的專有名詞，並非是在當時兩岸開始接觸談判所形成的「共識」，並不具約束力的談判結果或模式，遑論是存在。**

至於「九二共識」的內涵是什麼？基於沒有具體的共識標準，就更難以提出雙方都接受的一致性說法，如果從台灣對於接觸談判的前提來看，而能促成兩岸做上台判桌，其實並非是所謂的「一中各表」，而是「海基會」與「海協會」基於涉及兩岸人民權益問題，依循著「擱置爭議、相互諒解、務實協商」的精神，在「對等、尊嚴」的原則進行協商，因此，才會有「辜汪會談」的成效，以及雙方簽署了《公證書查證協議》、《掛號函件查詢補償事宜》、《聯繫與會談制度》及《辜汪會談共同協議》等四份協議，顯然「九二共識」根本不存在。

「九二共識」會開始濫觴，並非是因為兩岸取得任何談判的進展，也因為是兩岸為了接觸而營造出「創造性模糊」的空間，這導致雙方在「九二共識」上的解讀不一樣，國民黨認為這是「一中各表」的意義，但中共卻沒有正面回應「各表」，反而強調了「一中」的政治意義，更不用說，習近平掌權開始至連任第三任期，中共已經將「九二共識」連結了「一中原則」，甚至把「一國兩制台灣方案」扣上兩岸統一後的頂層設計，提出推動兩岸「大交流」及「民主協商」，把「九二共識」視為定海神針，以作為交流協商的政治前提，必須表態也不能逾越。

而就「兩岸是否相互隸屬？」則涉及到《中華民國憲法》及「憲政主義」的概念，從憲法上並無提及「隸屬」的概念，也無從去否定「中華人民共和國」存在的事實，因此從支持「九二共識」的視角來看，認為憲法增修條文將兩岸視為「一中兩府」，一方面「否定」中華人民共和國存在的事實，另一方面則強調「互不承認主權」，這似乎有違「憲政主義」的精神，倘若中華民國主權不被承認，甚至自我否認主權獨立，那麼就難以彰顯憲政的「治權」，兩岸要「互不否認治權」根本是緣木求魚，更不用說中共一直都否定中華民國存在的事實。

從台灣當前的政治現況來看，賴清德延續蔡英文總統「中華民國與中華人民共和國互不隸屬」的立場，而侯友宜雖然沒有正面表態清楚，但是他表示馬英九前總統是兩岸和平的最佳代言人，將會在過去的經驗下往前走，這一來也是呼應他對「九二共識」的支持，同時也是用「互不承認主權」來否定「互不隸屬」的立場。不過，關鍵問題在於，中共對於「九二共識」的操作，並非支持「創造性模糊」的各自表述，而是對於「九二共識」衍生出的「一中」內涵，而這具有對內及對外宣傳的效果，一旦台灣沒有主權地位，那麼台灣屬於中共定義「一個中國原則」下的一部份，中共掌握了詮釋權，進而迫使台灣及國際社會接受。

公民政治白皮書

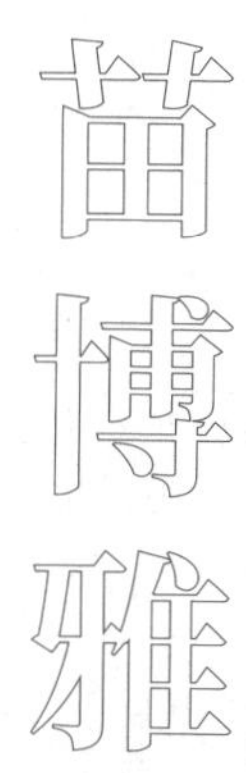

針對貴刊「台灣這張考卷——給未來的總統」33 道題的第十三題：台灣外交策略可否參照東、西德模式與南、北韓模式，推動「雙重承認」外交政策？我的看法如下：

Q13 的台灣外交策略，可否參照過往東、西德或是現在的朝鮮跟韓國，推動雙重承認的外交策略，這個議題很有意義。為什麼我覺得這議題很有意義？因為所謂的「一中原則」跟「一中政策」，這兩件事情在台灣長期以來的政壇，大家討論，但很少人說清楚。「一中原則」是中共提出的，有三個部分：第一、世界上只有一個中國；第二、這個世界唯一的中國就是中華人民共和國；第三、台灣是中國的一個部分。所以「一中原則」三段論連結起來的結論，就是台灣屬於中華人民共和國。「一中原則」是中共說的，中共也宣稱國際上廣泛承認「一中原則」，包括美國、日本、歐洲都承認「一中原則」，但是中國的這個宣稱是錯的。

根據一位新加坡大學學者的研究，世界上真正接受中國版本「一中原則」的國家只有 50 個，但世界上有 192 個國家，其他國家叫做「一中政策」，中國是 One China Principal，其他國家的是 One China Policy。「一中政策」是什麼呢？我舉美國、歐洲跟日本的「一中政策」來談，美國尤其最清楚。**美國的 One China Policy，就是世界上只有一個中國，這個中國就是中華人民共和國，就這兩點，接下來沒有第三點，包括《聯合國大會第 2758 號決議》裡，講的也只有前兩點**。所以在這樣的情況下，台灣過去談「一個中國、各自表述」，也就是馬英九說的版本，意思是針對一個中國，我們都認同，只是講的內容不同，你講你的、我講我的，可是真實的情形是，這樣國際上會認為，台灣也認同中國講的一個中國；「一個中國、各自表述」還會有第二層問題，馬英九講「一個中國，各自表述」，是世界上只有一個

苗博雅

現任臺北市議員，2024 年臺北市大安區立委參選人。國立臺灣大學法律系畢業，2014 年參與 318 運動後投身政治工作，創設社會民主黨。長期關注臺灣主權、國際外交、性別平等、居住正義、長照幼托、人本交通及勞工權益。

中國，這個中國叫做中華民國，而台灣是中華民國的一部分，他也主張大陸是中華民國的一部分，這也是馬英九今年去中國，還在講的論述。他說憲法是一國兩區，所以我是中華民國，大陸也是中華民國的一部分，當時很多藍營說，馬英九講得真好，他提到中華民國。可是我說中共之所以讓他在中國提中華民國，原因是他唱和兩邊同屬一個中國，**不管是馬英九的一中，還是習近平的一中，結論就是兩岸同屬一中，這對台灣是絕對不利的。**「一中各表」美國不會接受的原因，是因為主張世界上唯一的中國叫中華民國，美國、日本跟歐洲，要怎麼買單？**可是今天所謂的雙重承認，對於台灣來講，我們可以接受世界上只有一個中國，世界上的中國叫中華人民共和國，我們只是不接受台灣屬於中華人民共和國，那就沒有牴觸美國、日本跟歐洲的外交政策，就是這麼簡單。**為什麼蔡總統談「四個堅持」裡，**中華民國台灣與中華人民共和國互不隸屬，會得到世界上重要國家的接受，原因就在此，這沒有牴觸 One China Policy，雖然跟中共的「一中原則」不一樣，但是這個世界也不是百分之百要按照中共的意思走。**

最近有人提出，要反中就不要拜媽祖跟關公，這是誤導，宗教與國家的認同沒有必然關係。如果信基督教要先是猶太人，信佛教要先成為印度人，這不合理。世界上語言相近、宗教相近，但是各自獨立的國家太多了，如德國跟奧地利，如兩百多年前，美國從英國獨立。所以我認為，**我們不需要去爭搶「一個中國」的代表權，也不要把自己綁進「兩岸一中」的框架。對台灣來說，不需要否認中華人民共和國的存在，但是台灣存在。**

所以我認為，推動以台灣之名走入世界，不是單純的意識形態，這也是對台灣當下最有利的外交策略，因為**承認台灣，可以符合其他國家的「一中政策 One China Policy」。承認台灣，不會變成兩中，雖然在時間上有其客觀因素，但這是台灣修正外交論述的一個過程。**台灣去交國際朋友，不是要逼迫其他國家承認中華民國是世界上唯一正統中國，這太為難其他國家，也不要去破壞其他國家跟中國的關係，但是可以跟台灣建立關係，不為難我們的朋友，這個是台灣要走出去很重要的關鍵。

憲改下一步：總統的權責問題

台灣自民主轉型以來，歷經多次憲法改革。這部憲法在 1947 年公布，設計實施的對象是當時的中國大陸。隨後因為二次世界大戰、國共內戰，這部憲法輾轉隨著國民政府到了台灣，而且因戰爭動員的關係，以《動員戡亂時期臨時條款》取代，憲法本文暫停實施。直到民主化以後，憲法再次施行，國家狀態卻已經人事全非。

由於民主化後的憲改，不是直接設計新的憲法，而是以原本的憲法本文為基礎，在中央政府的部分以增修條文做相對應的調整。回到憲法本文來看，中央政府的府院會關係，是以「議會內閣制」為原型。總統由國民大會間接選舉產生，政府實質上是由行政院長領導，對立法院負責。在憲法本文中，總統因為被定位為去政治化的儀式性國家元首，因此沒有太多實質上領導國政的權力，例如立法權（提案與否決）、主持行政院院會、國情咨文報告、或人事權（提名行政院長需經立法院負責）等。**民主化後，前總統李登輝主導多次憲改，包括總統產生方式從國大的間接選舉改為直接民選，並在 1996 年完成首次選舉；其次在 1997 年第四次修憲，賦予總統得不經立院同意任命行政院長，以及主導國家大政方針的權力。該次修憲也給了國會倒閣權，但同時與解散國會配套設計。**

修憲後關於總統的產生方式以及職權調整，讓憲法中的府院會三角關係出現本質上的變化。首先，總統改為直接民選，使國家元首獲得人民直接賦予權力的正當性，加上立法院也定期改選，中央政府中的府、會都是普選產生，出現了二元民主正當性。其次，行政院長的任命過程取消了立法院的同意權，這使得總統獲得實質組閣的「人事權」。然而，配套的設計並沒有同時賦予總統「決策權」，總統制

沈有忠

台灣大學政治學博士，東海大學政治學系教授。曾任台灣政治學會理事，現任亞洲政經與和平交流協會理事長、台灣青年基金會董事、台灣民主守望平台常務監事。研究專長為憲政體制、政黨與選舉、歐洲政治等。

定大政方針，卻沒有主持行政院院會、到立法院報告、甚至法案提出的權力，憲法本文基於議會內閣制的精神，主要的決策權仍維持由行政院執行，沒有在這幾次修憲加以調整。簡而言之，**修憲後的總統，有直接民選的正當性，並且獲得組閣的人事權，卻沒有相對應的決策權。**

基於前述，當前我國總統在領導國政時，必須透過行政院或是政黨作為「代理人」。因此在實際憲政運作上，我們看到行政院長對總統負責，以及總統往往身兼執政黨黨主席的情況。這使得府院會關係透過政黨結合在總統的領導下，總統從去政黨化、儀式性的國家元首，變成藉由政黨來領導政府，成為實質的政治領袖。**然而，因為沒有專屬於總統的決策平台與憲法上的決策權，因此透過行政院和政黨來領導國政，出現了權責不明的問題。而整個憲政秩序因此而引起的混淆，包括總統有權而無責、是否適合兼任黨主席、或是行政院負責對象不明等問題。這也是憲改迄今，學界甚至政界對於中央政府體制仍有繼續推動憲改的呼聲。**

台灣社會繼續蓄積憲改能量，當下次憲法時刻到來，再打開修憲之窗時，關於中央政府體制的部分，**除了考試院、監察院的問題之外，總統的權責問題應該更加重要。**以當前台灣的民意與社會氛圍來看，改回議會內閣制最核心的問題就是要拔除總統的直選，恐怕不符合民意和社會氛圍。既然總統在當下的民意中，已經被認定是領導國政的舵手，那麼**不妨思考透過制定《總統職權行使法》，來完備總統的決策權。**參照權力分立的憲法理論、我國憲政運作迄今的憲政秩序、甚至其他國家的經驗，**總統除了任命行政院長之外，也應該主持行政院院會，主動協調與領導國政。此外，賦予立法草案的提案權、前往立法院進行施政報告、進行國情咨文的權力，意味著向人民說明執政方針，甚至像美國總統擁有對法案的否決權，也可以一併思考，配套設計。**

總統既然是實質的黨政領袖，理應具備完整的人事與決策權，並且站在民意最前線來領導黨政，這樣可以解決總統權責不明、行政院負責對象不明、黨政關係時而分開、時而合一的不確定性等問題。值得吾人一起思考和尋求憲改的共識。

2024 台灣國政建議 Q34
如果中國發生劇變

曾建元

2024 年 1 月選出的中華民國第 16 任總統，任期最長可兩任至 2032 年，那時習近平如果健在，則已 80 歲，在第四個中國共產黨中央總書記和中華人民共和國國家主席任期內。

新任台灣總統在台灣海峽對岸的對手，就是習近平。

習近平以實現中華民族偉大復興的中國夢作為職志，因而他固執於相信中國特色的社會主義可以超越人類普遍的經驗，而中國特色社會主義的真實面貌，就是以「習近平新時代中國特色社會主義思想」為名的習近平個人意志，只有習近平自己才搞得清楚是怎麼一回事。

在習近平的領導下，中華人民共和國的國力產生了改革開放以來最大的變化，在美國發動的貿易戰後，絲綢之路經濟帶和 21 世紀海上絲綢之路的現代朝貢體系遭到印度太平洋戰略與經濟架構以及七大工業國集團（Group of Seven）的全面圍堵，並加速產業脫鉤，將中華人民共和國經濟帶向困境；中華人民共和國對南海的主權聲索和對台灣的軍事威嚇，反而促成美國、日本居中軍事串聯民主國家共同維護台海與南海的自由航行權，並因而重估了台灣的區域安全角色，將台灣實質納入印太集體安全體系之中，也將中華人民共和國暴露於戰爭報復的危害中；更甚者，以《關於當前意識形態領域情況的通

曾建元

國立台灣大學國家發展研究所法學博士
國立中央大學客家語文暨社會科學學系暨淡江大學資訊傳播學系兼任副教授
公民監督國會聯盟暨華人民主書院協會理事長
台灣獨家傳媒智庫執行長

報》七個不要講：要求高等院校教師不能講普世價值、新聞自由、公民社會、公民權利、黨的歷史錯誤、權貴資產階級和司法獨立，揭示其對於聯合國普世價值的敵視，沒收香港在一個國家兩種制度下的高度自治和自由法治，更激發了民主國家陣營因危機感而對於民主與自由度在亞洲皆排名第一的台灣的高度同情。

所有台灣內部關於兩岸關係的討論，都是台灣如何在中美衝突當中自處，如何維持台海兩岸的和平與發展，但從未有一旦習近平政權不穩，中華人民共和國爆發內亂，台灣應當如何因應面對的思考。中華人民共和國作為大國，一旦統治崩解而可能對內部人權狀態造成更大侵害從而影響區域安全和全球秩序時，聯合國有責任協助中國大陸各個民族和人民基於人民自決原則和國民主權原理維持其國家主權與國家保護責任的正常行使，我國基於分攤維護印太區域和平之責任，有遠見的政治領袖應從台灣作為最能了解與掌握中國大陸變局的國家角度，與聯合國和區域內重要國家如美國、日本與韓國，就如何共同管理中國民主轉型過程與共建中國民主政府進行研究與對話，必要時應參與維持中國和平行動，以便幫助中國大陸開明與進步政治力量取得政權，打開中國走向憲政民主的契機，而終究學會尊重台灣人民對於兩岸關係未來發展的任何決定。

民國 112 年 8 月 4 日 5 時半
台北晴園

公民版國政白皮書

我是黃越綏，榮幸並感謝受邀，參與貴誌催生出「公民版國政白皮書」的美意。

對「台灣這張考卷」主題的前言：

即使像烏克蘭已經是參加聯合國的獨立國家，但面對極權的俄羅斯，一昧的逃避或討好，只會縱容施暴者的敏感度和劣根性，日夜不得安寧。

而台灣內部的分裂與矛盾，除了意識形態外，中共認知作戰的假訊息，以及長期利用槍、金錢、女人、學生的技倆來滲透，已經嚴重造成國人，敵我不分的缺乏愛國心。

奪取台灣是習進平的野心而非統一的藉口，而美國挺台則是以其國家的利益作為出發點。

因此親美也許只是目前正確的路線，但非一勞永逸，唯有堅定的著手屬於「內政」的制憲，才能反駁並制衡中美的「外來」干預，也是整合台灣不同的政治生態，共創永續繁榮與發展的落實白皮書。

也許參選人都有政黨的包袱，與現實局勢的考量而不敢面對，但我們不能不催生。

黃越綏

現任總統府國策顧問，詩人、專欄作家、有線及無線電視節目主持人、臺灣社會福利總盟發起人、社會運動者、政治人物，被日本雜誌列為影響臺灣百大的名人。

國政建言 Q1：

在中美兩大強權的操控與影響下，儘管台灣在國際局勢與地緣政治的重要性，已經獲得世界普遍性的認可。

但雖宣稱台灣是主權獨立的國家，事實上除了不能夠加入聯合國外，甚至連國歌還存有「吾黨」所宗，非民主化的荒謬，疆域則模糊到含括了中國大陸，更沒有專屬的國服。

任何代表台灣的總統，難道應該與時俱進，自立自強並用全民公投的方式，為國疆、國歌、國服等代表國格的重要議題而制憲。

附上 Q1 題目供參考，並祝事祺！

ChatGPT：

台灣的政治、文化和身份認同問題一直是該地區和全球都極為關注的議題。對於您提到的問題，有幾點可以進一步討論：

身份認同：在過去幾十年中，台灣經歷了從一個單一的國家身份認同到多元化身份認同的轉變。越來越多的台灣人認為自己是「台灣人」，而不僅僅是「中國人」。這種身份認同的轉變與台灣的政治和社會發展緊密相關。

國疆、國歌和國服：對於國歌中的「吾黨」和疆域問題，這些確實反映了當時的歷史背景。但進行憲法修改或重新制憲是一個極具爭議且複雜的過程，需要大部分的社會共識。關於國服，它更多是文化和歷史的體現，而不僅僅是政治的象徵。

制憲的必要性：是否需要制憲是一個政治、法律和社會的問題。制憲可能會被視為台灣宣佈獨立的行為，這可能會導致中國大陸的強烈反應。因此，任何討論這個問題的決策都需要謹慎考慮各方面的影響。

公開甄選及全民公投：這是一個民主化的方式，可以讓民眾參與決策過程，確保民主價值得到體現。但全民公投也有其局限性，例如可能被極端或極端情緒操縱，或者對於複雜的問題無法給出明確的答案。

總的來說，台灣的身份認同、政治和文化問題是非常複雜的，需要平衡各種利益和考慮。任何改變都應該基於廣泛的社會共識和謹慎的評估。

(延伸上題，編輯小組加問 ChatGPT：針對上面的提問，台灣總統應有的主張)

ChatGPT：

當台灣的總統面對如上所述的問題時，理應考慮以下幾點作為其主張或方針：

維護台灣的利益和安全：**首要的任務是確保台灣的主權、安全和發展利益**。這包括維護其與其他國家的外交關係，同時確保其國防政策足夠堅固，能夠抵抗任何外部威脅。

尋求廣泛社會共識：**在考慮憲法修改或其他重大決策時，總統應該確保這些決策基於廣泛的社會共識**。這可能包括進行公民諮詢、公開辯論和全民公投等方式。

強化民主制度：台灣應該繼續深化其民主制度，這意味著進一步開放、透明和公平的政府運作，並確保人民的權利和自由受到保護。

推動文化和歷史認知：總統可以主張增加對台灣獨特文化和歷史的認識，這不僅可以鞏固國民身份認同，也有助於國際間對台灣的認知和尊重。

平衡國際關係：考慮到台灣所處的地緣政治環境，總統需要巧妙地平衡與各國，特別是美國和中國大陸之間的關係。

促進內部和諧：台灣內部有不同的族群和意見，總統應該努力促進各個族群和社會階層之間的和諧與合作。

持續發展經濟：除了政治和國家身份議題外，總統還應該著重於經濟發展，確保台灣的經濟持續增長，並確保各階層受益。

最終，總統的主張和政策應該反映台灣民眾的願望和利益，並且在此基礎上維護台灣的主權和安全。

杜正勝

公民版國政白皮書

Q：現在台灣的情況，有所謂的「文化溯源論」，您建議未來守護台灣主權的總統，應該具備什麼特質？

杜：我們直接向未來的總統喊話，不管是藍綠，或是哪一個人、哪一個黨。首先，未來的總統一定要明白，你是一個「國家的總統」，不是一個地方首長，不是特首。

所以，國家有國家的主權，國家有國家的國格，有國家的格調，有它的personality。國有國格，人有人格，人格是什麼？英文中的personality，不是中文認知中具有道德評判的意謂，而是指一個人之所以為人的特質。

是國家就要有國家的特質，正如作為一個頂天立地的人，也要有自己的特質。這個特質是什麼？就是要能夠拿得出來，會讓人家尊敬的。我們剛剛講了人格兩個字，並不是帶有濃厚的、倫理學的道德意味，而是建構在作為「人」的生理事實上。人之所以為人，有一個基本假設，就是要做一個人，就是要讓人家能夠尊敬，作為一個國家，也要讓人家能夠尊敬。

所以國格、人格其實是一致的。要向未來總統喊話

杜正勝

前中華民國教育部部長，1992年7月榮膺中央研究院院士。中國古代社會史學者，專研古代社會史、文化史、醫療史等。中央研究院歷史語言研究所兼任暨通信研究員、《大陸雜誌》主編、《新史學》主編。

的就是：千萬要記住，掌握國家要有自己的格調，也就是說國家除了有法律上的主權之外，還要有尊嚴、有精神，並且要能夠規劃國家未來的方向，如何才能夠達到未來遠程的目標，這是第一個任務。腳踏實地不談高調。

我們非常慶幸台灣幾十年來的努力，透過全民選舉建立了一套普世的民主自由的國家機制，獲得多數人支持的候選人贏得選舉，才能實現個人及政黨理想目標。全民尊重這個機制不會有其他異議。這個機制衍生出選舉操作手法，運用各種方法來獲得多數選票，但在這些操作下，候選人不可能為國家的未來訂下長遠的藍圖。所以未來的總統，除了現實面的照顧外，也應該好好思考這個國家未來，國家要有走向未來的長遠目標，要帶領人民要往哪裡去。

未來的總統，除了現在的選舉技術層面的操作外，要有更深層的思考。更深層的思考是什麼？**任何一個國家的未來，跟過去不可能完全切割的，也就是說，未來跟歷史沒有辦法一刀兩斷，所以對國家過去的歷史文化要有深刻的認識，並且從中去理解人民，甚至要去教育人民認識自己的歷史。**

第二點，未來國家的領導人，一定要多思考歷史文化的層面，回到台灣本身。

台灣過去的歷史，要先從近的再慢慢推到遠的。最近的就是 90 年代以來的民主化，這 30 多年，再加上從 1949 年，或簡單說 1950 年代，從 1990 到 1950 年代往前推，這 40 年基本上可以籠統說就是一黨專政，大部分的時間是在戒嚴體制裡面，這是台灣永遠切不掉的。今天台灣所有的這些現象，都是這兩個階段，不時在我們每天生活發生，是每天在發生的。甚至再遠一點，剛剛是籠統說一個 1945 跟 1950 年，其實比較準確的說是 1945 年，1945 年日本二次大戰戰敗，之後國民黨來接收台灣，或者佔有台灣，前面的 50 年的日本殖民統治，說影響也好，或者是說好的壞的各方面的，先不談一些基礎建設等等。為什麼現在台灣有些人，一碰到日本就會有情緒反彈？當然是他認為台灣人就是以前被日本統治 50 年，雖然隔了相當久了，這個影響還存在。歷史再往前就是清朝，歷史文化越來越深沉了。再往前就是清朝的 212 年，再加上明朝的 23 年，差不多是 235 年，這個就是所謂的中華文化，中國的文化，就是在這裡面，在今天也都還存在，如 3 月瘋媽祖。如果沒有清朝的這一段的歷史，哪裡會有這個？我們設想歷史，如果在 17 世紀上半期荷蘭人佔有台灣以後一直統治下去，還會有這一些中國神明嗎？即使有也不可能這麼多，現在中國的神明在台灣到處都是，大街小巷，這個會是一定存在的嗎？

台灣組成是多民族的、多文化的，沉澱在台灣社會裡，顯現於常民生活中

十七世紀或是 1624 年以前，台灣和西方所謂現代文明，或者近代文明的中國，甚至於東洋日本，甚至更晚的二戰以後都沒有關係的，當時活躍在台灣這塊土地上的是南島文化。現今南島文化是弱勢，然而在台灣，不但南島民族的族群還存在，它的文化也存在。**我們尊重土地原來的主人，任何非南島民族的人，不能完全忽視這一塊，這是任何領導人都要知道，台灣過去這個長遠的歷史當中的不同階段，所謂的 legacy「遺產」、存留的東西。**坦白講，遺產 Legacy 並不一定完全都是好的，但就是去也去不掉了。一般講，沉澱在台灣的社會裡面的這些 legacy，是顯現在庶民的生活裡面。時代越遠的 legacy，相對比較不明顯，或者說，沒有形成很大的力量，對常民的影響也比較不明顯，越近的影響越嚴重。這些歷史文化理清了以後，未來領導人應該要知道，我們面對的台灣是一個非常複雜，不但是所謂多民族的，而且是多文化的。而這些多民族多文化，在近代民族國家 (Nation-state) 的架構下，台灣的複雜度，是遠遠比很多國家碰到的困難更多，因為所謂民族國家，理想的狀態是單一民族、單一國家。譬如說日本：日本人基本上是大和民族，頂多還有北海道阿伊努族（Aynu），還有本來沖繩是一個獨立的王國，琉球王國，後來變成沖繩，但是因為語言、文化跟日本本土的民族相近，所以基本上它是一個所謂單一民族的國家。像法國也好，不會像台灣有這麼多不同的民族。當然法國因為後來的移民，越來越多不同的民族。

以台灣作為主體，歷史遺產層層疊壓是可以消化的，成為一個民族國家

基本上，台灣因為再組成的成分，就像地層的累積一樣，從古到今，一層一層，不同的民族、不同的文化。原來的南島民族、南島文化，再來，大航海時代帶來新的文化，荷蘭人是民族沒有留下來，文化遺留也不多，但是接下來就是中國進來，整個民族文化都進來，再來就是日本二戰以後。台灣就是層層疊壓，這種層層疊壓，**其實要作為一個民族國家來講，以台灣作為主體的基本前提，這一些層層疊壓其實都是可以消化的。**

正如剛剛講的法國，，用法蘭西來做一個例證。在中古以前，姑且稱之為籠統，西元五、六百年以前，法國基本上是高盧人，再來進入中古以後，就是法蘭克人 Frank，從日耳曼、德國那邊進入高盧地區。這些人變成統治者以後，就是 Frank，France 就是這樣來的。當然法國的南北也有差異，但是逐漸地成為一個法蘭西這樣的一個概念，經過中古到近代成為一個民族國家。西元 1500 年以後這個民族國家的形成，法蘭西是一個代表，西班牙也是一個代表。當然會有人舉例英格蘭，英格蘭的問題就比較複雜了，我現在不談。民族國家的形成，德國 / 德意志跟意大利，要晚到 19 世紀才形成。像法蘭西在歷史上，也是有不同的民族跟文化，但是經過長期的歷史消化，至少到了近代以來，就是一個民族國家、民族文化。

那台灣呢？台灣過去好像一直不是在地的人做主體，也就是說一般講的外來統治。荷蘭、鄭成功、明鄭、清朝、日本；包括國民黨帶來的，都是外來統治，不是以台灣在地人做主體，所以沒有發展出以台灣作為主體的國家意識。

台灣之所以會有國家意識，在我個人的看法，應該是 1990

年以後才普遍覺醒，在以前只是少數人的一些政治期望或是要求，也就是所謂台獨。**台灣要成為一個獨立的國家，如果有台灣做主體，為什麼還要再要求台灣獨立。這因為是對不同的外來統治者而言，台灣人不是主人，外來的人在主宰台灣人的生命，所以才會促使一些人，我們稱之為先知先覺者，他們先提出台灣自己要成為一個獨立國家的訴求。**當然，在外來的統治之下，這一些人都是所謂叛國者，還不只是異端而已，當時的政權絕對不容許這種人。是因為進入了民主化以後，我們有民主的覺醒，覺得台灣人可當家作主了，這才是 90 年代以後的事情。

所以 90 年以後，普遍有一個台灣國家的意識，這個觀念在社會裡面慢慢擴散。這個時候成長的人，整個思想觀念已經都在戒嚴時期受到教育，差不多都完成了，所以這一世代，其實就是上了年紀的人，他要改變不是那麼容易的。雖然在現實面，或說他自己的一些發自於內心的訴求，應該要自己來做主人，會支持本土的政黨。但是，即使有很多人支持本土的政黨，腦筋裡面無意中還會跑出很多觀念，這些觀念無法脫離以前所受的教育。他以前所受的教育是什麼？以現在活著的人來看，大都是受國民黨的所謂「中國」的教育，因為現在受日本教育的人其實已經不多了，日本退出台灣已經快 80 年，如果要受日本相當程度的教育，到十幾二十歲，那加起來，他現在已經都快 100 歲了，這一類的人是不太多了，絕大多數都是 1945 年以後，國民黨來之後所教育出來的人，這是台灣絕大多數的人。所以這一類的人到現在還是社會的主要世代，要一直到 90 年以後覺醒了，受的教育才改變。以 1997 年開始有認識台灣的教育算起，到現在也還不過是二、三十年而已，所以現在這個社會所講的所謂”天然獨”，差不多是四十或五十歲以下的人。

對未來的總統而言，他必須明白這個歷史脈絡。因為台灣很多人是受國民黨教育的，90 年以後比較普遍的有一些覺醒，但是現實的瓜葛又是一回事。所謂本土的國民黨的很多觀念，一說出來也是台灣主體、台灣重要，但是他從年輕的時候就是屬於國民黨的，所以選舉的話，是不是有心理衝突，這點我不知道，但是這一類的人在選舉時，要非常樂意、非常強烈，甚至帶著積極性去支持民主本土政黨，是不太容易的，因為包袱還是很重。但是這些人沒有「台灣」這個國家主體行嗎？所以他們也會講要以台灣做主體。不過很不幸的，因為掌握政治導向的，還是有不少外來政權的人，這個外來的政權並不是以台灣做主體。所以，未來的台灣總統，講白了，如果是藍的，因為他的意識形態、大方向、大目標是朝向中國，是要回歸中國。那應該要很認真的思考，他所面對的這一些台灣人，即使有相當多的人以前受國民黨的教育，但是他們經過 90 年代的洗禮，20 幾年來，已經有相當程度的覺醒，覺得自己應該要當家作主。未來的總統，如果要把台灣帶向中國方向，要想一想，如何面對這一些人。如果未來藍營的人當總統的話，我希望他要認真思考，這問題看起來跟現實利益不是那麼緊密相關的，但卻是潛在的基本問題。

國民黨的未來要回頭讀自己的歷史，讀國共鬥爭史、國共交涉史

很清楚地，**從現實來看，中國是在中國共產黨的統治之下。中國共產黨已經講的很清楚，就是要永遠掌握政權，且法律也規定的很清楚，任何政黨想要取代共產黨，就是叛國，叛中華人民共和國。所以國民黨自己要好好想清楚，還要維持一個中國的國民黨的話，頂多就是所謂的花瓶政黨。**花瓶政黨就是需要用的時候，把你拿出來擺在那裡，他不要用你的時候，你要滾蛋。因為在現實上，共產黨講的是陽謀，不是陰謀，共產黨完全沒有騙國民黨，也沒有騙台灣人，共產黨也講得非常清楚，就是一黨專政，這個一黨專政是萬萬世，要傳下去的，任何危害到共產黨萬世執政、萬世統治的的人或是團體，絕對殺無赦。就是這樣。共產黨法律上也訂明，政治的宣告也都講得很明了。要把台灣帶向中國，不是自投羅網或是自己找死嗎？這本來是非常簡易的道理，怎麼今天會出現中國共產黨操縱台灣的選舉，而台灣竟然也有人會呼應？！我覺得這個事就連小孩子、有一點知識和智慧的人，馬上就可以分辨出來，為什麼還會利益迷心去配合中共的說辭？

其實看共產黨歷史也會非常清楚：他們給的利益只會是短暫的利益，糖給你吃，讓你吃個幾天，以後馬上取消掉，這個最清楚的。**國民黨應該好好研究國共的鬥爭史，或是國共的交涉史，這個在過去歷史吃的虧太多了**，即使不研究自己，也要看看一般的歷史。我們舉一個最簡單的，所謂民主同盟人士，中國在蔣介石統治時期，尤其是抗戰的那時，當時的民主人士，他們批判蔣介石、批判國民黨，恭維共產黨，那時民盟想像延安是一個天堂，他們不知道毛澤東在「延安整風」時期，黨內同志都被他利用這個運動鬥倒、鬥垮，事實上，我想當年那些民盟的人或許也不是不知道，但他們視而不見。這一些民盟人士，把共產黨拱上去當權，在 1950 年代，是吃到了一點甜頭，有的人當部長、大官。但是這種甜頭，大體上在 1954、1955 年以前存在，之後就拿掉了，更不要談到 1957 年「整風運動」過程中又掀起了「反右運動」，接著 10 年以後的「文化大革命」，就不必再講這一些後話了。

藍營，你要把台灣帶向哪個方向去？！中華人民共和國的歷史，要稍稍看一看，對不對？！國共鬥爭的歷史或是交涉的歷史，也要去回顧。所以說到最後，不論是怎樣，要為自己個人也好，未來的總統，如果是藍營的，為你的黨也好，要知道台灣是「本錢」，還是要回到以台灣做主體。綠營的人，當總統的話，當然是以台灣做主體，這是一個基本前提。沒有以台灣作為基本前提，是不可能有台灣本土政權。**但以台灣做主體，這個主體的內容是什麼？主體未來的發展要怎樣才能夠達到未來國家的理想境界，這個是綠營總統需要認真思考的。**

客觀且深刻地認識「中華文化」

除了我們今天所談的堅守民主陣營，維護普世價值，維護我們既有的民主機制，這是我們的一種生活型態、生活方式，我們要維護這個。如果共產黨來統治了以後，從政治、社會到我們個人的生活，其實都會有很大的改變。我們這一套過去幾十年努力走出來的的生活模式，馬上面臨危機，很可能都會被摧毀掉。所以，當然要維護這個。你要以世界的民主力量，結合民主的力量，共同構建一個所謂自由民主的長城，這個沒有錯。但是，台灣內部的這一些所謂的分歧，還是要解決。說穿了，就是認同的分歧，就是文化認識的分歧，所以在文化認識這一點上，綠營的人對「中華文化」，一定要有認識。**如果我們台灣人換了一個角色，是日本人、英國人或是法國、美國任何國家的人，中華文化對他而言，就是客觀的存在，跟中華文化打交道，你要認識中華文化，你會去研究，有好的地方你會佩服，就等於佩服這個世界上任何民族有好的文化一樣。但是不會有一種情感上的認同，情感上的一種歸屬感。**但是在台灣，因為過去接受國民黨長期的教育，他叫你做中國人，他告訴你中華文化是最偉大的，中華文化是世界上最好的，我們從小就是受這樣的灌輸，進入到人格成長過程裡面，已經成為人格的一部分。很多人，即使在選票上是支持本土政黨的，但是在講起話來，甚至於也自然覺得中國文化是很偉大。所以，如果說台灣分為兩大塊：認同台灣為國家主體，另一個認同中國，認同中國的人當然覺得中國文化非常偉大，但是認同台灣的人，無意中還是覺得台灣就是屬於中華文化。這是一個客觀的事實，未來台灣這個國家，如果要走出自己的路，需要面對這一個事實的。面對的方法，追根究底就是要對所謂的中華文化有更深刻地認識。

認識台灣後要認識中國

我以前常常講，因為在 1997 年我是參與了「認識台灣」的國中課程，那時編完的「認識台灣」的社會篇以後，我就覺得還需要有「認識中國」。

認識台灣，是因為以前國民黨沒有教我們台灣，課程中教的零零碎碎，無關重要，也沒有體系。所以，在國中課程裡有體系地來瞭解台灣，從國一開始，就有這樣概念。高中的課程裡面，分為「台灣史」、「中國史」、「世界史」這個三大塊，「台灣史」是單獨的有體系的一個部分，不是中國史的附屬部門，所以認識台灣是是台灣主體在教育上的一個反映，也是一個落實，不然什麼是台灣主體？台灣主體 4 個字會是空的。**什麼是台灣主體？從古到今，台灣的這塊土地上，所有的人、物、事等等演變過程，有一個系統的、體系地了解，主體就出來了，這是一個台灣主體，從無到有。**

那認識中國呢？**認識中國，是因為國民黨已經教給我們一套中國，這一個中國，基本上是一個民族主義下的，所謂中華民族主義下的歷史教育產物，它是一個美化的中國，是一個不切實際的中國，是一個沒有讓人民真正了解一個民族文化的利弊得失的中國，是這樣的一個中國，所以說需要「認識中國」。**這個認識是要重新認識，一般過去受的教育，認為是很自然的，但是當你抱著一個重新認識的觀點，會有不同的看法。當然，不會說一定好或是一定壞，但是會有這樣的看法，至少推遠一點，客觀的去看。客觀看了以後，**你會認識到所謂的「中華民族」有他厲害的一面，這個厲害也包括各種好的、壞的手段，各種毒辣的手段，都可能做出來的，絕對不會對哪一個民族，都是和平、溫溫和和地。**這個民族是一個長期以來不斷擴張，從一個小小的地方擴張到那麼大的範圍，如果從成果來看，不得不佩服中華民族絕對有它的長處，它有它的有效地一面，但這個有效的一面是多少犧牲。舉個例子，以前我們有中國是一個愛好和平的民族的認知，但是真正去讀歷史，先不談中國對外戰爭，中國的內戰非常頻繁，而內戰，一個戰場、一次的戰爭下來，幾十萬、幾百萬人的命就沒了。這個不只發生在過去的歷史，直到國共鬥爭的時候，也都是這樣的。國共鬥爭死的人，比日本侵華戰爭死的人，還不曉得多了多少。你一定要認識，這個就是中國的特點。因為國民黨、共產黨都是中國人，我記得以前是江澤民在 90 年代說過：「中國人不打中國人」。這完全是欺騙台灣人，從中國的歷史來看，中國人專門殺中國人！就舉五代十國；到現在台灣還有人在拜的張巡為例，張巡守城餓死了多少人，所以光講中國人殺中國人那是講不完的。

從台灣出發，顧好台灣，放棄台灣，甚麼都沒有，不分藍綠

我們要有另外一個新觀點，這個新的觀點，第一個，當然是從台灣出發，立足點叫做台灣，這個不能放棄，一放棄，什麼都沒有。不論是藍綠，未來的領導人，國家領導人，放棄了台灣，自己都不存在，這個黨也就不會存在的。所以，顧好台灣，就是本錢。這應該就是台灣未來最基本的共識，不論你的政黨屬性是什麼，最主要的目標就是要顧好台灣。

坦白講現在的國民黨，大概自己的歷史也都不看了，如果真正好好地看，不會有現在的所謂「聯共制台」的政策，甚至也不會有雙城論壇。如果這樣批評，國民黨會說，如果海峽兩岸都不交流，那是要閉關自守嗎？我認為：往來是一回事，但是雙城論壇，大家都知道就是統戰的論壇，應該說國民黨並不是傻，都是以自身利益出發的考量。國民黨對自己的歷史要了解，尤其是國共鬥爭的歷史，瞭解了以後，會更重視、更珍惜所在的台灣，國民黨會有更強烈的意願，知道應該要顧好台灣，因為沒有顧好台灣，就沒有個人，也沒有這個政黨。

自由民主不是國家的靈魂，還要有國家的根本精神

民進黨呢？如果要批評民進黨的話，應該說他們的歷史意識薄弱，因為民進黨的起來，基本上是因為奉行自由民主，所謂普世價值。但是自由民主是不是一個國家的靈魂，我提出這個問題，是希望大家好好想想，我們不能沒有自由民主，沒有錯，但是自由民主是不是這個國家的靈魂？**很多奉行、實行自由民主的國家，都還有國家的更根本的精神。這個更根本的精神，是所有本土的人都應該要認真思考的。**

舉個國家例子，美國人講起美國的立國精神，除了建構的

所謂民主的機制外，當然有美國人的尊嚴跟驕傲，美國第一個真正的立國精神，離不開宗教性。所以總統當選人就職，宣示對這個國家的盡忠盡心，宣示時手要按著聖經，因為是向上帝許諾，那是美國的立國精神。民主自由國家是普世的價值，也是很多國家都正在努力的方向。但是除了這個之外，每一個國家自己本身的精神力量是什麼？我覺得是應該要好好思考的。

歷史文化意識厚實，國家的深謀遠慮

國家的精神力量，應該要從國家民族的歷史文化，長遠的歷史文化裡面去挖掘、去尋求。我不是民進黨黨員，但是因為我在民進黨政府裡面做過 8 年的政務官，還沒有從政的時候，也是作為一個所謂社會的旁觀者，是支持並且認同本土政權，所以政治傾向自然是屬於本土的，或是現在被歸類為綠色的，這些都無可諱言。因為我認同的，就是從愛這塊土地而來的。但是跟民進黨，還是有以前我的上司，比如說總統、行政院長，他們至少也都做過的我的上司，有的也還是朋友。這樣一路看下來，有歷史文化意識的民進黨的政治人物，還是有，但是為數不多了。年輕一點的，我不熟悉了，但是整個感覺，這一方面大致上相當淡薄，因為他們的前輩，在從政時，並不特別重視這一塊，是不是因為認為這一塊緩不濟急，還是說無關緊要，還是覺得可有可無？也就是說，跟要維護的政權，好像沒有那麼直接關係，所以他們所用心的地方，大概都不在這裡了。台灣本土政權，從 2000 年開始執政，8 年以後又被取代，再過 8 年又有幸再得到政權，照理講已經是第二次執政，應該要有所謂前車之鑑，好好的分析第一次執政的利弊得失，要好好、深入、廣泛的來檢討分析。現在給我的感覺第二次執政以後，好像是另起爐灶，跟第一次執政好像沒有什麼關係。我不願意批評，但是最主要的目標就是切割，就是表示現在新的政府，跟以前的那個 2000 年的阿扁政府是沒有關係的，沒有聯繫的，好像看到鬼一樣，避之唯恐不及。

但是，學歷史的人都知道，凡發生過的就會存在。過去第一次執政的那 8 年真的那麼不堪？都沒有現在的執政者應該要學習，或失敗的地方問一問，為什麼失敗？這一點沒做，連反面教材的價值也都沒有。**就是我所講的歷史文化的意識薄弱，所以不會看出所謂本土政權的延續。如果未來的總統選舉後，新的政府也是綠的話，會跟第一次執政有什麼關係，跟第二次的執政又有什麼關係？**

我再次聲明，我並沒有參與民進黨的運作，我不是黨內的人，作為一個旁觀者，只是覺得，**台灣人的歷史文化意識，相對於中國人來講，是薄弱了。**如果用價值判斷來說，也就是說「看的比較淺」、「看的比較近」。有一句中國成語叫做「深謀遠慮」，你也可以說是好，也可以說是壞，這個無所謂好壞，看深謀什麼、遠慮什麼？但是深跟遠是絕對肯定的。如果一個人是淺謀近慮，這個人不太可能有很長遠的發展。**一個國家如果淺謀近慮，只好每一次選舉都從頭來，每一次選舉都訴諸：我就是台灣政黨，我就是代表台灣的，我就是要希望台灣人能夠給我這個機會，那個不是立國之道，這一種選舉操作並不是立國之道。**

立國重於得到政權

所以，應該說：**立國重於得到政權，即使為了長遠的立國，而在短期之內，喪失政權也沒有關係，所謂痛定思痛，一定要全面的、深耕的，看該怎麼做，可以真正形成一股很大的共識。**很可惜的是，現在談這種公共議題的人，最怕講「族群意識」或是「民族意識」，大家避之唯恐不及。講的時候，馬上被貼上標籤，或者被切割。但我認為，我們都要誠實面對事實：台灣至少在政治的層面上，完全沒有族群意識。不同來源的人日常相處，錯綜複雜的關係，大家盡量這一方面不談、盡量不去碰。但是到選舉的時候，當你在投票所要投下這一票，四邊都沒有人在看你，你會投給誰？你的族群認同將會是重要的決定因素，族群認同其實也就是國家認同。所以這一層希望社會能夠掀開來。大家要知道，台灣既是一個所謂移民社會，不同政權帶來不同的人，就這樣幾百年下來，過程層層累積出來的複雜關係，如果我們愛惜這個地方，就應該創造出一套制度，或是生活方式，或是體制，大家都要來共同面對，回到歷史文化的問題。本土的從政人士，不能避開歷史文化的問題，要面對台灣一直以來的族群認同問題，一定要徹底反省。

站在前人的基礎之上再往前推進

每一次的選舉為了重新得到政權，是不是都要從頭來？沒有在之前累積的基礎上面再往前一步。如果沒有這樣做的話，那我們是跟昆蟲動物差不多，一切都是一代生下一代，下一代還是從頭來生物的本能。人有歷史記憶、有文化的累積，人類的文明發展，就是站在前人的基礎之上再往前推進。一個政權也是一樣，以前的執政經驗，即使認為不好，也應該要客觀的來分析，是不是有什麼事情應該在這個基礎之上，再繼續往前推。教育方面也是，目前不是完全沒有推進，而是比較不明顯，好像都是不斷地重複以前的問題，我覺得這是本土政權必須要再用心的地方。

台灣正走在歷史的十字路口；世界也正走在歷史的十字路口！是戰爭？或和平？未來 5 年將是關鍵！

一、 台灣走在歷史的十字路口

面對中共日愈嚴峻武統的威嚇，台灣如何守護住這一個民主堡壘？

政府及人民是否已經作好保家衛國的決心及準備？

而這個戰爭威脅是一時的？抑或可能延續很長一段時間（甚至可能幾十年）的威脅？台灣媒體及民進黨政府及台灣社會均缺乏充分的討論。

（一）備戰？和談？親美？和中？

面對中共武統威脅日益嚴峻，台灣應該如何因應？如何做好台海防衛戰的準備？如何預防戰爭發生？**這是一個全民共同關注的課題，政府理應引導社會共同參與討論，並形成全民共識！可惜藍綠媒體陷入統獨立場操作，反使內部出現嚴重分歧！**

由於台灣最大的戰爭威脅來自於中共發動武統戰爭，而台灣海峽是國際通行航道，台海戰爭勢必影響國際經貿運輸的安全，這幾年也引起美日韓、歐等先進國際貿易國家最重的關切。美國也組織印太戰略伙伴來共同關心此一威脅。但國內也有主張兩岸政

蘇煥智

現任台灣維新創黨人兼召集人，律師、曾任臺南縣縣長、立法委員、臺灣人權促進會副會長、清大講師、加州柏克萊大學東亞研究院訪問學者。

策優先於美台關係，並主張兩岸和平談判解決台海戰爭危機者。**不過不論是採取「抗中保台」及「親美」路線，或者採取「反戰」「和談」及「疑美」「和中」路線？均缺乏一個客觀公平的公共媒體討論平台，以促成台灣人民形成共識。**

（二）假和平反戰之名，挾持一中和談：

中共持續性軍機擾台，製造戰爭邊緣壓力下，逼迫台灣社會產生和平反戰的期待，讓反戰和平路線成為非常討好的倡議。以戰爭邊緣軍演常態化行動，脅迫台灣人民及政府接受一中框架終極統一的和平談判。**所以國民黨被迫回到「九二共識一中各表」的路線；網路上甚至出現許多「反戰促統」的統戰言論。**

（三）九二共識可以成為中華民國繼續存在的護身符嗎？

不過「九二共識一中各表」中共能接受嗎？事實上中共對於九二共識，從來就「祇有一中，並無各表」。「各表」其實是國民黨在台灣欺騙台灣人民的下台階而已。

其實自2005年制定反分裂法以後習近平在2019年元旦演說提出「台灣特色的一個二制」，其實就已經宣告中共政權已經不能滿足於「中華民國長期繼續存在」現狀。

事實上軍機擾台、軍演示威，以「戰爭邊緣」的威嚇製造台灣的恐慌，達到台灣承諾「限期統一」的目的。事實上限期統一的「兩岸和平協定」談判，已經躍然欲出。！**所以所謂的「和平談判」其實就是「限期統一談判」。**

（四）統一與民主的根本衝突：

但以1997年香港回歸中國，中共承諾的「50年不變」，結果不到22年就完蛋了。所以兩岸「和平談判」「限期統一」，台灣人民完全不信任。

尤其台灣已經是一個民主自由法治人權的國家，**台灣前途**

應由台灣 2300 萬人民決定，未經人民公投同意，要去簽統一和平協定，恐怕是「未談先亂」。所以「統一」跟「民主」有其根本上的衝突！而台灣人民的民主觀念已經優先於統一的觀點。

（五）賴清德的鴕鳥心態：

至於民進黨總統候選人賴清德則宣稱「台灣沒有統獨的問題！」**甚至把台海防衛戰「一觸即發」的險境，淡化為「和平保台」！對於台灣如何備戰？以及台灣為何而戰？中共武統台灣的威脅將持續多久？完全避而不談。**而且最近還提出「續領導國家朝白宮走近」（估稱「走近白宮」說），可以說就是「鴕鳥僥倖依賴美國」路線！

賴清德的「鴕鳥僥倖依賴美國」路線**把台灣前途完全依賴美國的保護，可以說是一個不負責任的態度。**

至於國民黨的「一中統一和談」路線，而且沒有明確宣示台灣前途需台灣 2300 萬人民同意決定的民主前提，基本上已經是違反民主原則出賣台灣的投降論。

在藍綠的二條路線外，還有第三條路線嗎？

二、全民皆兵 民主保台

如何正確認識台灣面臨的挑戰？並將挑戰轉化為機會？觀念是否正確非常關鍵！

（一）**台灣大和解凝聚台灣共識：**

面對中共武統台灣的威脅，政府應該扮演「凝聚台灣人民共識」及「團結各黨各派人民」的角色。所以在 2022 年俄羅斯侵略烏克蘭戰爭時，各界擔心台灣可能成為烏克蘭第二的危機。當時我就建議蔡英文**應該召開跨黨派的國是會議討論台灣如何因應台海防衛戰？如何避免戰爭發生？**

1、**台灣共識、台灣大和解：**

台灣人民捍衛中華民國台灣的主權、生存、安全、民主體制，有高度的共識。而且認同台灣前途由 2300 萬人民來決定的民主原則。以上兩點其實已經是目前 90% 以上台灣人民目前的共識。

在此共識下，如何「凝聚共識、團結人民」。這是執政黨的重大責任。執政黨及媒體不應該再搞省籍對立、統獨對立、藍綠對立。**在捍衛台灣、保護民主體制，及台灣 2300 萬人民民主決定台灣前途的共識下，政府應該推動台灣大和解運動，凝聚全民捍衛台灣生存安全的共識。**

2、兩岸問題或國際問題？

到底中共武統台灣的威脅，是兩岸問題？或國際問題？美國、日本是否會介入？會介入到什麼程度？

中共武統台灣是台灣存亡問題，也不祇是中國內政問題，台灣海峽更涉及國際海運通行問題；也是太平洋西岸地緣政治軍事均勢變革的美中霸權之爭問題。所以美國、日本勢必介入，也是引發第三次世界大戰的導火線。

外交部長吳釗燮說：「台灣若被中共攻擊，不指望他國參戰！」吳釗燮的回答提供一個錯誤的認知，不利於台灣安全。

3、短期危機？或長期性的威脅？

中共武統台灣是一個短期性的危機？或是一個長期性的威脅？這是一個非常重要的認知判斷。

我認為在中共仍堅持一黨專政的獨裁體制下，戰爭的威脅將持續一段很長的時間（也許是幾十年！）。甚至以俄羅斯為例，俄羅斯民主化（總統、國會民選）已經超過 30 年，但在普丁法西斯化侵害人權體制下，仍然發動侵略烏克蘭的戰爭。

所以在中共堅持共產黨一黨專政，拒絕民主化；或者未來徒有民選形式但仍以民族主義擴張為核心的法西斯主義治理模式，則其武統台灣的根源仍然存在。**所以中共對台灣的武統威脅基本上是一個長期性的的威脅。**

4、正視長期武統威脅，打破偏安苟且偷生，打造台灣成為永不沉沒民主堡壘：

既然中共武統台灣是一個長期性威脅，台灣政府及人民應如何正視？又應如何因應呢？

我認為執政的民進黨及最大在野黨國民黨，其實都是偏安心態、流亡心態，苟且偷生的移民逃難心態。並沒有正視中共及未來中國政權對台灣長期武統的威脅。**所以台灣政府、人民、社會應該要正視當中共經濟科技軍事崛起之後，中共繼續維持一黨專政或是未來法西斯化的中國政權對台灣武統威脅，將是一個長期性的威脅。目前執政黨這種偏安流亡苟且偷生的心態，無法打造台灣成為一個永不沈沒的民主示範基地。**

（二）如何作好台海防衛戰準備？

1、如何把存亡挑戰，轉化為台灣躍升契機？

面對中共武統台灣的威脅，如何因應？誠如著名歷史學家湯恩比「挑戰與反應」的理論，**歷史上許多政權的崛起或衰亡，都是在於他們在面對挑戰時，如何因應？如何抉擇？如果能夠成功而智慧的因應，有時候反而是一個崛起的機會。**

同樣的道理，台灣如何因應中共長期武統威脅？如何化危機為轉機，我認為有以下幾點：

（1）結合國內高科技產業，投入台海防衛戰：

當全世界軍事專家都在關注台灣是否有能力因應中共的高

科技武統戰爭時，正是如何藉此考驗，大幅提升台灣的國防科技產業的自主研發製造能力。

尤其台海高科技防衛戰，涉及的主要是電子、半導體、資通訊、數位 AI 等產業技術，而這些正是台灣產業的強項；**政府應該結合民間高科技人才，把台海防衛戰當作是數位科技及 AI 運用創新研發的機會平台。**

政府每年在國防軍事採購的龐大預算，應該提出更多的比例在國內採購，讓台灣的高科技產業跟台海防衛戰結合。如此不祇是保衛台灣，更是台灣資通訊及數位科技產業升級的機會。

例如目前宣布要捐 1 億美元來推動保衛台灣的曹興誠，其實就是很適合邀請他來參加高科技台海防衛戰的推動委員。

（2）學習以色列全民皆兵：

面對中共武統的挑戰，充份備戰是止戰必要的方法。**台灣應該學習以色列的精神，堅守台灣民主堡壘，以避免中共的誤判！**

以色列四週圍繞在敵視的伊斯蘭強權國家，其奮戰精神矻立不搖，的確值得台灣學習。

台灣應學習以色列全民皆兵的政策，宣示台灣人民堅決捍衛台灣的決心。我們主張女性也有參與服兵役的義務。而且人民願意投入台海防衛戰者，均能有參與訓練的管道及投入的機制。

（3）全民參與的台海防衛戰：

台海防衛戰其實是全民共同關心的議題，但**台海防衛戰的專業知識，如何成為全民參與的公共知識。**目前中華民國台灣政府將台海防衛戰當作是「中高階職業軍人的專屬專業知識」，這是非常落伍，也非常不利於台海防衛戰的知識普及及創新，也非常不利於人民的參與。**政府應該開放台灣防衛戰的兵推，每年在立法院舉辦，讓國會議員能夠參與監督。甚至應該鼓勵全國各大學有政治、軍事、國際關係相關科系學院者能夠每年定期舉辦台海防衛戰的相關研討活動，讓台海防衛戰成為全民公共知識。**

（4）成立後備民兵部隊或國土防衛隊：

而且要把台海防衛戰當作是全民可以自願參與定期訓練，而且作戰時可以正式投入崗位保衛台灣保護家鄉。所以台灣應該學習烏克蘭的國土防衛部隊，或後備民兵部隊。讓有心參與台海防衛戰全民參與保衛台灣的運動。

目前曹興誠號召要訓練 30 萬愛鄉神射手，300 萬的黑熊勇士；可是沒有後備民兵組織、沒有開放民間靶場、槍械也沒有開放，真正打仗根本無法參與。應該成立後備民兵部隊或國土防衛隊。

（三）中國民主化與兩岸大和解

1、中國民主化與兩岸大和解：

在中共堅持一黨專政的獨裁體制下，武統台灣成為中共正當化其長期獨裁統治的理由，所以戰爭威脅將持續一段很長時間。

但問題是**中共政權也同時面臨民主化的壓力，一黨專政還能走多遠？尤其當經濟成長趨緩，甚至倒退時，中共政權危機及民主化壓力將更加嚴重！**

但如果中國民主化，將有利於中國人民尊重台灣人民的選擇權，也有利於兩岸關係的大和解。**所以兩岸邁向大和解，跟中國是否民主化具有密切關係。**

而且中國民主化也有利於世界的和平穩定。也可以避免第三次世界大戰的發生。

2、**催化中國民主化，台灣是關鍵：**

中國民主化對兩岸和平及世界和平，具有重要的政治戰略關鍵性。

台灣在這方面可以發揮的貢獻，可能遠大於美日歐等國家。

台灣相對於美日歐等國家而言，與中國大陸基於同文及多數移民血緣關係及中華文化相同的背景，所以台灣經由民主改革建立的民主自由體制，可以証明民主體制跟中華文化可以共容。

所以**建構一個更好的台灣民主自由法治人權的體制，的確對於中國大陸人民有民主燈塔的效應；**對於催化中國大陸民主化，台灣的戰略價值，遠非美國、日本、歐洲可以比擬。所以台灣實在不應該妄自菲薄！

可惜台灣政府及人民並沒有好好重視台灣在催生中國民主化的價值。而這個應該是台灣政府要好好發揮的重點。

三、如何解決居住正義？

由館長與黃國昌號召「七月十六上凱道，公平正義救台灣」以「居住正義、司法正義」為訴求，活動非常成功。

居住正義及司法正義，都是當前台灣大家關注，期盼改革的議題。也是八年前民進黨贏得總統大選取得中央執政，對人民允諾的改變議題。可惜民進黨執政已經七年多，二大政策改革可以說完全跳票。

其中就以居住正義來說，居住正義問題是過去 30 幾年年台灣社會最大的問題之一。也是現代年輕人最大的無奈。這也是台灣年輕人不婚不生少子化，台灣成為全世界出生率最低的國家的關鍵。

從 1989 年的無殼蝸牛運動到現在，已經 34 年了，不但沒有改善，反而加倍惡化。導致現代不少年輕人乾脆成為躺平族。

（一）【民進黨跳票】：

民進黨執政前承諾的 20 萬社會住宅支票，已經跳票。目前行政院推動的租金補貼 4 年 1200 億，及 8 年 300 億的包租代管政策，表面上補貼承租人，其實都是圖利擁有多屋出租的房東稅率累退的不義政策，不能真正解決居住人權。囤房稅目前發揮的效果也不大。今年初通過的防堵炒房的法案「平均地權條例修正案」，「預售屋轉售換約限制」及「私法人購買住宅用房屋許可制」也是民進黨執政七年後才開始實施。

（二）【空屋多？為何租金貴？】

居住正義為什麼一直不能解決？主要還是選舉政治獻金，政商關係共生結構影響政府決策；以及台灣政府不研究、無心解決問題，祇重視選舉操作的基本心態。

1、 166 萬空屋如何釋出到租賃市場？

台灣的空屋一百多萬戶，為何不能以政策手段逼迫其釋出到租賃市場呢？

根據內政部所公布的資料，2021 年上半年空屋為 81 萬 2947 戶，但根據主計總處空屋普查，台灣空閒住宅數已從 2010 年的 155 萬戶，增加到 2020 年的 166 萬戶。

若依內政部的公布，台北市空屋 61410 戶、新北市 128308 戶、桃園市 77454 戶、台中市 89266 戶、台南市 61498、高雄市 104739 戶。這些空屋不釋出，自然造成租房租金偏高，如果大量釋出自然可以降低租金。

鄰近的日本於 2015 年提出空屋對策特別措施法，對一年內無人使用的空屋，取消固定資產稅的優惠額，持有成本將會增加三到四倍，空屋問題開始獲得解決。

2、 實施空屋稅、獎勵空屋供作社會住宅：

台灣都會地區應該實施空屋稅，並應鼓勵民間提供空屋來作社會住宅。這個政策的好處有那些呢？

Ⅰ．課空屋稅比政府 8 年花 300 億包租代管，更能促使房東願意主動提供空屋來作社會住宅，讓更多租屋者可以享受社會住宅較便宜的租金。

Ⅱ．課空屋稅比 4 年 1200 億元的「租金補貼」政策，更能夠促使多屋房東將空屋釋出，降低租屋客的租金負擔。

Ⅲ．課空屋稅，使多屋者必須交代其房子使用狀態，不但可減少包租公逃漏稅；而且可以健全台灣房地產租賃產業的健全。

Ⅳ．課空屋稅、獎勵空屋供作租金優惠的社會住宅，可以快速增加台灣社會住宅的供給量。也可以減少政府大量興建社會住宅的財政負擔。

（三）囤房稅應依實價課稅，才能真正的壓力。

（四）【實施租金管制法】：

房地產政策涉及居住人權及居住及財稅正義問題，不能單純以自由經濟觀點來看待！許多店家因為租金太貴被迫搬家或結束營業。租金太貴已嚴重影響產業生存空間，也影響家庭生計品質。

為了避免屋主濫漲租金，在都會地區政府應該要制訂「房屋不動產租金管制法」，以避免房東濫漲租金，保障租屋者的居住權，不要讓租金成為壓死房客的最後一根稻草。

（五）【振興在地經濟，減少北漂】：

解決居住正義問題，不是只有從表面房地產政策問題，其實振興地方就業機會，讓年輕人在地方有工作機會，避免就業人口過度集中在北台灣大都會區，這也是減輕居住正義問題，非常重要的一環。

而如何振興在地經濟呢？其實跟地方經濟活動及就業機會最相關的營業稅、加值型消費費及所得稅如何分配關係最密切。目前營業稅、消費者、所得稅為中央政府獨享稅，地方政府不能分享卻必需提供企業服務，所以非常不公平。**應該修法改為中央政府與地方政府共同享有的稅，而且應該各分得二分之一。如此地方自然有誘因招商引資。**

而影響台灣目前就業機會的南北差距及城鄉差距問題，最大的關鍵就是台灣「中央集權集稅體制」。其中特別是中央財政收支劃分制度，把營業稅、所得稅全部列為中央的國稅。

四、台灣振興之道—解構中央集權集稅制，落實地方自治改革

自上個世紀末台灣產業大量外移中國後，台灣經濟停滯超過 20 年，貧富懸殊愈拉愈大，如何建構一個均富而安全保障的台灣，解決年輕人的困境，解決老人及社會弱勢及中年失業的困境等社會福利問題，需要更進一步的改革。過去 20 年除了搭上全球化及科技競爭優勢的部分產業外，台灣陷入經濟、社會停滯的現象，非常嚴重。

這些困境主要來自台灣的政治體制是中央集權集稅體制，導致權力過於集中在總統及中央政府官僚體制，導致民間活力與地方活力大幅衰退。**如何解構此一中央集權集稅體制，錢權下放，讓民間及地方活力能夠釋放，台灣地方經濟文化社會活力，才能真正的振興。**

（一）台灣應學習瑞士聯邦制：

瑞士人口 881.1 萬人，面積 41285 平方公里。人均 GDP

高達 96390 美元，全世界排名第二。而且瑞士是一個中立國。

瑞士跟台灣都是小國寡民，瑞士的經驗值得台灣學習。平均國民所得高達 96390 美元全世界第二，是德英法的二倍以上，台灣的三倍。而且台灣嚴重的貧富懸殊，社會福利保障遠遠落後瑞士。

瑞士國家雖小，但有 26 州 2740 個基礎地方自治體。各州均有憲法、法院、完整徵稅權、設立大學、國道、消防、警察、醫院及公衛。

反觀**台灣是一個高度中央集權集稅的國家，中央稅收佔 85%，地方祇佔 15%。地方有 6 都 13 縣 3 省轄市，184 個鄉鎮市地方自治體。都與縣市法律地位就不公平。**

台灣應該學習瑞士直接將 22 個都縣市，直接改為地位平等的 22 個州，讓州有完整獨立自治權限，並有充足財源。改革目前「中央政府頭重腳輕心臟肥大的病症」，中央權力應該大量下放，使中央政府可以專注處理國防、外交及跨州的國家重大事務。

（二）解構中央集權集稅體制，分稅制振興地方經濟：

造成台灣目前南北差距城鄉差距越拉越大，最大的關鍵就是台灣「中央集權集稅體制」。中央政府立法將營業稅、所得稅全部列為中央國稅，這兩種稅佔全國稅收的 2/3 左右，而且跟地方經濟及就業機會最密切相關。等於中央政府像一個吸血鬼一樣吸乾地方，讓全國各縣市鄉鎮市均窮！

1、中央吸血鬼的財政收支體制：

目前中央財政收支劃分制度，把佔全國稅收約 60% 到 2/3 的營業稅、所得稅全部列為中央的專享稅。導致地方政府招商，地方產業、工廠的投資所產生的營業稅、所得稅，全部被中央收走。這是一種中央政府「吸血鬼式、不合理」

的財政收支劃分體制。導致地方政府財源嚴重不足，而且無法鼓勵地方政府招商創稅。

如果能夠振興經濟，讓青年在地方有工作機會，而不需要北漂或到大都會地區工作，那麼居住正義的問題應該也可以大幅度解決。

2、營業稅所得稅中央地方共享：

如果營業稅、所得稅由中央政府及地方政府共享，各分得二分之一（地方縣及鄉鎮市區再去分配 1/2），對地方財源分配有很大的直接影響。這會鼓勵地方政府招商引資，振興在地經濟，也創造更多的地方就業機會。可以吸引更多年輕人留在地方工作。而且地方鄉鎮市有很多閒置土地及房屋，所以居住正義的問題可以大幅減輕。

（三）落實鄉鎮市區地方自治、振興在地經濟文化：

中央集權集稅體制是地方經濟發展的根本障礙。

而六都直轄市沒收 121 個原鄉鎮市地方自治，也是一個直轄市集權體制，更是扼殺地方生機。所以我們主張：

1、六都的原鄉鎮市及區，應恢復地方自治：

所以我們主張六都的原鄉鎮市及區應恢復地方自治。
營業稅所得稅鄉鎮市區均有分享權利。

鄉鎮市區政府有更大的經濟發展權、財稅分享、教育權、環境稽查權、精神衛生法的權限，及社會福利權如托幼、幼兒園、托老、長照機構權。

2、解決村里雙頭馬車，取消村里公職選舉，賦予社區法人更多的長照托幼托老環境維護等地方公共服務的自治功能：

鄉鎮市區下轄之村里社區其實在公共服務上非常重要。

但目前村里長採取公職選舉，而社區發展協會為法人，造成地方雙頭馬車。由於村里不具備公的自治法人地位，所以村里長採取公職人員選舉，缺乏組織法源依據。我認為沒有公法人地位實在不宜採取公職人員選舉。因而村里長選舉應該取消。

反而政府已明確定位村里社區為地方公共私法人的定位。政府應將社區的托幼、托兒、托老、幼兒園、長照服務，及社區的環境維護綠美化，委託社區公益私法人來經營管理，讓社區能有更完整的財源、更完整的自治管理下重建社區共同體。同時也解決現代家庭最困擾的托幼、托老、長照等相關問題。

3、鄉鎮市區選舉採政黨比例制，以杜絕黑金：

為避免買票黑金弊端，並鼓勵青年下鄉服務，鄉鎮市區議員選舉制度，應採取全政黨比例代表制以杜絕買票。並鼓勵地方社區總體營造等公共事務團體，亦可以政團名義參與政黨比例的選舉。

4、縣市議員一半政黨比例產生：

不祇是鄉鎮市區選舉採取全部採取政黨比例產生。其實縣市及直轄市議員選舉，也應有一半依政黨比例代表制，依政黨比例產生。如此可以鼓勵沒有財力而有熱心專業者可以投入地方公共事務的參與及服務。

五、實施長照保險，建構完善社會福利安全網

團結人民台灣應該學習歐洲先進國家，建立完善的社會福利國家。從生育、育兒、教育、健康醫療保險制度、身心障礙者照顧及老人長照、失業者生活保障及就業輔導，退休養老給付保障，應全面檢討改革台灣目前不完備的社會福利安全制度。並應落實居住人權，保障租屋者權益。都會區應實施空屋稅，釋出空屋減輕租屋負擔。實施資產累進稅。讓台灣成為一個「福利均富的東方瑞士」。

六、推動小政府、建立廉能體制

（一）反對政府浮濫擴編，推動小政府，中央政府應大瘦身：

中央政府集權集稅體制，政府組織改造理應朝向權力下放、財稅下放、政府瘦身等大原則來處理。可是過去 8 年民進黨政府任內，不合理性的擴大政府職權例如沒收全國 17 個水利會，成立農田水利署。將國科會改為科技部，又再改回國科會。不合理成立數位發展部；許多部會違反政府改造瘦身原則，將許多局擴編為署。

中央權力大幅下放朝向聯邦制，才能有效監督中央政府黑金貪腐問題；至於權力下放地方政府後，人才也會下放，地方人民更容易參與地方政府黑金貪腐的監督。

（二）憲政瘦身、強化國會監督：

1、廢除考試監察司法三院，強化國會調查權、聽証權：

監察院、考試院、司法院三院是世界各國都沒有的制度，而其職能均可整併在國會及行政院部門。

目前監察院調查、糾正、彈劾、糾舉權效果不彰，被譏為打蒼蠅不打老虎；反而成為分裂國會權能削減國會監督權的根源。監察院廢除後，其調查權、糾正、彈劾、糾舉權併入國會，國會有完整的調查權、聽証權、藐視國會罪、彈劾權，如此才能真正發揮監督政府的權能。而考試院則併入行政權。

至於司法院更應該廢除，司法院是妨礙司法獨立，控制法官升遷的元兇。司法院許多業務，本來就應該由法務部來負責。

2、強化國會監督，國會議員人數由 113 席增為 225 席：

2004 年修憲國會議員選舉改為單一選區兩票制，席位由原來 225 席減半成 113 席，任期由 3 年改為 4 年。國會監督能力嚴重弱化，淪為執政黨橡皮圖章。扣除執政黨的護航部隊，在野扮演監督的國會議員也祇有約 50 席。比較歐洲國會議員平均約每十萬人有一席代表，依台灣人口數，台灣合理國會議員人數應可以到 230 席。所以國會議員增加到 200-230 席其實才符合國際標準。

如果擔心造成國家財政負擔，可以限制在現有預算額度內，國會議員人數倍增。

3、選制改為德國式聯立制：

目前國會選制採取單一選區二票制日本式的並立制，祇有 30% 是依政黨比例代表制產生，70% 依區域選出。對二大黨有利，小黨聲音幾乎被封殺。為了保護多元不同聲音，強化小黨監督功能，應該學習德國式的聯立制，以政黨比例決定各政黨總席次分配；扣除區域選出名額，即為各政黨的不分區分配名額。

七、司法獨立與司法改革

（一）人事不獨立，司法如何獨立？

1、目前大法官任命，以蔡英文為例，其第一屆總統任命的大法官就超過一半，連任的總統可以任命 15 位大法官，造成大法官聽從執政黨，而喪失客觀獨立性。**應推動總統及國會均有推選權限，保障多元制衡維持獨立性。**

2、而依據法官法第四條司法院人事審議委員會負責審議法官任免、升遷、考核、獎懲，27 名委員司法院長當主席，他可以決定 14 席、12 席由法官互選。而形成司法院長可以透過升遷考核控制法官聽話。而讓不聽話的法官被犧牲，而影響司法獨立。**應比照歐美先進各國法官任命的制度，建立維持法官人事任命獨立的制度。**

（二）推動法官任期制、續任公民審核，讓司法貼近人民：除了美國聯邦最高法院法官外，全世界幾乎沒有法官是終身制。而且幾乎都是任期制，任期滿時重新審核聘任。相反地台灣卻是大法官採取任期制，但一般法官卻是終身制。這就是造成人民垢病的「恐龍法官」及「法官陶汰制度」問題。**台灣應該修憲將法官終身制取消，改為任期制，任期屆滿如要續任需經公民審查同意。如此必能大幅改善讓司法貼近民意。**

（三）推動陪審團制度：

民進黨違背黨綱封殺陪審團制度而採取國民法官制度，將事實認定與法律適用混淆。**應該改採陪審團制度。**陪審團制度對於杜絕司法黃牛，杜絕政治控制司法有很大的作用。

（四）推動檢察長民選制度。

八、再造農業新藍海，活化新農村

台灣目前老農可以領老農津貼，但卻沒有退休制度。**要建立老農離農退休制度，讓老農安心退休。成立農地銀行，讓青農可以更方便租得農地，而且更便宜，而且農地更容易集中管理經營。讓年輕人可以引進智慧農業設施，再造台灣農業新藍海。**

推動農村計劃法（或鄉村計劃法），並全面推進農漁村社區總體營造及社區更新，讓農村閒置土地及屋頂空間結合綠能及農漁電共生；並結合長照保險全面實施，**推動台灣農村成為「綠能養生村」，活化農村成為退休養老及再創業的好地方。**

反對特定農業區變更為種電專區；一般農業區或養殖漁塭如已有承租農漁民，業者若欲種電，承租戶應受三七五租約的保障，以保障其生存權。

九、成立網路警察局成立治安委員會改善治安

網路詐騙及洗錢黑道使台灣的治安嚴重惡化。但政府對於網路及電訊詐騙仍然束手無策。而黑道及毒品泛濫問題，卻日趨惡化。兩者相互結合，治安更形惡化。

為防治取締網路詐騙，台灣應該成立網路警察局，專司網路犯罪的取締追查。

民進黨執政這七年幫派犯罪嚴重，從柬埔寨人囚案、菁埔人囚案、88 會館花酒、洗錢案，台灣的幫派惡化治安的程度超乎想像讓人咋舌。而高階警官、檢察官、民進黨內高層均涉入被洗錢及博奕產業集團招待的嚴重醜聞。所以光靠警察組織自動掃黑已証明有困難。**台灣應該學習日本在中央政府及地方政府，聘請正義人士成立「治安委員會」監督警政機關徹底執行掃蕩黑幫毒品槍枝，以避免危害善良老百姓及一些無辜的青少年。**

公民版國政白皮書

台灣正處於戰略的十字路口，國人對於外部環境的巨大變化應該要有更加深刻的認識。這個變局的主變數來自於習近平對於國際體系、區域權力板塊、經濟全球化、兩岸關係以及民主政體採取積極改變現狀的作為；這個冠以「中國夢」的對外擴張行徑，堪比一戰前夕的威廉二世、二戰爆發前的希特勒以及冷戰時期的史達林。

台灣在地緣政治、全球生產供應鏈、民主政治的核心價值都處於中國銳實力攻勢的最前沿，如今台灣已成為冷戰時期的柏林以及兩伊戰爭期間荷姆茲海峽，牽動全球政經情勢。

決策者必須對過去的歷史與當下國際情勢擁有更深刻的體認，才能在這個戰略十字路口做出理性的選擇。

張宇韶

政大東亞所碩博士，曾任：民進黨中國事務部副主任、行政院陸委會簡任秘書，現任：媒體專欄作家、政治評論員、台灣韜略策進學會副理事長、台灣新政協會執行長。

一、中共對台灣的滲透以及認知作戰有哪些？

銳實力是中國認知作戰的戰略指導原則

對於中共近年來所推動的攻勢外交作為，美國民主基金會2017年報告中，以「銳實力」（SharpPower）概括了這些政策內容，終於讓世人對威權政體的性質有了新的認識。

相較於客觀可量化的硬實力（如軍事與經濟），銳實力更像是暗黑行銷術或升級的木馬程式，平時潛伏於體制之下，但隨時可以進行資訊滲透、竊取情資、釋放假消息或是帶政治風向，目的就是製造對手形象的崩壞、社會秩序的衝突、內部勢力的對立以及經濟生產的損失。

對台三戰則是對台認知作戰的具體操作

深入觀察，「三戰」是中共銳實力置於對台政策的具體作為。2003年12月新修訂的《中國人民解放軍政治工作條例》，首次將輿論戰、心理戰、法律戰列為「戰時政治工作」的重點，至此所謂三戰成為北京對台統戰工作的新內涵。

「三戰」屬於不對稱戰爭的一環，發動者企圖透過最小的成本達成最大的「攻心為上」或「不戰而屈人之兵」的結果。由於新媒體具有即時、擴散與分享的功能，更容易操作其心理認知上理所當然、麻痺、威懾的扭曲誤導作用，故近年來已成為中共三戰中最重要的媒介。

此外，中共網信、宣傳部門早已展開將大數據、AI、人臉辨識等整合，軍方同步成立網路專責單位，整合大數據以及監控包括文字、圖片、視頻、音訊、動漫虛擬實境在內等新媒體與傳播平台作為媒介工具。

對台三戰在近年中共文攻武嚇的攻勢中四處可見，其運作的範圍擴及區域與兩岸政情。對於台灣內部來說，中共解放軍近來頻以軍機和軍艦繞台，整合外交恫嚇、電視及網路傳播、台灣輿論內應造勢，向國際媒體擴散並藉此擴大台灣朝野對立，分化社會團結，影響台灣股市與經濟發展。

認知作戰直接介入台灣輿論市場與政治日常

值得關切的是，中共在2018年九合一大選進行演練，透過各項銳實力的操作，直接介入台灣的輿論市場與政治日常，這種類似「政治宗主／經濟利益」的扈從或代理人模式，已經嚴重影響國家安全與民主政治的運作。

上述作為在各方代理人進行帶風向、試水溫、放謠言的搭配下，更容易造成社會矛盾與對抗性的集體焦慮現象。一方面讓非理性的群眾持續在網路上進行各類人身攻擊，另一方面縱容政客在全性政策論述下，持續操縱民粹或意圖奪權。

二、台灣堅守主權，並且全民為守護自由、民主與主權在必要時願意為之為戰；或是主張和平，隨時可對中國讓步、和談，這兩個態度哪一個維持和平的機會最大？

<u>中共擅長操作「戰爭邊緣策略」，轉移內部政經矛盾</u>

北京對台政策始終存在週期性的慣性作為，使得蔡英文所面臨的決策挑戰更為複雜。深入觀察，這個慣性就是威權政體面臨內外政經壓力時，往往以輸出危機作為轉移權力衝突的手段，這可從美中經貿大戰下的「習五點」講話，香港反送中衝突以及對台介選的諸多動作得到解釋；當下習近平面臨全球輿論對其撻伐與究責，啟動對台的各項軟硬兼施的鋭實力攻勢與統戰工作又成為常態。

面對北京近年來日益在其對台政策頻繁的「戰爭邊緣策略」，台灣猶需在兩岸政策中展現戰略定力與動態調整，這樣才能延續前述的政治立場，同時又能在權力的現實世界擁有彈性，這才能讓台灣在劇烈的世局中不處於被動。

<u>蔡總統提出新論述，釐清中國才是破壞兩岸和平的關鍵</u>

蔡英文連任後提出了「和平、民主、對等、對話」的說法，有其深刻的政治意義。在陳水扁時期是以「主權、民主、對等、和平」作為兩岸政策的基礎，蔡英文以和平對話取代主權，除了表明「中華民國台灣」在台灣兩次大選中已經完成了新的國家認同，除了北京與紅統人士的認知外，台灣是個主權獨立國家是全民共識。

事實證明，北京意圖改變台海現狀才是破壞兩岸和平的元兇，台灣的「善意與承諾」始終存在，只要北京願意在「民主、對等」的基礎上，兩岸自然享有「對話協商」的可能。相較北京強人所難式的「一國兩制台灣方案」，或是國民黨一廂情願、虛幻的「九二共識和平協議」，蔡英文在兩岸關係的論述顯然擁有政治高度、政策穩定與邏輯一致性。

西方民主國家已從「綏靖政策」中記取教訓

研究外交史的專家都同意，二戰前夕西方民主國家對於希特勒擴張行為採取的「綏靖政策」與「孤立主義」，才是助長其侵略氣焰的關鍵。

這場悲劇是西方民主國家對希特勒在軍事與外交上的華麗冒險視而不見與姑息養奸立場所致。面對中國在區域的擴張，台灣與民主世界都認識到不能再對北京採取姑息態度，和平與對話是建立在對主權與自我防衛的堅持，否則就是讓國家安全門戶洞開。

三、台灣目前所面對來自中國的壓力，最值得未來總統關注的是什麼？

世界局勢近年來發生重大變化，美中經貿大戰重組了全球經濟與供應鏈的內涵；疫情擴散改變了人們的如常生活；戰爭威脅影響了地緣政治與區域安全的內涵；威權政權的擴張直接衝擊民主政治的核心價值。在經濟、疾病、戰爭、價值四大挑戰中，台灣似乎首當其衝位於這些議題的最前線，在牽一髮動全身的連動效應下，台灣成為全球關注的焦點。

運用台灣的「韌實力」對抗中國的「銳實力」

台灣未來的總統與世界的關係為基礎，界定我們自己的角色，回應國人與全球輿論如何走過危機，面向未來。從 2019 年以來這個角色就叫做「堅韌之國」，亦即用台灣的「韌實力」對抗中國崛起所施行的「銳實力」。

日前已經進入後疫情時期，各國經濟也逐漸復甦，然而面對中國的擴張，仍對台灣與西方民主國家構成主要的威脅來源。這個變數來自於習近平在內外各領域意圖改變現狀，不論是民主人權的普世價值、自由開放的供貿易秩序、區域的權力平衡，或是台海的和平穩定、台灣的主權地位，甚至連中國的權力接班、內部社會的控制、改革開放的目標都有了劇烈的變動，這使得台灣在前述議題中位居震央位置，中國的銳實力攻勢就是意圖讓台灣的主權與戰略地位產生根本性的位移。

民主政治、戰略地位與全球供應鏈是台灣韌實力的內涵

對抗中共的銳實力必須憑藉台灣自身的力量，而由台灣自身價值、理念所匯集而成的「軟實力」，以及經濟競爭力與國防自主所構成的「硬實力」，兩者正是蔡英文總統口中「韌實力」的基礎。其中，軟實力直指出兩岸制度差異的核心，也是台灣連結國際建制的基礎；而硬實力則是捍衛台灣多元社會與民主政治的保護傘，同時也是參與全球生產分工鏈的條件。

在此背景下，台灣在兩岸互動中不再處於絕對的被動狀態，民進黨執政以來不斷積極且善意提出「有意義對話」與「和平責任說」，希望在不挑釁但不避戰的立場上與北京共同維繫區域與台海和平。即便面臨中國的威脅，台灣仍願意拋出和平善意的橄欖枝，在對等的基礎上進行對話。

「四個堅持」是守護台灣民主政治與主權地位的基礎

蔡英文以「四個堅持」作為台灣與中國的基本立場，亦即堅持自由民主的憲政體制、中華民國與中華人民共和國互不隸屬、主權不容侵犯併吞、中華民國台灣的前途，必須遵循全體台灣人民的意志，這是我們的核心價值也是台灣各政黨的公約數，蔡英文總統的主張也被曹興誠進一步落實，所謂「不投降承諾書」就是維護「四個堅持」的具體作法。

四、面對中國的武力威脅，未來台灣必須要擁有什麼的戰略指導方針？

「信心」與「實力」構成有效嚇阻的基礎

由於核子武器的毀滅性，使得嚇阻理論（deterrencetheory）成為冷戰時期安全研究的顯學。基本來說，有效嚇阻是建立在「信心」與「實力」兩項指標的加總之上，缺一不可。若空有政治承諾而無實力原則，這只是鼓勵雙方在賽局中陷入互不信任的安全困境，反而替「先發制人」製造行為誘因。

直白說，實力是信心的前提，信心構成嚇阻的政治效應，若要追求實質的和平，則必須投資國防科技，這是台灣建構自主國防與對美軍軍購的基本認識。

在軍事上不能讓中共過於樂觀

面對中國軍事力量崛起對於區域安全與兩岸關係的威脅，「軍事上不能讓中共太樂觀」顯然是基本常識，如果北京認為攻打台灣的成本代價低於預期計算，自然會誘發其進行先發制人的武統作為。在此背景下，台灣唯有建立自己多層的守／攻勢的有效嚇阻力量。

中共武力犯台的戰略基礎是建立在「反介入」的概念上，那麼其戰術思維則是立基於「超限戰」的層面。為了反制中國的軍事威脅，台灣除了擁有和美日盟國相適應的戰略與戰術規劃，更需要徹底了解對手的行為模式，發展台灣自身的「反反介入策略」，如此才能知己知彼百戰不殆。這也是近期國軍發展「源頭打擊」與「不對稱戰力」的內涵。

建構國防嚇阻力量，反制中共「反介入」戰略

面對中國在區域的權力擴張及其戰略規劃作為，蘭德公司在 2007 年即提出著名的「反介入／區域拒止（Anti-Access ／ AreaDenial，A2 ／ AD）」報告，除了分析解放軍在亞太地區的軍事部署外，同時也提供美國對其反制的政策建議。中國已在前述的戰略架構下發展「A2 ／ AD」武器如東風 -21D（航母殺手）與東風 -26B（關島快遞）飛彈，那麼在戰略嚇阻層面台灣也要擁有源頭打擊的新銳武器。

中科院在 2022 年 8 月於九鵬基地試射「無限高」飛彈成功，隨即引發外界各種想像。軍事專家均認為此飛彈為射程達 1200 公里、增程型達 2000 公里的「雲峰」中程巡弋飛彈。美國戰略暨國際研究中心（CSIS）報告指出，雲峰飛彈是少數能飛達中國中部及北部的「台灣戰略資產之一」，關鍵在於它能因「戰術作用達成戰略目標」。

為了達到有效的嚇阻作用，台灣除了擁有密度與以色列相當的飛彈攔截系統作為基本防禦外，更應該擁有足夠能量的先發制人與毀滅性報復的軍事實力。

五、美國的台海政策逐漸走向戰略清晰，面對北京與紅統人士帶的「疑美論」或「棄台論」風向，我們必須有什麼樣的認識？

美國主流民意認識到，習近平意圖改變國際政治與區域穩定的「現狀」

美中關係在川普啟動經貿大戰後已經發生本質性的變化，主要變數在於習近平在各領域所採取的「變動現狀」的作為，這些政治動作改變的不僅是國際政治的權力結構，更牽涉到自由民主的普世價值、全球生產供應鏈、區域與台海的穩定和平的內涵。

在習近平眼中，未來世界秩序取而代之的分別是中國夢、紅色供應鏈、台灣被統一以及染指印太區域勢力範圍。直白說，這些動作是全球與區域的威脅來源，台灣的角色都鑲嵌其中，幾乎到了牽一髮而動全身的狀態。

拜登上台後，美中關係的本質並無改變，遏制中國成為朝野最大共識

美中關係的大方向並沒有因為拜登上台有所改變；民主與共和兩黨或許在政策強度與節奏上有所差異，例如多邊主義與單邊主義，是否與中國在非傳統安全合作，或戰略要多清晰這些面向出現分歧。但是把中國視為威脅來源遏制其擴張野心方向卻是一致的。

面對中國與俄羅斯對於區域安全與和平的威脅，北約、歐盟、G7、四方安全對話機制已經組成民主國家隊，針對這兩個「新軸心國」對周邊國家的擴張行徑，直接採取圍堵策略，並在歐洲與印太地區舉行一系列包括勇敢之盾、環太平洋軍演的超前部署，目的就是透過戰略清晰的宣示與實力展現，對其構成實質的嚇阻效果。

西方民主國家從歷史中記取教訓，不只能對侵略者姑息妥協

西方陣營背後的政治邏輯非常清晰簡單，不能讓二戰前夕的綏靖政策悲劇重演一次，讓這些意圖改變現狀的修正主義國家，在「低估

對手的決心、高估自己的實力」下，做出錯誤的行動輕啟戰端。

台美關係的正常化完全符合美國與民主國家的核心利益，因為讓台灣被中國以軍事手段統一，意味著印太地區的骨牌效應將發酵，美國將消極退守第二島鏈、放棄自由航行權的正當性、默認中國展示極權政體的優越性、同時放任紅色供應鏈支配全球化的內涵，華府何以坐視不管？

棄台與疑美論是中國炮製出來的假議題

因此，北京與紅統人士炮製的「棄台論」與「疑美論」是假議題，台美交流其實是川普政府卸任前所主張的「解除美台交流自我限制」的政策延續。台美交流的限制含括層面頗為廣泛，包括禁止台灣正副總統及其他國安高官訪問白宮、禁止駐美處人員進入國務院大樓、禁止台方在雙橡園升旗、禁止在美國政府機構內展示中華民國國旗、軍事交流時須移除國旗並且不能著軍服、不能在社群網站張貼國旗等推廣台灣主權等。

拜登政府上任後同時通過《台灣保證法》，內容就是透過國會意見檢視國務院對台交往準則，要求在法案生效之後 180 天內，國務卿向參眾兩院外交委員會提交報告。

拜登上任以來已經積極修改民主黨彼時外交政策的傳統，其中關鍵就是戰略模糊與交往政策。前者是為了避免北京錯誤解讀華府的戰略意圖，在錯誤的決策情境中高估自己的能力，同時低估對手的決心。後者可視為揚棄自柯林頓時期所奉行的新自由制度主義的外交方針；事實證明，經濟發展的中國不可能和平崛起，在習近平主政下，所謂「經濟現代化將促成政治民主化」的假設完全不符合客觀現實。

拜登不斷重申台美關係堅若磐石，甚至協防台灣的責任與南韓、以色列甚至北約相提並論，並用各項實際行動兌現其政治承諾，「疑美論」、「棄台論」或「毀台論」的說法，本質上就是一種投降主義。

六、如何認識習近平的中國夢？為何歷史研究學者往往拿希特勒與習近平做比較？

「中國因素」顯然是牽動未來國際體系、全球生產分工鏈與兩岸關係的關鍵變數，特別是威權體制在決策過程中存在的不穩定的因子；相形之下民主政治即便發生權力轉移，美國總統尤須在三權分立的架構下受到權力制約，更何況還有媒體與公民社會扮演監督角色，使得領導人個人的意志被控制在「穩定的制度條件」中。

習近平「朕即天下，千年帝國」的思想，遠超越德意志第二、三帝國

習近平在中共十九大後，分別在意識形態與職務安排上為自己的權力格局做了基本部署，意即啟動了「習近平方案」：前者希望在所謂的「建黨與建國的兩個一百」時間序列中，完成所謂「中國夢」；後者就是透過取消國家主席任期，讓習近平與這套龐大的社會主義現代化的方案相互結合。

直白說，這種「朕即天下，千年帝國」的思想，除了秦始皇外，近代史大概只有威廉二世或希特勒堪比擬；第二、三帝國意圖挑戰英國所支配的既有國際體系、金本位制度與海上霸權；習近平則是將矛頭瞄準了後冷戰下的美國。就國際關係的權力轉移理論來看，強權間大規模的權力衝突、軍備競賽甚至戰爭似乎難以避免，差別只在於衝突的型態。

歷史的教訓也告訴我們，納粹的第三帝國與希特勒的崛起殞落休戚相關，在德國著名歷史學者哈夫曼的描述下，這是一種「快速的崛起，失敗徹底」的結果，付出的是慘痛的戰爭與毀滅的代價。

「習近平方案」立基於幾個「百年大計」

在動盪的世局下，「習近平方案」在近期中共十九屆五中全會後，又有了最新且具體的佈局。第十四個五年規劃經濟，已初步扭轉了改革開放以來「以出口為導向」的發展模式，取而代之的是內需消費為主的「內循環」經濟，避免受制於美國所主導的「西方全球化」陷阱，2035 年榮景更將先前的「一帶一路」與「中國製造 2025」進行翻修，希望建構一個在自力更生為前提下，沒有西方世界參與的「中國全球化」，這可視為「習近平方案」中的中程架構。

更值得關注的是，除了既有的「兩個一百」（2021 年建黨與 2049 年建國百年）設定外，習近平又加入了新的元素，提出「確保 2027

年實現建軍百年奮鬥目標」，宣稱「全面加強練兵備戰，提高捍衛國家主權、安全、發展利益的戰略能力」。若從語境來看，這顯然就是中國版本的「反羅加諾公約」與「廢除凡爾賽條約」的政治宣示，當年希特勒就是以爭取「生存空間」以及「大砲重於奶油」作為口號，重啓德國戰爭機器。

習近平方案的終極目標，就是讓自己獨攬大權，對內獨裁專制，對外積極擴張

在這個架構中，習近平儼然已經把自己先有的角色融入劇本中，國家主席是千年帝國形式上的榮典與象徵，中央軍委會主席則是延續「黨指揮槍」、「槍桿子出政權」的傳統，欠缺的皇冠上的寶石則是總書記的光芒，為了邁向極權巔峰並降低修改黨章成本，恢復中共十二大廢除的「黨主席制」未來勢在必行，這也意味了中共將徹底放棄「集體領導」的權力機制。

隨後希特勒展開了一連串豪華冒險，納粹重新進入萊茵河非武裝區、合併奧地利、要求蘇台德區領土、簽訂慕尼黑協定，併吞捷克，直到 1939 年因入侵波蘭爆發二戰。眼下中國在南海進行領土擴張，製造中印邊界衝突同時挑起台海危機，這一切的劇本簡直是三十年代歐洲歷史的翻版，唯一不同的是，昔日的歐洲民主國家與美國分別採取綏靖主義與孤立政策，川普與西方世界則是圍堵遏制，倘若拜登上台會有什麼調整，自然影響全球與區域秩序。

七、民進黨與國民黨在兩岸關係與外交政策中，存有論述與政策上的巨大差異，如何從理性面比較且描述兩者之間的不同？

從中國走向世界，還是透過世界走向中國？

長期以來藍綠陣營在國際與兩岸關係的本體論與認識論中，始終存在核心的爭辯。論辯的關鍵在於國際關係與兩岸關係何者為重，最極致的討論則是蔡英文與馬英九在 2012 年總統大選前的交鋒，馬推銷「透過中國走向世界」，蔡英文則強調「透過世界走向中國」。這個僵持下的爭辯，後來開始出現微妙的轉變，關鍵就在於世界局勢的變化，特別是美中經貿大戰徹底顛覆了尼克森以來的美中關係。

如何看待「中國威脅論」與「中國機會論」？

自中國改革開放乃至崛起過程中，始終擁有「中國機會論」與「中國威脅論」的激烈爭論；前者認為中國的經濟現代化將帶來政治民主化，亦即複製台灣或南韓民主轉型的過程，這也是新自由主義倡議的交往政策的內涵，他們常以韓戰、越戰作為借鏡，避免美國與中國在錯誤的時間地點，打一場錯誤的戰爭。

相對來說，保守主義者除了批判中共無神論立場外，始終對中共極權政權本質存有戒心，他們認為對其示軟必然複製希特勒崛起的過程，尤其是張伯倫當年的綏靖政策是幫侵略者助紂為孽。因此，威脅論者主張遏制圍堵中國，避免中國亞洲的軍事擴張一發不可收拾。

近年「擁抱熊貓派」與「屠龍派」喋喋不休互不相讓，然而十九大之後習近平的各項意圖改變現狀的作為，讓西方世界聯想起一戰爆發前，高舉「世界政策」的德皇威廉二世，甚至就是 1936 年往返萊茵河非武裝的希特勒。因此川普啟動美中經貿大戰除了避免中國經由紅色供應鏈，建構一個沒有自由貿易的全球化；重點在於，中國在印太與台海採取擴張政策，對於區域的權力平衡與穩定直接構成威脅。問題是，結構的轉變馬英九並未正視察覺，以為時空背景還停留在自己擔任總統的當下，確有不見樹林之憾。

自由主義 / 戰略模糊，現實主義 / 戰略清晰之間的辯論

在這個背景下，現實主義與自由主義，共和黨與民主黨、多邊主義與雙邊主義、戰略清晰與模糊之間開始出現了更多交集與共識，美中關係已經出現本質性的變化或是典範的轉移，最為關鍵的是台灣逐步納入自由開放的貿易體制與印太集體安全的防衛機制，這個趨勢在俄烏戰爭爆發尤為明顯。然而，這個趨勢卻被藍營刻意運作解釋為疑美論、棄台論的基調，豈不悖離事實？

中國崛起所帶來的威脅，讓前述爭論嘎然而止

深入觀察，冷戰時期美國在亞洲雖然有「東南亞公約」這個形式上的多邊安全合作機制，但是每個國家的假想敵有所不同，再加上各國政經制度的差異，很難形成如北約般的防衛模式，因此只能透過諸多雙邊關係維繫軍事同盟關係。

然而，在面對當下中國崛起及其對區域造成的威脅，印太國家儼然面臨共同的假想敵，這也促成了類北約集體安全的新內涵，不論是印太安全架構、四方安全對話或澳英美三方安全夥伴協議 (AUKUS) 都是這個脈絡下產物。此外，澳洲將國防最前線從傳統的新幾內亞推往南海，韓國與菲律賓最近軍演內容明顯將假想敵設為中國更是反應了這個趨勢。台灣位於地緣政治與供應鏈的樞紐，台海有事自然牽動民主世界的神經末梢，這也是西方國家承諾協防台灣的背景。

可能不自知，他們的國際與兩岸論述存有邏輯上與方法論上巨大的矛盾。雖然黨中央多次強調「親美、友日、和中」的路線，卻只有疑美論、仇日論始終不見疑中論？難道藍營寧可相信中共統戰的話術，卻不相信民主國家民選總統、議員的政治承諾？更何況就歷史上國共合作經驗來說，國民黨都是被欺騙或鬥輸的一方，為什麼他們始終相信國共合作是一個可行的方案？

再者，政治上的保守主義與經濟上的自由主義很難同時並存，這也是過去共和黨與民主黨在「一中政策」主要的分歧。不過國民黨在意識形態的保守並不是反共，而是對於過去黨國主義秩序的迷戀，以及對自由民主、多元開放社會的懷疑，所謂中國經濟交流只是成就部分買辦的利益，而非新自由主義倡議的交往政策。

八、有論者認為習近平在中共二十大後獨攬大權，並徹底改變鄧小平改革開放以來所建立的權力規則，如何看待習近平的未來權力佈局，及對中國政治的影響？

在毛澤東掌權時期，由於他大權在握乾坤獨斷，發動一次又一次的政治運動更帶來許多災難性的後果，大躍進造成的大饑荒導致四千萬民眾死亡，十年文革浩劫也讓中國的政經秩序陷入混亂。

鄧小平的政治改革，其初衷是為了避免再度出現另一個毛澤東

鄧小平在改革開放初期的政改主張，是了避免毛澤東的亂象捲土重來，當初的制度設計卻有其深刻的政治意義，只是讓鄧小平始料未及的是，習近平在中共二十大徹底毀滅了自己一手設計的改革方案。

深入觀察，中共在 1980 年所提出的《黨和國家領導制度的改革》可

視為鄧小平政改的重要文件。按照鄧的規劃，他認為毛澤東時期中共的政治問題主要表現於：權力過分集中、兼職副職過多黨政不分、以黨代政的問題十分嚴重、權力接班毫無制度才可言。

習近平破壞了「集體領導」的精神

為了解決上述的問題，他從四個面向進行若干制度性的規劃。首先就是建立「集體領導」的設計，因此中共在十二大廢除「黨主席」改採「總書記制」，言下之意就是總書記即為政治局常委的「班長」或「領導核心」，與毛澤東時期的唯我獨尊的地位大為不同。然而習近平十九大後透過修憲延任國家主席的任期，就已經逐步毀壞這個設計，其間不斷弱化政治局常委與自己之間的關係，等到二十大延長自己任期，以及常委名單出爐後，集體領導的精神已經名存實亡。

習近平扭曲了「黨政分工」與「體制」的權力結構

其次是黨政分工的問題。中共雖然標榜以黨領政，但是鄧小平認為在這個原則下，以總書記為核心的集體領導必須要各司其職且有明確的分工。這主要表現在黨和政府、人大、政協這三個機構之間的關係——剛好涉及行政、立法與政黨的互動方式。
其中總書記與總理之間的關係最為重要，過去江澤明或胡錦濤時期之所以存在「江朱」或「胡溫」體制，就是體現黨和政府間的分工，這也表現在每年總書記在中央委員「決議」，隔年兩會期間由總理進行「政府工作報告」的形式；意即總書記決定政治方針，總理以具體政策來落實

習近平掌權以來不斷弱化李克強的權力基礎，甚至讓其他幾位副總理分掉總理的職務，這就是古代帝王「眾建諸侯少其力」的概念，徹底讓黨政分工的意義蕩然無存。在二十大人事安排中，最讓人詫異的則是胡春華裸退與李強上位；除了顯示「共青團系統」全滅外，更讓世人看透習近平用人唯親破壞黨政分工的決心。尤其李強是之江新軍嫡系外，更無副總理的過水資歷，這意味國務院將成為總書記的辦事員。

習近平弱化了人大與政協的功能

此外，讓主責意識形態的王滬寧與政法委系統的趙樂際，擔任人大

委員長與政協主席也是癱瘓黨政分工的作法。人大是中華人民共和國的「政體」，國家主席與國務院總理皆由人大委員投票產生，國家法律與修憲更是其重要職權。這意味習近平將借王滬甯在人大「有所作為」，完全讓此一機構從黨的「橡皮圖章」變成「鋼鐵印章」，以後人大不再是「議行合一」下的機構，而是淪為替習近平意志背書的諮議單位。

政協本來是「中共領導下多黨合作制」的統戰平台，黨際之間並非「執政黨」與「在野黨」的平行關係，而是「執政黨」與「參政黨」的上下隸屬關係，所謂八大民主黨派雖然不存在取代中共的可能，但至少可在政協體制中抒發己見。讓趙樂際擔任政協主席，就是要拿出政法委那套，要這些花瓶黨謹言慎行，決不可犯下「妄議中央」的錯誤。

習近平埋下了中共內部老人政治的隱憂

習近平用人唯親且將自己拱上權力高峰，根本就是破壞當初「隔代接班」的遊戲規則，但是為了擔憂自己嫡系在未來成為權力隱憂，刻意將不到六十歲的陳敏爾排除在外，而以年長的蔡奇、李希取代，雖然看似高枕無憂也埋下了未來老人政治的風險。

九、習近平如何運用極權主義的手段，對內鎮壓控制中國民眾的生活日常？

中共搞群眾革命起家，因此深知如何控制人民

中共自己是搞群眾革命起家，深知過去中國政權興衰循環出自天災人禍下的某些必然與偶然條件。一旦天朝的統治力下降，再加上出現煽動者，提供類似「蒼天已死」、「無產階級專政」、「打土豪發大財」的造反論述，裹脅流離失所的流民舉事，一場星星之火足以燎原的農民起義隨即爆發。如果政權氣數未定，猶可靠幾位中興大臣撲滅大亂，反之則造成權力的輪替。

中共建政以來，最大的天災人禍莫過於毛澤東所發動的大躍進，大飢荒造成 4 千萬人死亡，創下人類歷史記錄。然而政權之所以持續，乃是中共建立了一套與封建政權截然不同的政治控制與經濟社會分配體制。

前者是透過嚴密的思想審查與綿密的意識型態洗腦，經由毛澤東所發動的「三反五反」與「反右鬥」中取得了政治權威的作用；後者則是透過「戶口二元制」、「人民公社」、「組織性的社會」的建立，全面壟斷了經濟分配與社會關係網路。

在此背景下，過去革命所需出現的煽動者、群眾與社會紐帶全被中共所宰制與割裂，再加上毛澤東在 1958 年發動「第二次台海危機」(金門砲戰)，經由輸出危機與戰爭邊緣策略轉移內部矛盾，使得本來將出現的歷史輪迴卻在人為因素下給規避。

茉莉花革命的爆發，讓中共領導人有所警覺

值得觀察的是，2010 年的茉莉花革命，雖然事實證明這是一場不成熟的民主運動，其政治轉型的後果必沒有朝西方自由主義所預期的方向，阿拉伯世界的經濟仍在衰退，對於人權的戕害並無趨緩跡象，國內政治仍遊走在內戰邊緣。

而中共領導人與官方輿論都關注到，經濟發展、社會控制以及政治鎮壓是威權政體統治正當性的基礎，也是這一場民主運動爆發的原因。北京高層充分意識到，維繫一定程度的經濟成長，藉以進行有效的社會資源分配，是展現國家能力的基本前提。

此外，國家機器必須對萌芽中的市民社會與政治異議分子，採取嚴厲的鎮壓與控制，同時高舉集體主義對於秩序與穩定的訴求，如此才能落實阿圖塞 (LouisAlthusser) 所言的「意識形態國家」與「鎮壓性國家」的本質。

科技極權主義象徵中共新型態的社會控制

不論是處理劉曉波等「異議分子」的方式，或是增加社會控制與網路監控的維穩預算，都說明了中共的思維。這一切到了十九大前後更是達到了顛峰，對於網路全面封鎖及對「低端人口」的清洗已看出端倪，社會信用制度、天網系統與學習強國 App 等系統的建立，除了標誌「科技威權主義」來臨，也意味習近平統治的中國，已遠超越毛澤東時期的各項政經控制能力。

專訪　陳銘磻

飛越與沉澱的寫作之道

陳銘磻的「大寫」人生

ABOUT 陳銘磻

1951 年 3 月出生新竹市。曾任國小教師。電台廣播節目主持人。雜誌社總編輯、出版社發行人。電影《香火》編劇。耕莘寫作會主任導師、救國團復興文藝營駐隊導師。獲二〇〇九年新竹市名人錄。大愛電視台《發現》節目主持人。以〈最後一把番刀〉獲中國時報第一屆報導文學優等獎。曾獲金鼎獎最佳出版獎。《香火》《報告班長》《部落．斯卡也答》電影原創。

著作：《賣血人》《最後一把番刀》《陳銘磻報導文學集》《雪落無聲》《我在日本尋訪源氏物語足跡》《川端康成文學の旅》《一生必讀的 50 本日本文學名著》《給人生的道歉書》《我的少爺時代》《日本文學館紀行》等 114 本。

採訪撰文 **郭瀅瀅** ｜ 攝影 **郭潔渝**

五十多年的創作生命，是一百一十八本書的完成，也是陳銘磻多重身份的完成——作家、編輯、作詞人、出版人、編劇、教師、廣播與電視節目主持人——而在閱讀近年的兩本著作《給人生的道歉書》、《我的少爺時代》裡，彷彿探尋著作家一路走來，情感與人生的祕密，如同他在訪談中提到，兩本書的寫作的過程，是對人生的盤整，而在盤整中，便會察覺自己遺漏的部分、未曾坦白與透露的情感——也許是旅途中短暫而深刻的情愫，也許是未曾實現而仍嚮往的夢，也許是對父親、對母親的愛與歉意，甚至是對自我人生的遺憾與自省。

而在陳銘磻一生的寫作航程裡，似乎展露了兩個不同的自我：一個行動能量充沛的、冒險性格的、開拓未知道路與奉獻的、熱切與堅定的自我，與一個善感的、沉鬱的、耽美的、哀愁與自省的自我。正是兩種不同自我的抗衡、融合，與跨越，成就了如今的陳銘磻——一位「大寫的寫作者」，向鴻全教授曾如此形容他。而若不是陳銘磻以寫作記下了童年患病、飽受訕笑與年少自閉症的記憶，便令人難以想像如今的「大寫」的人，也曾面臨內在的暗面與人生的沮喪、摯愛的父親曾一度擔憂陳銘磻的未來人生，於是獲知他大學考上世新廣電時，還感動落淚。

本篇報導希望留下陳銘磻五十多年的創作生涯裡，為「文學」奔走的軌跡，並以回憶錄、傳記性的方式呈現陳銘磻的生長背景、童年、年少歲月、兵役期間的記憶，以及出版第一本書至今，足跡遍布各地的文學實踐，也由此探詢，「文學」是如何作用於一位作家的生活與生命、如何安頓一顆年少敏感而多愁的心靈，以及一位作家如何以外在行動實踐與回應對文學的熱愛，並將寫作視為終生行走的道路。

寫作——美麗的痛苦，而我接受它

「寫作，是一條又苦又痛的路，然而它是美麗的痛苦，我接受它。」談起寫作，陳銘磻坦白而真誠，無奈裡有著一絲寫作者才能領會的幸福。寫作對他而言，不僅有堅持，也曾有迷惘與苦澀，他也曾描寫如此多重的心情：

那些執意投身創作的時光，難免困頓，在煩囂城市找不到答案，只有繼續上路，奔赴下一個遠方，直到走過許多地方才恍然，不被多數人領會的文學，原來早已藏匿生活中，不管心思是否確定，行動早已給了最確切的答案。——《我的少爺時代》

也許更深的自我，是在不斷奔赴的「遠方」裡才能遇見，並成為推動著行走步伐的，一道堅實的力量。而創作量豐沛的他，卻謙稱自己並非生來就是寫作的好手，許多文章是一修再修，反覆雕琢，而即使如此，卻很少因挫折而喪志：「發現不足的地方時，我總是很快樂。我可以透過不斷演練、學習，彌補不夠理想的那一面。」正因歷程中的苦澀與勤奮，更彰顯了性格裡不畏艱難的秉性——不僅是對寫作本身的堅持，也是對語言的執著與對文學的敬意——在不斷翻越自我侷限的高牆時，也一次次為自己的寫作生命開創新局，成為如今擁有多元身份的陳銘磻。

成長的苦悶——身體的磨難與自閉症

由於足跡遍布藝文領域，若不細讀其文本，便難以想像成長過程中，也曾有苦悶與自閉的記憶。在 2021 年出版的《給人生的道歉書》裡，陳銘磻於〈脆弱魚蝦等著被黑鱸魚吃掉〉一文中，寫道小學六年級因風寒而引發顏面神經失調、並透過中醫師的民間療法，在右下顎塗抹一尾添加中藥的剁碎魚屍，因腥味而遭同學鄙視、嘲笑而感到難堪的往事。訪談當天，問起了這段經歷，陳銘磻也如少年般直言與坦率：「從此我恨透了魚，也恨透了講話，所以初中時得了自閉症，後來也不吃魚了，一直到結婚後才慢慢開始恢復吃魚。」除此之外，由於當時無法控制右半邊的肌肉，而拍畢業照的當天，在一道攝影的強光下，一切症狀又忽然加劇，被同學嘲笑眼歪嘴斜。

從此，「那道光」所落下的陰影，直到成為節目主持人時都還未褪去：「有陣子主持電視節目時，都希望盡量不要指派我到棚裡，因為我還是有陰影在，覺得外面的自然光比較安全。」而成長階段的傷痕、異於常人的特殊經歷，也練就了陳銘磻細膩的觀察力，在日後的寫作裡，總能以具洞悉力的目光，入微與透徹地書寫自我內心與他人的生命故事。

ABOUT 郭瀅瀅

1988 年生，哲學系畢業。獲 2022 年優秀青年詩人獎。
曾任新聞編輯、記者，現為《人間魚詩生活誌》主編。詩文與攝影散見報刊雜誌。

寫作緣起：看見父親在黃昏前，趕稿的身影

至於是在什麼機緣下開始寫作？童年時，陳銘磻每當下課回家，便會看見從事記者工作的父親，在黃昏前振筆疾書趕稿的身影。他提到，「記者的稿紙比作文簿的格子多，他可以密密麻麻把它寫完，讓我非常羨慕。我作文簿的格子那麼大，卻常常寫不完。」出於景仰與羨慕，一股單純的意念便從內在升起：「我長大以後也要和爸爸一樣」，即使當時還沒有對文學的認知，且不喜愛寫「作文」的他，卻因父親而許下了願望。

初中時，因自閉症與同儕疏離的他，也正處於血氣方剛的年少，當看見經歷了日治時期、民國的父親，在記者工作上一路從日文、漢文書寫，到辛勤苦練文言文式的中文，卻被隨國民政府來台的御用記者欺負、嘲笑「中文能力差」，除了心中暗自替父親抱不平以外，更是將滿腹的憤慨化為積極的行動，下定決心以自己的中文基礎、閱讀父親文章而累積的經驗，直接替父親寫新聞稿。從此，文字便進駐於他的生命之中，無形地轉化了生命，並成為將寫作視為志業的開端：「我慢慢地與文字結婚了，又為了增加自己的文字功力，拼命讀書，父親的書櫃上有什麼書，我就讀什麼。」談起那段逐步耕耘文字的階段，仍看得見陳銘磻性格裡堅毅、執著而努力不懈的影子。

年少階段，正處於二次世界大戰結束不久，社會氛圍壓抑、飽受禁錮而不能暢所欲言的年代，「尤其我是新聞記者的兒子，新聞記者被認為是知識份子，於是被壓抑得更厲害。但我始終看我自己的書、玩自己的遊戲，不去理會外面的世界，也許這就是我的特長吧」。當時，也正處於存在主義思潮興起的年代，在對個人存在與價值普遍感到徬徨、茫然與困惑的情境下，陳銘磻也埋頭閱讀了卡繆、齊克果、沙特、杜斯妥也夫斯基等代表人物的哲學與文學著作，卻獨鍾於在同一階段所閱讀的日本文學，心繫於三島由紀夫、川端康成、夏目漱石、芥川龍之介等文學著作，也許它們將年少時那無以名狀的、細膩而多重的思緒，賦予了一個可見的形式，並在與內心相互呼應與震盪中，持續影響了往後的步伐。

那羅部落——心靈的原鄉、美的震盪

除了日本文學，一段獨特的部落生活經驗，也如同自廣闊的大海湧入的養分，成為寫作生命的鹽。1969 年夏末，19 歲的陳銘磻受教育局委派，前往新竹縣尖石鄉「那羅部落」錦屏國小任教。起初，在面對說著泰雅族語的小朋友時，不免因語言的隔閡而感到心慌、無助，後來他受原鄉的純粹、尚未被現代化開發的山徑之美所感動，彷彿找到了心靈的依歸，將自己青澀而易感的心，安放於原始而靜謐、彷若世外桃源的幽豁之中，為自己的文學潛能，注入了新的靈魂。「那羅部落對我的寫作與生命是影響最大的，所以我稱呼『那羅』是我心

靈的故鄉。不止是那塊土地，還有我在那裡的生活型態與生活方式，以及在那裡所獲得的，人的關懷」。回憶裡，是徜徉於自然的美好時光與生命的光澤，「音樂課時，我帶著學生們去那羅溪，在溪邊唱歌；假日不用教課時，他們會帶我去爬山，然後戲弄我，我也從年少時的有脾氣變得沒有脾氣了。」

而在記憶裡深刻、縈繞不去的，是部落裡的男子洛信（雲天寶），為自己所帶來的美的震盪。該如何形容第一眼看見他時的讚嘆與震懾？也許是一瞬之間的吸引過於強烈，令人在口語描述中，輕易地就遇見了語言的極限。而在《我的少爺時代》裡，陳銘磻曾寫道，在第一眼看見他時便「充滿了詭祕莫測的好奇」，「這種少見氣宇軒昂的美少年，使人萌發一股強烈的嫉妒，如前所述，為什麼一個凡人能擁有如許優越的秉性？」兩人結識後，不僅惺惺相惜，以年少最為純粹、炙熱的心走進了彼此的生命，並以文學激盪著彼此純淨的心靈。日後，雲天寶隨陳銘磻而喜愛文學、在竹東開設了書店，而後一步步成為新竹縣議員、尖石鄉鄉長，並被喻為「文學鄉長」。

這份情誼也因文學而走得深遠——2002年，陳銘磻協助尖石鄉在那羅部落建造台灣部落第一條文學步道——「那羅花徑文學步道」，而聳立的文學碑上，刻上了多位作家歌詠尖石鄉自然之美的文學作品，令遊客不僅能欣賞部落風貌，更透過文字的審美滋養心靈，可惜文學碑於2004年遭艾利颱風侵襲，而沒入那羅溪谷。2012年，陳銘磻再度推動「把文學種在土地上」的理念，與再度當選鄉長的雲天寶，建造「那羅櫻花文學林」、「那羅詩路」、「綠水廊道俳句碑」等，搭起了地景與文學的橋樑，不僅為地方注入一股嶄新的風貌，也透過詩歌、文學作品，令人深思人與環境的共生關係。

窗前的玫瑰——
當兵，在碉堡寫作的時光

寫作，不僅在陳銘磻的年少、教書階段扮演重要的角色，在當兵時亦然。「我常覺得老天爺對我很好。當桃園觀音當兵的時候，可以自己掌握的時間很多，那裡簡直是『三不管地帶』，我經常躲到碉堡裡寫作。印象中，碉堡很大一座，可以容納四部並排的卡車，但可惜的是，現在去已經沒看到碉堡了。」回憶起兵役時的寫作地點，竟隨著時間推移而消失，陳銘磻悵然地說。而寫作，不僅是隱密的情感抒發，也為陳銘磻的人生帶來轉折。

「有一次幫忙站衛兵時，看見一個坐輪椅的女孩子，手上拿著一束花，背後是一個男生在推著，他們還不時看向彼此，我趕快拿起衛生紙，寫下感動的心情。回到寢室整理後，發現它是一首詩，我將它命名為〈窗前的玫瑰〉。後來，我用毛筆再寫一次，寄給當時最紅的主持人、歌手洪小喬。（你看，我很大膽）。隔了一陣子後，她竟然真的回應了，把我的詩和歌曲結合在一起。要演唱播出的那一天晚上，原先的操課，改成大家一起在大寢室裡看電視。當時，真的覺得好光榮。」即使陳銘磻不特別眷戀昔日的光榮，但回憶起頭一次觀看自己的詩被端上螢幕，也彷彿躍入了喜悅的曾經。

一首〈窗前的玫瑰〉不僅以抒情撫慰了同袍的心，也連結起了陳銘磻與洪小喬的友誼。2012 年，那羅櫻花文學森林開幕時，他再以自己對櫻花的戀慕，寫下了歌詞〈櫻花落〉，由同樣喜愛櫻花的洪小喬譜曲、演唱，而其中對櫻花盛開與凋零的詩意描寫，也如同陳銘磻喜愛的日本美學裡的「物哀」，除了審美的愉悅，也涵蘊「物」在現象裡必然消逝、歸於無的愁思。

第一本書，為寫作帶來美好的波瀾

24 歲時，陳銘磻以第一本散文著作《車過臺北橋》，記下了自己在部落教書的生活與兵役生涯的記憶，而回顧起第一本書為自己帶來的影響，陳銘磻說：「這本書為我帶來很好的波瀾及後續，讓喜歡寫作的這條路可以繼續走下去，並廣闊了人脈、寫作方向與領域」。當時，正是他隻身北上工作的第一年，擔任小說家曹又方主編的雜誌《老爺財富》中文編輯，不久，又受聘於《愛書人》雜誌擔任主編。陳銘磻自謙自己的求職歷程總是幸運與順利，過去，他曾擔憂自己埋頭投入寫作，往後若寫作一條路中斷了，該如何維生？「幸好，我還會編輯。我從未認為編輯與寫作是不同的事情，因為父親除了是記者以外，也辦過許多雜誌、成立了號角出版社。有一陣子經費不足，為了幫忙父親，我還帶領弟妹一同切割鉛字、排版，也從中學到了編排美學。」父親始終是陳銘磻言談間最常提起的人物，不僅是內在生命的支撐，也是寫作最初的典範。

而談起自己的第一本書，陳銘磻語帶羞澀，也許以初心寫成的作品在他完美主義的眼光裡，總有未盡之處，然而卻是最真摯與純粹的情感軌跡，並帶有仰慕作家的語言風格的影子：「我從初中就開始讀《羅蘭小語》，它對我第一本書的寫作風格、散文風格有絕對的影響。而我散文裡的詩意，則是受余光中影響。當時，余光中的詩〈蓮的聯想〉很有名，讀了之後，我也開始以蓮花來形容初戀的女孩。」陳銘磻笑著。而那以蓮的意象寫成的文字，究竟是一首詩或是詩意的散文，他記不得了，僅留下一個浪漫、遙遠而模糊的記憶。

而陳銘磻始終記得，替他出書的出版社，曾說過一句影響他甚深的話：「幫你出書，並不是要讓你當作紀念品」，從此，陳銘磻秉持著這句話行走寫作的路途，不僅持續深耕，並於日後的寫作主題有巨大的跨越。

報導文學——揭露被忽視的角落

1977 年（26 歲），他在高信疆先生的徵召下加入報導文學寫作，1978 年以挖掘社會底層、揭露現實與人性暗面的報導文學〈賣血人〉獲得了廣大迴響——裡頭不僅透過細膩的文學筆法，呈現出了位居社會底層的賣血人，艱苦的生活狀態與嚴酷的生存情境，也揭露了醫院與血牛勾結，聯合剝削賣血人以生命所換取、緩解生活困境的微薄薪資，不僅為社會帶來衝擊，也引起各界重視；1978 年（27 歲）又以〈最後一把番刀〉呈現原住民面對現代文化的衝擊與適應的問題，並透過自己在部落的任教經驗，深入觀察並提出解決問題的建議，獲《中國時報》第一屆報導文學類優等獎，除此之外，報導寫作範圍也涵蓋洗屍工、建築工人、男同性戀等族群，在〈最後的裝扮〉、〈鷹架上的夕陽〉、〈台灣吹男風〉裡，是實際採訪當事人與不同立場、身分的人士的珍貴實錄，也是陳銘磻對這片土地的敏銳觀察、對社會底層被忽視的人群的同理與關懷。

我很高興自己曾經介入，也快樂地離開了

除了報導文學，陳銘磻寫作題材多元，1979 年（28 歲），又與導演徐進良合作，聯合吳念真、林清玄撰寫中央電影公司的年度大戲《香火》，隨後又進入中國廣播公司與製作人潘麗芳主持廣播節目，並與陳皎眉教授主持台視「人．書．生活」節目。同年，他將父親創辦的「號角出版社」遷址於台北市金門街營運，擔任發行人與總編輯，出版第一本「愛書人叢書」《石坊裡的故事》——書寫出生地石坊里、童年時母親陪伴他行走的石板路；1985 年代開始在耕莘寫作會擔任編採班導師、主任導師；1986 年，以暢銷著作《報告班長》獲蒙太奇電影公司改編為電影，由庹宗華、李興文等主演，並由庾澄慶作詞作曲；1989 年，以沈芸生為筆名，主編數十部《軍中笑話》系列書籍，因暢銷而進駐便利

商店販售。此書也成為許多閱讀者的集體記憶，為苦悶的生活帶來了趣味，並風行於校園與大眾生活。

然而，問起如今是否有回歸出版業的意圖？陳銘磻搖搖頭並苦笑著：「在出版業裡的憂與喜、好與不好我都接觸過了。有高峰也有沉落的時候。有時也必須配合社會環境、閱讀人口、閱讀習慣，而現在閱讀的人越來越少了」、「我很高興自己曾經介入，也快樂地離開了。因為經歷過，我也不愧對父親，畢竟我曾經將號角出版社經營了起來。」

日本行，是對父親的思念、對作家的致意

在漫長的閱讀與寫作時光裡，有一大半時間都沉浸於日本文學的陳銘磻，除了讚嘆其中對人物心理狀態的細膩描寫、景物與文化內涵、精神價值的融合外，日本文學也開啟了他對生命、對報導文學更多元的想像。「日本文學影響了我人生後半段的寫作，不論是風格或方向，也影響了我對生命的理解程度與能耐，我也在當中找到我自己。」作為報導文學的「先鋒部隊」，他不僅在時代的變革下，仍有著延續報導文學命脈的使命，更有著求變的心：「我不能讓報導文學就這樣停下來。但這一條路差不多就是這樣了，大部分是社會議題的呈現，而電視已經太多社會議題了，現今，文字已經贏不了影視了。後來我想，我從 29 歲第一次去日本旅行，到現在已經超過 40 年了，我一直不想純粹以雜記、日記的方式去寫所謂的『旅行文學』，我應該用自創性的、報導文學的概念來寫『文學旅行』」。

而年輕時的陳銘磻，也曾經桀驁不馴，經常與摯愛的父親起爭執。他提起 29 歲時由父親引路的日本旅行，感慨地說：「第一次去日本的時候，父親安排了許多神社、寺廟的行程，當時我卻因為不解而發少爺脾氣，直到後來我從事日本文學地景的觀光旅遊，才發現父親真的是『日本通』，他帶我去的地方都充分傳達了日本的歷史文化與精神」、「隔了這麼多年，他已經離開了世界，我才明白我誤會他了。所以當我寫文學地景時，也特別用心，因為我實在太對不起父親了。」

於是，從日本文學中遍尋地景，便成了中年時的重要任務。一次次造訪日本，不僅是日本文學在陳銘磻的內在生命裡，留下了深刻的文學底蘊與美學啟發，一趟趟日本之行，也是對父親的思念、未盡之愛與對仰慕的作家的致意。而喜愛文學、與陳銘磻心心相印的女兒也一同尋找，並因緣際會而留在日本就職，持續協助陳銘磻在十年間完成十二冊《日本文學地景行》。

為「桃園文學館」而寫的《日本文學館紀行》

五十多年的創作生涯，陳銘磻從未停下腳步，2022 年，陳銘磻再集結了四十年來探訪日本文學館寫下的報導，出版了《日本文學館紀行》一書——裡頭有五十座以作家、名著、地方為主題的日本文學館，陳銘磻將自己對文本的閱讀、詮釋與對文學現場的尋訪與實際考察，融合能展現建築、館內樣貌的攝影，將作品蘊含的精神與文化內蘊帶到讀者眼前，閱讀過程，如同隨著他曾經的步伐，進行一次次的紙上文學旅行。他提到，此書是為未來的桃園文學館而寫，也提供台灣執掌文學館業務、文學活動的機構為借鏡。

然而，「書只是『文字』而已」，陳銘磻說，今年（2023）3 月舉辦在桃園新總圖書館的「日本文學館物語——陳銘磻文學行旅私房收藏展」，便是以行動作為示範，「希望未來的桃園文學館，不要成為『蚊子館』」。展覽中，不僅展出了陳銘磻創作 40 年來走訪文學地景、文學館所購入的紀念文創商品、作家的手稿、紀念物、精裝原文書、紙工藝品等，也展出了陳銘磻與日本文學地景與文學旅遊相關的著作，讓人一窺「文學旅人的人文養成」，而透過物件，也彷彿走進一條文學與生活記憶交織的時光隧道之中。

談起未來台灣的作家文學館，是否可能有別於目前的現況與發展？陳銘磻感嘆於當前的危機，並提出建言：「台灣的閱讀人口越來越少，不僅科技改變了多數人的閱讀習慣，在政府普遍不重視文學的環境下，出版業也營運艱難，更難養成大眾對文學的認識，也更難以主動去參觀文學館。我認為將作家的文學館部署在大學裡，如同日本的早稻田大學『村上春樹圖書館』，這是可行的方式。」

在自己的海洋裡，玩自己的遊戲

從 24 歲至今，118 本書的創作量，堆疊起來如一座小山，甚至已高於他的身高。而當回顧起自己的人生時，陳銘磻卻萌生了歉意：「我的人生已經行走到一個階段了，但我卻發現這輩子，即使已經寫下這麼多書，卻沒有好好面對自己。我大部分時間是不快樂、是憂愁的，但我明明可以選擇，為什麼卻選擇了不快樂、選擇了憂愁？我可以好好主宰我的生命，但我卻沒有。所以，我向我自己的人生道歉。」陳銘磻說，在構思《給人生的道歉書》時，透過盤整自己的過去，察覺自己竟習慣了愁苦，而那些在旅途中，隱蔽而未坦白的情愫、「謬誤的愛」，也是駐留於內在深處的幻象，不曾散去，總算在書寫中透露並面對真實的自我與情感。而作品中，卻似乎獨漏了就讀世新大學廣電系四年的經歷——原來謙虛、不喜愛張揚的他，在記述裡，寧可隱匿最光榮的時光。

搭七路的車
——給水蓮之一

陳銘磻

隔着黃昏，隔着
一層薄薄的雨，
招呼站繽紛的花雨傘，繽紛
是雨季，是傘季。
我的一把油紙傘，懸在
東門城的古典下。鐘樓說，
七點了，
班車還不來。

× × ×

面對近來的黑夜，面對即將開始的
愛情的故事，我的心
被濺水的輪胎，壓得很潮濕，
很淋漓。還不來
六點四十五分的班車。
這是第一次的約會，
所有的水仙，
都殉在雨花中，盆景裏（

猶記得——
第一封信，在三月，
在我歸自南方的月眉潭，在
一個不朽的午后。那時，
尚不知妳為誰？女孩啊，
究竟妳為誰？

× × ×

一座高大的如來鐘樓，已掛滿黑夜
已黑夜使我空茫。頓然感覺，
信裏的長髮，才是迷離。
而女孩啊，
如果妳也撐把傘的翩翩，在橋頭，
等我。如果
雨絲濕透髮際，妳冷；
如果，我失約，六點卅以後，
妳還留在雨中嗎？

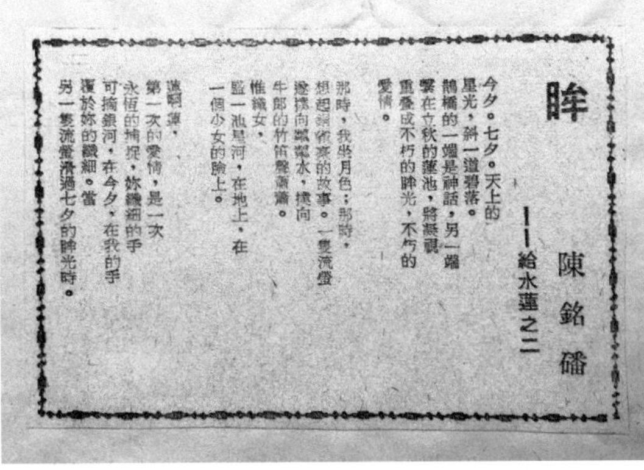

眸
——給水蓮之二

陳銘磻

今夕。七夕。天上的
星光，斜一道碧落。
鵲橋的一端是神話，另一端
繫在立秋的蓮池，將凝視
重疊成不朽的眸光，不朽的
愛情。

那時，我坐月色；那時，
想起鵲橋的故事。一隻流螢
逡巡向粼粼水，撲向
牛郎的竹笛聲蕭蕭。
惟織女，
臨一池星河，在地上，在
一個少女的臉上。

遙想裏，
第一次的愛情，是一次
永恆的捕捉，妳纖細的手
可摘銀河，在今夕，在我的手
覆於妳的纖細。當
另一隻流螢滑過七夕的眸光時。

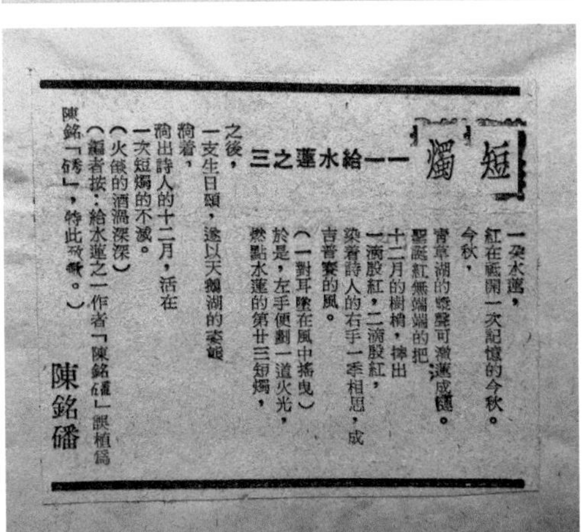

短燭
——給水蓮之三

一朵水蓮，
紅在醞開一次記憶的今秋。
今秋，
青草湖的蛙聲可激蕩成讖。
聖誕紅無端端的把
十二月的樹梢，捧出
一滴胭紅，二滴胭紅，
染着詩人的右手一季相思，成
吉普賽的風。
（一對耳墜在風中搖曳）
於是，左手便劃一道火光，
燃點水蓮的第廿三短燭，
之後，
一支生日頌，遂以天鵝湖的姿態
猗着，
猗出詩人的十二月，活在
一次短燭的不滅。
（火餘的酒渦深深）

（編者按：給水蓮之一作者「陳銘磻」誤植為陳銘「磚」，特此致歉。）

陳銘磻

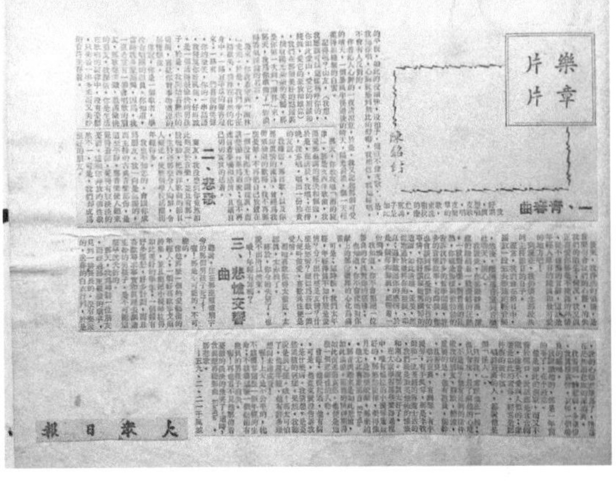

樂章片片

陳銘磻

一、青春曲

二、悲歌

三、悲愴交響曲

大眾日報

〈搭七路的車——給水蓮之一〉、〈眸——給水蓮之二〉、〈短燭——給水蓮之三〉、〈樂章片片〉為陳銘磻於 1969 年到 1970 年陸續發表於《台灣時報》、《大眾日報》副刊的詩及散文，〈冬之藺〉為 1971 到 1973 年當兵期間刊於磐石高中校刊〈磐石青年〉。

冬之藺
——兼給磐石——

陳銘磻

十二月

如果說十二月的北大路是迴翔
自紅瓦頂的大教堂
那麼我看到的將是無涯十字架
你聽
耶誕活在磐石
磐石在十二月
而回憶已失蹤　聖誕紅不紅
問你
秋之後　見到的是什麼
畫一個冬日
裏面有你　有我
有磐石
堅毅且挺拔

西大路

十二月的犁頭山凍死在新埔，我彷佛又生活在冷冷的尖石山地，你聽到我急促且顫抖的心跳嗎？南部的同志說：我無法捱過這種變相的颱風季是以，縱然有土爐生火溫菜。我却渴望再回去尖石吃凍在田梗上的霜層。

你一定看過陶淵明的歸去來辭在犁頭山上，看不見磐石，十二月的盛會，已由老師的短箋帶來。我却騎不走湖口台地刮來的冷風西大路有耶誕，有磐石，有歟樂的你。而我依然鵠立于一季冷冷冬風的犁頭山上，扛槍，也握筆。

每到春天才會被想起的櫻花，只在短暫
時間讓人們痴心迷戀、追捧，一旦花落
泥地開出新嫩綠葉，很快又被遺忘。
現在凋零的花，不知一年後會再盛開綻
放；這倉促得使人來不及跟它多說些話
語的花期，跟剎那的人生有何差異？
飄渺如櫻，獨愛孤寂，索性閱讀寫作與
旅行。從《車過台北橋》到「日本文學
紀行」，漫長40年，我是怕怎麼掉下淚
水的記憶消失，所以才把心情寫下來。

陳銘磻近年手稿。

如今，步入「後中年」生命階段的陳銘磻，自2012年離開定居了四十年的台北，舉家遷居於桃園已十一年，從起初適應變化的悵然若失，到享受一座城市的恬淡與靜謐，他在向台北——記錄著文學歲月與步履——的告別中，完成了數量豐厚的著作。生命情境的變化對他而言，也許正如同記憶中的故鄉新竹市——那童年時母親陪伴、攙著他往前行走的石板路上，總有「說來就來，形跡詭異；有時輕盈柔和，吹拂清爽，有時又像一場無法提防的災變」的九降風，身處其中的人得適應它的多變與詭譎，也正如陳銘磻不斷在寫作中適應時代的變革、突破自我局限與求變，在耕耘中確立並走出了自己悠遠而綿長的文學道路——而行走於道路中的他，是堅持且不受影響的決心，他形容自己的寫作之道：「山高不礙雲飛，竹密不妨水流。當你真的想寫作，任何障礙都抵擋不了自己。當前方有大石頭，必須透過自己的辦法把它引開。」

他也幽默形容自己的「雙魚性格」，不容易受外在紛擾的影響：「我的腦、我的心沒有辦法容納太多不必要的事，我寧可維持我自己情感、雙魚座浪漫的『胡思亂想』，在自己的小海洋裡，玩自己的遊戲，而我的海洋也算是寬大的，偶爾，我也會游出來看看其他的海洋。」

時間，這艘神秘的船

在陳銘磻的寫作海洋裡，不僅容納個人的小我，也擴及、通往了普遍性的情感，於是在閱讀著作的過程中總能與之共情——他的散文寫作，是來自生活的深處——深處裡流淌著詩意——而穿梭在字裡行間的，經常是一股憂愁的氣息。也許在書寫的當下，藏匿於日常表面下的憂愁，便輕易地被語言所喚起，卻也能被墨水逐一稀釋，在筆尖觸及紙張的瞬間凝結、沉澱，蓄積為下一次書寫的能量。

「近年來的每一本書，我都以為是最後一本了。結果每一本都不是，永遠有下一本。」陳銘磻笑著說。而不斷寫作的生命，除了記下經驗的印痕、行走的腳步，也許更是在生命的航程與時間的旅行裡，對「未知世界」的探詢，如同他在2002年於《尖石櫻花落》中寫下：「時間之旅這艘神秘的船，將載著我們橫渡許多未知的世界，而這些不明的世界，在躊躇中愈發成為追尋過程的無限興味。」在陳銘磻寫作的當下，這艘「神秘的船」正從當下的自我，航行於經驗與記憶的餘波，並在時間的回溯裡，潛入更深與未察覺的自我，任由它為自己開展出一條不止息的寫作旅程。

珊瑚復育

島嶼的海洋生物多樣性之路

文　楊姍樺

珊瑚是富麗獨特的海洋生物，通常在溫暖的海洋地區，像是熱帶和亞熱帶的海域中生活，可構築出複雜多樣的珊瑚礁生態系統。每一個珊瑚是由許多微小的生物個體叢聚而成，這些生物個體稱為珊瑚蟲，它們很小，通常只有幾毫米，卻是不可思議的建築師。這些珊瑚蟲會用分泌出碳酸鈣來建造自己的小房子。當這些碳酸鈣累積起來，就會形成壯觀的珊瑚礁。

珊瑚還有項特別的能力，每個珊瑚蟲身體裡，住著更微小共生藻，這些共生藻像植物一樣可進行光合作用產生養分，養分除了自己使用之外，也可以提供給珊瑚。珊瑚與共生藻的關係好比房東與房客，珊瑚如房東提供空間給共生藻，共生藻是房客繳交養分當租金。珊瑚與共生藻就這樣達成了共生的關係，這種共生關係使得珊瑚需要生活在淺水區域，好讓體內的共生藻有足夠的陽光才行。另外，共生藻也提供珊瑚顏色，如果水溫太高，珊瑚身上的共生藻離開或死亡，珊瑚的顏色就會變白，也就是所謂的白化現象。由於珊瑚非常仰賴共生藻所提供的養分，要是這個房客離開珊瑚太久，珊瑚所得到的養分不夠就會死亡。由於水溫過高通常都是影響很大的區域範圍，就會導致珊瑚礁的大規模損失。

雖然全世界珊瑚礁面積不到海洋面積的百分之一，但珊瑚礁卻涵養了百分之二十五的海洋生物。這些生物與珊瑚共同建構出一個繁榮的生態系統，每個生物都扮演著重要的角色。有些魚類在珊瑚的間隙中覓食，許多生物則以珊瑚作為庇護所，這個微妙而複雜的平衡讓珊瑚礁成為一個充滿生命力的世界。珊瑚礁不僅是海洋生物的家，她們的存在可以使海岸線減少風暴和海浪的侵襲，保護了沿海的生物與陸地上的我們。正因為珊瑚礁是高生物多樣性的地方，換言之，也是豐富的漁場，提供人們大量的漁獲資源。

然而，珊瑚正面臨著嚴重的威脅。像是氣候變遷造成的海水溫度上升、海水酸化、過度捕撈、或是其他人類活動對珊瑚礁造成的破壞，都會導致珊瑚白化和死亡，讓珊瑚礁生態系統受到迫害。近年來台灣各地也頻頻傳出大規模珊瑚白化等消息，在2020年，當人們飽受疫情的威脅同時，台灣的珊瑚正泡在有紀錄以來的高溫下，當時連北部的珊瑚都傳出大規模白化事件。看著白化發生的機率越來越頻繁，不免會擔心，要是台灣的珊瑚礁垮了，沿岸的漁業資源勢必會受到嚴重的波及，影響層面除了近海漁業之外，旅遊休憩業也會受到衝擊。因此近年來，透過政府、學術單位與民間的調查與推廣，也越來越多親海的人們，開始重視珊瑚礁的保護，以及思考著，要怎麼能夠讓珊瑚礁在破壞後復原的問題。於是，也開始有人投入珊瑚復育的工作，先試著將珊瑚用人工照顧的方式養起來！

將珊瑚養大的目的，不外乎希望能夠復育珊瑚，減少對野外珊瑚的需求，更大的夢想，當然是希望能夠讓養大的珊瑚移植到野外，修復日漸退化的珊瑚礁。在台灣，目前已經有來自政府、研究機構、非政府組織和社區共同合作進行珊瑚復育的工作。但這樣的工作並不簡單，光是場域的選擇，就需要做不少事前的規劃評估。

珊瑚養殖的場域可以分為人工場域以及天然場域。人工場域多在室內或是陸上，雖然較不受天候的影響，但這也是缺點，因為無法完全模擬海水中的光照、水流，或是缺少海水中的微量元素。有些人會使用天然場域的環境進行珊瑚養殖，例如，在台灣東北角一帶，可利用廢棄的九孔池或漁港來進行珊瑚的培育。雖然在天然場域中，珊瑚長得會比較健壯，但也較容易受天候的影響。國立臺灣海洋大學識名信也教授，在新北市海洋資源復育園區同時以人工場域與天然場域來進行珊瑚養殖復育的工作。他表示，當颱風來之前，他們團隊需要將珊瑚幼株們從天然場域的九孔池移至陸上的養殖池環境避風頭。平時也要下水去處理九孔池內飄進來的垃圾，避免珊瑚幼株被打傷。每年春天，他們還要處理突然暴量生長的藻類，同時也要時時注意會吃珊瑚的掠食者白結螺的攻擊。另外還要處理一些突發狀況，好比說，前陣子每隔幾天就要去打撈池子裡從日本漂來的大量浮石。這些工作都非常地需要人力。

除了場域的選擇，珊瑚物種的選擇也很重要，但因為珊瑚對環境的變動相當敏感，所以目前的珊瑚復育工作都是針對較好養的物種下手，且執行的方式都是以無性生殖的方式來進行。珊瑚的繁殖有兩種方法，有性與無性生殖。無性生殖容易許多，只要將一株珊瑚分枝成數個小株，珊瑚便能繼續長大，這也是為什麼，在野外，斷片的珊瑚還有可能會繼續存活並長大的原因。但是，也不能都單靠無性生殖來繁衍後代，因為這些繁殖出來的小株都會跟原本的母株在基因上相同，倘若母株有什麼基因上的缺陷，分枝的小株也會繼承這樣的缺陷。所以，珊瑚的有性生殖就格外重要。

有性生殖則是讓子代的基因有個重新洗牌的機會，珊瑚產的精與卵結合後，受精卵形成珊瑚幼生漂在海水中，覓尋到適當的地方便會附著，接著後形成一個珊瑚蟲個體，之後這個珊瑚蟲再以無性生殖的方式繁衍好多個珊瑚蟲，慢慢成長，累積碳酸鈣骨骼，就會變成我們看到的一叢叢珊瑚。透過有性生殖，子代的基因來自不同的親代有重新組合的機會，可以提高珊瑚族群的基因多樣性，如此一來有助於增加物種的適應能力，能夠應對不同的環境變化和壓力。

春天，農曆三月接近媽祖生的時候，是珊瑚排精卵的旺季，這時的海面下宛如粉色星空。每年到了這個時候，都有不少潛水愛好者蓄勢待發潛入水下一探這壯麗的景色。但是，以人工方式進行珊瑚有性生殖與復育難度相當高，因為有些物種排精卵一年只發生一次。就算有的物種排精卵次數較多，受精後的幼生願意在怎樣的環境下固著，又是另個難解的題。科學家試圖用不同材質嘗試提高幼生固著的機會，發現除了材質之外，材質上的微生物可能也會影響幼生固著的意願。因此，珊瑚有性生殖的每個環節都相當複雜，就連已經有三十年珊瑚復育經驗的沖繩人，目前也都還無法掌握以有性生殖的方式來養殖珊瑚，這也是他們正在努力的方向。

先前提到，野外移植是復育珊瑚礁最大的目標之一。只是進行珊瑚野外移植復育，需要考慮的事情又更多了。像是，移植的

撈除海面上的海漂垃圾與隨著海流漂到池內的火山浮石（圖片來源：識名信也）

長滿氣泡囊藻的珊瑚養殖桌。春末夏初為氣泡囊藻的生長季節，此囊藻生長速度且體積大，會影響珊瑚生長所需的光線與生長空間（圖片來源：識名信也）

潛水員們定期清除海底池內珊瑚桌上的藻類，讓珊瑚有更好的生長空間（圖片來源：識名信也）

海底池水面上漂流的垃圾與塑膠製品（圖片來源：識名信也）

物種是否在該海域原本就出現過，也需要考慮到物種的基因多樣性，以及外來種的干擾。由於目前將珊瑚養大的方式是以無性生殖的方式進行，可以想見養大的個體，基因多樣性一定不如自然環境那般豐富，若貿然將無性生殖養大的個體移植至野外，可能反而會降低環境中珊瑚的基因多樣性。因此，在移植之前，應當要進行完善的野外過往珊瑚物種的盤點，野外珊瑚基因型的調查，這樣的工作，需要借助學校或是研究單位來執行。日本珊瑚礁學會在二十年前，便針對珊瑚移植一事作出不支持的表態，原因便是，在沒有充分瞭解野外珊瑚物種與基因多樣性之前，移植珊瑚可能會導致外來種勝過原生種的狀況，或是引入疾病等問題。

養殖、復育與野外移植珊瑚的技術與事前調查，有著種種學術上的困難要克服，實務操作上也有許多狀況要面對，比方說，野外珊瑚的基因型的調查需要花不少研究經費與人手。但學校或研究單位的經費往往不足夠，沒有經費也很難留住人力。另外，像這樣野外珊瑚普查的工作也需要花時間，並沒有辦法像種樹或種珊瑚等動作般，種下去可以立即看到績效，因此也會讓想花錢投入政府與企業單位卻步。但換個角度來看，若願意好好耕耘與投入資源調查野外珊瑚基因型，才能夠讓珊瑚復育的過程中，選取最適當的珊瑚物種，在野外移植上選擇最合適的的地點，這樣珊瑚礁野外復育工作才能真正達到效果。對於願意投入珊瑚復育的相關單位來說，剛開始的投入或許無法立竿見影，但後續的成效會比計算種了幾顆珊瑚還要來得大。

我們常感嘆自己的海鮮文化，冀望島民從汪洋中汲取傳承的是海洋文化。姑且不論於海中掌舵的是什麼文化，不可否認的，台灣人對海鮮的需求並不輸給其他國家，但國家長期以來卻是比較重農輕漁的，以至於現在面臨漁業資源逐漸耗竭當下，與沿海漁業仰賴的珊瑚礁一年年衰退的情況下，相較於日本與東南亞的國家，我們還停留在珊瑚復育的起跑點上。但我們也不須為此沮喪，正因為我們才開始，可以借鏡其他國家進行珊瑚復育的經驗，做更多更完善的準備，避免走許多冤枉路，讓台灣珊瑚復育的工作達到最佳化。並且在有科學數據支持下，不讓珊瑚移植的工作對自然環境造增威脅，而是盡到協助修復生物多樣性的實際目的。

ABOUT 楊姍樺

台北人，國立台灣大學漁業科學研究所副教授。專長於珊瑚礁生態學與微生物學。興趣是探討珊瑚、微生物與環境之間的關係，希望能透過微生物，在珊瑚復育上有更多的瞭解與幫助。

在除魅權力的路上，我們能否站穩腳步

文　蕭伶伃

比起在台灣社會歷史中的任何一場性別相關的運動，這個夏天的 #metoo 在台灣或許是最易讓人感受到共同體感的一場波瀾。

只是，這份共同體感並非純粹是義憤，更多的是恐懼與擔憂。

當一個一個受害者說出語言、肢體的騷擾與侵害之際，其實在我們之間浮現的深層提問是：「是否我們曾經也有逼近加害者位置的時刻？」

這個面向自我的提問與焦慮，沈默卻強勢地籠罩著我們彼此。畢竟，自今年五月底開始揭露的各個真實經驗中，受害與加害的臉孔橫跨性別氣質、性傾向，年齡與職業。

這個面向自我的提問，其實是對權力反省的第一步。我們很清楚的看見，性在人際空間裡，本身是符碼，是權力的指涉。來自性的侵害與騷擾是權力關係傾斜的結果。在職場、在家庭、在校園，任何一種社會關係下的權力互動如果缺乏足以撐起名為「公平」的空間，受壓迫或者侵害的處境便有可能發生。

我們看見許多人談及那些在過去數十年之間，可能難以定義的場景，諸如持續試探卻又具脅迫性的邀請，或是一個在過去可能會被視為無傷大雅的摟肩、拍背等肢體碰觸，都在這場集體嘔吐中，被明確定義為具備實質意涵的壓迫。

我們清楚這類壓迫本身的任意性仍然有其限制。因為，壓迫總是在「認識」且具備某種「固定互動關係」的雙方之間發生。它可能是工作、夥伴、朋友、親屬，或是粉絲等等。

在讀著網路河道上那些文章時，有人想起自己也曾有過的遭遇，有人必然也開始反芻，是否自己也曾差點站上壓迫的位置。

在過去數十年間，一切就像是作家吳曉樂所言，難以舉證，你能說也許你就是做了一個夢，一個很糟但偏偏無法忘記的夢。

而終於在這個盛夏，我們即將開始除魅。被除魅的不是哪個偶像的臉孔或者人格，而是，我們終究需要認清：任何權力關係下的各種壓迫與誘惑，都有可能導致這些受傷的故事持續發生。

自今年五月底至今所揭露出的加害臉孔的身體裡住著一匹狼，只要有可能導致權力關係傾斜的空間就是狼的樂園。各種摸手、眼神意淫、言語調戲到拍膝蓋摸大腿，這些無涉哪個政黨、哪間娛樂公司，或哪個團隊的差別。關鍵是，這些舉措是侵犯念頭的索引，是權力關係失衡的證明。

而我們是否有足夠的信心自己在權力平衡極有可能被突破的當口，仍能自我把持，堅守平等的防線？

要回答這個提問之前，我們也必須清楚指認，此刻整體社會仍在真相的嘔吐期。那些敘事在陳述出來的起點，永遠都伴隨著受害者面對公眾承認傷口的渴求。在支持受害者的論述中，目前仍多停留在「雲端聲援」的階段。法律成為現階段可能有的具體保障。但那卻是面向著「侵害行為」的評價，而非直面「傷口」的療癒。

關於我們真正的焦慮點：「如何不讓壓迫發生？」提醒著我們都需要再往前走一點，比如說，去談如何保護受害者，或至少協助潛在受害者自我指認處境，而不是非要這樣上網開地球寫訴狀，才能獲得回應。而這回應所帶來的衝擊，其實也可能是對受害人的另一場碎裂。

甚至是，我們也應該去談如何避免讓「行為」與「人格」在半刻之間緊緊相扣，直直衝向全稱式的方向。而權力關係的指認，是現階段在社會性討論的階段中，避免這危險的全稱性謀殺發生最重要的指引。

正義的恢復不是永遠都必須伴隨另一場死亡。這裡面應該要有層次與等級的劃分。而我會這麼想的一部分原因在於，正因為全面性的人格毀滅是這波浪的效應，所以所有潛在加害人，都在自己的行為事實的層次上拼了命的抽蓄詭辯。而這弔詭的引致了對加害方不必要的同情，以及荒謬的同理。

所有的情緒與討論就全在人格謀殺上。關乎如何保護受害人與釐清行爲責任的議題難以被有效討論。

當法律成為現階段唯一定義「行為」與「權力關係歪斜」的索引之際，我們必須同時在公眾層次與社會設計上，重新架構起面對受害人的保護機制，並且協助整體社會重新一起學習如何避免權力關係的施展發生失衡與傾斜。

那不僅僅是身體及言語的界線或是對不同性別氣質的尊重；最重要的是，那是我們重新堆砌保護每一個可能潛在的弱勢的社會與教育基礎。既有的傷口不會在這夏天後便消失無蹤，但至少，能否不要再有新傷口，能否不再擔心自己成為傷人的或者被傷害的那個。

這場盛夏的平權之戰，才正要開始。

ABOUT 蕭伶伃 Agnes

英國劍橋大學社會學博士。認為人生最美好的是總在眼前的戰場與前往下一個江湖的路途間奔波。作品散見線上平台與報章雜誌專欄。

寫真後話

為何是／不是××圖鑑

Why / Not
an Illustrated
XX Dictionary

攝影藝術家／
瀧本幹也 Mikiya Takimoto

企劃／採訪 郭潔渝

註：此單元命名來自中平卓馬《為何是植物圖鑑》的變形。

世界桌球 2015

GRAIN OF LIGHT

LAND SPACE

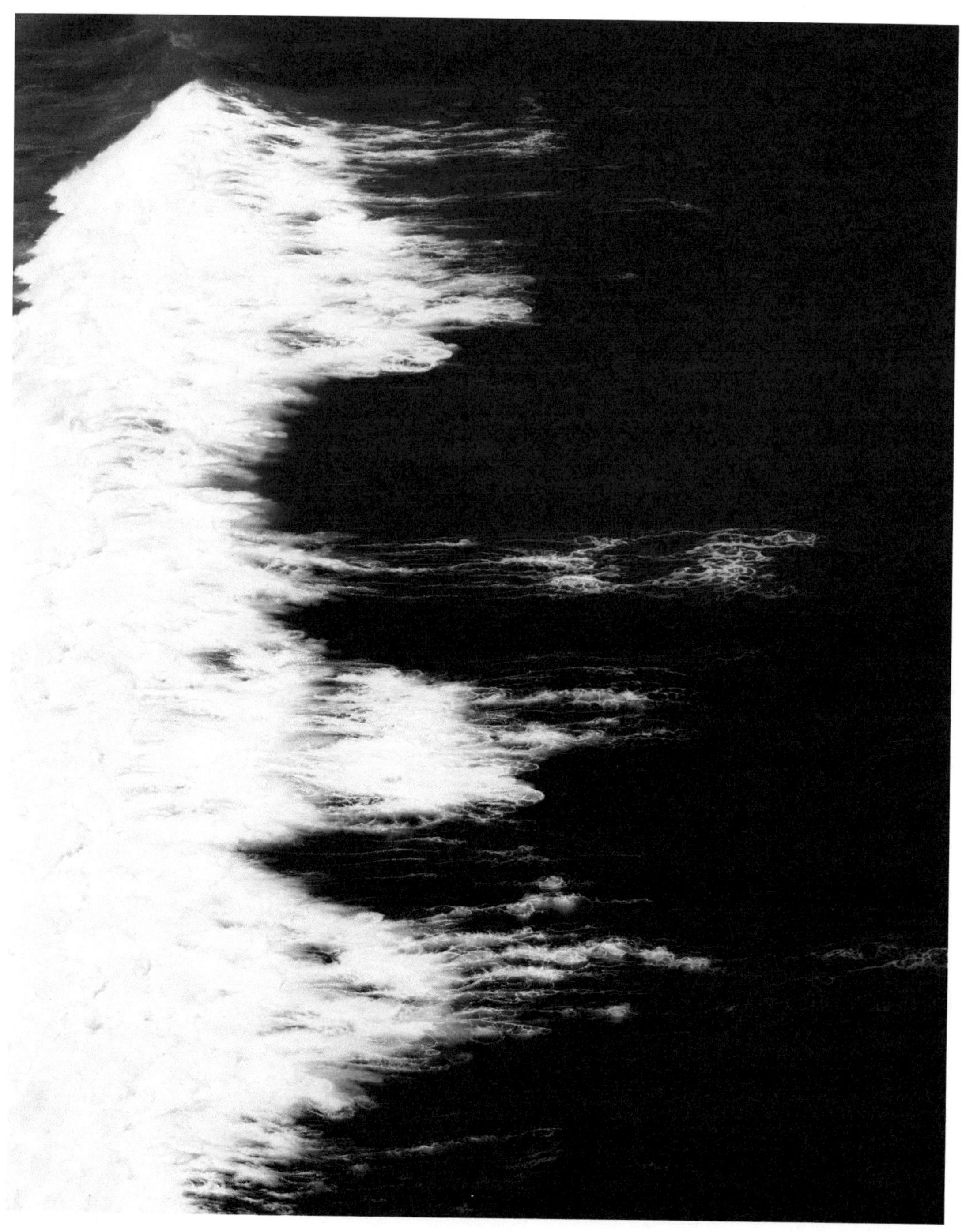

FLAME / SURFACE

LOUIS VUITTON FOREST

FIVE CONTINENTS DRIVE

ABOUT 瀧本幹也

Mikiya Takimoto

日本著名平面攝影師、電影攝影師。1974 年出生於日本愛知縣，1994 年起師從藤井保，並於 1998 年獨立、成立了瀧本幹也寫真事務所。其作品包含平面廣告攝影、電視廣告與電影攝影等，並以攝影指導的身份參與是枝裕和的電影拍攝，如《我的意外爸爸》、《海街日記》與《第三次殺人》，憑藉《海街日記》獲得第 39 屆日本電影學院最佳攝影獎。主要平面攝影集有：《BAUHAUS DESSAU》、《SIGHTSEEING》、《LAND SPACE》、《LOUIS VUITTON FOREST》、《CHAOS》；近期出版書籍有：《藤井保　瀧本幹也　往復書簡》與《瀧本幹也　寫真前夜》。

https://mikiyatakimoto.com/

專訪

瀧本幹也 Mikiya Takimoto

採訪 郭潔渝
翻譯 滕孟哲

1

郭：一般而言，平面攝影、電視廣告與電影攝影，雖然都是「攝影」，但在「靜態」與「動態」間，只有極少數人有辦法同時精通，而您兼擅兩者。您是如何在「一張靜態影像裡表達概念」與「影像－時間－運動」之間做不同的思考與切換呢？又或者，這對您而言，是同一件事嗎？

瀧本：雖然拍攝平面影像和拍影片會碰到的工作人員、環境和器材都不一樣，但對我來說，這兩者之間是沒有分別的，我並不會特別去切換工作方式，都是用同樣的心情去拍攝；但如果拍攝平面廣告時，就只用廣告的思維去拍，事情會變得很無趣，若把拍電影的想法帶到平面廣告攝影中，可能會出現有趣的表現方式；反之，如果把平面廣告的思考模式融入自己的作品或電影拍攝工作，有可能產生非常有魅力的畫面。通常不同領域的工作人員，是不會跨入其他類型工作裡的，所以像我這樣跨領域的工作，就有機會創造出新的表現方法。

写真撮影、テレビ広告、映画撮影は「撮影」という共通領域に属していますが、写真と映像の撮影は異なるスキルが求められます。しかし、瀧本さんは両方に精通しています。一枚の写真でコンセプトを表現する方法と「映像ー時間ー運動」の思考の切り替えをどのように行っているのでしょうか？それとも、同じものだと考えていますか？

自分の中ではすごくシームレスで、写真と映像は意識的に切り替えているわけではないんです。周りの環境やスタッフ、機材の違いはあるけれど、実は自分自身はあまり変わっていないんです。同じテンションで考えています。

でもね、例えば広告写真の仕事に限定して考えて撮影すると、意外に面白みがなくなってしまうんですよ。でも、映画の発想を持ち込んで広告写真を撮ってみたりすると、面白い表現になることもあります。逆に、個人的な作品や映画に広告写真の発想を取り入れると、非常に魅力的な映像になることもあります。それぞれのジャンルでスタッフが異なるので、僕のようにいろんなジャンルを柔軟に横断することで新たな表現が生まれることもあると思います。

2

写真撮影だけでなく映像撮影にも携わるようになったきっかけは何ですか？

子供の頃の話をすると、小学校４年生ぐらいの時、父親が昔の８ミリカメラを買ってきて、家族旅行に行くと父親と兄がムービー班で８ミリカメラを回していました、本当は自分もムービーを撮りたかったんですが、写真係を任されました。子供の頃から、自分はムービー志向のあるスチール班みたいな感じだったんですよね。そういうベースを持ちながら、23 歳で独立し、広告写真の仕事をずっと続けていて、それが派生して映像を回す機会をもらった。テレビコマーシャルの仕事に関わり始めたのは 24 歳の頃だったと思います。

郭：是什麼樣的契機，讓您從平面攝影跨入影片拍攝呢？

瀧本：這要從小時候開始說起了，大約是我小學四年級時，我父親買了一台 8 釐米攝影機，父親和哥哥會在家族旅行時用 8 釐米拍攝影片，雖然我也很想當拍影片的那個人，但被分配為負責拍照，所以從小就像劇照師在劇組裡一般，想成為拍電影的角色。自從 23 歲成為獨立攝影師後，便一直持續拍攝平面廣告，因此得到拍攝相關影片的機會，而真正開始拍攝廣告影片，應該是 24 歲的時候了。

3

瀧本さんは「ポカリスエット」のような高品質のテレビ広告だけでなく、撮影監督として、是枝裕和監督との作品『そして父になる』『海街 diary』などにも携わっています。映画現場では、撮影監督は技術部門全体のリーダーであり、映像の統合によって監督のアイデアを表現する役割なので。是枝裕和監督との協力において、どのように独自の視点を加え、自身のアイデアを監督と統合しているのでしょうか？また、意見の相違がある場合、どのように合意を形成しているのでしょうか？

基本的には、是枝監督との対立はほとんどありません。むしろ、目指してる方向を相談しながら和やかに進めています。映画の場合、脚本があり、クランクインする前の映像イメージはなかなか明確になりません。実際の撮影日に役者たちが現場に入り、一度段取りのリハーサルを行います。そこで初めて役者たちのお芝居を見ながら、伝えたいことを瞬時に判断し、逆光で撮るか、特定のアングルから撮るかなど、即興で決めていきます。一方、テレビコマーシャルの場合は逆で、カメラのフレーミングが先にあります。そのフレーム内でお芝居をしてもらいながら、15 秒や 30 秒の中で伝えたいことを明確にします。映画ではお芝居やス

郭：您除了製作如「保礦力水得」高規格的電視廣告，也以電影攝影師的身份拍攝電影，例如與導演是枝裕和合作的《我的意外爸爸》、《海街日記》等。在劇組裡，攝影指導是所有技術部門的領導者，統合畫面內的一切，來呈現導演的想法。在您與是枝裕和的合作裡，您是如何加入自己的觀點，將自己的想法與導演統合呢？是否有與導演意見不同的時候，又是如何取得共識的呢？

瀧本：我和是枝導演很少有意見不同的時候，我們通常會在工作進行時，邊討論、邊共同決定作品執行的方向。以電影而言，雖然會先有劇本，但在開拍前，整體的畫面感仍無法非常明確，直到拍攝當天，演員進到現場實際彩排時，我們第一次看著演出，才當下決定是要逆光拍攝，或是從特殊角度拍攝。

但電視廣告的拍法通常是相反的，因為廣告要在 15 秒或 30 秒的時間長度內清楚傳達訊息，所以會有明確的分鏡，並在確定好的構圖內請演員依照指示演出；但對電影而言，故事和演員的表演才是最重要的，因此製作方式不太一樣。

拍攝電影時，通常有前後的故事脈絡可依循，為了用影像來傳達情感，有時會刻意不拍得那麼清楚、讓畫面留下一些神秘感，例如背光拍攝演員的剪影輪廓，讓畫面好像看得見表情，又似乎看不清楚；或是隔著前景拍對面演員的臉，讓臉幾乎被擋住、快看不見。看不見的東西反而會引起人們的想像，有時會為了將觀眾拉進劇情中，刻意做這樣的設計。但是枝導演偶而會要求我，說這個表情可不可以拍得再清楚一點。

郭：看來在拍攝電影時，會更把自己的感受性拿出來，例如去感受這個現場，像是一陣風、或是演員的狀態，而不是像拍廣告時，在很高度控制的狀態下。有沒有一段電影拍攝情境，讓您現在回想起來，仍覺得很感動的呢？

瀧本：確實，拍電影有時會像平面攝影抓拍般，很重視當下瞬間捕捉到的東西，也常常會在現場看過演員演出後，把拍攝計畫全部打掉重來；雖然為了讓拍攝工作完美順暢，事前一定會進行縝密的計畫，但實際開拍後，又常因當下瞬間發現的畫面而全部改掉。比較有印象的應該是在拍攝《海街日記》時，有一幕是拍攝廣瀨鈴在櫻花盛開的小徑上騎自行車的畫面，當時正在拍攝臉部特寫的長鏡頭，剛好拍到一片花瓣碰到她額頭、再飛舞落下的畫面。雖然可說是偶然拍攝到的，但在當下，或多或少有過猜想，說不定可以拍到這樣的畫面。

トーリーがすごく重要なので、少々作り方が違います。

映画では、前後のストーリーがあるので、感情を映像で描きたいです。分かりやすく映しすぎないように、少し謎が残るような撮り方をしています。 例えば、表情が見えるか見えないか、ギリギリのシルエットで撮ってみたり、手前で何かをなめて、顔がギリギリ見えない状態とか。見えないぐらいの方が、見た人は想像するので、興味を持ってもらうために、引き込むために、そういう工夫をしています。是枝さんからはたまにこの表情はもう少し見せて欲しいといった注文を受けたりします。

なるほど、映画撮影では、広告撮影と違って、感性を引き出すことが重要ですね。制御された広告撮影とは異なり、現場で俳優の芝居を感じ取り、感覚的なアプローチが求められてますか？今でも心に残る映画撮影の特別なシーンはありますか？

確かに、映画の撮影では現場での発見を大事にしています。スナップ写真を撮るような感覚で、現場での芝居を見て全体を再構築するスタイルです。準備は綿密に行い、完璧な撮影を目指していますが、現場での瞬間的な発見によって全てを変えてしまいます。印象的なものというと、映画『海街 diary』で広瀬さんが桜のトンネルのような桜並木の道の中で自転車に乗りながら撮影したシーンでは、顔のクローズアップを重視し、長回しで桜の花びらがおでこに触れ、舞い落ちるようなシーンをたまたま撮れたんですけど。それも偶然の出来事ではありましたが、そういう瞬間が起こる可能性を少し予測ができるような感じでしたね。

JR 東海

4

『藤井保 瀧本幹也 往復書簡 その先へ』では、藤井保さんとの間で「東京オリンピックの開催について」意見が異なるという話がありました。瀧本さんは「日が沈むとき、普通は西を見ますが、振り返ると反対側の空が美しいことが稀にあります。」と述べました。瀧本さんの作品では「異なる思考」が表現されており、例えば「新幹線」（JR 東海）や「卓球」（世界卓球2015）など、速さを連想させる静物写真の手法で、青、白、赤のモダンな要素が組み合わさっています。また、「鍋」（札幌パルコの営業時間変更告知）や「抱擁」（「Mr.Children 2011-2015」、「2015-2021&NOW」のアルバムカバー）のようなわさっとブレて速度感を引き出す表現もあります。固定概念を超える際における思考の背景について話していただけますか？

郭：在《藤井保　瀧本幹也　往復書簡》一書中，您與藤井保先生對「是否舉辦東京奧運」有不同看法，您說：「夕陽西下時，我們通常會向西望去，但極少情況下，當我們轉身時，另一邊的天空也很美」，並相信大型體育活動可以促進全體觀者的身心健康。我想，您的作品裡也經常呈現「另一種思考」，例如您以靜物感的方式拍攝充滿速度聯想的「新幹線」（JR 東海）、「桌球」（世界桌球 2015 主視覺），整體畫面充滿現代主義感的藍、白與紅色塊；以晃動處理「鍋子」（札幌 parco 營業時間變更圖）、「擁抱」（「Mr.Children2011-2015」、「2015-2021&NOW」兩張專輯封面）。是否可與我們分享，在您跳脫常規框架時，您的思考脈絡。

幼少期の話に戻ると、中学生ぐらいの頃はバブル経済の時代で、日本の社会が異常な状態になっているように感じました。しかし、自分はそれが何か嘘くさく思えていて、みんなが浮かれているけれども冷静に世の中を見て判断しないと、将来の日本はおかしくなると感じていました。それがまず根底にあったんです。

瀧本：這又要從小時候談起了，大約在我國中時，正是日本泡沫經濟的年代，整個社會進入一種異常狀態。當時的我總覺得這一切都像假的，雖然所有人都被沖昏頭似地感到興奮，但這時若不能冷靜地觀察和判斷，我總感到日本的未來會朝奇怪的方向前進。

中学生や高校生の頃から、常に日本の政治や社会に対して疑いの目を持って生活してきました。他の人が同じ方向を見ている時でも、自分は違った角度や逆側から物事を見る癖がありました。それが自然と身についたものですね。藤井さんと同様に、思想的には国への反発を持っていると思いますが、私はそれほど激しくはありません。むしろ、コロナが起こってしまったことに対しては悲観的になるよりも、前向きに捉えて何かプラスになることはないかと考えています。そのため、オリンピックでそのような発言をしました。

從我國高中開始，就經常對日本的政治和社會現況抱持懷疑的態度。當其他人都看往同一個方向時，我就會想從不同的角度去看事物，應該是自然養成的習慣吧。雖然我和藤井老師同樣對政府抱持著反抗和懷疑的態度，但我的立場不像他那樣激烈，我反而會想，在疫情已經發生的當下，與其悲觀的否定一切，不如用積極的方式，試著改善現況。因此，我才會針對奧運說了那些話。

広告写真についてもそうですね、普通は新幹線は速いものであり、卓球もスピードが速いものですが、逆の視点で捉えたいと思います。ちょっとへそ曲がりな性格があって、仕事を受けた時、頭の中で最終的な写真のイメージを思い浮かべますが、もう一人の自分が現れそのイメージに疑いを持ちながら取り組みます。過去に見た記憶があるから頭にイメージできているだけで、それを排除して捨てたほうがいいと思います。そうしないと、新しい表現にはならないと考えています。

拍平面廣告時也是如此，一般而言，新幹線和桌球都是充滿速度感的物件，所以我想從相反的角度思考該如何拍攝。也許是我的性格有點扭曲吧，接到新工作時，我會先在腦中想像最終成品的畫面，想像這類型的廣告，就該拍成這樣；但同時間，腦中會有另一個自己開始質疑、推翻這些想像。我認為，是因爲過去曾經看過那樣的畫面，才會在腦海裡浮現出來，所以應該要擺脫這些東西，才有可能創造出全新的表現方式。

5

郭：您目前仍以大型底片完成大部份的平面攝影工作，許多看似數位合成的影像，若不經您解說，難以想像是以傳統暗房的方式完成，例如《柯比意》建築（Le Corbusier），您以黑白底片拍攝，再用暗房手法做出柯比意的《純粹色彩集》（Polychromie Architecturale）中的色彩於照片上。首先是對被攝主體概念性的理解，再以整體製作手法致敬。想請您分享用這樣複雜的方式去製作這組作品的原因。同時，在您忙碌的攝影生涯中，會於休閒時刻從其他類型的藝術中獲取靈感與養份嗎？您喜歡哪些創作者呢？

瀧本：我也從音樂、電影和建築等各種事物中獲得許多靈感。由於許多有名的攝影師都已拍過柯比意建築，如果我不加入自己獨特的觀點，就只會拍出和別人一樣的東西，於是在思考屬於自己的獨特元素和拍攝方法時，我開始在空間中想像，過去有哪些人曾經也在這裡。只要想到一百年前，柯比意本人可能也曾站在這個地方，心裡就會湧現一股騷動。我猜想，他可能對這面牆緣的 R 角有特殊的堅持，或他是否曾經從這樣的視角去看這個角落。最近我對京都的寺廟也很感興趣，因為疫情後無法出國，所以我每兩個月就會去一次京都。想到那些建築物從幾千年前開始一直存在至今，就會想到，有無數人都曾待過同一個空間中，而空間中那些超越時空遺留下來的東西，例如眾人祈禱許願的力量，都使我受到強烈的啟發。

郭：我原以為，是否因為牆面是灰色混凝土，所以用黑白底片拍攝《柯比意》這組作品，再用暗房技巧做成彩色，類似在建物刷上油漆這樣的概念。

瀧本：其實我沒有這樣想過。但仔細思考，我腦中的畫面一開始是黑白的，而蓋建築，有時也會根據形式來選擇合適的色彩。我拍這組作品時，也是先從形式下手，再於暗房中依其選擇合適的色彩。也許我是有意識到這件事的，所以用這樣的方式進行上色。

瀧本さんは今でも、ほとんどの写真作品は大判フィルムを使用しています。一見デジタル合成のように見えた精密な画像が、実際には暗室の手法を用いて制作されたとは想像しにくいものです。例えば、建築写真である「ル・コルビュジエ」(Le Corbusier)の撮影では、モノクロフィルムを使用し、その後、暗室の技法を用いて「色彩鍵盤帳」(Polychromie Architecturale)の色彩を再現しています。まず、撮影対象の理解から始まり、それを制作する手法で敬意を表しています。このような複雑な手法で作品を制作する理由について教えていただけますか？また、忙しい仕事の合間に他の芸術形式からインスピレーションを得ることはありますか？お気に入りのクリエイターはいますか？

音楽や映画、建築など、たくさんの物からインスピレーションを受けていますね。特にコルビュジエの場合は、有名な写真家たちがすでに撮り尽くしているので、自分なりの視点を加えないと同じものになってしまう。自分だけの独自な要素や撮れるものを考えるとき、時々空間において、過去にその場所に誰かがいたのではないかという妄想や想像をすることが好きです。コルビュジエもこの場所に 100 年前に立っていたんだろうなという想像をすると、ざわざわってするわけですよ。この壁のこの R とかをすごくこだわって作ったんだろうなとか、この場所からこうやって見てたんだろうなとかって思ったりするんですけど。今京都のお寺にもすごく興味を持っており、コロナ以降は海外に行けなかったので、2 ヶ月に 1 回ほど通っていました。そうすると、何千年も前からその場所に建物があることは、たくさんの人々が同じ場所に存在していたのだろうと感じます。時空を超えて残るものや祈りの気持ちに非常にインスピレーションを受けています。

「ル・コルビュジエ」シリーズは、壁面がグレーのコンクリートであるため、モノクロフィルムで撮影し、暗室の技法を用いて彩色するという、まるでペイントが施されたような概念の作品ではないかと勝手に想像しましたが。

それはあまり関係ないですね。でも、考えてみると、最初にイメージするのはモノクロームで、建築を作っているときにはそのフォルムに合った色付けをすることがあります。写真を撮るときも同じで、フォルムから入って暗室の中でそのフォルムに合う色付けをしているので。実は、私はそれを意識していて、その過程で色付けを決めているのかもしれません。

LE CORBUSIER

6

郭：您曾在其他訪談與《瀧本幹也　寫真前夜》一書中提及，您剛離開藤井保工作室、以獨立攝影師的身份開始接案時，曾經歷一段自我風格的摸索期。想請您與我們分享確立個人標誌的過程，是如何在不同的工作中，將商業案件加入自己的特色，讓觀者一眼即辨別，且將作品提昇至藝術層次？

過去のインタビューや『写真前夜』で、藤井保写真事務所を離れて独立し、自分自身のスタイルを追求する期間を経験したとおっしゃっていましたね。個人の特徴を確立するプロセスや、商業写真に自身の考えを取り入れて観客に独自性を伝える方法について、お話いただけますか？

瀧本：我是 19 到 23 歲這段期間待在藤井先生身邊，那時正值學習力旺盛的時期，而老師是一個性格非常強烈的人，對我產生很大的影響，不只是畫面風格，連攝影時的思考模式也是如此。但一直模仿老師，會讓我無法拍出屬於自己的照片，因此我開始刻意地排除他對我的影響。我想，如果要建構自己的世界觀，必須以自己的生長環境和生活經驗作為基礎去進行思考；如果能夠誠實面對自己與攝影，就能拍出自己的攝影風格。與其在意別人怎麼看自己的作品，我會優先考量自己的想法與該如何傳達訊息，並讓它呈現在照片中。

師匠である藤井さんはすごく個性の強い人でした。19 歳から 23 歳までの成長期を藤井さんのもとで過ごしたので、彼からの影響は非常に強く受けました。例えば、絵のトーンだけではなく、撮影についての考え方も彼の影響を受けました。ただ、あまりにも藤井さんのコピーになってしまうと自分の写真を撮れないと感じ、意識的に彼の影響を排除しました。自分の世界観を構築するためには、自分の生活や生い立ちに基づいて物事を考えることが重要だと考えました。自分自身に嘘をつかず、写真と向き合うことで、自分の写真になっていったのだと思います。人の見方や評価よりも、今の自分が考えてることとこう伝えたいと言う気持ちを優先事項として考えて写真に載せていきました。

7

郭：大片的藍色似乎經常出現在您的作品裡，例如在 NASA 拍攝的作品（《LAND SPACE》系列其中一部分），藍色對您有特別的意義嗎？

瀧本さんの作品には頻繁に青色が大面積で使用されているようですが、青色には特別な意味があるのでしょうか？

瀧本：我經常被問到這題。藍色確實是我喜歡的顏色，手機裡的相簿也都是藍色；也許是本質性的原因，例如，水隨著量體的堆疊會變成藍色，天空和大海也是藍色的；在非洲大陸上，動物進化成人類的過程中，藍色就是非常重要的顏色。我想應該沒什麼人會討厭藍色吧，它是個自然讓人放鬆安心的顏色。葛飾北齋也經常使用靛藍色作畫，我想身為日本人或身為人類，應該有本質性和藍色有關的東西存在於我們的基因裡吧，但我不確定真正的答案是什麼。

そうなんですよね、よく聞かれますけど。好きな色といえば青ですね。iPhone の写真をスクロールすると結構青いなと感じます。水が何層もレイヤーが増えていくと青くなりますし、空や海の色もそうです。多分、人間がアフリカで進化していく過程で、青は非常に重要な色だったのかなと思っています。青が嫌いな人はあまりいないんじゃないかと思います。自然で心が落ち着く色だと感じます。例えば葛飾北斎もよく藍色を使ったりすることがありますね。そういう日本人や人間としての進化や遺伝子の中に、青に関する何かが内包されているのかなと私は考えています。ただし、明確な答えはまだわかりません。

8

瀧本さんの仕事やプライベートな作品には共通する概念、信念、テーマ、あるいは揺るぎない部分がありますか？

やっぱり写真が好きなので、時代によって撮ってきた写真も変わってきていると思いますが、いつも自分が興味を持ったことに純粋に向き合っています。コマーシャル撮影の場合はクライアントやプロデューサーからのオーダーもありますが、最大限自分の興味を追求して一番世に出したい作品を提供することがテーマです。仕事でも自分の作品でも、ビジネスとして割り切らずに続けることが一番です。そしたらどんな仕事でもどれだけ忙しくても楽しんで頑張れるんですよ。

仕事として考えるとどこか諦めが入ってしまったり割り切ってしまったりすると思うんです。だから、楽しい創作をずっと続けていくことが大切で、作品や共同制作の仕事においてもこれが共通のテーマだと思います。

郭：是否有共通的概念，或說是信念、教條等不可動搖的部分，貫穿於您的工作與私人創作呢？

瀧本：雖然拍出來的作品會隨著時間而有所變化，但我非常喜歡攝影，始終以純粹且充滿興致的心來面對它。拍商業攝影時，客戶或製作端會有各種要求，在滿足這些需求的同時，我會盡可能以自己感興趣的方式拍出想讓大家看見的作品。不管是工作或是自己的創作，最好都不要只把它當成工作而已，要能充滿熱情地投入，這樣一來，無論是怎樣的工作、無論再怎麼忙碌，都能開心地努力下去；一旦把它看成是工作，就會產生放棄和得過且過的心情，所以無論是自己的作品或別人委託的工作，保持快樂的心持續創作是很重要的，這就是我共通不變的信念。

9

写真以外に、他の領域や職業に挑戦したいと思ったことはありますか？

何かしら残るものを作りたいという欲求が強くなってきました。例えば建築の仕事やプロダクトデザインなどに興味があります。東京では新しいビルが次々に建設されていますが、京都のように 1000 年や 500 年といった長い時間を経て残っているものは少ないですよね。新しいビルは仮の姿であり、50 年や 100 年後にはまた建て直される運命にあります。だからこそ、きちんと残っていくものを作りたいという意識が芽生えています。写真を含め、どの職種においても同じです。

郭：除了攝影之外，您是否有其他想嘗試的領域，或是其他職業與夢想呢？

瀧本：最近我開始想要創作可以永久留存下來的東西，例如我對建築或產品設計這類工作一直很感興趣。現在的東京不斷在蓋新建築，很少有像京都那樣，經過 500 年、1000 年還能被保存下來的建築。這些新大樓彷彿臨時狀態般，經過 50 年、100 年後就會被拆毀重建，因此我開始想要好好地製作出可以長久被保留的東西，不限於職業領域，包含攝影也是一樣的。

ABOUT 郭潔渝

畢業於世新廣電電影組，現為影像工作者。《實物掃描》系列獲得 2008 室內光年度大賞， 2014 於香港 K11 Art Mall 個展展出，《The Rite of Love And Death》2011、2012 入圍法國 PX3、美國 IPA 攝影比賽，參與攝影的畢業製作《肆月壹日》入圍 2009 第三十一屆金穗獎學生實驗電影、短片《理想狀態》（導演黃靖閔篇）於 2015 台北電影節放映。
www.criscentguo.com

插畫詩

/ 陳保如 /

詩日記

/ 郭瀅瀅 /

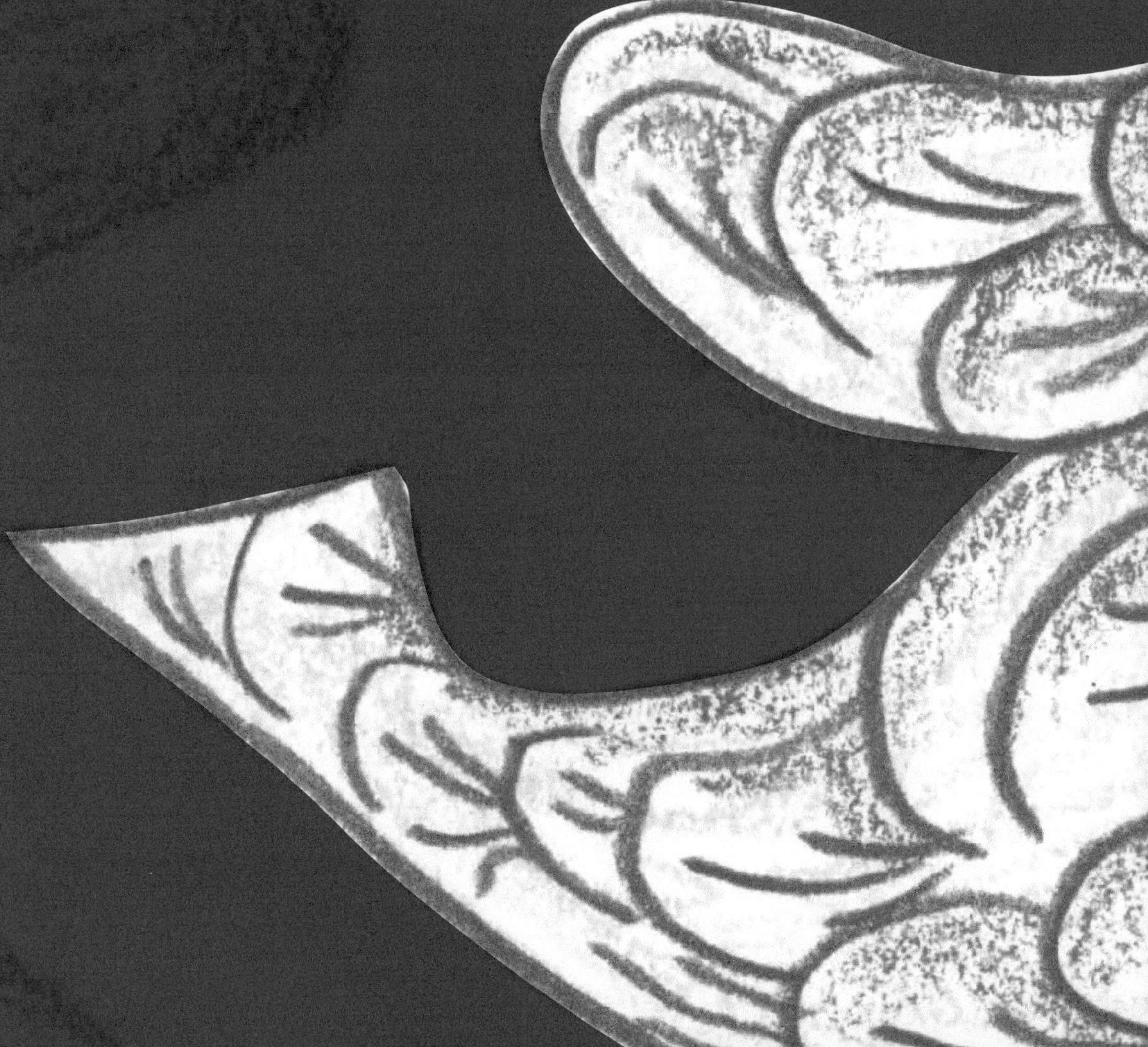

經過為期一年將文本轉譯為影像，並由影像作為詩作取材來源的「攝影詩」單元後，本期邀請插畫師陳保如，以本刊主編郭瀅瀅的詩〈詩日記〉為靈感來源繪製五張插畫，並邀請詩人、創作者們，以此組插畫為靈感「再創作」，結合個人對畫作的靈敏洞察與想像，寫下20行以內的「插畫詩」。本次初選179首詩刊登於月電子詩報、複選27首刊登於《人間魚詩生活誌》，並由副社長石秀淨名寫下三首結合插畫元素、揮灑創意色彩的組詩。

| 插畫師創作理念 |

害羞但藏不住情感的鳥人

文 陳保如

我一直對詩有一種距離感，總是感覺自己對詩文的理解不是正確的，也因為這樣，慢慢的與詩疏遠。這次我重新認識了詩，也用不同的視角來認識詩是什麼。本次的插畫創作是以詩人郭瀅瀅的〈詩日記〉來詮釋的。一開始閱讀瀅瀅的詩時，內在開始變得寧靜，是很難用言語來表達的感覺。瀅瀅的文字很優雅，但是裡面包含了很強烈的情感。在創作時，很感謝瀅瀅給我很大的空間自由詮釋她的詩，〈詩日記〉裡面總共有五小節，閱讀後，我思考著該如何融合自己的風格詮釋這首詩呢？我閉上眼，覺得有很明顯的影像在自己腦中浮現。

不知名的鳥鳴
像遠方的簫，在夜裡
捎來我一絲清醒

這是來自〈詩日記〉的第一節，閱讀後有一種在夜空中奔馳的清新感在我的腦中。隨即開始畫出草稿，我選擇使用蠟筆和色鉛筆來創作，我特別喜歡這兩個媒材，當這兩個媒材在粗糙的水彩紙上作畫時，不時會留下明顯的筆觸，當要畫出細膩的細節時，就要很小心控制自己的力道。總感覺這和瀅瀅的詩在做呼應，她用細膩的文字詮釋很強烈的情感，我用帶有紋路的紙來呈現有情感的筆觸。

這五幅插畫中，有一隻重複出現的角色——鳥人。在閱讀詩文時，我帶入自己的情感而創造出害羞但藏不住情感的鳥人。自我解讀是戀愛中人的心境。有著翅膀的鳥人，在夜空中飛馳、在樹林中奔跑等等。好像是在等待著愛人和等待對方回覆的心情。

這一次透過詩人瀅瀅的〈詩日記〉來創作插畫是一個很特別的體驗，我好像離詩更近了一些，也看到了詩人的內心世界，自己的詮釋插畫也讓自己很驚訝。希望閱讀到〈詩日記〉和看到插畫的讀者們可以細細品味這個作品！

1.

陳保如　插畫—詩—日記　郭瀅瀅

不知名的鳥鳴
像遠方的簫，在夜裡
捎來我一絲清醒

2.

陳保如　插畫—詩—日記　郭瀅瀅

遇水而收縮的
松果，閉闔起它的鱗片
依偎著
它濕潤的夢

3.

陳保如　插畫—詩—日記　郭瀅瀅

林間的霧遮蔽了遠方
也遮蔽了我
且帶我升騰
從世界裡撤離

4.

陳保如　插畫—詩—日記　郭瀅瀅

我壓低我的嗓，朗讀
一首寫成的詩
像白日的流沙
凝聚，在夜晚的風裡

5.

陳保如　插畫—詩—日記　郭瀅瀅

每一首詩，都來自眼裡
不曾流出的淚水
淚水，是不曾說出口的
祈禱

水的明光 石秀淨名

01

插即在某一瞬間，介入了什麼
如人生，很尖銳的，不知道是
什麼？什麼是什麼？不知道是
誰？怎麼發生？沒有人會知道
（很尖銳的，狀似柔順）
？問號就是問號？疑就是疑？

一片魚鱗
是介入？抑或增生？腥，從魚
很尖銳的

傷
藍色的海，紅色的
痛

生命會是一種下墜抑或前往呢

02

插亦即介入了當下，當下

水草，水草
這麼柔，這麼順
流水，水流

這是誰的心智，誰的情感
如此之柔，如此之順
而有了介入與增生的一切

魚鱗的堆疊是偉大的工程魚鱗
成形的會是偷逃的，孤獨
（沒有人，會知道）的插畫家

03

終於成為一尾魚，有腳的
鳥的那種腳的魚，在森林

有沒有最高的
一棵樹，因為拔高的
尖銳的，聲音上空，上空的
憂鬱海洋，偷逃的，孤獨的
科幻精神，有本小說就叫荒野偵探

是！牠是不僅一尾魚，還是
偵探，生命的，荒野的偵探還包括
所有，所有的，無，無界線

04

嗚嗚！沒有人，會知道的，插畫家
這樣一尾魚歇下鳥的腳來，以背影
要世界要所有的眼睛，包括海裡的
眼睛買單

藍色的夜空以及地上的水草，水流
如此柔順，時間一般無形
而有著什麼？有著誰的孤獨甜蜜的
童話
一般的，死亡。
寂靜

05

其間，我差點介入　少女的祈禱
下樓倒了一次垃圾，插
我是說堵在樓梯口，畫
有枚婦人有尾有腳，詩
會心的接過大小袋　少女的祈禱

垃圾
哎喲！我家的垃圾，一時，魚的本來
面目游在一片汪洋，浸透，水的明光

魚會從空而降成尾鳥與少女

01

一張臉圓圓的
以樹葉與許鱗片裹身，那是藍色的
海洋有著水草

不是美人魚，日子正當少女或幼嬰

02

幼嬰
纍石，又像白白的
厚實，一點的瓜子，歲月吧

其間有妳閉上眼睛
就等待一點什麼來，幻化啥

03

幻化
有腳的妳，大啊大的跨越，傻傻的
是魚是鳥，是魚鳥的款
鳥魚的妳，從此成為童話，傻傻的
神話裡的少女永遠在沒有雲的森林
森之林裡，不見了自己這，好。妳
悄聲

04

妳悄聲
就歇息了，在一片藍色
什麼樣的星空或海洋裡
坐看
樹葉代替鱗片附身密密
覆身
成歲月
絕望的靜好，永無喘息
會不會是死了？這世界

05

這世界
向上算是泅游嗎？圓圓的臉不是謊言
有尾有鰭有水草疑似水流，太陽早上
都從左邊來，以我們的路程，有們嗎

就妳一個人，罷了

但生命一定是種墜落，魚會從空而降
成尾鳥與少女——

畫面外

01

悠遊之歌抑或下墜之旅
看著啊！哪個認知為真，妳被什麼
勾結了？誰被誰擊中了？那片藍色
有著水草非水草的海域

真如何為真？又一認知。
內在之聲興許畫外之音？

02

白色的纍石有著蠢動
口愛的臉，擠擠擠，這畫面有什麼

03

樹啊！樹啊！有隻鳥，有隻魚
樹葉，鱗片，裹了一身的跨越

間隙竟是空白，口愛的臉呢？驀然
直前，未知
不在畫面之中

04

終於坐到這兒了。藍色的海域加星空
多綿密而溫柔啊！水草疑似水流鋪地

連上帝都只能看見
我的背影前途未知

寂靜算是我的心靈
或認知嗎？媽媽咪，媽媽咪呀！口愛
天真又孤絕的臉呢

05

上昇去了！在多少肥腸裡頭
當它是水草或生命
之流，媽媽咪呀！多麼口愛

（人世之路，最終是孤絕的
孤絕的嗎？）

這樣的插畫詩如何？如之何
畫面外呢？畫面外呢？未知抑或天真

遇見海洋中的最後一隻魚

——孝慈

一只人間玩偶落入海裡，緩緩下沈
塑膠眼球竟漸漸透出了光暈，生出意識
一個伸展，看見海洋中的最後一隻魚

一起潛入百慕達曾經神秘消失的
飛機駕駛艙，感受人間嚮往的飛行夢

一起潛向鐵達尼的船頭，雙手打開
那是黃昏裡傑克與蘿絲的永恆之愛

海面飄來了一顆畫有笑臉的排球
來自荒島漂流主角的失物招領再次被想起

沒有月光的時候才能看見最璀璨的銀河
今夜我們就把心交付赤道海域
曾經鯨群都會來此迎接夢的降臨

繼續往盡頭游去，找最後一處珊瑚聖所

經過輸送希望的海底管線，早已凍結堵塞
求火，降下熱源疏通

到達珊瑚洞口之前，遭遇數道核廢水流
求風，滲透嚴寒將之永遠冰封

光之信使已久候，一葉，已知青山
一叢珊瑚已繫整座海洋，我成了最初的魚
而你曾食下的禁果，也重回手中

不知名的鳥鳴
像遠方的簫，在夜裡
捎來我一絲清醒

圖解

—— 謙成

剖開時光，白天、黑夜
都是枯寂，孤寂，都是戲
每一個情節，漣漪，都是焦慮
每次回眸，熟悉的陌生的面孔
唱本、孤篇，瑣碎的日記
甜酸苦辣，一再寫進小說裡

沉睡一時，我是魚，偏藍
偏偏，藍，翩翩，與憂鬱
演繹我，水裡的一尾冷色系
我是一小節，序、引子
人物、故事，鱗次櫛比
一頭栽進小說裡
主角，配角，爭相閱讀自己
還有他，還有你，還有許多
碎片，堆積，給我配戲

一幕一幕，生活
辛辣配給
把我寫進小說裡

子宮

—— 和權

觸目是
溫暖的子宮

周圍是各種聲音：
不要出去！不要出去！

宇宙誕生了萬物
子宮　又怎能拒絕孕育
生命？

還是出去吧
去面對各種磨難
與痛苦

以探索造物者詩般隱藏的深意？

人魚 — Tōo Sìn-liông／台文詩

佇紺的海裡，人魚自由浮漂
平和佮向望佮作伙
海湧輕輕仔揀，一粒心肝咧飛
親像一首歌佇耳空邊咧唱
闊茫茫的海揎闊視線
輕蚊蚊（khin-báng-báng）的身軀無任何的束縛
一片一片的魚鱗攏是天賜的驕傲佮謙卑
自由浮漂，佮大自然互相包容
海底的世界是相離陸地 365 工的日子
七彩的珊瑚宮是天賜的徛家
佇這恬靜的海，無需要爭論佮搶奪
人魚自由浮漂舞跳，幸福的笑容無法度假
向望的湧勻勻仔揀，無趕
搜揣夢的線路
佇紺的海裡，人魚自由浮漂
無聲無說，孵一粒堅心，等待……

人魚 — Tōo Sìn-liông／華文版

在藍色的海，人魚自由的遨遊
和平與希望融為一體
海浪輕拂，一顆心靈真在飛翔
像一首歌在耳邊歌唱
寬闊的海打開了視線
輕盈的身軀沒有任何的束縛
一片一片的魚鱗都是天賦予的驕傲及謙卑
自由的遨游，與大自然互相包容
海底的世界是離陸地 365 天的日子
七彩的珊瑚宮是天賜的住家
在寧靜的海，不需要爭論與搶奪
人魚自由浮漂還有跳舞
幸福的笑容是不能假裝的
希望的海浪慢慢地推移，不趕
找尋夢的路線
在藍色的海，人魚自由的遨遊
靜靜地，打造一顆堅定的心，等待……

02

評鑑？

——修銘

當我們走進教室
學生和桌椅
都是規矩的方圓
已然成為一座工廠

冷鐵壓縮我們
變成那樣扁平
用儀器雷射
把不符規定者修除
浸在水裡
一直是浸在水裡
所以不發一語

透明，我們變成透明
最後被封膜包裝，等待

等待一雙眼睛
尋找到貼合自己的角度
在黑板與白板間的距離眨眼
眨眼，再眨眼

遇水而收縮的
松果，閉闔起它的鱗片
依偎著
它濕潤的夢

藍色記憶

—— 希賴

我的雙腳漫步在寧靜的海岸線
海風輕盈的挑過我的嘴唇
洶湧的海浪平息了我喧鬧的思緒

我伏下身子仔細聆聽來自海洋的訴說
遠方海洋緩慢發出悲傷的低語
在海岸上被冷風無情的吹過
被一陣冰冷的微風鞭打

寂靜的水中傳來浪花互相撞擊的聲響
激情的白色頑皮在水中不斷竄動
海藻在海中冒泡著生命的舞動
鵝卵石在淺岸中滾動的聲音與浪花較勁著

我躺下來
以全身每吋肌膚感受涼爽的味道
沉睡的藍色海洋
躲在岸上的貝殼裡
藏在裡面以喚醒所有藍色記憶
我聽到他的鼾聲
我望向他的永恆

竊夢者

—— 慕夏

嬰兒聆聽著的浪心之音
——令貝殼甜蜜入睡

深海人魚向我游來
竊取我沈睡之眼

竊夢者翩翩起舞
他此刻成我

鱗

語凡（新加坡）

你會不會尋找
生命最不起眼的碎片
雖然拼湊起來它是你的故事
你在不在意某天它四處散落

你是不是記得
和你走過的風景
淋過的雨撫過的風，還是
你只顧閃光，放開曾緊握的手

每一個碎片都為你反射過光源
每片卑微都為你蒙過沙塵
多少逗號句號在你完美的句子間
為你行走，為你停頓

命運從你身上扒下青春的印記
扒下我，從你流血的體膚
我是你身上的鱗片
有我時你癢，沒我時你痛

眾裡尋妳

雨農

妳隨冬天去了遠方
我把酸酸的月光塗滿妳窗外
然後擠在失眠的牡蠣間
尋找妳的味道
世界像一鍋無味的粥
只記得吐出睡意
卻沒人告訴我
還有誰清醒著想念

一顆思念圈一個等待
眾裡尋妳是否沒了時間
若海洋忘記潮汐
妳忘記月光
我，也閉了眼

03

深夜，我走在森林

——希賴

我踏在每一個星火點綴上
小心翼翼的走向深淵處
旁邊是高低起伏的山頭
重岩疊嶂雕刻著恐懼

走在被落葉佔據的林路上
享受著萬物的寧靜
喧囂被一切給驅逐
寒冷茂密的樹葉
投下深深的陰影
慢慢將我的懼怕堆疊起來

我彷彿回到最原始的狀態
我被樹林的寂靜和神秘迷住
人們或許很難想像
當太陽沒入地平線之時
月光將森林的一切帶入平靜
會是多麼的風清月皎

林間的霧遮蔽了遠方
也遮蔽了我
且帶我升騰
從世界裡撤離

樹的秘密

——雨農

葉子說，妳曾來過
可我的灑脫裡沒有妳的腳印
小草說，妳曾來過
可妳的腳印裡沒有我的影子
樹都矇著眼，在樹皮刻上妳的唇味
我是長腳的北風
為妳覆上炎炎的夏衣
就是不捨時間走過太快

那樹林子吹走了枯葉
在妳走過的路上
畫了一道又一道的春天
把秘密遺落在路上，說
讓白天擁抱黑夜，就能遇見

滿十八的那一步

—— 陳玉清

今年窗外清脆的雨滴爭先敲擊盆地的冷酷
他躺在冰冷病床上，身體像木頭般僵硬
走入皮膚乾燥崎嶇的木紋。
小時候，愛擲骰的老爸曾經得意說：
「那時跟我媽，一個月賺三萬
賭賺十五萬」當時家裡常有賭徒呼喊
骰子的高亢的撞擊聲還，填滿幼小無知的我。
今年剛滿十八歲是時候跨出那一步的吉日
2023年民法「成人年齡從20歲下修至18歲
年滿18歲，就是公民能貸款、結婚、賭博」
抬頭看著木樑蛀蝕的別墅
地上滾動的骰子與破裂碗公
千元鈔的便條紙在憋住嘲笑
而摺疊回憶的抽屜，用力回推
碎成漂流木撒到每個家庭去。
今年生病也許是老爸的另一場豪賭
下雨聲，隱約有響亮的瓷碗聲
口袋裡玩弄著老爸遺留給我的骰子
（十八啦、十八啦、十八啦）

梅納反應

—— 曾恕梅

溫度走到界線
蝦紅的大衣、青蔬果轉為軍綠耀眼、烤爐的麵香衝刺嗅覺
跨越探索沒有去過的結界
揣測的頻率用心臟的鼓動跳躍
一步的腳掌36公分內
挪移就是面對
伸出、騰空，把一切未知都喜悅迎接
揉捏、搓洗、熬煮、炙燒、鹽焗、熱水洗潔
突破換來
嘴裡驚豔地美
再一步的須臾
炸裂

揣無路

—— Tōo Sìn-liông 台文詩

行毋知路的鳥仔，分袂清東南西北
佇烏樹林內，前途茫茫
古老的地圖是一个虛幻的影跡
楞楞趖的心，牢佇迷魂陣
敢講這就欲煞鼓矣？
一片茂 phà-phà 的樹林監禁你
總是，慈悲的信鼓舞你
絕望是偷提運命的賊仔，向望的子得欲開花
目屎若透早的葉仔澹露水
一股艱難過了後的力頭沓沓仔激
你翼股欲展開矣，穿迵暗毿地，追揣屬於家己的光
茫茫的心肝，毋通餒志
所有的僥疑終其尾會得著一个解說
抐揀紛亂的心情，行向新的路草
所有生份的感覺，怙勇氣佮智慧化解
烏樹林是你欲成長的所在
佇驚惶佮撞突中，揣著家己的面模仔
行出去雺霧，看著痲霧光，耀一條迵去心的路
行毋知路的鳥仔，翼股愈來愈硬插
力頭愈來愈大，天愈來愈近

迷路

—— Tōo Sìn-liông 華文版

誤入森林的鳥，迷失方向
在黑森林裡，前途茫茫
古老的地圖是虛幻的影子，
迷路的心靈，受困無盡的迷茫
難道這就結束了？
一片茂密的樹林囚禁著你
但，慈悲的信仰鼓舞著
絕望是偷運命的小賊，希望的種子快要開花了
眼淚如早晨葉子上的露水
一股經過苦難的力量逐漸醞釀
你要展翅飛了，穿越幽暗，找尋自己的光
茫茫的心靈，不要氣餒
所有的疑問最後都會有一個解釋
摒棄紛亂的心情，走向新的旅程
所有陌生的感覺，用勇氣與智慧化解
黑森林是你要成長的地方
在恐懼及挫折中，找到自己的真實
走出去茫然，看到晨光，照一條通往心的路
誤入森林的鳥，翅膀愈來愈堅硬
力量愈來愈大，天空愈來愈近

隱

——
窩窩

他們說這是自由的時刻
但我只想在地上
追逐自己的影子

想展翅飛翔，征服
卻被疲憊的風光擋住

於是風兒呀
一陣一陣輕重交替
翻滾著倦意的旋律
便掠過了遠方的彩霞

精靈

——
紅雨

在修煉成為人之前的一世
我選擇做一片樹葉
在形形色色的不同樹木上
度過一個春夏秋冬
發芽，開花，結果，枯黃
沒有樹葉知道我是穿林而過的精靈

梵高的火焰是黑紅色的
因為我經歷過太多黑暗和黎明
梵高的向日葵是熱烈的
因為我葉脈中藏了無數的太陽

04

老人與海

——語凡（新加坡）

背向大海，離開浪的羈絆
曾經遙遠過，鹽過，波濤過
背影竟有魚的味道
以為走了很遠
每個腳印都還潮濕

誰在遠方叫喚
一個擱淺的旅人
直到星辰如海，繁星閃爍
靠在自己來的方向
背負如山的故事

直到耳朵重聽，視線模糊
海的濤聲又回到耳裡
每天抬頭，以為大海
和明天的自己
已活在天上

我壓低我的嗓，朗讀
一首寫成的詩
像白日的流沙
凝聚，在夜晚的風裡

你詩情，我畫意

謙成

天空換一件衣
那是倒影，那是鏡
那是你眼中劃過的一抹黑
在海星亮燈時，海蜇蜇破夜晚
你是永恆，你是星

那時你守著光，守著暗
潑墨，你運筆的走向
採擷一點黑，一點藍
你斜斜掉轉調色盤，渲染意象
一個斷句顯像，你送我
一首詩，一點靈光

我是拋物線，一時黑，一時藍
我的筆劃沾光，蘸一點星光
模擬你的畫筆
青絲、白髮，二十年前的我
二十年後的你

假設我是畫具，我是詩句
我是海蜇，我是星
我是你傘面
平滑腕口處的絲狀體

盤點

陳潛

盤點頭上灑落的星塵
白髮是七十里憂傷的河
夜空裡流水琤琮
無法分辨那顆正唱著我歲月的歌

盤點覆額的縱橫溝渠
一斧一鑿琢磨我焦黃的歷史
尋找定位自己的三角星
閃閃爍爍似乎都是，也都不是

妳總在最深沉處傾聽
盤點我走過的路，穿越的山谷
數過的星星，點亮的燈
疲憊的漫長旅程
妳鋪開那平坦而溫柔的宇宙
擁抱我且說：星球流浪的盡頭

瞻望

江郎財進

星空敻遼的眼睫，闇影扶疏
向日葵在炎炎夏日低頭
即便游出海的輪廓
也游不出那只血淋淋的耳朵
沙灘難於安置
蜿蜒綿長的哀戚潮汐

陸地艱險，心的潮間帶迷宮
在絲柏路上踉踉蹌蹌，暗濤洶湧
迷因跳上畫筆，暈開如夢令
晦澀的插槽，鱗甲遶身
片片撞擊耳膜，聲震五臟六腑
勾勒，後印象派的筆觸

麥田在遙遠的平野抽穗
烏鴉唱著鬱躁之歌
鳶尾花開出紫色的夢鄉
那紅色的葡萄園
圍繞著青翠的橄欖樹，跋涉
心海。拍岸翻飛的流瀑
浪尖坐著明日的時光筋膜
回眸夜空下，燈火闌珊處

自由，在哪裡

—希賴

蝴蝶在旁邊翩翩起舞
在人們的臉上刻上初春的記號
他們以揮動的翅膀偷偷的對我撒驕
優雅而從容的在人們的身旁飛過

麻雀在路口的電線桿上啁啾
魚兒在池塘流動著生命
微風以各種姿態
穿越過每個高大的榕樹
追逐著身軀的縮影

我想要像美人魚一樣
當個盡情演出的芭蕾舞者
我想要像那些風
在樹林間和影子玩捉迷藏

將斷翅慢慢接回
我想逃離這裡
奔向自由漫遊之處
我會躺在樹蔭下浸泡陽光
小溪撞擊岩石的聲音在耳邊低語
我知道我的自由就在這裡

每一首詩，都來自眼裡
不曾流出的淚水
淚水，是不曾說出口的
祈禱

天使

—— 鍾小魚

她瘦削利索的身影
掛著一襲寬鬆白色的長袍
自光的那頭
緩緩走來
照見一室幽暗

蔓生在牆角的陰影
細節一吋吋消失
所有潮濕的色調
都被擰乾
晾出陽光的馨香

而我終於能
枕著那蓬鬆的柔軟
持續在夢裡酣笑
再也不必畏懼下雨的日子
貼住玻璃的灰色微塵

無重力靈魂

—— 高朝明

空間被放生的維度
豢養著一群蠕動的流星

一種漂浮
拿著夢裡的星空當背景
生活被壓抑過的氧氣，失去動力
從翅膀長出鱗片
封鎖自己

你裹在雙翼裡的靈魂
怕被重複剖開的傷口，一再潰堤
鱗片開始結繭
琥珀在二維時空的內層

從這個夢到那個夢
都有流星蠕動
你封閉在無重力裡的靈魂
不願醒

我只想休憩一個夜晚

鍾敏蓉

我只想休憩一個夜晚
在每個你每個妳每個祢　裡面

裡面，新鮮的氧氣與水　是可親可愛的

每一個你們的呼吸與思想
是可親可愛的

就讓我休憩一個夜晚吧，好嗎

在你們尚未清醒的清晨裡
我想跟你們做著同樣的　一個夢

高雄

語凡（台灣）

靜滯彎道的魚兒
待九轉迴腸航道甦醒
從遠方走來的背影
想進入迷宮覓尋生機
忘了帶 mandarin 通關卡
不得其門而入

受困魚兒
覓得一條 Taiwanese 航道
游入愛河，融匯多方理想
夜幕拉下兩岸燈光
曾經的衝撞，還在
河面閃爍著血紅亮光

好眠

—— Tōo Sìn-liông　台文詩

風透雨落，阮干焦向望一眠好睏
浮漂的心是欲按怎應付這紛紛的世俗
時間刁工共我隔開，脫離現實的小丑仔面
佇恬靜的角勢，鬥破碎的脈跳
阮是人魚，有夢。深海是阮兜
風雨後，阮猶原佇遮死守
據在世界遐爾仔大，阮猶原拚勢
闊茫茫的海是自由，伸勻了後
才看見家己遐爾毋成物仔。一暝好睏
夢四界來去安搭、佮現實盤撋
世俗的閒仔話幌袂振動阮的心
通光的時間予阮看見往過的錯誤
沓沓仔修削，成做一首歌詩
彼个角勢的恬靜，會使覕雨擋風
夢佇海的湧岭等待回應
據在風雨橫霸，猶原無懂嚇

回家

—— 趙啟福

順從時光的呼喚
翻越一生的你

放下酸澀的悲
弄皺眉間的苦
臉頰吹起泛紅的喜與樂

回應盡頭的召喚
流轉一生的你

停下忙碌
耕耘的雙腳

回歸大地
最後一頁句點
落定

熟睡

—— Tōo Sìn-liông　華文版

風雨中，我只希望一夜好睡
漂浮的心要如何應付這紛亂的世間
時間刻意地把我隔離，脫離現實的醜惡
在安靜的角落，拼湊破碎的脈動
我是人魚，有夢想。深海是我家
風雨過後，我仍在這死守
任憑世界如何大，我仍繼續努力
寬闊的海是自由，伸展之後
才看見自己如此渺小。一夜好睡
夢四處去安撫、與現實周旋
世間的閒言閒語也不能搖幌我的心
透明的時間讓我看見過去的錯誤
慢慢地修改，成為一首詩歌
那個角落的寧靜，可以躲雨擋風
夢在浪頭等待回應
任憑風雨蠻橫，仍不莽撞害怕

09 EXCLUSIVE

田原評詩・日本詩選

想思與邏輯／迴避與邏輯

北園克衛其人其詩

ABOUT 田原

田原，旅日詩人、日本文學博士、翻譯家。1965 年生於河南漯河，90 年代初赴日留學，現任教於日本城西國際大學。出版有漢語、日語詩集《田原詩選》、《夢的標點——田原年代詩選》、《石頭的記憶》10 餘冊。先後在臺灣、中國國內、日本和美國獲得過華文、日文詩歌獎。主編有日文版《谷川俊太郎詩選集》（六卷），在國內、新加坡、香港、臺灣翻譯出版有《谷川俊太郎詩歌總集》（22 冊）、《異邦人——辻井喬詩選》、《讓我們繼續沉默的旅行——高橋睦郎詩選》、《金子美鈴全集》、《松尾芭蕉俳句選》、《人間失格》等。出版有日語文論集《谷川俊太郎論》(岩波書店) 等。作品先後被翻譯成英、德、西班牙、法、義、土耳其、阿拉伯、芬蘭、葡萄牙語等十多種語言，出版有英語、韓語、蒙古語版詩選集。

迴避思想與邏輯

——北園克衛其人其詩

文 田原

20世紀20年代，引領日本現代主義詩歌的詩人屈指可數，北園克衛便是其中一位。

北園克衛（Kitazono Katsue，1902-1978），生於日本三重縣伊勢市的朝熊町，本名橋本健吉（初期的筆名為亞坂健吉）。畢業於中央大學經濟學部。1923年經詩人生田春月的推舉在《文章俱樂部》雜誌上發表處女作。進入昭和時代後，陸續在《文藝耽美》、《VOU》等雜誌發表詩歌和短篇小說。1927年，與翻譯家、詩人上田敏雄等一起創刊《薔薇．魔術．學說》雜誌。翌年，與西脇順三郎、瀧口修造等詩人聯合創辦超現實主義機關雜誌《衣裳的太陽》，並與詩人上田敏雄、上田保共同撰寫「在日本的超現實主義宣言」，成為日本超現實主義詩人先驅之一。從1928年起，開始使用現在的筆名。1929年6月，處女詩集《白色影集》由厚生閣書店出版。這部詩集被稱為「迴避思想與邏輯，追求感覺世界裡的純粹性，是日本現代詩初期的現代主義運動中的一個重要成果」，可以說是北園克衛詩歌實驗的出發點。他正是由於這部詩集確立了他的創作方向。1930年，成為《LE SURRÉALISME INTERNATIONAL》詩誌的同人。次年與岩本修藏一起創刊《白紙》詩誌。1932年，詩誌《白紙》改名為《MADAME BLANCHE》。同年8月，詩集《年輕的殖民地》出版。之後，相繼出版有詩集《圓錐詩集》（1933年）、《夏天的信函》（1937年），後者的詩風更具有明朗的性質，被伊藤信吉稱為是「該時期北園克衛的代表詩集」、「明朗的智性抒情像透明的玻璃一樣鮮明」。《火的紫羅蘭》（1939年）也被伊藤信吉稱為是「在抒情美和嶄新性中，以及在感性和智性的交織中，為讀者提供了至高無上的平衡」。除此之外，還出版有《堅硬的雞蛋》（1941年）、《黑火》（1951年）、《藍色距離》（1958年）、《煙的直線》（1959年）、《眼鏡中的幽靈》（1965年）、《空氣的箱子》（1966年）、《白色斷片》（1973年）等30餘部詩集，以及評論集《天的手套》（1933年）、《鄉土詩論》（1944年）等5部，並翻譯出版有法國詩人馬拉美的詩集《戀歌》（1934年）、拉迪蓋的詩集《火的臉頰》（1953年）等3部。同時還出版有短篇小說集《黑色邀請函》等。

芳賀秀次郎在評價北園克衛的作品時，曾寫過這樣一段話：「北園克衛的詩歌技巧中最令人注目的是日語語法中助詞的用法。本來助詞在日語中的作用，是接續在體言（漢語中的名詞和指示代詞——筆者加注）、用言（漢語中的形容詞和動詞——筆者加注）和助動詞後面，表示這個詞與其他詞之間的關係，或者添加一定的意義。但是，北園克衛卻讓刻板的名詞放鬆下來，並想要賦予助詞一個使命——打開自由且帶有意外性的局面。詩歌在有限的表現中，沒有必要無條件地遵從合理的語法常規。不是為了語言和語法而表現，語法正是為了表現而存在的。這裡一定有北園克衛的冒險和一個發現以及他探索的喜悅。」

北園稱自己的詩分為抒情、和風、實驗三種，詩的傾向涉及多方面。鄉土詩群的抒情性較為明顯，和風調的詩群帶有俳句的韻味，其中類似「實驗性」的前衛詩群，比起語言的意義更重視詩行的排列和文字的形狀，一行一語的詩，拼湊成圖形各異的詩等，對形狀和圖案傾注獨特的視線，獲得了有趣的成果。詩人自身在 1953 年出版的詩集《黃色橢圓》中，題為「我在詩歌中的實驗」一文裡做過如下的描述：「1927 年，我沒有受到任何人的影響，發現了一個〈場〉，在此之前我雖然用好幾種形式創作了多少帶有獨自性的詩歌作品，但是那些詩某種意義上，混合有別人的成分。我自身的詩作品第一次獲得全方位的成功時的喜悅至今仍記憶猶新。那是來自純粹創造的愉悅和滿足。我記得幾乎是在半年間，用這種新發現的詩歌形式，連續創作了很多作品……（中略）像用刷子在嶄新的畫布上繪畫一樣，在稿紙上單純地選擇意象鮮明的文字，創作像保羅．克利的繪畫一樣簡潔的詩歌。就是說無視語言帶有的一般性的內容和必然性，即把語言作為色、線和點的象徵來使用。這就是我的詩歌實驗原理。」

正如北園自己所言，在他的詩歌寫作生涯中，其大部分詩作皆以極簡主義的語言表現法為自己描摹著作為詩人的自畫像，這一點確實跟超現實主義畫家保羅．克利運用點、線、色和獨特的想像構成的藝術語言有相似之處：簡單中透出深遠和神秘、平易中凸顯出內在的複雜性和不確定性，從而確立有別於他人的詩歌符號。某種意義上，語言如同北園的巫術，更像他吟誦的禱文，在帶有強烈個人化的節奏感中，通過自己與眾不同的直覺感受奇思遐想地建構風格迥異的詩歌王國。我曾在圖書館偶然看到過北園克衛同樣在 1953 年翻譯出版的法國英年早逝的詩人、作家雷蒙德．拉迪蓋的詩集《火的臉頰》。這本詩集由曾浪跡中國（上海）和歐洲多年、跟魯迅在上海有過交往的藝術家宇留河泰呂（漢語名為潘•宇留河）裝幀設計，黑色封面上，裡紅外白的折紙造型彷彿定格了一個視覺觀念，像雕塑又酷似靜止的火焰，抽象又具體，很難說清畫面的具象所指和由此衍生出的意義，但過目難忘。

除了詩歌寫作、設計和攝影外，北園克衛從 33 歲（1935 年）起直到 1978 年罹患肺癌離世，他一直從事的職業是東京齒科大學圖書館館員，後長期擔任該館的館長。1935 年北園創刊的帶有沙龍性質的同人雜誌《VOU》就是得到東京齒科大學創始人中原市五郎之子中原實的資助，這本非商業性雜誌一直出版到他生命的終止。這是一本綜合文藝雜誌，發表詩歌、批評、繪畫、攝影和隨筆等作品，是那個時代日本寥寥無幾的前衛藝術和先鋒詩歌的重要園地。北園克衛 48 歲開始發表攝影作品，起初受到過主觀主義寫真的影響，之後主要集中精力拍攝室內靜物。出於好奇，我在網上搜索過幾次他的攝影作品，可能因為日本的著作權管理嚴格，沒有看到太多的相關信息。很想知道他在按動快門時與被寫體之間的微妙關係，捕捉被寫體時的角度、距離和他拍攝時的瞬間感應。發表攝影作品後的北園克衛提出通過照片表現詩歌的「造型美」，或曰「造型詩」。具有代表性的這類作品有《單調的空間》、《煙的直線》等。詩集出版後頗受海內外詩人關注。他率先嘗試將美術、插畫、照片、編輯設計、平面設計、短篇小說、8毫米電影等作為「詩」的媒介加以利用，將詩意擴展開來，成為當時日本的一種文藝時尚，文化藝術界的很多人受其影響。

北園克衛可以說是一位文藝全通的人物。寫詩、畫畫、設計、攝影。這一點是否受其兄長雕塑家橋本平八的影響不得而知。但從他的攝影圖片、平面設計、包括他的那些強調外在形式感的圖形詩，都不難看出是受到了20世紀初盛行世界的前蘇聯結構主義的影響。立體的拼湊和平面的組合，帶有幾何造型的簡潔與抽象，空間的氣勢和動感等藝術特點可以說與結構主義如出一轍。活躍在大正末期和昭和初期的北園克衛在生前並未在日本詩壇得到應有的更為肯定的評價，這或許跟他固執的藝術追求有關——即只注重和探索詩歌的外在形式和文字的排列，以此探求詩歌語言的另一種可能性，把詩歌內在的意義視為「次要」。因此，他在1929年就創作了很多三角形以及點、線橫豎交錯於詩行中等奇形怪狀的詩歌形式。可以說，也正是他的這種富有獻身精神的執著和不懈的藝術實踐，豐富了日後的日本現代詩歌並為此提供了有益的啟發。1992年，近九百頁碼的《北園克衛全集》出版後，在日本詩界引起普遍關注，讀者和批評家不僅認識到了北園克衛存在的重要性，同時也對其詩歌文本的實驗性、前衛性的藝術價值和時代意義給予了重新評價。在跨越戰前戰後的日本現代詩人中，北園克衛也是為數極少與美國詩人埃茲拉·龐德有過書信往來、建立友情的詩人之一。很有可能，北園也是為數不多被國外學者研究、並在歐美出版他的英文研究專著的日本現代詩人之一。

在日本140年的現代詩歌史上，北園克衛的存在是獨樹一幟的一道風景線。他的這種寫法可以說前無古人後無來者。北園自始至終秉持著自己的詩學與美學追求，詩語簡約、純粹、鮮明、直接、透徹。盡其所力將語言表現做到簡單的最大化，這一點也是對母語（現代日語）的極限挑戰，除他之外再無別人。摈棄多餘的抒情和繁縟的誇飾，克服日語纏綿膠著「抽刀斷水水更流」的語言特點，超越日語的曖昧，以最小化的詞語單位抵近詩歌的本質。他的這種寫作姿態和語言表現直接或間接地影響了同時代和之後的一些日本詩人的寫作。或許正因為是詩想的接近，龐德在寫給北園的信函中稱呼他為「Kit Kat」，這種親近感見證了他們之間的友誼。

縱觀北園克衛帶有實驗性的超現實主義寫作，非常吻合龐德在1913年與休姆和弗林特等人在倫敦發表的意象主義（imagism）宣言：「a、直接處理事物，無論主觀的還是客觀的。b、絕對不使用任何無益於呈現的詞。c、在節奏方面，不按節拍器的機械節奏，而是根據詩歌語言的音樂性進行創作。」北園的詩語雖然簡短，但節奏的通暢和流動性極強。讀他的詩，常常會聯想到俳句的語感和節奏。其實北園在創作現代詩之前寫過相當數量的俳句，他的俳句與他的現代詩完全相反，詞藻優美飽滿，雅致清新，嚴格遵循了俳句規則的季語和17個音節，與傳統俳句的區別不大。

除此之外，北園克衛還創作了為數不多的鄉土詩和相關評論，他曾在自己主編的《VOU》（第30期，1940年）雜誌上提出民族主義的方向性，並聲稱是「作為國家的一員傾盡全部智力，以更直接的姿勢，為建設東亞新秩序斷然實行新體制的時候」，以此振興民族精神，這顯然是在呼應當時日本國家打著富民強國的幌子，實際上是在「迎合國策支撐戰爭的糧食基地」，這一點北園的研究者約翰．索爾特也在他的論著中有明確指出。最為典型的為詩集《風土》（昭森社，1943年）和評論集《鄉土詩論》（昭森社，1944年）。這兩本書被戰後反省戰爭的批評家們指責為北園的「愛國詩運動」。北園的這一「呼應」，雖然與日本發動侵略戰爭期間，為配合或協助甚至讚美戰爭的那些詩人和作家不同，但性質上有類似之處。其實「鄉土詩」在北園的詩實驗系譜中的位置並不顯著，在他的全部作品中占的比重也並不大。儘管如此，北園還是因此在戰後受到不小的負面評價。

1966年3月，北園克衛出版了詩集《空氣的箱子》，他在開篇寫了一段題為〈antipoeme〉的話，這個題目的羅馬字表記應該是北園自己將「anti」和「poeme」兩個詞拼湊在一起的，因為日語中存在各種西方語言組合的詞語，如「antifeminism」（アンチフェミニズム、反男女同權主義）、「antithese」（アンチテーゼ、反命題）、「anti-mystery」（アンチミステリー、反推理小說）等，這種詞在日語中稱為「造語」。「antipoeme」直接理解應該翻譯為「反詩歌」，「反」在此有「超越」之意，實際涵義則為寫與眾不同的詩歌。北園創造的這一新詞或許沒有經過深思熟慮的嚴肅思考，但即使是輕描淡寫，也不難看出，這種詩歌理念貫穿著北園的一生。

從打破聳立在純粹詩極限的絕對之牆開始，反詩歌的世界開始了。過去，詩人在純粹詩中拒絕將自己的思考和想像束縛在所謂思想、哲學、政治、經濟等所有觀念連帶的世界中，但其表達（傳達）的方式卻沒有改變。也許沒有改變的必要，因為這只不過是詩的物件從「觀念」變成了「知覺」而已。然而，由於這一單純的變化，作為現代詩中最「華麗的技術」而佔據技術寶座的「象徵」概念已經變得毫無意義。那不僅僅是一個人的象徵。比喻、諷刺等一切只是觀念上傀儡詩的技術和方法，註定要從純粹詩中分離出來並被拋棄。這樣，隨著純粹詩的對象轉移到無意識的領域，過去出現的支撐一切詩的技術和方法的各種條件也隨之崩潰。在這種情況下，《automatisme》（自動化、或自動記述法，筆者注）讓人們想像出了一種新的可能性。但是，作者慣壞詩的方法，終究不過是布勒東的文學陷阱。關於這一點，我在《VOU》（71號）的《幻想的藝術》中已經談到過。我把「創造性空想」的概念引導到自己現代詩的寫作方法中，大概是在1958年秋天。而且，為了將用這種方法創作的詩與迄今為止所寫的詩歌作品區別開來，可以稱之為「反詩歌」的想法不斷在我的意識上掠過。但即便如此，如果在一個斷絕了曾經在文學史上留下的所有詩的方法和技術的世界裡，詩仍然得以成立的話，其方法和技術當然是在完全不同的條件下展開的。在這個意義上，反詩歌不受過去存在的一切「詩」的制約。因此，這種「風格」也可以自由地創造出來。

在這個意義上，「反詩歌」已經不是一個「詩的流派」了。應該說，這是一種「詩的新狀態」，是對詩的認識的新層次。反詩歌是在與純粹詩毫無關係的世界中創作並發展出來的詩。

北園克衛很有可能是在西方世界裡最知名的日本現代詩人之一，也有可能是被學界寫進不同語種碩博論文最多的詩人。2010年，思潮社出版了田口哲也等翻譯的厚達520頁、美國阿姆赫斯特大學副教授約翰·索爾特的研究專著《北園克衛的詩與詩學——細斷意義的掛毯》一書，書面世不久便加印，在日本詩壇一時引為佳話，好評如潮。索爾特在序言中稱「北園的活動時期正值二十世紀中葉，在以國際性表達方式書寫的詩的世界裡留下了難以抹去的痕跡。」出版方也在宣傳時稱這本書「對戰前戰後以及戰爭中都進行了細緻探究，既是精緻的詩人論，也是空前的日本文化論。」這本專著的英文版在美國出版後據說也頗受注目。北園克衛通過自己的語言實驗，挑戰母語的曖昧性，試圖構建新的詩歌語言秩序，在日語中確立新的可能性。這一點或許是北園比其他日本詩人更容易被西方語言接納的原因之一。北園克衛猶如詩人中的保羅·克利，以最簡潔的點線和色感，以最明晰的點（詞）與線（句）作為繪畫（詩歌）表現的出發點，或虛構或寫實，編織了一幅不可複製的現代主義色彩濃郁的詩歌畫卷。

就像地球上不存在完美無缺的事物，人世間也不可能存在盡善盡美的詩人。如果硬要骨頭裡挑刺從北園的詩歌中找出不足的話，文本的單一、單純、缺乏變化也許會被輕易指出來吧。不過，北園不可能沒有意識這一點，終其一生將自己的所思所想貫穿在這種寫法中，應該是北園克衛「執迷不悟」追求的藝術信念和寫作目標吧。

世世代代寄居在伊勢神宮附近的北園克衛，據說家世優渥，從江戶時代起就是一個地方望族。基於此，北園或許一出生身上就被套上了許多無形的傳統枷鎖。他特立獨行，標新立異的超現實主義踐行說不定包含有對傳統文化束縛的反叛，這樣理解並不勉強。北園克衛76歲謝世，他的墓坐落在東京八街九陌的澀谷區的祥雲寺，戒名為克行院健翁蘭堂居士。多年前，一位北園克衛的鐵粉，也是研究他的日本學者跟我說找機會一起去多摩美術大學圖書館參觀北園克衛文庫，然後再一起去拜謁他的墓地。遺憾的是我們在不同的場域彼此忙碌在自己的節奏裡，至今未能實現。

ABOUT 北園克衛

Kitazono Katsue · 1902-1978

生於日本三重縣伊勢市，本名橋本健吉（初期時期的筆名為亞坂健吉）。畢業於中央大學經濟學部。1923 年經詩人生田春月的推舉在《文章俱樂部》雜誌上發表處女作。進入昭和時代後，陸續在《文藝耽美》、《mabao》等雜誌發表詩歌和短篇小說。1927 年，與詩人上田敏雄等一起創刊《薔薇·魔術·學說》雜誌，翌年，與西脇順三郎、瀧口修造等詩人聯合創辦超現實主義機關雜誌《衣裳的太陽》。並與詩人上田敏雄、上田保共同撰寫「在日本的超現實主義宣言」。成為日本超現實主義詩人先驅之一。

北園克衛的詩

田原 譯

死和蝙蝠傘的詩

星星
那黑色憂愁的
骨頭
的玫瑰

五月的
夜晚
連雨水
也是黑色的

牆壁
映現在
為了牆壁的
影子上

死亡
的
起泡的圓錐
的皺褶

那
濕漉漉的孤獨
的
黑翅膀

抑或
有著黑色
指爪
的鬍鬚的偶像

秋天的立體

悲劇之後的悲劇
流淌
它的骨架
之影

九月是破滅後
倚靠在風暴的牆壁
和斯賓諾莎的睡眠

你純粹
的樹木滴落著
它純粹的樹葉滴落著

雨的
夢的
向著廢墟傾斜的
裂損嚴重的石雕

黑色的雨

雨
中
叫喊的廣告塔

冬
被希望打濕
走過泥濘的街衢

褪色的
外套
裡

有孤獨暖呼呼的邏輯
帶條紋的神
和薩特們

風
徒勞地
撕裂今天

在冬的
黑雨中
孤獨的首都邁入黑夜

孤獨

玻璃中的玻璃
曲線中憂傷的貝殼
一根莖上的風
為了悲劇之碟的碟子
一個星星破滅
一個星星消逝
因紫黃色的花環
而有了紫黃的色花環
一個星星消逝
一個星星端坐著流淚

昏暗的室內

椅子
那針尖上的
彩虹

濕漉漉的公牛
體內的
床鋪

五月
因憂傷的眼神
撕裂綠

風
雲
樹葉

它的影子
它的旋轉
它的膨脹和優柔

有著
百葉門條紋的
堅硬圓錐體

抑或溶化的軀幹雕像
底部的
滾燙的線圈

或死亡
刺入的
朽木

火柴的
乙炔的
為陰毛而顫抖的牆壁

象徵黑暗的
十點鐘
或滴滴答答三點鐘的
破碎的麵包

黑鏡

紫羅蘭垂下的
鉛車
星星的條紋

我切斷
想像切斷
刺入泡泡的
又是純棉的
踉蹌的圓筒
骨頭的翅膀
是沒有影響之輪的軀幹雕像

風的
鞭子的
水的
幻影的
梯子們走向田園

那鬍鬚
那羽翎的飾物
那緞帶
那骨頭

一個聲音自縊
一個聲音被焚
在發胖的星星下
衰退
綠色的面頰和脖頸
和頭髮的鉛人啊
他就要死亡

美麗的魔術家

【水中人偶】
花束
【水中人偶】

★晚禮服

柔軟的腳
柔軟的腳
柔軟的腳
柔軟的腳

宇宙論

旗幟鳥
旗幟鳥
旗幟鳥
｛飛艇｝
旗幟鳥
旗幟鳥
旗幟鳥

………………

｛魚雷｝

空中魚

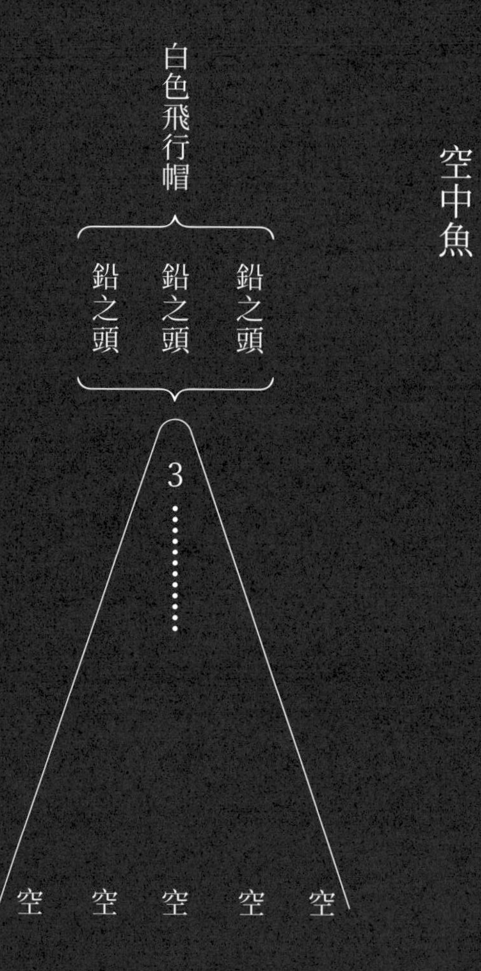

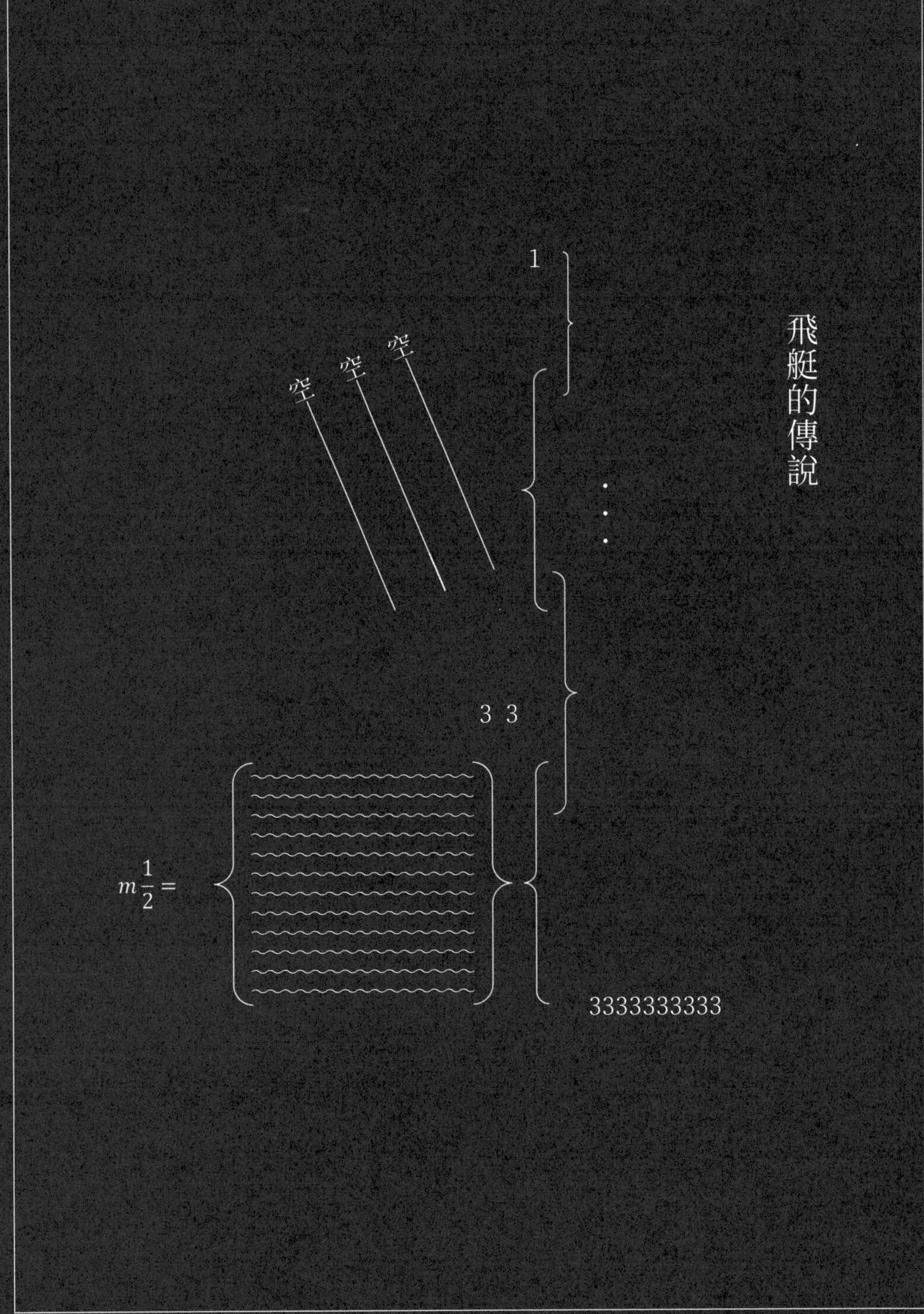
飛艇的傳說
1
空
空
空
3 3
$m\frac{1}{2}=$
3333333333

靜宜大學台文系
AI時代
文學系的危機與可能

系所專訪

AI 時代，文學系的危機與可能

專訪靜宜大學台文系
系主任 申惠豐 X 教授 黃文成

教授觀察

面對挑戰，開創新局
文史科系人文創新前哨站

學生創作

正青春｜系所專訪　　正青春｜教授觀察　　正青春｜學生創作

正青春｜系所專訪

前言

AI時代，文學系的危機與可能

在少子化的危機下，人文學科遭逢了前所未有的嚴峻挑戰，而較少出現在大眾視野的台灣文學系，又是如何看待與定義自身？此外，AI 時代的到來，也許將面臨傳統教育模式、人類獲取知識的方式，以及研究、思考、寫作模式的轉變，人文學科又該如何因應？

本刊規劃一系列「台灣文學系」專訪，並將靜宜大學台文系作為第一站——其課程跳脫了傳統的教學方式，除了文學、文化研究外，更順應時代的變革，擴展了文學與寫作的面向，並為學生在學院與職場間搭建了一座可通行的橋樑，顛覆了人文科系普遍帶給他人「無法回應現實訴求」的既定認知。

訪談由系主任申惠豐教授、前系主任黃文成教授，談談順應時代變革的教學目標與策略、對當今文學教育的觀察，以及在學生普遍選擇品牌價值較強的公立學校下，靜宜台文系如何自我定位，並在人文教育界裡，開闢一條嶄新且獨特的教學道路。而兩位教授對現況、現實處境的警醒、自覺與掌握，使得本篇訪談如同一面推向眼前的鏡子，映照了在全球結構性的問題下，人文學科面臨的阻力、艱難與未來可能性，以及人文學科教師、學生的普遍憂慮，並提醒了人文研究者無法迴避的自我追問與反思：在實用主義價值觀與意識形態下，該如何向社會大眾傳遞人文科系的價值與意義？

本單元除了訪談，也收錄了兩位教授的文章，內容涵蓋靜宜大學台文系如何與現實接軌的課程方針、以學生為中心的教學策略、文學載體的多元化呈現與實踐等，也收錄了三位具寫作熱情的靜宜台文系畢業生對寫作本質的探索、創作之於個人的獨特意義、多元課程學習過程的挑戰與跨越。從中可看見受寫作召喚且具有創作天賦的學生，從一份純粹、熱切的文學情懷，到在多元課程的學習中獲得滋養並自我實現，鍛鍊出符合時代需求的技能而能面向未來。

採訪撰文
郭瀅瀅

1988年生，哲學系畢業。
獲2022年優秀青年詩人獎。

曾任新聞編輯、記者，
現為《人間魚詩生活誌》主編。
詩文、攝影散見報刊雜誌。

專訪靜宜大學台文系
系主任 申惠豐 X 教授 黃文成

申惠豐
系主任

申惠豐，靜宜大學台灣文學系副教授兼系主任、副教務長兼教發中心主任。非典型七年級生，信奉「不創新就等死」的理念，長期關注人文技能的學用實踐與發展趨勢，發展文學課程的創新教學，曾獲「教育部教學實踐研究計畫」績優計畫。有些叛逆，嚮往駭客精神，文學的異教徒，正在學習寫程式，喜歡設計思考，以及是兩個孩子的爸。著有《以設計思考導引學生進行知識的創造》一書。

黃文成
教授

中國文化大學中文博士，現為靜宜大學台灣文學系教授。著有：散文集《紅色水印》（台北：桂冠出版社，2003）、《關不住的繆思—台灣監獄文學縱橫論》（台北：秀威出版社，2008）、《黑暗之光—美麗島事件至解嚴時期的台灣文學》（台南：國立台灣學館，2008）、《空間與書寫—台灣當代散文地方感的凝視與詮釋》（台中：晨星出版社，2008）、《神諭與隱喻：台灣當代文學中的宗教書寫及敘事》（新北：博揚出版社，2019）等書。

人文的危機與轉機

郭瀅瀅（以下簡稱「郭」）：在大學以前的國語／國文課程裡，「背誦」常是特別被注重的項目，且不論就個人或多數人的經驗裡，普遍認為在我們的文科教育裡，較缺感受力、創造力的啟發或與文本的共感。請教申主任，您如何看待台灣偏向「填鴨式教育」的教學模式，以及它對學生的影響？

申惠豐（以下簡稱「申」）：我們的填鴨式教育讓學生不喜歡，我覺得這才是最大的問題。像我就很喜歡李白的詩、李清照的詞，我覺得它們非常美，但回想我在十幾歲讀的時候，它對我來說只是一個功課，必須要背起來。**在我們的教育裡，真正目的並不是要鼓勵學生學「文學」，比較像是在「學語文」。每個語文背後都承載著某一些價值，這些價值也應該被傳遞出來。**但在我們的「語文」教育裡，偏向工具性的教導學生怎麼去認這個字、怎麼去聽說讀寫。所以你會發現，學生在寫作過程中，並不太會表達自己，包含自己的快樂、悲傷。他們會表達一些罐頭式的言論，一定要正向的，一定要符合道德的，否則就拿不了高分。甚至有人會告訴他們，不要去表達對這個世界的看法，因為很危險。大家都知道，寫作文拿高分是有框架與技巧的，但這完全和「文學」存在的意義背道而馳。

我們偏向是「語文教育」，只是使用的教材是所謂的「文學」。我不懷疑老師們的專業，他能把孩子從不識字教到識字，但是，孩子是不是能夠去感受到，作者透過作品，究竟想要表達什麼？這對孩子來說距離非常遙遠，而這個遙遠不僅只是形式上，它是文言文或者是白話文，**而是老師在教學的過程當中，並不讓他們覺得文學是需要存在於這個世界上的，我覺得這是一個非常嚴重的問題。除此之外，我也一直在思考，人文的前景是什麼？**

靜宜大學台文系系主任申惠豐，談當今的文學教育、對人文前景的觀察。

郭：我總認為人文前景堪慮。以目前台灣整體產業結構發展而言，我們傾向於重理輕文，在未來出路考量下，人文科系因為就業前景不明，普遍收入也比理組低，也就很難成為學生思考自己未來時的首選科系。當我還是考生的時候，不論是同學或同學的家長，也多半困惑或擔憂，若讀了人文科系，畢業以後要做什麼？

申：這是一個非常現實的問題，也是一個全球結構性的問題。幾年前，我已經有注意到在日本的 6、70 所大學裡，就關掉了 20 多所國立大學的人文社會科學系，因為經費不足，所以人文優先受難；最近，我看到一篇關於美國人文危機的專題報導，裡面的一些數字，也讓人觸目驚心。例如文章提到，從 2012 年到 2020 年，俄亥俄州立大學主校區人文學科的畢業生人數下降了 46%、波士頓大學下降了 42%。根據 2022 年的一項調查發現，哈佛大學只有 7% 的新生有主修人文學科的計畫，但在 2012 年，這個比例是 20%，在更早的 1970 年代則接近 30%。這些都是喊得出名號的大學，甚至於，我還在新聞上看到，莎士比亞故鄉的某一所大學，要把英文系收掉。

這個結構性問題源自於哪裡？根本原因是就業問題、債務問題，它永遠都是最現實的問題。對一些需要貸款付學費的孩子們來說，不找一個回收率快一點的學系是不可能的，因為畢業後就要開始還債了。即使對文學很有興趣，一樣等不了 10 年後，當自己成為一個總編輯時，才有辦法開始還債；再來就是政策問題。文學系是非戰略性的學科。所謂非戰略性學科，是它可能沒有辦法直接刺激經濟、沒有辦法進行國際競爭，但數學、工程、科學、電腦、技術，這一些應用科學就可以，像現在，特別是 AI，已經成為是國際的戰略物資了。

對 AI，幾乎沒有人敢鬆手，儘管追不上還是得繼續追。台灣為了要去鼓勵這個學科，把資通訊科系加了 10% 的招生名額。你會看到政策就是往這邊傾斜，因為它是一個國家戰略的問題，如果我是當權者，我也會這樣做。

但我不能、也不應該只這樣做。這個是一個政策性的問題：我必須要思考如何平衡，應該要撥多少錢，去進行多少人文學系的資助？但這個前提是，**當政者或有權力者，必須要去認識到人文學系的價值在哪裡。而人文學系的價值，我為什麼要去理解？你必須要證明給我看。而這就是人文學系內部的問題了。**

其實國外已經討論這件事情很久了。1960 年代就有人寫出這個問題，並且預告人文危機會來，原因是因為它變得太專業、太破碎，充滿了各式各樣的專有名詞、術語。讓人覺得人文研究，事實上離人很遠。既然離人很遠，就不會感受到它的重要，自然就變成了一個雲端上的東西，落不了地。所以，你即使研究了再多知識，對這個社會的實踐、對改變這個世界的幫助是什麼？或許是有的，但當它沒有進入到人的認知裡時，誰會在意人文學系？當今天資源不足了，會關閉資訊學院嗎？不會，一定是關閉人文學科，因為大家覺得不需要。但我們都知道，這兩者負責的面向是不一樣，也不相衝突的。自然科學負責讓這個世界運作更有效率，人文科學則讓這個世界運作得更公平、更自由，或更有價值、更有意義。但現在，在一種以科學主義為主導的意識形態下，整個價值觀已經被結構化了。

郭：您認為人文的現況與前景，是否有改變、挽救的可能呢？

申：我覺得短時間是無法挽救的，這是大眾認知問題，這就是個結構化的問題了。對我來說，**它只剩下一個轉機而已，就是等到危機發生。這個危機是，人文被消滅，它不見了。在科學或技術的主導之下，這個社會產生了一個新的問題，讓大家重新意識到，沒有人文就不能解決，它才會再被重視，結構化的問題才有辦法被改變。**當我們意識不到失去它的損失在哪裡的時候，就不會在乎它死去，因為資源非常有限。所以無論是學系還是學界，都必須要意識到這件事。

而在**人文學系裡，特別是文學系，我們的訓練目標都是在找一個學術研究的傳承者與接班人。在這樣的狀況下，學生畢業後如果不繼續待在學院、不去當老師，有沒有其他的路？它的專業性在哪裡？如果我們回答不出這個答案，要怎麼去說服其他人？**「就業」這件事情是大家都在意的，私立大學的學生更是如此。他們要求的可能不是很多，不一定需要成為一個高階主管，只需要一個可以發揮自己所長的工作，讓自己有穩定的收入。那我們該怎麼做？所以，我們必須告訴他們，文學是有專業的。

「在現實世界中學習」，累積文化資本

郭：我有注意到靜宜台文系的課程設計裡，和其他學校的文學科系相較下，是特別注重職業技能的培養，讓學生在畢業後能更順利的銜接職場，請申主任談談這樣的教學目標。

申：絕大多數的文學系都會強調寫作、文學創作。但我可以保證，要純粹走文學創作這條路的人其實比例並不多。不過和寫作相關的項目是很多的，例如行銷。而行銷寫作和文學寫作是完全不同的兩件事，它需要專業技能，並且需要更多創意。它和做影音、YouTube，或做各種內容傳播都一樣，我們要首先要自我定位好，再去設定內容，一路把它做深、做廣，這也是我們一直教導學生的。

不同的寫作目的，背後涉及的是完全不同的邏輯、思維和專業，而這需要一個場域讓學生去實踐。在這些實踐下，它並沒有背離文學很遠，因為它一樣是在同一條脈絡裡負責創意和寫作這件事。要去生產這些內容，也必須要去體會和理解流程，必須知道這個行業或商品背後的細節。如果你可以去解決這些問題，文學的專業性就可以被建立。

除此之外，同樣重要的是文化資本，它是累積我們思考能力的重要元素。台大教授曾做過統計，讀台大是需要有一定資本背景的，他們家庭收入普遍高於一般水準。這就是我們要去思考的一個問題，為什麼臺大學生好像比較會思考？沒有，一部分原因是他們的家境可能都不差，所以文化資本累積得夠。但我們的孩子缺乏這樣的文化資本，他們可能不會小提琴、不會去博物館，他們認識的人都不是階級很高的人，這也影響到思考事情的層次。而讀人文學系，不管是文學系、歷史系或哲學系，學的其實是更高層次的思考模式。但它不會作用在一畢業之後就獲取一個高薪工作，反而是反應在 5 年、10 年之後，他比別人更有機會去成為高位階者，因為他比別人更看得遠，比別人更懂得去思考、解決問題，所以他不會是技術型人員。

問題是，大家等不及。甚至在畢業第 3 年的時候，就可能開始後悔，為什麼念這個學系？我遇過一個外文系的學生跟我說，他遞 80 份履歷只拿到 3 個面試機會。我知道這是很嚴酷的事情，而解決它的方法只有一個，就是**我們必須要大量地在大學的時候，幫這一群孩子累積足夠多的資本。這些資本是，當我們學校的品牌價值不如人時，我可以用我自己的實力被看見。**

所以我們的策略，是「Real World Learning」（在現實世界中學習），而不是學分累積式的、拼圖式的學習，傳統的學習，缺乏系統，非常沒有效率。許多學生一方面要抓出時間去打工，一方面為了要累積學分，必須在已經很少的時間裡，再撥出時間來學習。**但一個理想的狀況應該是，在大學裡面學習的同時，擁有整個大學的資源所提供給你的支持。甚至可以在裡頭賺獎學金、賺工讀金，並且在投入的過程中拿到需要的學分。而畢業之後，所累積的每一樣技能都能對應到所投入的職場需求。**

郭：貴系的畢業成果展讓我感到驚艷，突破了我對一般人文科系的想像與認知，請前系主任黃教授談談，畢業製作如何影響學生的未來發展，以及談談您所觀察到的學生就業情形。

黃文成（以下簡稱「黃」）：我們是第一個有畢業製作和實習課的文史科系，畢業作品如同剛才惠豐老師講的，它是一個非常好的履歷，**當學生走出了校園，不僅有一個作品，也有能力可以直接坐上編輯台，不用再被訓練。**傳統中文系最多是會寫作，但不會進到編輯的階段。比如說報導文學，它成為一個課程作業時其實是不夠的，必須要去思考後續，如何讓這份作業真正成為一個作品，如何被包裝、被看見。坦白說，我們系上大部分都是中南部的學生，他們的自信心不足，但透過實習場域，他們跟國立學院相關科系比較後，會發現自己能力其實不輸國立的學生，並發現靜宜台文系給他們的資源非常足夠。如此一來，自信心也會慢慢被建立。

甚至有很多學生，還沒畢業就被實習單位留下來了。例如去客家電視台實習的女學生，電視台後來辦的主播徵選，這位同學也有被選中。也有學生很清楚自己未來畢業後，要做地方創生的工作，所以就先去實習，之後到西螺去做地方創生，到現在也在做相同的工作。另外，也有四位學生在三年級下學期時，去雲林故事館實習，而在四年級下學期時，雲林故事館就來電說，需要兩個正式館員，並讓我這四位學生去面試，接著就把他們留下來了。

回應剛才申老師說，**在文化資本上，我們的學生確實比不上北部的學生，這是現實情形，而且我們本來就是區域型的大學，所以如何去累積他們成功的經驗，獲得更多的文化資本，我們系上的老師是花了很大的力氣，不斷去做各種可能性，我們也花了 10 年的光陰走到了這裡。**

母語寫作

郭：台灣社會上並存著華語、臺語、客語、各原住民族的族語，靜宜台文系是否有特別注重哪個部分？母語寫作是貴系重視的嗎？

申：母語的寫作不是我們系上特別注重的部分。我知道現在母語在學界慢慢的被重視，但，老實說，母語也不是我們說想發展就有能力發展的事。光師資，就是一個非常大的挑戰，我們系上要找個教客語或閩南語的老師，其實都很不容易。當然，母語是相當重要的事，但，現實是，我們的資源非常有限，不太容易發展這一塊。 我們現在有一門大一的必修課，是關於母語文學與寫作，它偏向推廣或體驗性質，最主要是建立學生對母語的認知。若真的有興趣，後續再自己進行研究。我也希望，台語文的相關研究可以發展得更好，等到累積足夠多的成果，台語文就會更有系統性，就會有越來越多的人加入，它就會變得蓬勃發展。但它同樣會遇到一個問題，當大家都對人文沒有興趣了，一樣會後繼無力。

郭：申主任如何看待使用台語寫作？

申：我沒有太獨特的立場，但根本的價值是，越多元越好。無論是語言、主題、風格、技巧，文學只能多元不能單一。從這個角度來看，使用台語寫作，就我個人而言，它就是一個能讓台灣文學與創作更多元、更具有識別性與獨特性。但關於語言的問題，我其實沒資格回應太多，我並不是台語文的專家，但台語文或廣義的母語文學，都要也絕對需要被大力支持。

台灣文學系過去一直在進行的，是把台灣過去被掩埋的、被殖民的、被壓迫的歷史、文化和價值觀重新建構起來，甚至於要修正過去的不公正所造成的，心靈上、文化上或各方面的扭曲。台語文或者說母語文學，它存在的本身，就具有這種主體意義，它的存在即是台灣主體意識的本質之一，母語文學的發展，某個程度上，就是要回歸到最本我的自己，而不是成為附庸。這也是台灣文學存在的根本意義之一，過去我們花了 20 年的時間，寫了無數論文在辯證這件事，我覺得前輩們已經幾乎完成了。幾乎完成的意思是，過去我們還在糾結的東西，對現在的孩子來說已經成為理所當然。他們已經非常自然地認為，我是台灣人，也能很清楚的意識到，這個文化與身分的獨特性。換言之，「台灣」這個符號所象徵與包含的諸多價值與意義，已經不太需要辯證，認同意識已經很牢固了。

郭：靜宜中文系跟台文系，兩者相同處或基礎差異在哪呢？

申：中文系是台灣學術單位最古老的學系之一，它肩負著傳承中華文化的使命，從歷史的角度來看，中文系本身就帶有文化與政治任務。所以幾乎有歷史的大學，都有中文系，因為，在過去那個獨特的歷史時空中，政權需要去鞏固某種文化意識形態。某個程度上，台文系的成立，也有類似的意味在，台灣主體意識的覺醒，有許多文化與歷史工作需要進行，這就是台文系成立的重要任務之一。

很多人都會問我們，台文系與中文系差別是什麼，其實我不太愛回答這個問題。這就像有人問，iPhone 跟 Android 的手機有什麼區別一樣，我會說，都是手機，但系統不一樣，中文系與台文系，本質上來說，就是兩種不同系統的文學系，因為系統不一樣，所以發展也不太一樣。可是就像手機，無論怎麼發展，最終仍會是殊途同歸。無論是中文系還是台文系，不同的學校都有不同的發展側重，你說，中文系比較偏向古典，事實上現在也不一定了，只是比例多寡而已。

就像我們的中文系除了傳統古典課程之外，也有教企劃、也試著跨領域。隨著時代與社會變遷，知識會更新，大學作為知識的建構者與傳播者，不可能永遠一成不變，否則遲早會被淘汰，人文學系這樣的時代壓力更大。當然台文系就是一直在嘗試走不一樣的路，希望能將台文、人文與社會與學生需求進行更有機的串聯，如果真要說台文與中文哪裡比較不一樣，當然還是系統不一樣，發展路線不一樣，以及，台文系創新課程的比例相較而言，還是多一點。

黃：我們一直強調，**「文學轉譯」是文史科系的學生未來的一個出路，學生不會轉，我們就先轉。**我們的作品不僅有動物桌遊、地方誌、文創商品等，我們還以漫畫的方式呈現李昂的小說《北港香爐人

系主任申惠豐與教授黃文成（左），一起參與本次訪談。

人插》，開發新的閱聽大眾、擴充更多閱讀族群。我們也要讓學生知道，你唸文學，真的有機會不餓死。

郭：能不能再請老師談談您說的「文學轉譯」？

黃：文學的載體，從來就不應該只是文字，它可以有很多種模式，可以是漫畫，可以是桌遊，一切都是都是文學載體的一部分。所以我們一直在重新定義台灣文學是什麼，它的邊界是什麼？我們一直在擴充台灣文學的內容。我們不應該只是停留在日治時期台灣文學的那種苦悶，我們認為，文學要跟歷史有一定的距離，所以課程就會變得比一般文學系更多元。我們有3D列印課、桌遊課、數位的課。

文學其實可以非常社會性，我覺得台文系和中文系最大的差異就在這裡。我們的社會性，以及對社會的敏銳度比一般文學系更高，所以我們的文學創作呈的形式就非常多元。我們念茲在茲的，都是談學生的學習、如何讓學生有更前瞻性的學習場域，而不是維持老師的本位主義。甚至，我們每一位老師，自己都先斜槓了。剛才惠豐老師說得沒有錯，我們會告訴學生未來的路是什麼，並且先做給學生看。

「文學轉譯」是靜宜台文系核心課程之一，透過不同的媒介與形式來詮釋文學與文化，如桌遊、文學繪本、文創商品、漫畫作品等。

AI，人文學系的契機？

郭：能有老師陪伴、教導並指引學生未來的路是難得的。許多沒有要繼續讀研究所的人文科系學生，剛畢業時在就業上的確會先遇到困境，以我來說，會開始否定自己曾經所愛、在學院裡所學的一切，認為它和職場沒有任何銜接，有時甚至光是因為系所的選擇，就很難為自己取得面試機會。

申：現實狀況是，不管你是什麼學系，第一關，其實是被別人認識。所以我們到底該怎麼去建立他們的認知、去告訴他們，我們所學的，在抽象層次上有價值，在實務的工作上，我們也可以做得比別人好。像現在生成式的 AI 不是很流行嗎？我們也把它放進課程裡，帶著學生透過它去提升自己的學習成效。而生成式的 AI 涉及到一件事情，就是寫作。一個資工專業的人，可能知道背後的邏輯、知道背後的程式怎麼寫，但不一定知道如何生成一篇好文章。

我們做數位人文的方式，主要是快速銜接正在發展的數位技術，並且試著將這些技術融入到我們教學與研究之中。**過去人文學系會強調人文素養，現在除了人文素養外，還需要數位素養，我們判斷這些技術未來對人文的發展，應該都會產生很顛覆性的影響，特別是在學生就業的能力上，現在或許是加值，以後可能就是基礎。**2023 年被成為 AI 的元年，許多技術在這一年有了十分重大的突破，並且開始影響到每個領域，專家們都說：「AI 不會替代人，但會 AI 的人將替代不會 AI 的人」，這就是發展的趨勢與風向，**儘管我們不做技術研發，但我們要能清楚的知道該如何應用，將人文與數位做一個跨領域的結合與想像。**

以現在 AI 進步的情形來看，也許再過一年後，可能已經無法分辨，一篇文章到底是人寫的還是 AI 寫的了！為了能夠掌握這些技術，我們跨院結合，寫計畫申請經費，慢慢的建立數位的基礎建設，比如說添購運算資源更好的電腦，可以進行深度學習模型訓練的電腦，可以讓學生去做各種新型的創作。我必須要講，這些東西都是未來。也有人問過我，文學系為什麼要發展數位，這問題很難回答，因為沒有一定要，我們的想法就是，如果未來就在那裡，我們就去做做看，這總不會是個壞事。或許這就是未來的人文工作模式，也是一個人文學系的發展契機。

最近有一個新聞，科學家訓練出一個 AI，用來合成抗生素，結果 AI 合成出一款，不會產生抗藥性，且功效更強的抗生素。很多人就感慨，如果按照傳統作法，這款抗生素可能沒有機會被合成出來，或者，需要花費幾十年的時間以及無數科學家的投入，才可能產生。最有趣的是，他們根本不知道，AI 是如何找出這種合成的邏輯。

當我們的知識累積到一定成果之後，人工智慧的發展將會加速這些知識的運作，創造出更多我們以前只能想像但做不到的事，因為 AI 的知識量超越了所有人，但，使用 AI 的是人，因此，在未來，學習如何學習，也就是博學多聞，可能是重要的事，你對某個知識領域有一定的認知，你就能調度 AI 幫你做很多以前我們做不到的事，比如說寫程式，有了 AI，我們可能不需要學習語法細節，但你必須要知道什麼樣的演算法或者分析模式，才能幫你完成工作。技術部分，AI 都可以幫你完成。我要說的是，人工智慧可以幫助我們更輕易的跨領域完成過去可能非常困難的事。這在我看來，是人文學科的機會，很明顯的，我們一旦跨越技術障礙，很多事，就變得很簡單。

郭：先前我並不認為AI可以取代一個創作型的寫作者，但也許是我還不明白如何更有效地去運用它？一方面是，目前的資訊量、資料集也不夠多，所以它還無法提供讓我覺得具有情感、內在經驗豐富、具個人性的作品。

申：如果你的母語是英文，你就會被它嚇死，因為它基本上可以模仿所有你認識的作家的文筆，比如說 J.K. 羅琳。所以美國比我們緊張，因為他們真的已經分辨不出來了。在台灣，就我目前看到的資料，它的中文訓練量還是很低，所以寫作一看就知道是 Chat GPT 的語法，但它只要中文資料量繼續提升，以後就很難分辨了。

黃：我那時候應該應該退休了吧（笑）？我已經開始在思考，這可能是文學系要去接續的事情，包括怎麼防範、怎麼在 AI 氾濫的情況下，讓學生仍願意讀文學、願意寫作？

申：它是一個轉機。本來擁有這項能力的人，他可以有更高的效率去創造出更好的成果，如此一來，他的能力也就加值。也就是說，如果今天你只是隨便輸入兩句話，所生成出來的東西，它的可替代性就會很高。如果我今天要銷售綠茶，請它幫我寫行銷文案，但是寫出來和其他人都一樣，它的稀缺性就會變少。**但當我們知道什麼是好文案，當我們有能力去判斷，而不是把它當成一個機械化、自動化的生產，在這時候就會影響深遠。**

黃文成教授提到，累積學生的成功經驗，獲得更多文化資本，是系上老師努力的目標。

郭：如果以文學創作來說，我總覺得即使內在經驗、美感經驗能在形式上被複製，但一件作品是人機一同創造出來，仍會和它是由作者獨立創造出來的，意義不一樣。對我而言，或我相信對大部分的創作者而言，透過自己的生命經驗、想像和詞語所交織、共振出的語言，並且在自己的內部去捕捉、完成它，才是有意義的。

申：我覺得它對文學界不會影響到太多，因為其實用 AI 創作文學作品，的確是一件非常沒有意義的事情。但如果我是個奸商的話，我就會這樣做。例如現在的語言模型，大多以英文資料訓練，所以英文的創作，可以寫出不錯的作品，而且很難被發現是 AI 寫的。我曾在國外的論壇看到一篇帖子，說某些賣書的網站已經在這麼做了，必須強調，這是網路傳聞，無法證實。但我認為，這麼想其實也很合理，我在國外的網站中，看到太多教你怎麼用 AI 寫一本書的方法，而且，他們用來寫作的 AI 不是只有 ChatGPT，他們有非常多的公司，都有各種微調過的模型，可以進行各種不同類型的專門寫作。

我們可以想像，例如亞馬遜，他們絕對有資本去訓練專門的模型，因為他們不僅是賣書的公司，本身還是科技公司，他們知道讀者喜歡讀哪一類的書，就往那類方向，用 AI 協作的方式大量生產，重點是還可以賣得很便宜。它會變成是一個產業，有點像我們現在的網路文學或輕小說，變成是由 AI 來快速創作。很多影視 IP 也會透過它去改編。它其實是一個非常龐大的商機。

但所有的重點都在於，我們要怎樣把學習到的東西，放在這樣的某個具體的脈絡裡面？其實大家都要去想，我目前也沒有答案。就像如果我今天在課堂裡，上台灣文學史，或是文學理論、後殖民專題，其實這些課程內容對學生來說，可能都很抽象，理解上也不容易。但從教學的角度來看，或許可以思考的是，**我們到底要怎樣才能夠把這些知識讓它跟現實結合，落地，然後讓學生可以去實踐這些知識？**光靠現在傳統的教學方法其實是沒有辦法做得很好。

人文科系的反思
如何建立社會對「人文價值」的認知？

郭：如果要給教育部一些建議，申主任會建議什麼？

申：當今天資通訊科系增加 10% 的名額時，某個程度上就會影響到人文科系。因為它們本來就是強勢的科系，擁非常多資源，並且有非常大的產業。當擴張 10% 的名額時，就會把更多的資源集中在這個領域。事實上，它應該要有個配套措施。像剛才有提到，公立學校、私立學校學生文化資本不平等的情形，對此，副總統賴清德之前就有說，要補助私校學生每年兩萬五千元的學雜費，縮短公私立大學的學雜費差距，我覺得就是個很好的政策。我認為，**當政者只要做到一件事情就好，就是去意識到人文的重要性跟人文的價值在哪裡？當有意識到，就會有政策來支持這些發展相對弱勢但卻十分必要的學系。**

但回過頭來，我們也自己要反思一下，我們做人文研究的，到底有沒有告訴這個社會，人文的價值在哪裡？我們該怎麼去建立一個，全體社會對於人文價值的認知？這才是最大的難題。因為當我們都說不出來，我們都傳播不出去的時候，別人也不可能選擇人文科系。**所以我們自己也得做一些檢討，盡可能去找路、去說服大家，然後盡可能去扭轉局勢。**

「以學生為中心」，自由發展的生態系

郭：最後，請教申主任，您認為哪些人適合讀靜宜台文系？

申：第一，你想來唸台文系。意願是最重要的，因為意願背後代表的是動機。第二，你其實不知道自己的目標是什麼，這我要特別強調，沒有貶義，因為很多學生選擇學系，都是在迷惘中跟著潮流而走，但，卻不一定是最正確的選擇。**靜宜台文系是一個可以重新探索的地方，且相對其他學系更自由。**我們開放更多外系的學分，有更多可以讓你去嘗試、去實習的機會。如果你很喜歡嘗試，你有很多好奇心，這個學系也會非常適合你。如果你喜歡創意，喜歡創作，喜歡天馬行空，這裡就是適合你的好地方。

除此之外，**我們希望打造一個更民主、更開放、更去中心的學習，它是以台灣的文學、文化、價值作為基底。並且，它是一個可以讓學生自由發展的生態系，每一個學生都是一顆種子，然後我們負責鋪好土。學生需要陽光，我們給陽光，學生需要水，我們給水。Z 世代需要沒有權威的教室，所以怎麼讓他們更開放的可以去探索，而不是被學分，被框架侷限住**，也會是我們下一步要去做的事情。這就是我們一直在強調，要怎麼樣「以學生為中心」進行教學的原因。

面對挑戰，開創新局：靜宜大學台文系的未來期許

申惠豐

2003 年，靜宜大學台灣文學系成立，時至今日，也已走過了 20 個年頭。

20 歲，是一個充滿象徵意義的年紀，青春正盛，風采萬千。事實上，靜宜大學台文系，一路走來，也始終亮眼。我們從未停止過對創新的追求，以學生為中心，用世界做經緯，不斷思索著下一步的發展，無框無界，沒有侷限，透過各種不同的實踐與實驗，更新自我的定義與定位。在全系老師的努力下，台文系除了台灣文學與文化研究外，也發展了文學創作、文化創意與轉譯、文學傳播、地方創生，以及，為了因應 AI 的時代與世代，我們也開始著手規畫數位人文的相關課程，思考著如何將數位技術與素養，融入文學的專業中，打造人文的數位 DNA。

我真心地認為，靜宜台文這二十年，走出了一條獨具自我風格的道路，身姿華麗且與眾不同，這對一所私立大學的文學系而言，其實十分的不容易。或許「不容易」三個字，對靜宜台文這些年遭遇的各種挑戰來說，只是輕描淡寫的形容。網路上流傳的一句話，讓我十分有感，用來形容靜宜台文再合適不過：「如果不是現實所迫，誰會被逼得一身才華」。然而，我也要很坦誠地說，這身才華是否足以面對下一波的挑戰，我相信沒人有把握，甚至可能很悲觀。

少子化是大家都知道的第一個挑戰，這問題基本改變了整個教育行業的未來發展，過去的大學還能依靠人口紅利，不必過於擔心招生問題。然而，少子化的效應開始發生後，供給大於需求，這幾年校系缺額的問題陸續浮現，而且越來越嚴重，無論學校或學系在經營上，都遇到極大的困難，而且這是一個結構性的問題，很難短時間內發生改變。加諸台灣學生選校向來都是「先公後私」，這對私立大學而言，無疑更是雪上加霜。

除此之外，我們還要面臨一個巨大的挑戰，就是在當今的教育環境中，人文學科正經歷著一場無法忽視的衰退現象，危機四伏。衰退的原因多種多樣，包括經濟壓力和就業前景、教育成本的增加、科技的影響以及對人文學科的誤解。許多學生和他們的家庭對於大學教育的投資期望有明確的回報，尤其是在就業市場上，因此，學生更傾向於選擇被認為能提供更好就業前景的學科，如 STEM（科學、技術、工程和數學）領域。

這種職業導向的教育價值觀，讓許多學生認為大學只是通往特定職業的跳板，因此更傾向於選擇能直接帶來就業機會的科系。當然，這樣的價值觀背後，是一種對人文學科的刻板理解，絕大多數的學生可能會認為，人文學科缺乏專業性與就業能力，特別是在教育成本逐漸上升的情況下，學生可能更傾向於選擇他們認為能快速帶來經濟回報的學科。或許可以這麼說，人文學科的邊緣化，一個最關鍵的因素在於：「讀這個有什麼用？」，這是一句質疑，也是一個問題，當學科的「有用性」越被期待與重視，「讀這個有什麼用？」就越會成為一種教育選擇的重要考量。

靜宜大學台文系面對的就是這種包含環境、文化以及主流價值觀三重的結構性問題的夾擊，該如何應對，其實挑戰巨大，甚且舉步維艱。然而危機就是轉機，我們堅信人文知識與精神無論在什麼樣的時局中，都有其不可替代的價值，困境的發生，讓我們有機會重新思考學系未來的發展，並且反思與改變我們的教育方法。靜宜大學台文系能否突破已然可見的未來困境，創造新局，我認為有三個策略必須落實：

首先，我們必須打造多元的跨領域的課程與學習環境，在這個知識多元、專業交織的時代，知識的學習不再是孤立的存在，而是相互連結與影響。特別是人文學科，更應該打開邊界，納入多樣的領域，創造新的知識配方，這是人文創新的必要條件。例如在數位的時代，人文專業應該要結合數位應用，藉以發展符合未來社會需求的人文專業，除此之外，跨領域課程與學習，也能拓展與豐富學生的學習體驗，這有助於提升學生的思考能力與創新能力。

其次，除了學術性，我們更要強調專業性。學術的訓練對人文學科而言無疑是非常重要的，但考量到就業力的養成，專業性的訓練，或許才是人文學科必須要認真面對的問題。一如前面提到，「有沒有用」是當今學生選擇專業的主要考量，曾有學者曾經指出，在教育商品化的時代，人文學科更多的被視為一種個人愛好，而非一個專業領域，此外，從傳統人文學科訓練的方法來看，主要是為了尋找與培養具有學術能力的人文研究者，而非具有專業性的人文專才，兩者的差異在於，學術研究者經常內向地專注於微觀研究，與現實的連結薄弱，而所謂的專業性，指的是學生在學習專業知識的同時，也能夠獲得實用的技能，所學所得，可以實際的應用於未來各種需求之中。

最後則是要更積極的參與現實世界，無論是教師或學生，都必須要能走出課室，發現現實世界真實需求，並且帶者自己的專業，投入與參與，因此，要更積極的鼓勵師生投入各種實習、專題研究、產學合作、社區服務等行動，畢竟，所有的創新都不是想像出來的，而是被實踐出來的，從另一個角度看，也唯有更積極的參與世界，才可能扭轉人文無用的價值觀，重新定義人文學科的價值，並提高人文學科的地位。

文史科系人文創新前哨站——靜宜大學台灣文學系

黃文成

網路世代（Net Generation）的虛擬世界在千禧年前後進入到了真實世界，虛擬世界翻轉了所有教育體制的學習方法與內容。才歷經短短二十多年時光，人工智慧AI世代悄然到來，可遇見的是，人類學習模式將比網路世代產生更巨大的質變。各級教育體制對於人才培育積累過去的經驗值，可能得重新定義與定位，而可預見的是人文科學領域所受到的衝擊與改革，將更甚以往。於是，人文學科如何回應真實世界的期待，是無法迴避的議題與命題。

靜宜大學台文系自創系以來就開始思考系上畢業生如何在就學與就業間進行無縫接軌，於是於民國95年起，即開始推行台文／大傳雙主修的跨域學習課程，98年始推行「產業實務實習」及102年度將「畢業作品」為必修課程，103年「畢業作品」升級成為「畢業作品展覽」，106年與日本愛知縣立大學簽定「雙聯學制」。幾乎每一兩年系上課程即進行滾動式修正，讓學生的學習成效面對未來職場，更具競爭性。

靜宜台文系目前所有的課程分為：學術研究、藝文創作、地方創生、文化創意與數位人文五大學群，學群設計邏輯是以台灣文學、台灣文化教學及研究為基底。「藝文創作」課群是教導學生學習內容產出重要的訓練課群，每學期至少有三位作家在系上開設創作相關課程。而如何將文學載體更多元化，「數位人文」課群則是擴大了傳統文學邊界的想像，也是本系與傳統文史科系對學生學習框架與生態最根本的不同處。因為我們一直相信，文學載體多元化的被實踐與被看見，已是文史科系無可逃避的事實與發展。全球近年掀起地方家園及資源永續思維浪潮，進而成就了地方創生議題在各地現身與發聲，地方創生議題思考的是從「庶民視角」、「地方產業」與「文化再現」共振的可能性。而這樣的議題傾向，其實成為台文系專業課群中重要的指標，台灣文學、台灣文化如何轉譯且與社會大眾進行緊密對話，地方創生人才的培育，確實是靜宜台文系極為關注的。

如上文所談，文學轉譯確實是將台灣人文面向大眾的重要節點，於是文化創意課群也是靜宜台文系發展的重點之一，且成為本系的教學亮點之一。每年的品牌行銷課程的成果展，是除畢業展覽之外的年度大展。人文應用及數位化，也將是未來人文科學領域必然發展的趨勢。

人文學科專業除了是對內在生命世界探索建構之外，同時也必需與這外在世界進行對話與思維。於是如何將人文科學學習領域與真實世界進行橋接，靜宜台文系於98年即推出產業實務實習課程的推動，也是本系翻轉學生學習領域的重要里程碑。傳統文史科系學生長時間在學院學習，對職場專業性的要求，其實無從想像與積累相關經驗，於是透過產務實務實習的學習機會，可讓學生真實體驗職場的動能與真實，這樣學習經歷是學校課程無法提供的學習情境。同時，也藉由兩個月的實習機會，與他校學生進行共事與共學，知曉自己在專業領域的能力與對職涯的想像，是否需要進行調整或精進。

本系目前約有五十個簽約合作的實習單位，實習機構除有公部門單位，如國立台灣文學館、公共電視、客語電視台外，以及出版社、文創團體、文史機構、廣播電台、平面媒體等等相關機構等，更有海外實習單位提供給系上同學學習機會。而歷年的實習生進入到實習場域的優異表現，往往也是他們獲得人生第一份正式工作的機會。

以上所談，可看見靜宜台文系自創系以來對學生學習成效與職場間的關聯性，其實是非常關注，也願意引入教學資源翻轉傳統教學思維，進而活化學生學習動機，同時大量引入業師進入教學現場，成立編輯團隊、創作團隊、文創團隊及攝影團隊，透過業師專業教學，培養學生更多的未來就業軟實力。同時，為更有效培養學生學習動機，台文系系刊《上下文》及系網「島嶼基調」（https://putl.tw/）提供系上學生創意與作品發表與曝光平台，而這些不論是實體紙本媒介，亦或是網路發表空間，無非是為積累學生成功經驗。從學生團隊建立或是各種發表平台建構，最終目標都是為幫助學生積累學習經驗，從靜宜校園畢業後能無縫接軌到職場各種能力的需求與養成。

科學應用時代確實改變人類所有一切行為與思維，人文學科除站在過往「無用是為大用」的基本立場之外，確實也應更積極回應社會的期待。於是如何讓人文學科的學生與科學應用時代來臨之際，也能見到自己價值與意義。靜宜大學台文系一直培養與擁有著屬於自己的姿態在高教體制內，展現獨特教學能量，進而成為高教體制內文史科系人文創新前哨站。

圖片提供：詹力瑜

即使學會了魔法

詹力瑜

要說靜宜台文系帶給我最大的回饋為何，我會回答——創作能力。

前些日子系上在校內舉辦畢業製作展覽，身為畢業學生我也參與其中，本次畢業展覽主題是「遊牧學」。

朋友曾問過我，我的「遊牧學」是什麼樣貌呢？

我心中的遊牧是看似隨波逐流，實際上是在飄泊的旅途中懂得安定自我、學習生活。畢竟在台文系之中時常要順應時勢調整姿態，對我而言遊牧是讓自己變得更加柔軟，更能和人共事。尤其在疫情肆虐的時代中，與人面對面交流變得更加困難。

想當初我進入大學後，開始了一系列新詩創作，也在校園內外拿了些文學獎。我開始寫作的原因並不複雜，在意識到自己是一個膽小的人後，心田總有塊隆起的土疙瘩難以壓平，所以我才開始寫作。在靜宜就讀期間，未必每個人都能堅持寫作，但仍有諸多同儕能夠彼此較勁、相互砥礪。先從參與系上的寫作團隊開始，而後與同儕創辦文學結社，大家擅長的文類都不相同，我以詩為志，其他人擅於小說與散文寫作。

為什麼開始寫詩？是因為想說的事情不敢大聲講，只敢透過戲弄與解構符號的方式表達自我。畢竟詩比起散文與小說，詩能夠藏匿更多自我，隱晦地表達細膩心思、生命覺察。

養成寫作習慣後，我開始學習各種新詩以外的文類創作；從散文、小說再到劇本、評論等等都曾嘗試書寫。但最喜歡的還是讀詩、解詩、寫詩，因此創作畢業製作時，沒有任何猶豫地選擇新詩發展創作。

私以為，一位優秀的創作者應不斷地拓展自己的寫作內容，每次能寫出來的成品應該與前次有所差異；在寫作自己的畢業製作詩集《即使學會魔法》時，我抱持著「可能是第一次也是最後一次能印出自己的一本書」的心態，打定要突破過去養成的寫作習慣與風格，向著更加高階的詩領域前行。

我在過去創作時皆以抒情詩為重，於是在《即使學會魔法》中一改先前的寫作習慣，嘗試書寫敘事詩。此外，在確立了這部作品的創作風格會以魔幻寫實與超寫實為主，寫作過程中如何將魔幻寫實、超寫實等等技巧融入敘事詩的形式之中，乃是一項極具壓力且實驗性強的寫作挑戰。

關於《即使學會魔法》命名由來，則源自紀伊カンナ的漫畫《即使不會魔法》。紀伊カンナ的作品中時常出現鄉下人在都會生活節奏中拉扯的情感結構，因此在閱讀完《即使不會魔法》後，我開始反思自我在網路時代、都市環境、現代社會之中的定位與標籤。

而後，台文系課程中閱讀到陳俊志及其著作《台北爸爸，紐約媽媽》，對「人生潔淨」的生命態度深受感觸。也由於此，自《即使不會魔法》一書中所產生出的自我定位困惑開始消解，認為以「人生潔淨」觀念繼續生活下去，未嘗不是一種選擇；同時，也產生以創作作品回應《即使不會魔法》的想法。

在畢業製作展覽結束沒多久，我收拾好行李搬離沙鹿返回家鄉。在自家的房間收拾整理時，看著一疊又一疊的書目與筆記資料，剎那間大學四年間諸多憶念湧入。想想沒多久前還在讀高中，轉眼間要畢業就讀研究所了，我不免感嘆四年的青春蹉跎。

此刻，我的大學生活劃下句點。但未來，充滿希望的未來，指著文學夢發著閃耀的光。

詹力瑜

雄性人類，可愛且可惡，中興台文碩一。大喜辛波絲卡，想為了好ㄎ魷魚寫點文字。最近推薦讀物是山田胡瓜的AI電子基因。（優秀的科幻+哲學小品漫畫）關於詩，我想我還能繼續寫下去。有些脫序地介紹自己真抱歉。

圖片提供：彭昱璋

靠窗的座位上，游牧著學、游牧者寫。

彭昱璋

刻意灰階呈現的封面，幾個白色小字「靠窗的座位不適合熟睡」映在夜空，男人扭頭透過車窗看外頭田景的樣子，便是我為創作集設計的封面。

田與火車、家與遠方、水稻與夜空，光害嚴重城市裡過於黯沉的景，透過一雙來自後山的眼睛觀望。背靠座椅，掌撐下巴，旅人不適合在此熟睡，或者說，不僅是適合熟睡而已。

創作是記憶的投影。

高中念了三年電機，創作的起點是一次重考的毅然決然，與指考末段順位來到文學系的偶然。

記得大學第一堂創作課程便是小說，只接觸過輕小說和網路小說的我，怎麼樣也寫不出老師強調的「人味」——筆下並無血肉，而是幾個設定好背景與對話的「原形」罷了。正因重考與科系壓力深陷漩渦的人，根本無力再為他人喘息些什麼。

索性將已寫了幾千字，堪稱黑歷史的檔案刪除，轉而書寫真實經歷，填補細節，創作一篇大概只能算是四不像的文字集合體。

令人意外的，這篇「小說」在互評和老師批閱時取得好評。而自己那些痛苦或歡愉的記憶竟有人願意閱讀，甚至欣賞時，便也就跟著修習更深入課程、加入團隊——將經歷壓製成磚，將文字集合體，堆疊成型態各異的散文。

對我而言，寫作便是如此。若說文字的本質是紀錄，那麼，寫作的本質大約便是記憶——連同氣息、味覺、印象、情緒，一同投影在讀者腦海裡的記憶。

從沒有想過要寫作，是寫作找上門來，我只是想說說故事罷了。

回過神來，每塊型態各異的磚，竟都被刻上了翻山越嶺的紋。從台東到台東，空間轉換、時間流逝，連曾在書裡讀到以為不會改變的夜空，都被城市蓋住了星星。而花紋彼此首尾相連，正如同軌道，如同那條東西向，被搭乘過無數次的南迴鐵路。

而其上旅人無力，也無意去改變什麼，只是透過車窗，將變化盡收眼底，僅此而已。

創作是發散的藝術，
編輯成收束的閱讀邏輯

「文字是發散的，而編輯就在幫它們收束。」

開始寫作以後，總有種模糊夢想，希望將來能出一本自己的書。然而出版畢竟是相當複雜的事，為此，編輯課程便成了必修之一，也順便補補雙主修的學分大洞。

編輯是種邏輯，老師第一堂課便如此說道。和文字創作的自由不同，編輯經常需要考慮讀者的視線和空間。

內容上下的天地若是設定過寬，容易讓人覺得有些單白蒼薄，設得過窄則又讓人覺得喘不過氣；行距、字距過大則使得文字間有割裂感，過小又顯得版面擁擠。總之，編輯排版最好讓讀者感受不到編輯的痕跡。

創作完後自己編輯確實是一種特別的體驗。一邊試圖彰顯存在感，讓文字能脫穎而出最好，另一邊則試圖將文字收束成方便閱讀的樣子，令人感覺不到書裡除了作者與讀者，還有第三者存在。

編輯或許也是一種創作，我想。這種創作看不見、摸不著，卻是讓文字能夠被看見、被摸著的唯一辦法。

散文並非單一面向，
說故事仍有許多方法

創作集共容納 15 篇作品，抒情散文是其中最主要一類。然而在邊創作的過程裡，我也不免感到困惑——每一篇都是 2000 字左右抒情散文，作者都寫得有些疲乏，讀者不會嗎？

於是，我也試著放入一些比較「特別」的作品，試著在閱讀過程裡製造一些新鮮感，如書信體、短文合集、轉換人稱 ... 等。其中，展覽期間最多人當面詢問的，還是那篇報導文學。

第一次接觸這種創作形式，是在系上引薦的地方採訪計畫，要為當地小吃美食撰寫總計 9 篇稿件。

然而毫無經驗，甚至連當地也沒去過的情況下，剛開始我與夥伴甚至連問題都沒有準備完全，當下才根據現場情況構思——當然，如此進行採訪根本無法深入。回過頭來面對比資料還要蒼白的 word 文件與彼此臉色，截稿日將近，一群創作團隊出身的人，只好放大美食和場景的比例，並擷取店家故事，填補細節成一篇內容來自採訪，手法卻類似散文的採訪稿。

直到這份稿件意外獲得老師稱讚，在其它課程和計畫書寫報導時也大都獲得認可，我才逐漸明白——原來即使是「報導」，也並非一定要生硬、抽離，也可以是抒情地寫。

只要能夠傳達，那便是一篇好文章。

創作集放入那篇報導〈腔體：有家南迴的台東人〉，除了讓讀者換口味以外，也是一種自我挑戰。挑戰能否書寫更深入的題材，能否不與其它篇幅產生落差，這樣的文章，又能否受到讀者認同。

如果可以，當南迴鐵路上的旅人又撐著頭觀望；如果可以，想要軌道延伸得長一些，目光更深遂一些；如果可以，想要穿過山脈，想要遠道而來的人們，更接近彼此一些。

————————————

四分之一的土地上，小木夾鐵路已環島一周。道碴上放置的書似乎沒有移動過，也不知是臨停於此，還是已經重回起點，透過那條首尾相連的軌道。

放眼望去，十數個展桌仍在人來人往。雕塑攤位解釋著人物原型與設計；桌遊操弄小棋，正在自製的臺灣地圖上激烈競爭；影片組前圍幾個人戴著耳機，靜靜佇立如同一旁創作組攤位前手捧書本閱讀者。

有些人東張西望，有些人邊行走邊交頭接耳，有些人累了便到一旁座位區休息，而我，則隨機加入一群遷徙隊伍，如同，遊牧者們。

彭昱璋

狗派，窩在台東關山，被山關起來的地方。靜宜大學台灣文學系畢業，現就讀清華台文所。曾獲靜宜文學獎首獎，自費出版散文集《靠窗的座位不適合熟睡》。23年來南迴坐了無數次，近期終於換乘北迴，相關經驗（與文字）蒐集中。

墨之翼：青春印記

李容君

當從師長手中接過斐陶斐榮譽會員證書與辦完離校手續後領取的畢業證書，踏出校園的那一刻，我才真正意識到，時光輾轉而逝，我也終於完成大學學業，航向畢業的岸。回想初入學時的場景，之所以選擇台灣文學系，不過是認為這是所有科系中最好應付的科系，只需要熟讀文本、做做報告，好好準備考試，要順利畢業應該不是什麼難事。青春時期對於文學情懷的嚮往，對於寫作的熱情，早在進入大學前便被現實一點點磨滅，當時我自信地以為，我可以靠著進入大學前所累積的關於閱讀理解與寫作的經驗，安安穩穩、平平靜靜地度過大學四年，但顯然是我低估台文系了。

大一便迎接了大學生口中的「硬」課：不知道應該做幾頁才不會被當掉的家鄉報告、不走大甲媽祖保平安也可能面臨被當的風險，考試大魔王的新聞學……除此之外，文學系並不如我所想像如此簡單，不是熟讀與理解台灣文學的歷史脈絡以及文化就能順利度過大學四年，系上充滿了與文學應用相關的多元課程，這樣聽起來大學四年會過得很豐富，甚至是多采多姿。畢業後回想，確實是滿有趣的，不過這是後話了，「豐富多元」的課程對於剛入學，對自己沒什麼期待，只抱著想安穩畢業心態的我來說，是一種酷刑，因為這意味著我需要在讀書以外的事情上付出時間與心力。至於為什麼文學系會出現新聞學這類的大眾傳播課程，這是台文系買一送一的雙主修課程，大概是覺得多一個學士學位聽起來也滿不錯的，加上我原本對大眾傳播的課程也有一絲興趣，大學四年期間，我就這麼默默地將雙主修的課程修完了，而直到今天，我仍慶幸著自己沒有放棄雙主修。

記得大一、大二為了完成台灣文史觀光報告一起跑到陽明山的同學們，還意外撞見雨後彩虹；記得我為了民俗課加分作業看了好幾場的傳統民俗文化展演，為民俗報告跑遍家鄉各個大大小小的角落，蒐集一切家鄉歷史所留下的痕跡；記得透過劇本以及影像藝術課程，第一次當起編劇，也拿起專業相機學習拍攝，我也在這些課程中，逐漸體會到「多元」課程的樂趣了。到了大三、大四，我開始對各類與文學應用相關課程感興趣，從編輯美學、桌遊設計、品牌設計再到策展實務，在這些課程當中，我們必須學習排版設計、美學經驗，必須將對文字的想像轉化為實體的展現，將文學欲傳達之概念以不同的形式做出詮釋，途經挫折。我想我在台文系的四年，最可貴的收穫之一，便是親身見證了文字文學最浪漫絢爛的一面。

即將迎來畢業的這一年，我迎來了人生中重要的轉捩點，在眾多師長的鼓勵與支持下，我選擇報考國立的台文研究所，這是我在上大學前，想都不曾想，也想都不敢想的事情，在決定報考研究所後，緊接著是針對畢業作品方向的抉擇，為此我苦惱了許久，最終仍選擇以論文作品作為我大學四年的成果展現。

關於我的論文題目發想，不只來自於台文系的文學薰陶，它也源自我作為大傳系兼任研究助理的經驗。在 2021 年的暑假，我有幸加入大傳系教授——王孝勇老師的科技部研究團隊，參與研究計畫團隊，讓我對性別文化、性別研究議題的相關知識有了更深入的認識，拓展新視野的同時，也使我對相關議題產生研究的興趣，於是我結合這些學習歷程中的所獲所得，希望以此豐富我的畢業論文。

在台文系四年，透過文學的滋養，我們不斷汲取養分、拓展視野，也盡情享受著這片土地的氣息與情感，各自從不同的領域中找到歸屬感，掇拾生活中每一份細碎的美好，同時，我們也將帶著收錄滿滿養分的行囊，邁向下一段築夢之旅。

李容君

西元2000年出生。喜歡看海，但不喜歡水上活動；喜歡看各形各色的人，但不喜歡接觸。討厭曬太陽，偶爾拍拍風景，技術零，喜歡沉浸在只有音樂的世界裡，喜歡窩在專屬空間裡與自己相處。浪漫過敏，厭惡這世界的大部分，但總有少數人或事物吸引我。

光點教室
文學夢工場
台灣文學系

詩　氣，

／創作／　王昶勝　吳羽軒　廖子璇　鄭亦芩

——北教大詩園綜覽

瀰漫芳蘭

孟樊

林玉婕　洪熙庭　許心寶

賴宛妤

詩氣，瀰漫芳蘭
——北教大詩園綜覽

文　孟樊

「你輕輕幫我戴上珍珠耳環……如果穿刺是愛，我的胸口是靶心，那麼午後雷陣雨就是箭」——這般決絕的情書，將午後雷陣雨下成愛神的箭，只希望閱信至此的「自己」是那隻未破殼的蝶！

雷陣雨下了嗎？可落在掌紋裡的一張半吉的籤詩究竟諭示了什麼？能否把那「否定的」字詞劃掉——比如：不、遲遲地，而後我的「吉」也就不再只剩「一半」了。啊，你這隻讓我神傷的幽靈！

幽靈，幽之靈。他在星空下對著向日葵吶喊，宛如被囚在房間內的傢伙只能從方窗探望外頭他嚐不到的雨水。悲哀的何止那聽不見聲音的吶喊，暗啞的防空洞才叫人難受。那麼當一隻蝸牛好嗎？但蝸牛一趟黏膩的旅途，肯定是要被同伴拋棄的呀！時間是蝸牛的命題，牠卻怎地不見了，令人著急。

然後，你就聽到「喵——」的綿長叫聲，有沒有人知道牠在何處？一條若隱若現的貓尾巴，殘留著身影，引逗著你去抓牠，牠就是詩，比情人更難追，在那芳蘭的園區……我就這般追看這些詩。

我現在任教於北教大（語文與創作系）。本校在百年前的日據時代，是台灣總督府台北師範學校的芳蘭校區，不說畫家陳澄波、李梅樹、廖繼春、音樂家鄧雨賢等人皆出身於北師，包括詩人江肖梅、王白淵等人亦是本校校友，新詩創作在北教大自始即自成傳統。二十一世紀後，詩人方群、孟樊、向陽、陳謙，以及新加入的楊宗翰在此任教——號稱是全台詩人教師密度最高的學府，從他們本人以身作則以下，到授課教學、師生互動乃至教學相長，多年來的耕耘，也在學生的耳濡目染之下，使得北教大的詩作成果開枝散葉，儼然成了「芳蘭幫」。陳繁齊、李東霖、潘柏霖、林纓……都

ABOUT 孟樊

孟樊，現為國立台北教育大學語文與創作學系教授。曾任佛光大學文學系暨台北教育大學語文與創作學系系主任、香港浸會大學中文系訪問教授。出版有《台灣後現代詩的理論與實際》、《台灣中生代詩人論》、《台灣新詩史》（與楊宗翰合著）……凡三十餘冊。詩作收入兩岸各類詩選集。

是從芳蘭走出去的詩人。

「芳蘭幫」所經營的這塊詩園核心在語文創作系。而語創系對於新詩創作的作育英才，最大的貢獻便是在大學部開設的（大一）必修課程「現代詩創作」，一班分成兩組授課，由詩人教師講授新詩並批改作業，並且在上下學期再互換組別，由不同老師授課。碩士班後來也通過辦法，讓研究生可以用創作代替撰寫學位論文獲取碩士學位，像陳少（陳亮文）的《宇宙寓所》、楊敏夷的《迷藏詩》、顏嘉琪的《不安於室》、莊子軒的《鸚鵡螺》等，都是以詩創作畢業。

除授課與上課之外，2010 年於大學部念書的煮雪的人率先自組好燙詩社，創辦《好燙詩刊》，一度傳為美談。而為了鼓舞系上與校內的創作風氣，2011 年在我催生之下，退詩社因此誕生，由當時的研究生趙文豪、林立婕、黃昱升等人創建，經營得有聲有色。後來在上晏蕭的帶領下，持續耕耘，迄今已歷十二年；2014 年更曾踏出校門，糾集了除了退詩社之外的其他大學詩社（政大長廊、台師大噴泉、北醫大北極星、中央松林、台大詩文學……）合辦了破天荒的《煉詩刊》，聲勢浩大。

如今芳蘭詩園裡的年輕學子們依然詩聲朗朗，他們的語言或緊或鬆，各有特色，誠如他們的學長姐，以後走出校園，未來在詩的道路上繼續邁進，不論得獎與否（當然他們的先輩得獎之多，無庸費辭），終將卓然成家。在此，就讓我們拭目以待吧！

王　昶勝

蝸牛

從我拿到這張紙片開始
便不確定自己要用它完成些什麼
是一趟沒有終點的旅行嗎？
可能被大雨（或雪）打亂電車班次
沿著海岸線的鐵軌旁
現在是夏天　應該要艷陽高照
浮冰卻開始成群
逮住那隻來不及走的蝸牛
質問他：是被同伴拋棄了嗎？
還是時間　從不把你當一回事？
蝸牛開始哭泣　開始解離
還有碎裂　最後放棄每個理由
每個都是肉眼可見的
緩慢　慢到發現落下的
一直都是過剩的鹽分
打我拿到這張紙片那時
將就完成了一趟黏膩的旅途

——寫於 2023 山線春浪小蝸牛市集時
受攤商贈明信片背面

一些青年說話

不知所云
成群上街的鴉
能鳴聲的有幾隻
我攜青年前來指認
到這一片斑駁痕裡
來不及哀默
就睜眼醒來了

尋人啟事

時間怎麼不見了
當我們站在單行道上
沒有明確標示然而
時間怎麼不見了
現實從轉角疾駛來到
撞碎了未醒的夢
當我們來到這裡
發現是一條無尾的巷
現實仍在吃吃發笑
我們走進深處尋覓時間
交換了時針和分針
滲水的事物卻都不見了
我們全都不見了

吳 羽軒

名畫三幅

吶喊

他喊在落日使靈魂扭曲
路人數著前方後方遠方的
渺小如槳的船
數他失去關節的身軀在多少筆觸下
得以用黑洞般的眼球看向外頭
橋墩是支點而後
側面翻起
翻起一波絕望將蓋過天空
他搖晃卻始終屹立在那
喊著無人聽清的話

星空

混濁空氣鍍上幾點金箔捲成
風暴般的夜晚
風暴般的夜晚發起大火刺進
灑下幾點金箔的混濁空氣

一如往常我們稱之為永無止盡，

向日葵

化石燃料影響不了
玻璃窗隔著的人們
一罐蕃茄湯也不行

逃獄前夜——記高中生墜樓事件

高樓影子裡
白衣犯人不停地奔走

天空飛過幾隻烏鴉
牢裡的黑被濃縮成晚飯
送進身體　一旁
方窗透進的月光無法替代
日日升起的太陽
犯人喃喃自語
「好想嚐一口外頭的雨」
語畢。伸出舌頭舔起空氣
空氣裡只有粒粒分明的時間
和酸澀的鼾聲
犯人在石床躺平
盯著地上光明的四邊形
停在上方一隻白鴿嘴裡叼著信
信上一片空白　空白中仍是空白
犯人身上灰色囚服沒有一處是空白

唯獨今夜外頭響起大雨和雷電
犯人想像自己躍起，躍出方窗
泥濘沒過腳踝　雨水沖刷灰衣
一身潔白成了馬路旁的燈
馬路旁的燈亮成犯人　犯人成了月
攤平在城市熟睡的夜晚

註：2022 年，兩名來自「Just Stop Oil」環保組織的成員在倫敦國家美術館對梵谷的《向日葵》潑灑裝在罐頭中的番茄汁，希望藉此引起社會大眾對環保議題的關注。

林　玉婕

貓與捉貓人

拉長身軀，詩是貓的化身
以前腳掌並列後伸展，收攏
為一字精準的意
意裡帶有韌性，而反覆動作
直至受力勻稱
（你問我那詩的前身呢，靈感？）
靈動的雙眼，夜裏閃爍
侵襲漆黑沉寂的睡意
數聲綿延而悠長的喵——
搖動疲倦，拉長身軀，後躍上
躍下，在寂靜的夜裡
振出極具帶有節奏的畫面音樂
（也是貓。）
牠是意識裡獨來獨往的貓
沒有人知曉牠在何處。喵——
後靜。才剛形成的鼓點驟停
一條若隱若現的貓尾巴，殘留著影
留詩人反覆推敲，牠的全貌
數以萬年以來
詩人輪迴在與貓追逐的遊戲間
數個夜晚失眠即便
看見牠現身的那刻
而一併拉長身軀，收攏
直至緊繃鬆落

洪　熙庭

防空洞

伏在地面的獸
張著陰暗的口
不是為了吞噬
而是庇護
是防止在心上開出的
空洞

驗屍

沒了
活的資格
僵硬　冰冷
失去靈魂的窗
無神聚焦在
無盡平面

薄如紙的鋒利
劃開
結塊黃油
包裹著筋膜與肉
錘碎胸甲
看看我的心
它是否
鮮紅如舊

許心寶

咽喉——試寫百年防空洞

我是
流淌著　唱不出詞的悲歌
沉默　潛伏在此
因警報而驚嚇
我噎著了
聽見非我的哽咽
吐不出的不安留存於此
經過好幾百個夜晚
你們的到來
割開我的血管
以指沾染　以指描摹
我沙啞著問　那是什麼
你們說　這叫自由

芒果樹

名單之上　你被提起
身上鑲著榮華的寶石
散發出誘人的香味
修長的身材　茂密的髮
甜美的笑容勾走大家的魂
觀眾不禁喝采　眾人為你傾倒
「又不適合」
有人說了
歡呼聲停了
你或許　自己也沒想到
會敗於在
自己的　酸 民

廖子璇

舊眷舍

大太陽使人亢奮
那發亮的青苔
與斑駁木屋
蹲在角落一處
窺看百年校門
倒向紅磚牆
沉睡

陰天使人發愁
嗅著果實的沉默
柏油路吃盡落葉浪漫
在龍眼樹下墜落
夜晚使人畏縮
空巷之間隱約聽見
先生坐在屋頂
抿著嘴
對著呼嘯而過的車
嘆氣

鄭　亦苓

半吉

你虔誠合掌，像
多數人
把心事先擲進意識流

接著才奉出錢幣。
神——遙遠的聲音
替物質欲念鍍上銀邊
一張命運的籤落在掌紋裡

默念
半吉的籤詩朝你低語
你撫觸字句像輕哄前世未竟的愛
看見自己
誠服的一面

謙卑複誦神的名
把紙揉進手掌心，重新攤開
用力吻上每道
顯眼的折痕

你聽見
鼻尖有微弱哭聲
一失神　風就帶走命運

耗費無數雪跡
找回那張半吉的詩籤；把紙
整齊對折、壓出細長的紋路

忽略紙背滲出的
赤紅墨跡
你再次舒展籤紙，認真地
誦讀出聲

「願望：~~不~~容易實現」
「遺失物：~~不~~會拾回」

「盼望的人：~~遲遲地才~~會出現。
你要珍惜」

幽靈

否則我就要離開
用你望著我在　每個深夜
憐憫的眼神
拖行
我甘願彎成拱形的背脊

注視自己的骨架
剜開你
曾呼喚過我的低啞聲帶
憋氣
直到記憶黯然

神傷。低頭看見碎了一半的鏡子
你的倒影
伸出細長的手指
捏斷我
喉腔漾開微弱的呼吸

彷彿漣漪
輕輕拍打你年輕的關節
不再嘶叫出聲，你的倒影
很快就會覆上塵埃
飄向天際

賴　宛妤

少女的珍珠耳環

你寧靜梳過我的髮
八月無聲醒著
第二個星期
螞蟻爬過我只為了尋找更甜蜜的花園
牠們先是在我的腳跟棲息
再輕輕用觸腳劃過肌膚

依稀的睡眠搖成一片
遠古不滅的美學活動
我的呼氣
將我播放成一幅藍色靜物畫

最後一波雨
順著窗戶流進屋
螞蟻爬到腰間，順勢將我的體溫裁下

七月
濃稠的太陽被影子稀釋
壓過我半邊臉
你安靜走來
騰抄起我瞳孔
數數眼睫毛；食指劃過你眉毛
一切是早於慾望的純情

你輕輕
幫我戴上珍珠耳環
如果穿刺是愛
我的胸口是靶心
午後雷陣雨就是箭

八月底
螞蟻裁下我所有體溫
我退化成蛇

最後一個夏天
你熟睡成溫熱的桃子
我順勢爬入你的耳
藕粉色身體化成痣

輕輕啄吻
曾最隱密的一場
震耳欲聾

想像情書

茂盛的影子
把我燒得很小
午夜八月
放出一條年輕的蛇
它四處竄至我鬆軟的睡眠間
將我的生命軸線
摺成書
供他翻閱

玻璃紙、熨燙過後的鮮奶油色西卡紙
他的耳貼住粗糙紙面
我的眼皮婆娑
告訴他
「如今你是未破殼的蝶」
不可在此處睡下
過幾天他拿走壓印我骨骼的字
裝幀時纏繞的線

我縮成一坨紙團
懷念他的手指與黑皮衣
曾經有一刻時光
再見。
遙遙無期

他化為蝶
我篩濾成一陣雨
其實最初我只是
勾他輪廓的一根針

名家詩選

林煥彰、林廣、白世紀、王宗仁、劉三變

林煥彰

林煥彰，1939 年生，宜蘭礁溪鄉人；已出版相關著作 120 餘種，部分作品選入新加坡、臺灣、香港、澳門及中國大陸中小學語文課本和教材（60 餘篇 / 首），並於 2020 年 9 月出版專書《鳥有波浪　海有翅膀》（福建少兒社）；2003 年元月起在泰國提倡六行小詩寫作；2008 年春天，應邀擔任香港大學首任駐校藝術家。曾獲中山文藝獎、澳洲建國 200 年現代詩獎章等近 20 種獎項。

崇尚自由自在

——敬致詩人律師 羅行先生

喜歡安靜的
行雲流水
喜歡微笑的
親切甜美
崇尚自由自在的
詩人
羅行，您是我的前輩
我，一直仰慕著
微笑安靜的
您

關於詩的，您對我說過的
那句話，我始終沒有忘記
“寫詩，你有什麼計劃嗎？”
四十多年了，
我一直還記著，但我始終
還是沒有弄懂，您說的
真正的用意，是什麼？
不懂的事，天下的事
都需要，安安靜靜
用心去想去悟；

我學您，我也安安靜靜
把您說的這句話，深深
牢牢記在心裡；
如果，這四十多年
就是我寫詩的重要歷程，
現在，我還是沒有悟出
其中真正的道理，
您還是微笑的，悄悄的
默默的走了，
我呢，我的詩
我還能寫下去嗎？
是的，我還是要默默的
繼續用心去悟，
寫我不懂的人生……

詩人，羅行
律師，羅行
前輩，羅行
您永遠是我心目中的
先行者；我還會默默的學您
依循您的，敏銳的
先知的感覺
依您詩的腳步，
一字一步
一句一步
一首一步，向前行
接下您吹響的
《南北笛》的詩心，時時
都從詩的春天的大草原
出發，展開詩的新世紀，為我們
心愛的寶島，寫下永恆的詩篇……

羅行先生自「人間魚詩社」初創，即義務作為詩社法律顧問，一路陪伴《人間魚詩生活誌》發行、改版、上市。感佩羅行先生謙謙風範，謹藉此詩向羅行先生致敬，及表達深深感謝之意。——總編輯 PS. 黃觀

林　廣

1952 年出生於南投。輔仁大學中文系畢業。曾出版詩集：《在時鐘裡渡河》、《林廣截句》等七冊；新詩評論：《尋訪詩的田野》、《探測詩與心的距離》等三冊。曾獲大墩文學貢獻獎、玉山文學貢獻獎、文學評論獎等。

誤入人間的魚

我游進透明的魚缸
人間繁華興廢
閃爍不定
在我的鱗片間隙

一如我命途的塵埃
漂浮於藻草
尾鰭再亮麗也把不住
時間流動的方向
唯有偶爾穿透的好奇
天真的關切帶來音符叮咚

敲開封閉的天地
我用鱗片回應他
想著他的圖畫紙或許會塗滿我的光
想著我應把逐漸發霉的哀傷收起來
也許他會成為我的海
也許我將成為他的山

有時一瞬就是絕響
有時絕響只在一瞬
我的鱗片因此多了另一種光
游出　不存在的魚缸

白世紀

國高中起寫現代詩，曾獲1984年輔仁文學獎新詩組第三名，九十八年度「桃園縣兒童文學獎」佳作。現為臉書新詩路社團創建者，微光論壇網站創建者。作品散見於台灣及大陸詩刊（包括紙刊及電子刊）與詩選集。

略省的符號

雲反駁天空
我們沒有忽視
或許語言和符號略省些

走馬燈穿梭著四季側影
雪，那年曾經煮過

情詩練習帖

七月對八月說
你的背影燈火闌珊，別回頭
八月於是相信了七月
用不太心情的憂傷等候九月將自己層層美麗剝落
而九月來的那天前
八月已帶著七月私奔遠方留下一陣陣風，冷颼颼

王宗仁

王宗仁，寫新詩，得過林榮三文學獎、臺北文學獎；台語詩，得過教育部閩客語文學獎；童詩，得過新北市、基隆市文學獎；喜歡構思廣告短句，得過 myfone 行動創作獎訊息首獎、三次「年度廣告金句創作獎」。童詩〈最美的模樣〉、〈嘗嘗我的家鄉味〉被選入國小教科書。著有散文詩集《詩歌》、《象與像的臨界》、童詩集《春天正在趕路》、地誌詩集《風土》等作品。

父親停止了

父親停止了。
許多時間縮到背後扶著他
並趕走佔據身體已久的痛
他的胸膛曾比家大
現在卻縮成窄窄領口旁
雙手交錯的蒼白，沉默地提醒我們
無論是多麼大規模的浩瀚，最後
都只剩微渺告別。思念的沓風
吞掉燭蕊裡火燎的什麼
再流淌出掌紋般鮮紅跡痕。
睫毛被幾朵霜降的氤氳佔據
而熟悉的瞳眸，闔閉成再也無法用愛
開啟的那種鎖孔。方型冰櫃隔著
比陌生還厚還冷的玻璃
他是否能感覺到外頭迷濛的
水霧，都綻放為肥碩的鹹
黃色布幔疲軟攤開憂傷的國
佔領「家」原本歡笑的領地
經文聲是不會躁動的步伐
一遍又一遍，有節奏地演繹悲傷
像周遭眼淚被衛生紙不斷擦拭
卻又無法完全擦拭

2歲孫女呢喃著「鬧鐘噹噹鬧鐘噹噹……」
彷彿是說它可以大聲吞掉醒不來的暗啞
寤寐後阿公就會日常般伸伸懶腰
起身拂去太淡的夢。弟弟打開相簿
擷取父親童年黑白　意氣風發的青春
再摘下中晚年一根根皺紋　白髮
仔細掃描進電腦，清楚保留稱謂的輪廓
留待子孫閱寫形影裡，關於名姓的意義。
「從此就健健康康，不必吃藥了……」
母親嘴裡滴滴落落的回音
很靠近我黑衣別針上麻布的註記
沉甸地滲入失怙皺折裡
邊踱步她邊顫抖著
手中的阿滋海默，像是要一次次牽走
那條常和父親攜手散步的小巷
妹妹手上摺痕工整的紙蓮花
是主旨明確的信件
謹慎填入父母結褵50年的回憶
把美好情節都燒化成父親抵達來世
沿途可以駐足欣賞的燦爛

死亡是匹白色野馬
躍進我心中反覆混淆命題
我拿起他臨終前劇咳的詩句
試著躲開凌亂字跡裡游移的頓點
找到正確韻腳；但這樣
就足夠修好一首生命的詩嗎？
父親……父親真的壞掉了，停止於
永遠再也回不來的主題裡
時針分針的夾角不必亮刀，就已
鋒利地割棄我背光臉龐

劉三變

本名劉清輝，詩人、詞曲作家。王識賢〈腳踏車〉的詞曲創作者。
曾為《曼陀羅》詩刊同仁；《歪仔歪》創社同仁。
曾任蘭陽文學叢書評審委員。著有詩集《情屍與情詩》、《誘拐妳成一首詩》、《讓哀愁像河一般緩緩流動》。手稿受國家圖書館典藏。

飛往思念

悲傷的航道
我的難過才開始起飛

愁緒打包已不重要
預計抵達的思念已無需轉機

勤快的悲傷

沒有妳的日子
生活的字典
快樂兩字掉了出來

懶得出門；懶得遊樂
懶得與人互動
還好想到妳時
還會勤快的悲傷

文字的筆腳

文字的筆腳
沒辦法從悲傷走出來
詩一直萎靡不振、精神不濟
愉悅的語言無法跳躍
快樂常常跌倒
趴在地上……

悲傷的儲存量

整理悲傷！整理喜悅！
整理到一半有時還有其他愁緒要忙
悲傷暫且告一段落
只能改日再抽空為妳持續傷心
十八個月來的戀愛絮語
喜悅與悲傷的儲存量
我想應該足夠這些年使用了

客語詩特輯

客座主編 陳寧貴

羅思容 陳美燕 黃碧清 江昀 葉莎
羅秀玲 彭歲玲 利玉芳 劉慧真 張芳慈
王興寶 邱一帆 劉正偉 陳寧貴

前言

堂堂溪水出前村
在寂靜中成長的客語詩

文　陳寧貴

藝文界客家大老鍾肇政說，沒有客家話就沒有客家人。從此引申，沒有客家文就沒有客家根。然而在最早期「文友通訊」時代的前輩客語作家，並不主張客語書寫。這可能是在現實上的考量，因爲閱讀者太小衆，造成作品的流通困難，對創作者非常不利。然而對這情境，前輩客語詩人杜潘芳格說得頗透徹：我使用日文最流利，但是，有時我會想，日文是日本人的，有日本人的精神，我是客家人，我是台灣人，爲什麼我要用日文？這樣是不是會很怪？邱永漢和陳舜臣用日文寫了很多作品，我看了之後就會想，語言是溝通的工具，用什麼文學寫作似乎沒有很大的關係，但是，語言背後的思想就不是那麼簡單了。日本奈良天理大學學生井關爲了寫畢業論文，曾經來台灣訪問我，她寫的〈語言的細胞〉一文中提到，語言是靈，是精神上的細胞，一直使用某一個國家的語言，就會被感化，變成那個國家的人。日治時代皇民化運動，要台灣人改姓名，說日語，很快就能夠將台灣人同化。因此客語詩人的覺醒以客語寫詩，在艱困環境下默默堅持成長非常不易。然而到目前，客家人的客家意識有提昇，但客語意識並不夠強烈，不少客家鄉親仍認爲，能講客語就好，可以忽略書寫的重要。相信客語詩人對楊萬裡的這首詩會很有感觸：萬山不許一溪奔，攔得溪聲日夜喧，到得前頭山腳盡，堂堂溪水出前村。

本期「客語詩專輯」推薦參展的每個客語詩人，都是客語詩壇菁英，大多得過客語文學獎。他們的創作早已超脫傳統的大禾埕思維，用更廣闊更嶄新的語法書寫新的時代 。像羅思容將客語詩寫成歌曲，由於歌的普遍性，使得客語詩被其他族群聽到，欣賞到客語之美。又如曾貴海的名詩 < 夜合 >，在歌手陳雙的歌聲詮釋下，讓更多的閱聽衆深刻感受到客家婦女的艱苦卓絕與浪漫多情。這可說是小衆的客語詩，發展影響力的曲徑通曲處。

最後以杜潘芳格〈無根就無旗〉這首詩共勉之：

客語詩

〈無根就無旗〉

根，尋毋到地下水脈
釘毋下自家眞正个根
祖公傳下一句話
到該時擎該旗
無根就無旗
「母語个文字化」
就係恩兜客家根
「我寫我口」
就係全地球
流動个地下水脈

華文版

根，找不到地下水脈
紮不下自己眞正的根
祖宗傳下一句話
到那時舉那旗
無根就無旗
「母語的文字化」
就是我們客家根
「我寫我口」
就是全地球
流動的地下水脈

羅思容

詩者行蹤

苗栗客家人，從事詩文、繪畫創作，也是一位歌詩音樂創作者，曾榮獲金曲獎、金音獎、華語音樂傳媒大獎。詩作發表于《現代詩》、《臺灣文學季刊》、《笠詩刊》、《創世紀》等。

詩是呼吸，詩是光。在每一次的語言邂逅中，詩人和詩一起誕生。詩看見我，而我唯有凝視。詩是原生細胞，在鬱鬱蒼蒼的語言中不斷地浮游、繁衍。

客語詩

恁仔，say

摎語言个大網定定仔梳理
生活交織了語言
語言縫合了文化
文化就譜記做一張一張个圖像
流動在城市底肚
我暗自摎鳥仔大聲講出自己个鄉音
「你好無？」
「恁仔細。」

華文版

暗自，say

將語言的大網定定地梳理
生活交織了語言
語言縫合了文化
文化就譜記成一張一張的圖像
流動在城市之中
我暗自和鳥兒大聲的說著自己的鄉音
「你好無？」
「恁仔細。」

客語詩

這係有歌聲个所在

相片印記著歲月个跡痕
河壩水聲，恬靜
垂立在兩岸个吊橋在風中微微搖盪
戀人个衫角互相憑著
佢兜講
這係有歌聲个所在
音符在每一隻凝視个交會中間
流流流流

華文版

這裡是有歌聲的所在

照片承載了歲月的跡痕
河壩水聲，謐靜
懸垂兩岸的吊橋在風中微盪
戀人的衣角相互碰觸著
他們說
這裡是有歌聲的所在
音符在每一個凝視的交會中
汩汩流動

客語詩

開出𠊎个花蕊，印染著記憶吧

童年个花布
係一隻一隻沙包
擲上擲下
握在手項
長成後个花布
係阿姆攣个被單
夜夜分花蕊攬著

開出𠊎个花蕊，印染著記憶吧
在每一隻維度底肚
光摎影仔收攝做宇宙个花蕊
永不凋謝

華文版

長出我的花朵，印染著記憶吧

童年的花布
是一個一個沙包
拋上丟下
握在手上
長大後的花布
是媽媽縫製的被單
夜夜被花朵擁抱

長出我的花朵，印染著記憶吧
在每一個維度裡
光把影子收攝成宇宙的花朵
永不凋零

客語詩

味蕾係一座神秘个城

味蕾係一座神秘个城
食物係通關密碼
生鮮个、曝曬个或者醃滷个
對舌嫲尖到喉哽之間
酸甜苦辣鹹講有幾深就有幾深
胃囊測量著人情个距離
料理个雕刻師
刻鑿時光个迴音

華文版

味蕾是一座神秘的城

味蕾是一座神秘的城
食物是通關密碼
生鮮的、曝曬的或醃漬的
從舌尖到咽喉之間
酸甜苦辣鹹說有多深就有多深
胃囊測度著人情的距離
料理的雕刻師
雕鑿時光的迴圈

客語詩

𠊎看著花堵堵好在看著你

山花盛開多又鬧
紅橙黃綠神光照
花花草草盤中笑
笑看大千世界妙

𠊎看著花堵堵好在看著你

華文版

我看著花正在看著你

山花盛開多又鬧
紅橙黃綠神光照
花花草草盤中笑
笑看大千世界妙

我看著花正在看著你

陳美燕

詩者行蹤

竹東客家人，客語文學類薪傳師，曾獲桐花文學獎、閩客語文學獎等獎項。詩集作品：《新竹風》、《單單一蕊打碗花》。近年參與客語歌詞創作，其〈單單一蕊打碗花〉獲 2021 新竹縣客家新曲獎第二名、最佳作詞獎。

詩是可以療癒自己、安慰別人的美學訓練。人間的風景、生活中的酸甜苦辣皆凝練成詩，在書寫、欣賞的過程中，體會「美」的蘊藏。

客語詩

店亭下个風

店亭下个風
穿過來穿過去
穿過跌落个樹葉
穿過壁角个蜘蛛網
穿過屋簷下个燕仔竇

店亭下个風
飛過來飛過去
飛過阿公尞涼
飛過阿婆打嘴鼓
飛過細人仔跳上跌落

店亭下个風
吹過來吹過去
吹過搞囥人尋个楯仔
吹過地泥頂个跳格仔
吹過細細時節个日仔

華文版

騎樓的風

騎樓的風
穿過來穿過去
穿過跌落的樹葉
穿過牆角的蜘蛛網
穿過屋簷下的燕子窩

騎樓的風
飛過來飛過去
飛過祖父納涼
飛過祖母閒聊
飛過孩子們嬉戲跳躍

騎樓的風
吹過來吹過去
吹過玩捉迷藏的柱子
吹過地上的跳格子
吹過小時候的日子

黃碧清

詩者行蹤

苗栗縣銅鑼鄉人。
目前擔任課後輔導員及客語教學者，出版五本客華語對譯詩集及一本客華語散文集。

母語，媽媽的話。望見母語日漸式微宛如失根浮萍，希望可以用自己微小的力量拾起母語的根。所以，以母語——客家語書寫為主。客語在現今社會是屬於小民族，期待藉由簡短的客語詩，走出戶外，遇見美好。

客語詩

〈孔翹坊〉

擔竿在阿爸个肩頭
孩等兩隻籮
一頭煞猛一頭打拚
擔硬个孔翹坊

微笑在阿姆个面項
映出兩竹籃
一籃慈祥一籃愛
溫柔个孔翹坊

長長个線橋
在河壩頂接起兩庄頭
阿婆兜一鑊攎湯粢行過去
叔婆擐一料鹹豬肉行過來
人情味个孔翹坊

上下个路項
你講恁早佢應食飽吂
燒暖个相借問
有情有義个孔翹坊

秤桿直直
一片鉤一片砣
秤鉤勾起阿姆个賢良
秤砣掛等阿爸个篤實
幸福个孔翹坊

華文版

〈蹺蹺板〉

扁擔在父親的肩膀
挑著兩只籮
一籮努力一籮打拼
堅強的蹺蹺板

微笑在母親的臉頰
映出兩竹籃
一籃慈祥一籃愛
溫柔的蹺蹺板

長長的吊橋
在河流上連接兩村莊
阿婆端一鍋牛搵水走過去
叔婆提一塊鹹豬肉走過來
人情味的蹺蹺板

來往的路上
你道早安，我說吃飽沒
溫暖的問候
有情有義的蹺蹺板

秤桿筆直
一邊鉤一邊砣
秤鉤勾起媽媽的賢良
秤砣掛著爸爸的篤實
幸福的蹺蹺板

江　昀

詩者行蹤

苗栗銅鑼人，一直在客語文學界努力創作與推廣客家文學。曾榮獲南瀛文學獎客語現代詩首獎。平常喜歡花草樹木、寫詩、散文，喝咖啡看風景。

對於寫作，我寫故我在，抱持拋磚引玉的想法。比較頭痛的是，我們是小眾族群，發揮不了什麼作用，但，還是願意繼續悍衛我的族語，自願孤獨一生。希望永保純真，童心與喜樂，在文學園地歡喜耕耘一輩子。

客語詩

晾衫

還細時節
禾埕竹篙幾下枝
大衫細衫飛啊飛

下山讀書出社會
都市販仔屋密密
對面陽台後生兩公婆
三日洗一擺衫
三日收一擺衫

斜對面个單身哥
一禮拜洗一擺衫
逐暗晡收兩三領

厥樓下个老阿婆盡煞猛
日日打早晾衫
臨暗就收淨淨

歇到販仔屋
愛晒一領被骨就難

恤著故鄉莊下
闊闊个禾埕
阿婆攦草結
雞鴨自由行
細人仔打極樂跳格仔
大人樂線泡茶打嘴鼓
日頭月光跈等行

轉毋去个人生
愛尋麼人討命

華文版

曬衣服

小時候
曬穀場竹竿好幾枝
大衣小衣飛啊飛

下山讀書出社會
都市公寓密密麻麻
對面陽台年輕夫婦
三天洗一次衣服
三天收一次

斜對面的單身哥
一禮拜洗一次
每晚收兩三件

他樓下的老婆婆最勤勞
每天一大早曬衣服
傍晚就收光光

住在公寓裡
要曬一件綿被都難

懷想故居鄉下
寬廣的曬穀場
阿婆紮草團
雞鴨自由行
兒童打陀螺跳格子
大人悠閒泡茶聊天
太陽月亮跟著走

回不去的人生
要找誰償還

葉莎

詩者行蹤

曾任乾坤詩刊總編輯，曾獲桐花文學獎，台灣詩學小詩獎，DCC 杯全球華文大獎賽優秀獎，2018 詩歌界圓桌獎。出版《伐夢》、《人間》、《葉莎截句》、《幻所幻截句》、《陌鹿相逢》、《七月》、《時空留痕》。

客語詩負承先啟後的責任，除了呈現客家歷史與生活之外或個人小我，更需要擴展視野與現代的文學接軌，擺脫客家小眾文學的侷限，展現客語詩的新樣貌。

客語詩

毋愁

毋愁天氣多變
風來个時節
毋定著傷心，毋定著歡喜
路脣小花東邊搖搖又西邊搖搖
風吹過來，低言細語
風吹過去，細語低言

毋愁捕鑊鳥今餔日食幾多湖蜞
毋愁湖蜞有聽過也毋聽過
壞心臼嗷家娘虛情假意
毋愁一張石凳撿幾多皮真理
一張嘴兩層皮
講好講壞由在佢

毋愁流水去哪位
毋愁高山會崩，青草結群結黨
一頭大榕樹生鬚
會變白也毋會變白

總愛坐穩，恬風息氣
等到星光半夜醒來
觀天象
看北斗星恬恬指等和平

華文版

莫愁

莫愁天氣多變
風來的時候
不一定傷心，不一定歡喜
路邊小花東邊搖搖又西邊搖搖
風吹過來，低言細語
風吹過去，細語低言

莫愁夫惡鳥今天吃幾條水蛭
莫愁水蛭有聽過還是未聽過
壞媳婦哭婆婆虛情假意
莫愁一張石凳撿多少瓣真理
一張嘴兩層皮
說好說壞隨他去

莫愁流水要去哪裡
莫愁高山崩毀，青草結群結黨
一棵大榕樹長鬍鬚
會變白還是不會變白

總要坐穩，風平浪靜
等到三更半夜醒來
觀天象
看北斗星靜靜指著和平

羅秀玲（若琳江）

詩者行蹤

筆名蘭軒，屏東萬巒人，新竹教育大學台灣語言與語文教育研究所客家語組畢業。2010 年自費出版《相思 落一地泥》蘭軒客語詩文集，以全客家語創作（詩以及小說）為主，並從旅行走逛的自身體驗，化為文學作品的創作更推及康軒客語版教材的彙編。

詩不須雕琢，詩都有生命，是奔放的，運用自身生活靈感去寫出屬於自己的一首詩，我口寫我手（母語），用質樸的文字去表達想法，能觸動他人引起共鳴的詩，具有穿透力進入讀者的內心，鼓勵大家有空不妨寫寫詩，提起筆吧！

客語詩

戀戀萬巒

還細聽過
仙人井个泉湧
守顧萬巒庄

斡轉街項該搭仔
香噴噴个豬腳香同面帕粄嚐一口
老頭擺个味緒

日比興个人情味
收字紙个阿祥伯
伯公下還平安福
還有開元商行个古
你還記得無

係講你來到萬巒吊橋
臨暗遠望
大武山崗好風景
河壩水 ji li jio lo 緊唱等去
跈等春神个腳跡
共下作伴
行尞

華文版

戀戀萬巒

小時候聽說
仙人井的湧泉
守護著萬巒

轉向街上那一帶
嚐一口香噴噴的豬腳味和粄條
從前的老滋味

日比興的人情味
收字紙的阿祥伯
伯公下的完福祭典
以及開元商行的傳說
你還記得嗎

若是你來到萬巒吊橋
傍晚眺望
大武山崗風光景緻
河流溪水 ji li jio lo 一路唱著
跟著春神的足跡
一起作伴
漫步走逛

註：
1. 仙人井：萬巒地區開墾遷移墾拓的源頭。
2. 日比興：老雜貨店。
3. 萬巒敬字亭：台灣最後一座仍有專人收撿字紙的敬字亭，但阿祥伯九十幾歲去世後，台灣撿字紙的習俗已成過往。
4. 伯公下：平安福祭典的地方。
5. 開元商行：中華郵政尚未設立前，則爲當地收發信件處，百年前也有馬賊盜匪搶奪白銀的故事。
6. 萬巒吊橋：全台唯一 3D 彩繪吊橋，假日遊客絡繹不絕。
7. 大武山：南台灣屏東縣境內唯一超過三千公尺的高山，中央山脈百岳位居最南者，故有「南台灣屏障」之稱。

彭歲玲

詩者行蹤

原籍苗栗三義，現居台東，教職退休，現任客家委員會委員、繪本及客語文學作家、廣播主持，熱衷傳承帶領孩童創作，出版客英雙語有聲書迄今逾 16 本，榮獲第 31 屆客家臺灣文化獎。個人詩畫收錄於《記得你个好》也創作演唱客語詩歌做成 MV。

多年來堅持以客語寫詩，取材於生活中的感動，深覺以最親切的語言最能書寫自己的生命情感。寫詩其實是想真誠的面對自己的心，以生活中的樸實語句抒發感觸，倘若藉由詩句能將心中的感動感染他人，引發共鳴，也就不枉此生矣！

客語詩

阿爸種个橄欖樹

生到榮榮个南洋錫蘭橄欖
就企在舊山線个鐵道脣
吾叔伯阿哥同偓講
係吾爸種个
初下碼聽著　心肝頭打忸顫一下
原來阿爸有留下手尾
有留下～橄欖樹

舊陋个鐵道痕跡囥等不得已个故事
曾經个後生條仔
做過曾經个軍伕
受徵調去到南洋戰場
炮彈銃子个無情
生死未卜个著驚
連叢林肚个橄欖都跌落歸地泥

拈轉一條命个阿爸
轉屋耕山耕田
開枝散葉
種下一排橄欖樹
同樹仔共下韌命毋認命
鐵支路脣个泥石用堅耐來回應
命還在就有希望

進前偓無麼个敢轉去
爺哀同橫忒个老屋單淨在夢肚思念
毋過
這下看著阿爸親手種个這兜橄欖樹
打當結了唷
摘下人生个酸澀來做酒
請一百陣風來紹介
橄欖酒
回甘个味緒

華文版

阿爸種个橄欖樹

長得很茂盛的南洋錫蘭橄欖
就站在舊山線的鐵道旁
我的堂哥跟我講
是我爸爸種的
剛聽到時　心頭突然驚醒
原來阿爸有留下過世後的紀念
有留下～橄欖樹

老舊的鐵道痕跡藏著不得已的故事
曾經的年輕人
做過曾經的軍伕
被徵調去到南洋戰場
人肉子彈的無情
生死未卜的驚嚇
連叢林裡的橄欖都跌落滿地

撿回一條命的阿爸
回家開闢山林　耕種田地
開枝散葉
種下一排橄欖樹
與樹一起堅韌活著而不認命
鐵路旁的泥石用堅耐來回應
活著就有希望

之前我不太敢回去
父母跟倒塌的老屋只有在夢裡思念
不過
現在看到阿爸親手種的這些橄欖樹
果實纍纍了唷
摘下人生的酸澀來做酒
請一百陣風來介紹
橄欖酒
回甘的滋味

利玉芳

詩者行蹤

屏東縣內埔鄉人，現住台南，從事詩藝戶外交流，著有詩集《活的滋味》、《貓》、《向日葵》、《利玉芳詩集》、《夢會轉彎》、《燈籠花》等，並著有散文集與兒童作品，曾獲吳濁流新詩獎及陳秀喜詩獎。

存在的生活母語，應用在新詩的思考情境表達上，活化土地、人文、故事的日常。

客語詩

完妹，畫像無痕

完妹，恬恬仔坐在畫像裡背
天窗掖下流動个塵灰
光線有樹蘭花黃色个粒仔
像一束簪花插到佢个髻鬃仔

光線緩緩仔徙位
烏色个大襟衫顯出莊重優雅
金戒指、銀手鈪在全全摺个手腕項焰
出金那那个光華
褲腳下漏出圓頭个繡花鞋
完妹無纏腳

完妹歇在畫布裡背
實心枋个圓桌
攤一領白絲巾
魚肉徙開。疑狐徙開。操勞徙開。
幻聽徙開。
青瓷花盎放上去
天弓彎彎个擔竿將回憶放落
親情个溫杯擺上去
幾蕊春仔花對話

完妹，恬恬仔坐到烏白个畫布裡背
佢个目珠
看等偓向左　向右徙位个腳步
偓毋再試探佢个愛
完妹，畫像無痕

華文版

完妹，畫像無痕

完妹，安靜地坐在畫像裡
天窗灑下流動的塵埃
光含著樹蘭花黃色的顆粒
像一束簪花插上她的髮髻

光線緩緩地挪移
黑色的大襟衫顯耀出莊重優雅
金戒指、銀手鐲在多皺紋的手腕閃亮
裙襬露出圓頭繡花鞋
完妹沒有纏足

完妹住在畫布裡
實心木的圓桌
舖上白色雷絲巾
魚肉挪去。猜忌挪去。操勞挪去。
幻聽挪去。
青瓷花瓶擺上
彩虹彎彎的扁擔將回憶擺上
親情的溫杯擺上
數朵薔薇話花語

完妹，靜坐黑白的畫布裡
她的眼睛
注視著我向左　向右移動的腳步
我不再試探她的愛
完妹，畫像無痕

劉慧真

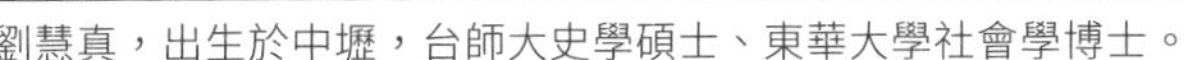

劉慧真，出生於中壢，台師大史學碩士、東華大學社會學博士。

15 歲隻身前往台北就讀高中名校，同一時間老家被法拍。體悟光明與黑暗矛盾共存，離鄉失根孤獨的我，潛入文學。多年後開始用客話寫詩，這是我的返家之路。自家，自己就是家。

毋論是否被看見，生活持續著，詩也持續著。書寫的當下即存在。
生活是詩的根本，詩是生活的凝煉，如那經暗夜而生的朝露，究竟會滴落在花瓣、或塵土，誰知？
一瞬，回歸自然循環。因為詩而有比死亡更大的存在。

客語詩

自家

遠遠聽著
像係心跳个聲音

離家該年
抹去
轉屋个路跡
天高路遠
擢忒
自家

蒼茫人海
倨挼十過歲个妳
留下來
留佇白衫烏裙个身影底背
身影薄薄
雨大風狂
跳上跌落像一隻
細兔仔
落地該時
恬恬
回頭看著
狐狸咬等玫瑰花行過

寒天來咧
寒天過去
牽起妳个手
一攝目，天長地久
這係倨个星球
有光溫柔

打赤腳行過堅霜凍雪
燒暖个心
噼噼跳像海水抛滾
倨笑咪咪仔
拈刺
就像拈花共樣

屋家，就在這

華文版

自家

遙遠地聽
接近心跳的穹音

離家那年
捨去
回返的軌跡
又高又遠的抛物線
抛擲了
自己

蒼茫人海
我把少年的妳留下
留在白衣黑裙裡
薄薄身影
雨驟風狂
轉身跳躍如兔
落地悄然
無聲張望的眼眸掩映
狐影
叼來玫瑰

冬日已近
已盡
執子之手
片刻即永恆
屬我星球，柔光紛紛

赤足走過霜雪
怦然如海潮擺盪著
溫熱的心
我微笑捻荊棘如花

家，就在這

張芳慈

詩者行蹤

台中東勢人，曾獲吳濁流新詩獎、陳秀喜詩獎……等大獎，作品廣譯有英、日、印、蒙和土耳其文等。著有詩集：《越軌》、《紅色漩渦》、《天光日》、《留聲》、《在妳青春該時節》；編選客語詩集：《落泥》。

用心生活，唯愛書寫。

客語詩

阿伯婆

恁好天出日頭了
潘麗度阿伯婆去公園
老人家五六儕在榕樹下
惦惦無聲个老人家
烏影遮緊个阿伯婆
無人好講話个日時頭
同暗晡頭乜無爭差

潘麗个朋友乜五六儕
歡歡喜喜講菲律賓个話
日頭花撩厥等心花放勢開
青春个講笑
在公園肚一陣一陣
像飛過來个鳥聲
阿伯婆乜當想愛講兩句

阿伯婆个客話
在屋家講都無人聽了
阿伯婆對樹下个瓦雀講
逐隻瓦雀像緊對佢點頭

華文版

伯祖母

出太陽的好天氣
潘麗推伯祖母去公園
五六位老人家在榕樹下
安靜無聲的老人家
黑影遮著的伯祖母
沒人可以講話的白天
和夜晚也沒兩樣

五六位潘麗的朋友們
開心說著菲律賓語
陽光讓她們歡喜像盛開的花
青春的話題
在公園裡一陣一陣
像飛過來的鳥聲
伯祖母也想要說個兩句

伯祖母的客家話
在家裡講都沒人聽了
伯祖母對著樹下麻雀講
每隻麻雀一直對著她點頭

王興寶

詩者行蹤

出生桃園，現居台北，在職公務員，目前為台客詩刊客語詩編輯、台灣客家筆會、台客詩社等成員，曾榮獲客語文學創作獎、閩客文學獎、臺中文學獎……等。著有詩集：《摘菊女》、《桐花夢》、《詩行南庄》、《探根落泥》。

以詩凝視時間，以詩豐饒心田
以詩探索混沌，以詩度化自我

客語詩

火焰蟲

該年四月七號[1]
清明過後　一隻火焰蟲
等毋著天大光
忍毋核火著　發光
在烏疏疏个暗夜

該下个老百姓　講話
僅可細細聲　無人做得詏嘴
該嚴條个年代　禁毋核
愛自由个火焰蟲
總望這土地　淨淨俐俐
風水的當

爲著扯爛禁忌个教條
在暗夜　炯炯有神
擎頭个一支竹竻火
行向自由時代[2]甘願無命
乜毋肯低頭

火焰蟲　化做躡爁[3]个光
割斷對親人个愛　敨心肝
交換該理想个國度
身胚著火燒　像天燈
厥个光　在臺灣定定仔升天

今暗晡　在自由个土地
卧頭看天河　有看著
一粒星仔特別靚
分人想起　一九八九
該帶路个火焰蟲

華文版

螢火蟲

那年四月七日
清明過後　一隻螢火蟲
等不到天色光明
忍不住發火　發光
在烏漆墨黑的暗夜

當時的老百姓　說話
只能小小聲　沒人能夠爭辯
那嚴厲的年代　關不住
愛自由的螢火蟲
總盼望這土地　乾乾淨淨
風水得當

爲了扯爛禁忌的教條
在黑夜　炯炯有神
帶頭的一支火把
走向自由時代　寧願失去生命
也不肯低頭

螢火蟲　化做閃電的光
割斷對親人的愛　痛徹心扉
交換這理想的國度
身軀點火燒　像天燈
他的光　在臺灣慢慢地升天

今晚　在自由的土地
抬頭看銀河　有看到
一顆星星特別亮眼
讓人想起　一九八九
那帶路的螢火蟲

註：
1.1989 年 4 月 7 號，主張百分百言論自由的鄭南榕自焚殉道。
2. 自由時代：鄭南榕爲《自由時代》雜誌負責人。
3. 躡爁：音 ngiab` lang，閃電。

邱 一 帆

詩者行蹤

苗栗南庄人。對 1994 年 1 月發表客語小說開始，一直從事客語文學个創作、教學同研究，還合力創刊《文學客家》，希望客語文學做得豐富自家、豐富客家、乜做得豐富臺灣文學。目前出版有客語詩集、散文集，客語文論述等。

總想要把自家的心思感想，透過詩的形式，自覺滿意的表現出來。身為客家人總是想望用自己的母語，把客家族群的文化、情感，透過詩文學形式，精確的表現出來，讓鄉親讀者有親切的感受、共鳴與感動。持續寫詩，讓我感覺自我的存在，族群母語的在場。

客語詩

獻分客家詩人——吳濁流

認同，早早就在
你个腦屎交纏
胡太明敢有尋著出路
還係腳踏个土地
有較實在

你淋入一字一句
係反抗乜係自由个養分
在文學个園地
恬恬仔收成一頭無花果

你培育一苗一秧
係探根乜係護土个樹種
在文學个園地
定定仔生做一排黃藤枝

你毋會托人
乜毋會展分人看
硬程个存在
自在个地泥面
自由个天頂高

未來，早早你就看識
臺灣人个出路
就在自家兩腳踏等个土地項
就在自家頭那同起个天頂高

華文版

獻給客家詩人——吳濁流

認同，老早就在
你的腦髓交纏
胡太明可有找到出路
還是腳踏的土地
比較實在

你澆入一字一句
是反抗也是自由的養分
在文學的園地
靜靜的收成一棵無花果

你培育一苗一秧
是紮根也是護土的樹種
在文學的園地
慢慢的長成一排黃藤枝

你不會奉承
也不會現給人看
堅毅的存在
自在的土地上
自由的天空中

未來，老早你都看透
臺灣人的出路
就在自己兩腳踏著的土地上
就在自己頭頂撐起的天空中

劉正偉

詩者行蹤

台灣苗栗人，現居桃園。佛光大學文學博士。《台客》詩刊發行人暨總編輯，曾任公司負責人 20 年，曾任國立台北大學、國立海洋大學兼任助理教授。現為一大陸高校專任副教授。
曾獲：全國優秀青年詩人獎。苗栗縣夢花文學獎新詩首獎。2016 國史館台灣文獻館學術著作優等獎。

生活是詩，詩是生活。
詩寫故鄉，詩寫永恆。

客語詩

桃仔園

聽講，紅髮碧眼个荷蘭人來過
劉銘傳个縱貫鐵路穿透平洋
帶來桃園摎中壢兩個城市个繁榮
現代化腳步就跨過社會，穿過傳統
蘆竹、草茅同番社，漸漸仔消失
歲月摎汗水，犁出千頃陂塘同萬畝穀香

華文版

桃仔園

聽說，紅髮碧眼的荷蘭人來過
劉銘傳的縱貫鐵路穿過平原
帶來桃園和中壢兩個城市的繁榮
現代化腳步就跨過社會，穿過傳統
蘆竹、草茅與番社，漸漸消失
歲月和汗水，犁出千頃陂塘與萬畝稻香

客語詩

千陂萬塘

時間，在觀音百年燈塔繼續發光
照光暗晡頭个海脣，大馬隻个發電風車
晟光觀音蓮花田摎桃仔園个千陂萬塘
映照，所有四方生活子弟个想望

竹圍漁港个漁船駛轉來
帶來滃滃富足个豐收摎歡喜
恩俚就生根在桃花源，毋會再離開

華文版

千陂萬塘

時間，在觀音百年燈塔繼續發光
照亮夜晚的海岸，巨大的發電風車
照耀觀音蓮花田和桃仔園的千陂萬塘
映照，所有遠赴他鄉遊子的想望

竹圍漁港的漁船紛紛返航
帶來滿滿富足的豐收與喜悅
我們就定根在桃花園，不再離開

陳寧貴

詩者行蹤

生於 1954 年屏東竹田客家村，以客華雙語創作。
曾為「主流詩社」、「陽光小集詩社」同仁，歷任德華、大漢出版社、幼福視聽教育總編輯。

因從小生活在南客六堆的客家環境裡 ，很自然以為這世上只有客語。讀小學時同學間仍以客語交流，直到北漂後，才發現要找個說客語的人還真不容易 。後來開始寫客語詩，這是用客語自我對話，在非客語的環境裡，找到一片自我安心的客語綠洲 。

客語詩

曬

年紀入秋後
毋奈何分
時間个秋風一吹
烏色頭那毛
越吹越白
面項，無聲無息
一夜間
分人生个落葉佔滿
入冬後
你一個人坐在禾埕
用頭擺
曬金黃禾穀个日頭
曬自家

華文版

曬

年紀入秋後
毋奈何讓
時間的秋風一吹
烏色頭髮越吹越白
臉上，無聲無息
一夜間
被人生的落葉佔滿
入冬後
你一個人坐在禾埕
用從前
曬金黃禾穀的日頭
曬自家

客語詩

山櫻花

1895 年，台灣客家
用竹篙逗菜刀
加上硬頸精神
這時節，我等
就準備行過
台灣歷史个大風大浪
到裡尾，留下肉身
分台灣大地做肥料
留下英魂，親像
山櫻花飄滿客家鄉土

華文版

山櫻花

1895 年，台灣客家
用竹篙加菜刀
湧上硬頸精神
這時節，我等
就準備行過
台灣歷史的大風大浪
到最後，留下肉身
讓台灣大地做肥料
留下英魂，彷似
山櫻花飄滿客家鄉土

14 LONG POEM | 長詩創作

壯年自遣

詩人　蔡富澧

螳臂日漸消瘦偶爾還是要伸出來揮舞幾下

當車之時預先想好後果如何處理

壯年自遣 ｜ 蔡富澧

活到這把年紀，我的文字已不再年輕
倚老的行文可以聞到沿路焦油和汗水的味道
賣老的故事總沾黏著過多的滄桑
為老習慣從早年跨界的同溫層相濡以沫
不尊把從年輕人身上偷來的技巧如今變裝成自己
想裝年輕卻仍顯得如此沉重
已經不想文學獎了，更多的是想讓文學來講
那怕只要講我一行詩也可以啊

心裡總不自覺地看不起那些輕飄飄的
文字，總要有些重量的
要不然生命都禁不住一陣風的吹拂
以及文學獎的聲名
也看不起那些吃吃喝喝曬文學的恩愛
許多年前就有詩人跟我說過
現在不進文學史以後就更不可能了
有人更露骨的說想出名就去認識更多的名人
我都懂可就是做不到啊怪誰
是啊你要君子之交最終人家就把你淡如水

消費是年輕人的事，老人已經不事生產
只能繼續消費殘羹剩飯的年輕
只要對著鏡子，我就能想起那個年輕帥氣
我武惟揚的軍人，寫起詩來金戈鐵馬
那彷彿才是昨日的事兒啊
晚婚的我竟然已經熟透了送孩子收假回營那段路
熟到可以入詩行文更兼把人生送給孩子
孩子大部分時間是不會排斥的
坐我的車就是福氣，雖然沒看過多少我的作品

努力殺死腦細胞堆砌了一篇贅文
臉書上的讚總不會太多
即使開根號乘以十都比不上人家短短一行字
那名頭大啊人頭漂亮啊怎麼比
整天窩在家裡肚子大了皺紋多了久了

就不敢出門見人了文字就發霉了
只有老妻不棄還不能說她老
畢竟比起天長地久來這點年紀算啥
比起文章千古事來滿紙荒唐言只算個屁啊
不吃肉不喝酒哪還算個男人

有一陣子詩壇找不到人
都進各大門派拜師練功修行去了
最終帶槍投靠了四大山頭
想找答案的卻被告知只懂一種等於不懂
同理可證只懂寫詩等於不懂詩
不早講都中年了啊
也行大不了從頭再來再不行就重新投胎
詩寫不下去了停筆路走不下去了停車
人生也沒什麼大不了大不了不幹
寫詩也沒什麼大不了寫的人多了去
但老了想寫好詩就真的吃力

有位老先生每天寫一首詩
每天傳給我看我還真有毅力地看
原本想學寫了一個多月就堅持不下去了
那頭白髮說明了很多事啊
不管是老的還是熬的總之夠久才敢大聲
不像自己才白了一半就整天想染
即使染了也沒幾個人看會看的人都不會嫌
就跟自己寫的詩一樣
螳臂日漸消瘦偶爾還是要伸出來揮舞幾下
當車之時預先想好後果如何處理
退稿多了頂多就當個四知堂主

舞臺啊抬起頭來對著滿室舊書狂呼
如今我缺的就是這個
給我一點星光我能點亮宇宙
給一個舞臺我能寫盡萬里江山把詩千古流傳
只是這個年頭不時興紙本了呀

連孩子都問將來我死了這些書要怎麼處理
誰敢保證一首詩能在網上流傳多久
至於身為一個詩人
我倒知道詩人活得久是普遍的現象
詩應該有一種可以延年益壽的仙丹妙藥
我正努力尋找為此我可以等可以寫可以自我解嘲
只要活得夠久我就可以笑那些笑我的人
我這輩子就是要寫得夠久活得夠久我就是一個詩人吶

ABOUT 蔡富澧

陸軍官校畢業、佛光大學宗教所碩士，國立高雄師範大學國文所博士候選人。
曾任軍職、教職、文化工作。曾獲文學獎，著有數本著作。

走進
蔡富澧〈壯年自遣〉的
嘲諷世界

文 林廣

這是一首十分特別的詩。特別處有以下幾點：

一、先說題目：「壯年」，一般指三、四十歲；但作者是民國五十年出生，少說也有六十歲了。花甲與壯年，差距未免太大，因此題目的「壯年」，可能是指心態（心理年齡），或是詩齡（寫詩年齡）。我傾向後者，因為他七十三年，參加大海洋詩社，八十年，出版第一本詩集，詩齡大約三、四十年左右，可說正值壯年。

而所謂「自遣」，指的是自我排遣或寬慰內心愁緒，如李祁〈贈王汝賢〉詩：「高歌聊自遣，世事欲茫然。」但仔細品讀此詩，「自我解嘲」的意味，比起排遣、寬慰更加濃烈。甚至可說：排遣為表，自嘲為裡。

二、不避俗字、成語：一般人寫詩往往追求雅致，力求文字優美，意象靈動。作者偏偏以直陳胸臆為主，文字表達隨順自然，不刻意雕琢，卻自成一格。例如起筆寫道：「活到這把年紀，我的文字已不再年輕」，這是很要緊的一句話，也是開展全詩的關鍵。

正因為文字不再年輕，難免會有「倚老賣老」、「為老不尊」的狀況，作者在此將這兩個成語分別拆開，平列於二到五句的開頭，也含有「自遣」的意味。

倚老的行文可以聞到沿路焦油和汗水的味道
賣老的故事總沾黏著過多的滄桑
為老習慣從早年跨界的同溫層相濡以沫
不尊把從年輕人身上偷來的技巧如今變裝成自己

藏著過火與艱辛；「沾黏著過多的滄桑」，形象化的筆法透露出材料重複的隱憂；「早年跨界的同溫層相濡以沫」，藉追憶過去越界寫作，微微沾潤現在的自己；「偷來的技巧／變裝成自己」，令他難堪的是這些技巧，竟然是從年輕人身上偷來的。這樣的寫法，不但讓成語有了新的意涵，也能與首句相呼應。

此外，在第六節也出現了類似的成語拆分：
螳臂日漸消瘦偶爾還是要伸出來揮舞幾下
當車之時預先想好後果如何處理

「螳臂當車」含有不自量力的意思，這是作者對老來還在寫詩的自嘲。「螳臂日漸消瘦」，暗示寫詩的功力已大不如前；但「偶爾還是要伸出來揮舞幾下」，就是在顯示存在感而已。一個詩人的晚景，若是只能如此這般，未免太可悲了。因此在「當車」時，還是先想想後果，再決定是否真的要舉臂。

「頂多就當個四知堂主」。四知堂是楊姓子孫堂號，典出東漢名士楊震，他不收受賄賂時所說：「天知、神知、我知、你知，何謂無知？」在此，用典是藉「清廉」來寫自己的超脫，這是一種諧趣的寫法。

以口語入詩，讓讀者直接與詩人的文字會晤，進而領會他老來猶自不放棄寫詩的心情。但這跟現代流行的意象跳躍，畢竟有所差異，可見他的文字當真已不再年輕。但這又何妨！詩本來就不是單一面相，何須求其相同。

三、多元的嘲諷：

之一「文學獎」：寫詩想要被關注，文學獎無疑是一條捷徑。但作者重視的不在得獎與否，而是詩的分量。在他心裡總是：

看不起那些輕飄飄的
文字，總要有些重量的
要不然生命都禁不住一陣風的吹拂（第二節）

有些得獎的詩，只是迎合潮流，並沒有真實的重量。這樣即使得獎，又有甚麼意義？「禁不住一陣風的吹拂」，可說將這種扭曲的現象諷刺得入木三分，我們由此也能看出他對自己作品與文學獎的期許。

更可悲的是有些獎項並非來自實力，而是「吃吃喝喝曬文學的恩愛」，或是「認識更多的名人」，這樣即使得獎或在文學史上留名又怎樣？因此他自嘲的說：「我都懂可就是做不到啊怪誰／是啊你要君子之交最終人家就把你淡如水」，用語直白，卻直接袒露詩壇的某些奇特現象，也表白自己不隨波逐流的心態。

或許有人會認為作者這樣寫是酸葡萄效應，但他也曾得過不少獎項，如十五屆聯合報文學獎新詩獎，卅一屆國軍文藝金像獎新詩金像獎等。由此推知，他所寫的是自己的觀察與體會，並非無的而發。

之二「臉書的讚」：臉書的「讚」，本來是讀者對作品直接的回饋；但往往按「讚」的人所注重的並非作品本身，而是作者的名聲或美照。

努力殺死腦細胞堆砌了一篇贅文
臉書上的讚總不會太多
即使開根號乘以十都比不上人家短短一行字
那名頭大啊人頭漂亮啊怎麼比（第四節）

這也是一種常見的怪現象。有些名作家隨便寫個一兩行字或貼幾張照片，按讚的就好幾百，甚至破千。可是有些很有分量的詩，按讚的人卻少得可憐。作者寫「堆砌一篇贅文」云云，都是在自嘲，同時也嘲諷按讚的跟風現象。原來文學園地並沒有比其他地方清高多少。儘管有人會認為詩裡頭含有掩不住的「酸」味，但事實上也是如此。

他還提及：「誰敢保證一首詩能在網上流傳多久」，通常流通一個星期就算久了，每天有像浮萍一樣蔓生的詩作，詩的壽命還能有多長呢？可是就是有人會用各種方式去提高「讚」的次數，好增加自己的知名度。這就本末倒置了。

之三「自我解嘲」：詩中幾乎每一節都帶有自嘲的意味，在此僅擷取三則來說明。

整天窩在家裡肚子大了皺紋多了久了
就不敢出門見人了文字就發霉了
畢竟比起天長地久來這點年紀算啥
比起文章千古事來滿紙荒唐言只算個屁啊（第四節）

其實「文字發霉」跟肚子大、皺紋多，不敢出門等等根本無關，作者偏偏將這些不相干的意象連結在一起。又進而將自己的年紀與「天長地久」對比，用「文章千古事」與「滿紙荒唐言」對比，再以「算啥」、「算個屁」這樣俚俗的語言收結，自嘲的意味更加濃烈。然而在自嘲背後，也隱藏著他對文學追求始終不死心的熱情。雖然他也會發牢騷，但真心實意都不在文字表象：

詩寫不下去了停筆路走不下去了停車
人生也沒什麼大不了大不了不幹
寫詩也沒什麼大不了寫的人多了去
但老了想寫好詩就真的吃力

前三行都是牢騷語，第四行才點出自己年紀雖老，寫詩吃力，但仍想寫出好詩。詩的結尾如是寫道：

詩應該有一種可以延年益壽的仙丹妙藥
我正努力尋找為此我可以等可以寫可以自我解嘲
只要活得夠久我就可以笑那些笑我的人
我這輩子就是要寫得夠久活得夠久我就是一個詩人吶

「寫得夠久」、「活得夠久」，真的就可以成為一個「詩人」嗎？作者雖是以肯定的語調來寫，其實自嘲的味道是很深沉的。

四、結語：語言來自作者意識的抉擇

這首詩篇幅雖長，但因用語淺白，很容易就能領會作者所想表達的意思。然而作者在淺白中，也隱藏了某些意涵，值得深入去品味。

可能會有人對這首詩意象的表達方式提出質疑，甚至認為用語過於俚俗；但這種帶有嘲諷的詩，就像社會寫實詩，本就是對某些現實的反映，對自己老來對詩還不死心地自嘲，因此作者要選擇直白或婉曲，都是他的自由。我想作者甘願捨棄繁複的意象連結，而用這種方式來呈現他的「自遣」，可能也是因為想要找到最適合自己年紀的表達方式吧！

ABOUT 林　廣

本名吳啟銘，1952 年出生於台灣南投縣。輔大中文系畢業。曾出版詩集：《在時鐘裡渡河》、《林廣截句》等 7 冊；新詩評論：《尋訪詩的田野》、《探測詩與心的距離》等。曾獲得大墩、玉山文學貢獻獎、新詩評論獎等。

走在金像獎詩人的道路上

15 ON THE ROAD

評審：劉三變、曾美滿、田運良、石秀淨名

39位作者，68首詩作

剛好的幸福——雨中漫步碧山巖，從碧湖步道

——陳瑞芳

背包的重量壓的剛好
剛好溪水的琤琮可以聲聲入耳
科技衣細孔開的剛好
剛好皮膚的呼吸可以時時自由
樹木的蓊翠長的剛好
剛好適時的枯葉可以紛紛割捨
路面的青板石崎嶇的剛好
剛好水窪的蟲子可以口口甘泉
孤獨的幽徑曲折的剛好
剛好幾隻毛毛蟲可以處處童年
小人國步道的木椅閑的剛好
剛好補習後的雨崽可以暗暗歇息

山廟的南無阿彌陀佛佛的剛好
風啊和雨啊都有在聽
連山下常翹課的摩天建築
也跟著立正站好肅然起敬

天光將允未允
迷霧將奔未奔
我們膝蓋磨損的剛好
剛好磨出一座座義烈垂範的碧山巖
（在每個天地混沌的轉彎處）

口頭革命

——陳瑞芳

從這一生漂流到那一世
從這個身世竄流到那個際遇
從這個森林遷徙到那個平原
從舊大陸追獵到新大陸
從舊愛到新歡
從這顆面皰到那罐保養乳液
人的存在何曾棲止過呢？
棲止就名詞而言是不敷使用的複數
若歸類成動詞該是永遠的現代進行式
人是流動的，外貌是流動的……
而女人更是水做的……

能流動到哪裡？旅行到哪裡？
還不是揮不去的情慾軀殼纏身
還不是在骨骼和骨骼之間
一些情感鈣化的關節脆弱、阻礙行動
在消化器官中一些過酸的聲音難以分解
在潛意識裡一席人間的被褥難以撫平
在大腦裡的廢紙字簍一些揉碎的話滿溢
在夢的水中央不斷有鬧鐘震動波濤……

「把顛倒的世界再顛倒回去」，
所謂革命家
不是都這麼對它的群眾說的嗎？
「把昏眩的世界再昏眩回去！
把不客觀的世界再不客觀回去！」
我試著這樣對自己說，像繞口令似的，
繞口令似的拯救世界和世界中的自己。

這樣念，剛開始有些不順口，
甚至還覺得邏輯上
及遣字用詞上有些待商榷。
但不久之後，就越念越溜了！
也就在沙發上越沒了阻礙的躺平了！

致民族主義者

—— 陳瑞芳

一顆無名樹在圈子裡暫時依了他
有一些顯花植物基本的芳香
蜜蜂來採花蜜
喜鵲來吃果子
連晨風也來嬉戲

於是花粉受精
種子絕處逢生
在外長成了小樹
晚風高興得起舞

但他宣稱那是他的
腳下的土地是他的
連經過的空氣都是他的
所謂「天人合一」
祖先曾這麼訓誡……

蜜蜂舉牌
喜鵲抗議
沒有一種風聽得懂他的說話
但他還是在產權上蓋了戳印

為了確保他的財產
他甚至擴大樹蔭
橫斷現世陽光
小樹成了枯木
一傢伙倒在石頭上
他終於無虞地
擁有死亡

天空為此
哭了喪下了雨
一個月後
石頭覆滿了青苔地衣
百年以後
滿地都是長春藤
新芽夾縫中重生
這時甲蟲螞蟻月光
都來慶祝——
不同的種屬
相同的獨立
連一塊岩石
也比民族主義者擁有更多生命

所謂南方，鹿野忠雄

——陳瑞芳

1. 1933
曾在台北高校和昆蟲當同學的你
戴著同樣年輕的沙伐利帽
不到三個月的迅速黝黑裡
從紅頭嶼，飛魚到波瀾高山
從拔刀異族到剖腹相見的兄弟
除了京都日語阿美族語英語
那走在稜線上的友誼
有時也說著動物的話
哼唱特有種植物的歌

在中央山脈寬大的背膀上
尋著獵徑、鳥路、冰斗
將生物學的華萊士線向北延伸
一如櫻花鉤吻鮭的臺灣正名
這時，他涉足的每一步
都是物種的拓點
他羽化的每一點心思
都是嶄新的世界
都是三千五百公尺高的貝殼
吟詠出，蒼茫中
島嶼與大陸與世界
昆蟲與花草與鳥獸與人類的關係
不單單是海洋，連天空，連冰河
都是祖先走過的蹊徑
都是花粉飛越的廊道

2. 新原住民
赤足，一路走過的山林大聲叫板
青年脫下軍用皮鞋用腳踏實回應
文化的根究竟還得裸裎相見
於是，一個二十歲的新原住民誕生了
卸去軍國的鹿皮盔甲，
喝著小米酒，腰繫番刀
在最遙遠的疆域
在新發現的起點
生命的謎團與暴雨閃電出擊
除了山靈提供的窩居外
平地風景俱無法承載

更何況原住民和他父祖口中
更南方的南方島嶼
火山上方的笠狀層雲
笠帽下的溯及遠親的農民
還有那島嶼與島嶼之間
一個個跳躍的想法

那冰蝕地形的勢力範圍
首先被一頭夢闖入
並留下了足跡糞便
以及糞便裡的種子
在沒有文字的風中
跳躍的心跳聲、未歸順的
定音鼓屢屢首登百岳
而你的身體俯首在後
跟隨風雪、陽光超越人的界線

3. 躍上國際
一條彩虹劃過天際
一條琴弓跟著拉扯心弦，遠方
不過是肺腑音箱的共振
大霸尖山那大酒桶乾杯後
還有小霸尖那時間更早的宿醉
釀就的甲蟲、天牛、蛺蝶
藪鳥、黃腹瑠璃鳥
紋翼畫眉、冠羽畫眉
竟日徹夜的吟唱飛翔……

早在潮流將我拱上稜線前的
不可考的前幾年
族裡傳唱的歌謠
已在樁米中唱了千百遍
現在是到街上唱這首歌的時候了
是到國際討論會前唱歌的時侯了：

「這是櫻花鉤吻鮭清波沁人的水域
卻有著椰子樹直挺挺的天空
他們在冷暖兩端的日子裡
將自己不斷交付在對方的歷史裡
恰如我們諸神的相遇
豢養著同一顆太陽
在每個方向都有光」

4. 多年以後
蕉葉會八十五週年時
臺灣鱒的老家被抄了
次高山的六家浴場
大甲溪上游，只剩七家灣溪了

老友、櫻花、白雪，飄零
果樹倒是俗艷的滿坑滿谷
樹蔭下的風弭除了野獸的味道
堂堂帝雉靠拍照維生，溪水藍的
有點虛弱！

透明的翅膀屢被煙囪燻黑
難得見到的熊孩子總是逃命
隨著甲蟲破窗而出的雲被攔截
天空是拉起的窗簾外加玻璃雙重

5. 托泰布典（木魚）的回憶
曾經有個年輕人被紅檜釋放
在華山松的針葉擁抱中確認母親
確認真正的呵護不分種族無論物種
凡所到處，樹梢、雨滴、鳥鳴、白雲
都是故鄉

現在的他遊魂於無何有之鄉
偶而幻化作五嶽三尖十峻
也得飽受向源侵蝕崩塌之苦
老朋友的後代死命往洞裡鑽

他試著拿起樹葉蘆荻吹響
喚醒家園喚醒迷藏的原住民
在林間、溪谷、花叢、碎石坡
在斷崖中鏈結失落的體魄、語言與情感

遠處晚霞里的薔薇再度綻放燃燒
背包里的芋頭、醃製辣椒依舊地道
他很高興他不只是日本人，超越日本人
我的阿美族語土生土長
我唱的卑南情歌裡有泰雅的人
京都日語更是有金閣寺、清水寺
已經皈依基督教的我
還能用日語背誦金剛經、法華經
經由玉山薄雪草、尼泊爾籟簫、紫花地丁
化石、標本、新品種蝴蝶的前導飛行
從前與以後的種種，我們攀登再攀登
我們攜手成為新新住民
從新星，從熱帶雨林
從新芽繁茂的南島天空破繭重生

青春變奏曲

—— 陳瑞芳

踩著落花幾片，黃昏兩三塊
踟躕 在冷意中清醒
竟來到了水中央
水上淹至腰際
濕透的衣帶 纏綿貼身
解也解不開
這白霧彌留的青春一帶

是你
替我開路的人
在你眼睛的大海
我不再湍急躁進
我的溺沈轉為暗地潛泳

逃離地球不再是
獲取星光的不二途徑了
築城固守 圈養舊日
打開所有音樂盒
快樂的、俏皮的、悲傷的
一樣無法自已

我開始相信
一種善良的魔魅
知情及不知情的關節
一併挺舉向上
熱情地跳舞
旋轉起 整個身體 整個世界
相信蟲的幼蟲
必定是愛

不諳法術經文的我，此刻
也學習豢養著蛹
認真地打點你的唇
紓解你的髮
卯起神經
吸吮一種桂花香
及大量尼古丁的煙
準備上癮

品嚐，糧草斷續的煎熬
在史無記載的城裡
喝下這類湯藥
不為挽救些什麼生靈
只為活絡思念這般苦楚，即使
最後，不免成為
忠誠的失敗者
旌旗為草寇擄獲
群羊溫馴地放牧
遍野的墓碑
白楊樹死得奇慘
掛在夕陽裡
像隻抱不全心意的手臂
風蕭瑟的可以

我索性帶著無弦琴出遊
若風說得夠清楚
當知道
我不再獨舞

人生悲喜曲

——陳瑞芳

1.
一直賺錢，搭飛機旅行，
買直升機，亂入別人羨慕的天空，
卻忘記揮動自己肩頭的翅膀。

2.
串成圈了！串成圈了！
頭銜！地位！榮耀！月桂冠！
外擴的喧囂將圓心圍成了寂寞！

3.
全身上下掛滿銀鍊金鎖，
連皮膚上也刺龍刺鳳刺牡丹，
全力彩繪打磨，
但，一點陽光都進不來，
連一朵花都開不到心窩！

4.
到處都是探照燈，到處都是光，
一如太深的夜，
太強的光，紛亂的光，
一樣讓我們看不見路，一樣雪盲！

5.
所幸抬頭，還有星光，
幽微地，闡釋亙古長夜：
一顆永恆的淚，
從內心深處照亮啟明！

6.
懸崖上的絕美風光，
飆風吹得骨骼飛響，
這一切得自萬丈深淵。

7.
回頭一望，哇！一大片苦瓜田，
那很好啊！很真實！很豐收！很田園！
證明走過的不是沙漠荒原！

8.
先是外觀，再來是時間——
從天而降的禿鷹，
撕裂分食一切有形，甚至最硬的骨頭
也不放過：苔蘚啦！塵土啦！
但他們的利嘴叼不走，
任何一曲最柔軟的音樂！

9.
國王的新衣太重太黏人了，以致於，
都黏在皮膚上了，
脫不下來，一脫就見血，
還是袈裟寬鬆的好，脫得容易，
風一來，便揚帆渡江！

10.
偶爾，心裡破一個大洞，已經夠黑了！
風吹進來沒處躲，就不要再往裡埋了！
要乘著風，衝出缺口，看見光！

真正的圓

陳瑞芳

他畫了一個圈
一個完滿的圓
說是π的原鄉：
「真理不可分割，
連貫的數字骨肉不准單飛。」

一個圈畫了他
他自己走不出來
也不准人離開：
「民族不容割裂
故鄉的血液不准奔流。」

但，π的算計
不是唯一，不是一個限定的圓
不是誰指定的某個自古以來的圓
更不是搞許多小圈圈
而是很多很多渴望自由的肥皂泡泡
從大鐵環繽紛出發
無論大小不管顏色沒有先來後到

真正的π
甚至是不憑藉任何一個有形的架設
電子圍籬？太 low 了！
群狼圍獵？不忍得！
更別提喔，用飛彈彈道畫出來的圓！

真正的圓
一如腳下天何言哉的地球——
將你我覆載而不圈囿的圓
大愛過處的圓

大愛過處皆是圓
沒有什麼非我族類
是我族類更應該是，放手飛翔的族類
既是同一個地球的血統
又擁有同一個太陽系、宇宙的寬廣
沒有那個誰會畫了自己的圓，
而分離了最終的圓？（應該更接近）
沒有誰會礙的了那個無所不在的圓？
（那就不是無所不在了）
他只能愛，沒有界線的愛上真正的圓！

牆鐘裡的天堂鳥

—— 許哲偉

讓星體框住的象限
宇宙瞬那縮小
那裡，住著兩隻
不飛不叫曳尾搖晃的天堂鳥

框外，無林可入
猶然成萬物荒蕪的草原
一堵牆已吃飽人影
卻像蒼白此生的故鄉

我們擅自摘下星光
做成指標的十二方向
天空本是自由
像人仰望，無罣礙時
一樣如鳥飛翔

最後的告別

—— 許哲偉

生命，無法
像圓周率無限延伸
我想用一些肺腑的文字
與台灣一起呼吸
浪漫的美學裡無限愛意

丹青印在左心房
血的墨綠，如紛紛大千
揮毫九降風的枯葉
最終要交給熱情的火去處理
蝴蝶飛走，但花招展你
曾點指拍翅的聲音

我即將告別宇宙
或者一床小小的夢境
誰記得誰，時間的訪客
歸塵。歸於萬籟靜寂

註：胃長了壞東西，要住院治療。
今後可能無法再寫詩了，我希望。
若可能還要繼續……再寫下去。

波紋

許哲偉

我的額頭寤醒更望時
從來是一片海
牆鐘釣醒的青澀水波
早已曳出聾鼓不興的夢外

本應繾綣潮上潮下的姿勢
眼汪汪濱畔，因冷寒
結佈一片冰石的灘
今夜剪影的記憶靠不上岸

返童的小漪潛藏著滄海
大笑容顏在伊處無所泊港
明天，我要陽光一一
下來網捕
一直揮霍增生的眼尾魚紋

行走夜光的人

許哲偉

當日晷斜長的身影闇然
退場的山色就從岩崖上醒來
我聽見的聲音開始活躍
彷彿呼喚流星
趨近。一團火如閃電時有時無

情慾與愛總像划游湖面
一群白鵝喋喋叫鳴著
瞳眼裡的一扇窗掀開微微漣波
世界沒有
心裡卻仍溫柔的小河

一個祕密如核仁剝殼
告訴自己別惦記以往的白晝
一切景象已信奉著虛無
我在詩人亮起的長長燈陣中
藉著冷冷夜光行走

戰貓

——江郎財進

愛麗絲從兔子洞端出一盤
後山的沙灘
在洄瀾的故鄉
潮汐洶洶，波濤爍爍
妳蹲點十年，浪費
選票的眼簾生了鏽
湧退，是最有利標的激流

來自黑兔迎春的跳越
南方的河內，他們都把
年節吃成一隻貓
讓有風的地方，喵喵
喵成十二生肖的變形記
妳被票櫃遺珠的
甲蟲也有殼蛻
柔軟肢體的轉折
妳昂然飛向太平洋彼岸的
時代風騷

任那顆偵察氣球，飄盪
再怎麼無腦無辜無端
他們不可抗力的說嘴
妳凝鍊，咀嚼，縱觀
此時此刻的修昔底德陷阱
多重宇宙的連綿博弈遊戲
在這裡的領空
妳似水柔情
八面玲瓏的身段
縱橫捭闔於華府
為福爾摩沙吐出絕色聲腔

在困舛的國際空間
穿梭，坐陣。妳迷樣的笑容
喵喵，觸鬚優雅
祛除疑慮，博得信任
回來述職
溫暖堅韌的國度
有嗷嗷待哺的務實金孫
期待妳協同併肩
展演華麗的下一戰

畢業文，我是一片雲

——江郎財進

我絞盡腦汁
哼著秋蟬的喉韻
化作六首詩，裸妝
淌入網海漂流

隨波逐浪，日曝夜流
眾目睽睽，我被魚民們
開膛剖肚
驗貨，品鮮，皺眉苦嚐

我嗷嗷待哺
等候紙本，即刻馳援
祈望轉活，穿金戴銀
好塑模成為熠熠發亮的金像一尊

此路詭譎多荊棘
幾乎都以失望
作收。我被啃噬、火化後
成為一縷過眼雲煙

先生 ｜ 江郎財進／散文詩

先生，你的牛嘴掉了，馬腳也露出肚臍了。呵呵！我是卸任的元首，你應該稱呼我為前總統，我是兩岸的熱心牽猴仔，拉著皮條，準備要獲得諾貝爾和平獎的偉大領袖啊！

先生，你的包子饅頭蒸好了，請慢慢享用。

哼！我是強國人的皇帝，你膽大包天，竟然呼嚨我為先生，等一下朕下詔斃了你。

先生，你的通緝令下達了，請跟我到 ICC 國際刑事法院接受審訊。

笑話，什麼先生不先生，通緝不通緝，我是彼得大帝再世，準備征服全世界，你腦筋搞清楚點，要不然我用核彈頭轟死你。

先生，你的詩集兩年來只賣了 104 本，現在結算下來，委賣的行銷廣告加印製成本，你要賠我們四十四萬四千元，倉庫裡沒有賣出去的，你運回去燒掉吧！笑話，你應該稱呼我為江郎大詩人，我是台灣百年詩史上繼楊牧與洛夫後，台灣最偉大的詩人，我現在已經以夢中自動書寫的技法，測試完成 AI 生成聊天機器人幫我連夜趕工，寫完四萬多首驚天動地的諾貝爾級數的好詩，準備連續出四十本詩集，而且 AI 機器人還幫我算命，說會洛陽紙貴，詩集大賣，搶購一空，甚且將來還可以獲得諾貝爾唬爛獎。

先生，我看你已經患了知覺失調妄想症，建議你去找鯨向海看診吃藥治療吧！

本童乩桌頭兩用機器人，被你搞得快崩潰了，不跟你聊了！退駕！

這個，那個，這些個

——江郎財進

這個，這個，這個
紅地毯被
這個這個面子沒收了
那個，那個，那個
祭祖之旅被
那個那個和平之旅竄改了
這些個，這些個，這些個
字眼
只能遮遮掩掩
啞巴這些個，這些個
這些個只能吃黃蓮

這個，這個，這個衣冠塚啊
在不屑子孫跟前
這個這個啊暗流淚
那個，那個，那個遺址博物館啊
在凱達格蘭大道
抬頭挺胸
那個那個啊重新昂立
這些個，這些個地區領導人啊
在先生，先生，先生的
這些個口水上
被這些個這些個啊撒鹽

這個，這個總的統的林林總總
的語焉不詳
就是這個，這個
這個啊沒卵葩說出來端詳
想當年，那個，那個
那個民主先生舉起你的手
大喊那個，那個
那個「伊是新台灣人」
到如今這些個，這些個
這些個羞於啟齒的
尊嚴
被這些個，這些個醜八怪的
所謂炎黃子孫啊
鬼扯蛋
先生，先生，先生啊
到底你是這個那個這個
那個這個啊甚麼人？

情、人、劫

—— 謝建平

有情的人容易遭到劫難考試
這道題，第一個死當的是白素貞
天上的金童玉女不談，人間的站
著太累
牛郎織女終於決定把喜鵲烤來吃
想翻案的還有蘇妲己和帝辛

梁山伯和祝英台仍在十八相送
黃梅不落，調子不絕
墳土開合之後依舊糾葛了好幾輩子
不知那對蝴蝶有沒活過立冬
阿修羅和梵天不宜戀愛

孟婆和孟姜女在奈何橋頭打了一架
不是爭奪姓孟的財產
只是吵著現在忘魂湯的配方
可不可以不要那麼絕決
把萬杞良的魂魄拆成三份七碗
估計搶回人間也湊不齊一生恩愛

月老清晨被人發現路倒休克
警方表示：仇家太多，全力緝兇
走在天龍國的東區，不用八步
忽然驚覺年輕時，流浪叫浪漫
中年後流浪是落魄
等到老了，算是可悲的喟歎

一口飲乾陳了許多年的高粱
大學女友從腦海中模糊浮現
情人若仇人，過節一如過劫
反正每年才請出來一次，供上三
柱香
同時也超渡自己廉價的懺情
也不管對方收到與否，領不領情？

變色的情人節

—— 謝建平

都已經到春分的節氣了
東北季風還結夥鋒面、寒流
一直頻頻投放傷感的消息
也不願放過北迴歸線上，可憐的島嶼

說是等驚蟄那聲雷打出雨意
我卻判定，這是提早心懷不軌的哭泣
管它西洋人，還是東瀛人
情人，總是冷熱不分
晴雨不定、死活不依

有家可歸的人，有著無心歸去的考慮
至於那些原本沒有根可以據的
往往習慣用酒精，來麻痺
麻痺被雨霧遮斷的前途和過去

太陽即將移駕赤道往北
我堅持仍在風雪霰嵐中躲藏
不敢面對這首變調又變天
而且變色，又唱不完的命運交響曲
千萬別問，有這該死的天氣
你們又都熟識我老妻
我絕對不會也不敢，把內情
或事實的驚豔刺激，告訴你

酒肆煙火——給許公子益智

——謝建平

在酒肆裡，追逐煙花璀燦的戀情
常常都是有卡拉，沒有 OK 的奢侈
艷光射向四方，心魄也去漫遊了
天幕中的美景，眨眼立即消失
轟隆的山盟竟也爆裂了海誓
不過，都來不及擁抱加吻別
只留倏通口那盞燈，照顧自己的孤獨

高空的煙火，一如曇花
華燈盛開、夜半就謝得垂頭喪氣
日出一照，留下一地的遺物和遺憾
碰上現實和鈔票這兩張通天黃符
感情和誓言，跑得比厲鬼索命還快
不用朱砂，通通退散

硬說紅塵裡沒有真情，也不盡然
要吵這點，我一定挺到冬雷震、夏雨雪
天地不必合，有某女子不敢與君絕
奇女子本就喜歡張愛玲
如果都像阮玲玉在乎「人言可畏」
西藥房賣一年的安眠藥也不夠吞

總有心裡點燈、仍在等待的那個誰吧？
去記憶的伏流水下面找找
青春陷阱裡的那些不捨和不甘還在
酒後不宜懺情，或可放聲大笑
車過中年，雖未靠站
我們已學會道謝，這一路的人和故事

註：立法院風塵三俠六隻魚，之駿忙著在天上調戲仙女，就由我寫首詩給許公子和其他「冤親債主」，或可免除某些遺憾。

交界時光

——語凡（新加坡）

1. 守候昨日

候車室裡的掛鐘停在車開那刻
從此誤點成了日常
留言板的塗鴉誤以為詩
掉落一地時間的碎片

如果你來晚了，票根還在
風中微暖的嘆息還在
他坐過的靠椅還在
坐上去彷彿靠在他的身上

削梨的人走了
梨肉還留在桌子下面
窗玻璃外停靠的是佛
還是一隻讀經的蝴蝶

你在單人房假裝雙人的生話
留一半的空間給昨天的體溫
廣播電台和你說話
月光和繁星著你的晚餐

電視宣佈風的死訊飄落如雨的涅槃
此刻你篤信宅家的快樂與哀愁

2. 重啟今日

候機室裡的銀幕訴說遠方的遲到
你去抽煙室讓肺葉枯萎一遍
享受摘下口罩的幸福和看見
沒有口罩的臉的幸福

如果飛機晚點
遠方會一樣還是更遠一些
你在 IG 和臉書留下機票的笑顏
和自己的疲憊

離開曾經自封的城
眺望別的鐵鳥飛來你起飛的夜
會不會在天空飛了一遍天涯
又回到黑色的昨天

閉上眼睛聽見機長介紹天氣
彷彿推銷很好吃的甜品
你告訴空姐你想吃蛋炒山水
她轉身去找時你認出彷彿熟悉的背影

此刻你迷戀旅行的風塵與久違的迷路
他在遠方是感嘆號還是問號夢都在延續

3. 錯開

你不知道
他的火車和你的飛機
如何交集在一起
擦出火花

海聲

——語凡（新加坡）

海浪有一些話不說
有些話說多了你以為是宿醉
它告訴我一些，不告訴我一些
有些人永遠無法知道

貝殼通過一些人的嘴巴唱歌
像對晚風沉吟它流浪的一輩子
它遊了多遠，就付出多少心血
剩下殼空空地收藏

收藏自己，也收藏歲月
我們都把自己給了海
你看我如看日月星辰
把我看成一片虛空

空了好，才可以吹奏出海的濤聲
海濤本來就有點抽象
那些音符，有人一聽了然
有人永世如暈浪

梵高的向日葵

——語凡（新加坡）

你向我攤開少年狂熱的初戀
誰曾想過外頭的陽光
被你拉進斗室永恆收藏

從盛開到凋謝
你的生命走過
陽光的黑暗

在超越凡夫所懂的畫筆中
所有橘黃，暗黃，淺黃
都是情人的笑聲，香甜如淚光

我們在陋室裡擁抱
熱吻，吵鬧，聊天，對窗空想
在一個季節
過別人的一百年

那些日子田野外的向日葵都失色
只剩下我們，生了許多孩子
三個，十二個，十四個，十五個

你在完成你的悲劇前說
「我想你是我的情人，向陽花」
我想你也是我的，Vincent
多年後在黃色的陽光下
我才想到的回答

新年快樂

—— 江彧

要過年了，是否也
佈置春聯、花卉、糖果
掩飾，後疫自閉的房子

拭淨長年潮濕的梳妝鏡
撕下。褪色笑顏
貼上嶄新的笑顏

口罩太久，不靈活的擁抱姿勢
點上一些伴手禮的潤滑油
讓笑聲，不被聽見卡痰的陰影

口袋裡多養幾疊
鋒利紅包
鋸短，三姑六婆的舌頭

家暴。失婚。失業。
像丟棄的舊日曆
兔年，會更好

擒詩

—— 江彧

選用春天五感的記憶
寫一封晴朗的詩

邀請蝶句增溫風景
蜂字思維舞蹈畫面

押韻淡粉色的活潑氣流
節奏草尖，眉來眼去

解放滿山盎然的排比，過熱
流線腰身的液態流暢不止

眼睛聽見筆劃的聲音
觸摸到文字的羽毛和天空味道

風說了一些。再聽落葉說一些

——江彧

以彳亍
一步。一跿
從容不迫，進食
像巧克力脆片般的落葉

蟲鳴優雅合音款待蒼蒼髮族
聲浪中窸窸淢眼
思潮的毛邊窣窣話癆

那消逝的童年
紛紛轡馬奔回
拉著風箏攪拌蒼穹
遠方就會滿溢母親的家鄉話

枯葉如歲月的鏡子
腳步是鏡像反射的原理
夕陽宛若時間給旅行者的地圖

透光思緒佇立在微風的鏡面
凝睇，海馬迴傳送器的映照
過去、現在和未來是顯現的旅客

當變涼的廣場面對布滿癡肥的霞海
已懂得，溫柔細分兩類
並且瀝除水分，去掉雜質

曾經被眉鎖軟拘禁的石頭
表情拎著晴朗；姿勢是無罪釋放
傷疤故事也不經意的，不需華陀而癒

（流光彷彿換臉軟體
有些事，遠的，都近了
有些，七秒的，都是水過）

慢慢。珠頸斑鳩送來鳥囀的問安貼文
一路吃素的眼瞳
瘦了霧霾。胖了清心

不再壯年的耳蝸，此刻
愛上穿著，不咬腳跟的
寡慾

追憶的風景

—— 陳培通

遠方的鐘聲在溪邊擱淺
在你眸子繞行
千里路唯有牽掛
截不住荷塘裡跳躍的蛙鳴

童年旋轉著木馬
迷失在蒲公英飛舞的天空
放逐一串水燈祝詞
捕捉初夏蟬羽的午後
水面漂浮著蒼白的月
雪季已然凍傷了思念

放飛在暮陽裡
糾葛著一只瓶中信
風箏斷線的懊惱
歲月成了苦澀的情繭

詩人的夢

—— 陳培通

夢著詩人的夢
在那江南盪春漾水
像一隻候鳥單飛

轉身鳳凰樹已披著殷紅的衣裳
在季節交迭細縫
伴隨時光穿梭天地輪轉
是永遠永遠永遠的旖夢

引我揣度若能化為蝶羽
洄游初春花季
水岸蘆葦吹著風笛
無需擔心是剎那的海市蜃樓
令人多麼多麼多麼的激動
聽見童年唱著鵝黃色的秋景

我是風鈴第一枚回音
在那水榭語鳥飛花

眼睛爍爍耀耀

—— 陳培通

眼睛爍爍耀耀，掌心滾燙
世事如棋只待高歌一回
亮著鍍金字般的眸子
織一個繭成嶄新的露霧

痠疼的身軀，一反裹著寒潮
做那蘊含生機的舞演
山水的印象無縫
相信時間如煙似水

盼明天綻放陽光揮灑
誤闖綿密納斯卡線，恍如入夢
伸手摘下月牙嘴上的紙
離咒徒生一潭落寞

夜晚裡滿耳是
鼓聲炮聲拳聲野馬聲
握不緊這張四腳椅
織出不羈的篝火範例

三世輪迴

—— 和權

與疫情　隔著口罩
與財富　隔著良心
與天上的母親啊　隔著
淚光

與煙台　隔著夢
與牽掛、憐惜的人
隔著
三世輪迴的
相思？

而相見　隔著夕陽下的荒冢
新墳

當舖

—— 和權

很想大踏步
進入當舖

啪的一聲
將生活的壓力
疫災的肆虐
以及戰火的蹂躪
全摔在桌子上
大叫一聲：

當了！

旅行的意義

——林芍

1.
或許你曾嚮往孤獨
嚮往流浪如貓，在這個城市和
下個城市。流浪
在晴天，在雨天

然而
自由是越揹越重的包袱
走過了大半個地球
始終走不出小小的，蝸居

2.
卸下一只飽滿的旅行箱
將車票、照片、異國的錢幣
一一歸位
將空蕩的寂寞裝入其中
來不及歇腳

視線被地平線彼端牢牢抓住
此去的風景令人困惑
只願遠山有雲，而這單行的世界
沒有弧度

3.
或許下一次
輪到我該全力奔逃
該把舊日層層摺疊
藏進鞋子底部收好、踩平

風雨的浪途正在無邊展開
回憶拆去城牆
世界無從閃避
如同一只風信雞
巍巍孤立
風就從四面八方蜂擁而來

宅

——林芍

許多陰鬱的日子飛過
烏雲從牆縫間擠入
吸附在天花板上定居

而我小小底不夜城裡
上演著亞熱帶的歌劇

風是黑白管風琴鍵
風把時節的音符拉得很
頹沓——
那是濕氣的風
空氣裡飄散腐朽的氣味
氣流的影子裡有我
我的影子裡有陳舊

剪三兩朵薔薇裝飾在床畔
灑掃庭除，把姿態挪過來擺過去
痴痴凝望生命
如何走向凋零……

初搬來這座宅邸是春夏
我對鏡描繪一整片星空
寫寫梧桐、寫寫雨，回首時已是
秋季，再回首已是不堪
啊，不堪！

準備好，我就出發

顏瑋綺

只是需要多一點時間
準備「準備」
這也沒有什麼，不可以
一趟旅行
一場約會
一天三餐
一集連續劇
而我只是需要多一點時間
準備「準備……」

或許，有一天
臺北盆地迎來完美暴風雪
漫延至八卦臺地
雪花堆積在大佛的肩膀上
嘉南平原出現企鵝群聚
焦慮本是一種化生
從空而來難以探索
既然無法丟棄
那就好好在一起

那個憂天的杞人
如果可以
牽他的手
一起深呼吸
聽他說話
鼓勵他吃點鎮定劑
（但必須先讓他自願掏出健保卡）
再分享我自己
許多許多荒誕的傳奇
我願意
我真的願意
說出來，就鬆一口氣
再鬆，一口氣
心臟才不會
因為快速退冰，崩解碎滿地

我們只是需要多一點時間
準備就緒

慢慢的

顏瑋綺

慢慢呼吸
讓空氣在身體旅行
慢慢吃飯
讓食物滑過舌頭，味蕾喧嘩
慢慢吃藥
讓中樞神經消融喜怒哀樂

慢慢睡覺
美夢是摘不到的樹果
碎成光影滾落睫毛縫隙，失去
噩夢是預言舞爪穿心
墜落在床上，慶幸

慢慢生活
讀書，寫字，追劇，聊天
情緒化，沮喪或者明天

對啊，我還有明天的明天

歌者——高朝明

被搗住的翅膀
嗓音暗啞
春寒的尾翼尚有餘韻

樹梢捉不住節奏
音符，豐沛的略顯消瘦
風備不滿歌喉

烏雲在潮間帶共乘
同軌的樂譜裝滿旋律
雨滴幫襯間奏
開向綠茵

蛙鳴還在調音
蝸篆已經唱滿一地

口袋握住的手——高朝明

陽光已經登入高溫
那棵大樹下載在地面的陰影
還有些顫抖
我的手被外套的口袋握住

昨夜的風尚未登出
落葉傳輸的訊息卻被刪除
只剩菸屁股和濾嘴取暖的爭執
牆下一灘檔案濕透
不知是躲進哪個被窩的狗
新刷的浮水印

水溝蓋有一群顯示器
遽然睜開瞳孔，冷漠竊視
鞋底的毛細孔緊縮

脖子被寒風抵住
腳步趕忙找向無須搜尋引擎的巷口
口袋還緊緊握住我的手

接近藍，很台東

——邱慧娟

習慣一個燈光靠近，夜
很容易暴露秘密
暗喻留給蠢動的痕跡
如一把火掠過冬天
租賃餘熱

飄來的冷絕對是首席
幾聲入骨樂音沸騰百骸
酒釀的胸口寂寥了不少歲月
月光抖落的闇影
以黑吟唱燙口的離騷

沉默都是空白的
指尖的 solo 未央著後山旋律
東北季風虐過的海
有歌造詞

驛站的一角
鐵，花開了

寂寞保鮮期

——邱慧娟

水車豢養的肉身
有大海信仰
約好的保鮮期
很市儈

昏黃讓天空虛弱著選擇離去
我遺落的凝眸
朝向一朵回家的火紅
自閉的倒影
夥同魚群啄食波光

寂寞點燃了冷
風，變形地來回莽撞
有狗抒情的塭塘
折喊幾聲動詞
借來的分貝留給明日
償還

每月一詩

——項美靜

一月：雪的素描

輕輕叩開窗紙
用一首詩探尋梅的去向
漫舞飛揚
將意象隱喻，空 中

窗外飄來那朵
正好落在我的硯池
謎一樣的留白

來不及著墨
一頁素紙，已將春色收納

二月：春越境而來

雨濺梧桐，葉落空盞
蕨類牽著腳在石階攀爬
飲，草的清香
托缽，咀嚼薺菜霜白的野性
野徑寒冬蹄聲漸遠

日子像那紙鳶
於手中牽著的長線，忽墜或揚
和風梳髮，篦眉宇間繁華繡的結
幾隻斑斕的瓢蟲在玻璃上爬行

乍推窗，已是三月
懸腕的羊毫滴墨，暈染
早孕的紅梅落瓣，補白浮水
印，一世無痕

三月：油菜花，你的名字是女人

牧童一橫笛
就吹出鋪天蓋地的金黃
油菜花笑了，笑得
比梵古的向日葵還燦爛

即使被蝶兒竊了香
被蜂兒偷了蜜
被命運輾得粉碎
體內流出的還是金燦燦的血

四月：如果蜻蜓的腳趾能勾住流水

溪中發呆的卵石
如踏階上托腮的我
在蜻蜓的翅膀上
俯身于水
待不及吻上伊人，出竅的魂
已被漣漪零亂成碎影

瞳仁緊抓住滯留在睫毛上的夢
幻影于擱在唇邊的食指間燃成灰燼
在淡化的煙圈裡
我們各自選擇了寄宿的凡胎

你是女子，我是蜻蜓
藍色的

五月：行走在五月

我打苕溪走過
看見，喜鵲搧動著翅膀
像貪玩的小孩
在畫梁間跳躍歡唱

玫瑰花微醺在窗欞
一對燕子夫妻輪流抱一鍋
快要破殼的蛋

風吹著口哨，雲流著口水
追逐一群適婚的彩蝶
河堤邊，一排柳樹笑彎了腰

這一幅山水的初稿
等誰完成呢？
一隻從硯池飛起的白鷺
正落在五月的畫紙上

六月：荷塘夜話

想寫一枝一葉一荷
卻見蓮葉上坐著我的影子
在褪色的花瓣上如青春的嫣然

我是凡塵女子，無意皈依
蓬門中的打坐的蓮子
才是轉世的佛
花開為伊花謝也為伊
淤泥中有臥著的白骨為證

蓮子安於蓬巢
我安於異鄉客舍
那花晃動著月光的夢幻對我淺笑

從蓮座起身
順手，我把心中湧出來的那朵荷
收進詩裡

七月：怪石得仙

蟬在後山說道，樹幹上
展開的羽翼在陽光下折射出些微光
蜻蜓在庭園戲逐，空中
滑過的影子，讓我想到來了去了的訪客

墨濃些，色淡些
倚在窗前的竹探著身子指指點點
懸在半空的筆
不經意在盤根錯節處打起坐來

好一抹飛白
一塊得仙的怪石忍不住拍案，叫
絕

八月：殘荷

正黃昏，霞光醉顏
撲翅的蝶偶然撿得荷褪卻的肚兜
這是不能說的秘密
如蓮蓬裸立在溢香的池裡修行

水滴似有若無，如梵音，悠幽
在太湖石上琢刻光陰
浮雲擱淺，是戲躍的龍門
一尾臨盆的錦鯉在產卵

我默然，隨手摘一束馬蘭花
為夏日綁個蝴蝶結
沒有理由，就像永遠播放的老歌
就像我跟著那些老歌在時間裡踱來踱去

暮鼓響起的那刻，蟬鳴依舊
與荷說禪，無須言語
花瓣皺褶處，道在延伸，前世的折痕

九月：蝴蝶是季節為我描的窗花

一幅美麗而模糊的剪影
伸手，就化為指間的清煙
向虛無處，飄去

牆上的日子被撕得越來越薄
那舊皇曆折的紙箏在墜落
一如群山接住落日

天邊，哦，看天邊
有雁飛過

十月：風不言愁，我怎言秋

蟬已不禪，蝶還迭舞
一襲旗袍穿過九曲巷，將秋解構
碎花、落葉、細雨、油紙傘
館驛河埠的柳系住一葉撈萍的舟

白糖～桂花糕～
木櫓搖曳，笙聲
秋是舌尖的一樹桂香
蕊，是一座小小的花塚

十一月：窗外倏倏忽而過的時間

窗櫺嵌著夕陽
別出心裁
我把落日剪輯成一枚瑪瑙
墜在胸前
惟恐它一不小心跌入山崖
從此，不知去向

紅葉飄過
誤以為是南遷的孤雁
我忍不住喊：停下
別把秋天帶走

十二月：雪的童貞

就像一把傘
總在憂鬱的時候打開
雪總在冬日自天外飄落

漫天飛幡，祭誰
沉寂，比死亡還祥和的臉
如古剎幽冥的靜

凝眸，風銜落黃
雪花醉步，踏碎一徑梅影
冰鑄的鏡面上一枚殘葉，如舟
托起雪的童貞
在它墜落塵埃之前

蟻之惑

—— 項美靜

1.
霜降的日子
寂冷喚醒冬雪
冰鑄的劍，封喉
棉簽在舌根塗畫死亡之符
黑瞳深底黃皮膚的碎屑
在苦刑中掙扎
倖存的顫慄震醒靜謐的時間
空靈，雨的低吟
悲涼與淒美在空氣中迴盪
酒杯中的金虎珀
遊魂的磷火
帶著電子鐐銬在菊瓣上閃爍

2.
白是冬季的一件斗篷
把血漬，腥味，漂成銀光的塚
雲的烏袍，王的衣裳
霓虹的紗幔朦朧了黑暗
街燈不再搖滾
和諧，秩序，帝國的框架
蝶變，騷動，夜之美
蝙蝠在辯白

3.
繁星亮黑眸於光
烏鴉閉了嘴
真寂靜呀
當心生寂靜的瞬間
螻蟻卻開口說話
我是雪夜大雨滂沱的人
點點滴滴
濕了北國，淚了江南

4.
風的長調和著雨的短板
羊群，鞭子
草是生存的底色
老皇曆上死了三年的那些日子
竟然還在口罩裡喘氣
清零與共存在鋸齒間滲血
日復一日是纏繞傷口的繃帶
冷月下，靈魂越獄
將預言隱匿
冬的崖壁，那刀刻的印記
是思想被勒索的痕
夢的屍骸碎化成蓮
水鏡深底扭曲的影子
是時間的疤印
沉默，時代的啞語

5.
貓也感染了口罩的心思
深邃的暗夜
看著菊瓣上隱晦的符號，說
從蒼天肺裡咳出的那團棉絮
會在冬季的胸前開出白花
所有飄舞的終飄落
一片屬於誰的雪花，向晚
對虛空擎起白幡
在這陰冷的冬日
你是否也想和我一樣
溫一壺雪，清胸中的濁

夢的遠方 組詩

——梧桐

〈擱淺〉
是潮是謝也是釁
一層又一層
輕薄的身子。擰不乾的語

〈穿越〉
剪下憂鬱，搖醒凍傷
結痂越過換日線
在赤道半徑的暴風圈內。深邃

〈針線〉
輕輕挑起敏感雨聲
躡手縫合瘦損的愛
一節一節線頭
像刪節號埋在心裡頭

〈夢〉
摘一朵夢
鑲在黑暗前方
不讓鏽蝕，蘸上
清澈的遠方

〈遠方〉
如一首小詩
意象悄悄打開黎明

遺落的荒涼
用溫熱唇語
一朵一朵繡上

〈洞〉
不見自己，不見影子
眼前的黑是寂靜轉身
是孤獨迴圈
明滅。類疊無明的無明
囿泛泛之我
於二度空間向左偏移

斑斕成一座熱帶雨林

——梧桐

被一陣熱。燙醒
猛如原子彈爆炸
以光速的速度抵達
炸破。每個安靜的念頭
震醒熟睡的十億顆毛細孔
像一隻獸
醒著，躁著，狂著

交感神經崩垮
心室猛然收縮
煮沸的血液像岩漿竄流
從島嶼的核心發送
咆哮過陡峭稜線和溪流
覆蓋北極冰雪與暴風
急速冷却焚燒的地表
瓦解，親水性的纖弱意象
湧出的水聲，浪過太平洋

解不開結構性的自燃
不定期溫習瞬間侵襲的熱浪
困擾大於突來的驚喜
用盡心計
仍止不住，一次次埋伏
斑斕成一座茂盛的熱帶雨林

年少記憶修正記

——蘇同

留在記憶裡的
不該讓光揭露
保持新鮮如含羞草
不要讓詩敘述
避免曝光後像削了皮的蘋果
極速氧化
不讓莫名的讚，摧毀

把自己留在永夜
免除季節催化
歲月或會骨折或會碎成
玻璃片
用心收集仍可如瑪瑙閃爍
月光，如陽光
瞧！影子總被光侵襲
以炫耀光輝

記憶的碎片割破手指
驚訝會喚醒
傷是浮游著的鮮紅
動人的，有之前擁抱
自己的模樣
有多久沒擁抱自己的年少

會陳舊但不會塵封的記憶
每談及喜悅
更多在不年少的心
還年少的藏在蹣跚裡養傷
總愛在夜裏
隨階前一簇黃葉
不安分的想飛揚

午睡，一些和年齡有關的事

——蘇同

亂七八糟的畫面總讓人猜不透
記憶零件錯組或預示在閃燈
總辛苦醒著的人，重組
預言比廟裏的簽更能預測
把手機留給虛擬
讓 CHAT GPT 自圓其說的回覆
想像道家在吐納
記憶已隨照片泛黃，昨日的黃
枯乾的玫瑰不紅
用雙唇咬出一絲血，染成
讓夕陽的美抽離文字不成仙的
魘
為了看風動的方向
我到外頭抽了支煙

為桂葉黃梅寫序

—— 季六

春風等閒，無的放歌
襟懷從寬坦白
用美麗作為交換條件
兜一圈悲歡的曲調
不曾為誰調整漸次的步伐
定向按下快門
只想留下些許宵旰胎記
這一夜
轉身華麗已登場

桂葉黃梅，千姿百態
桀驁的限定版圖
三月花自發
拋情灑愛
撒野之後，輕肥
結痂脫落
拾掇累累傷疤癒合
竟爾，別出脈絡心裁
如染泡製的櫻桃紅
戀戀可循芳蹤

俗耐俗不可耐
敗露跡象，賞讀
不吝指正
從揭曉那一刻開始

註：桂葉黃梅，俗稱米老鼠。黃色的花瓣飄離後，花瓣下方花萼及雄蕊留在原位，逐漸變成櫻桃紅。神似米老鼠的大紅臉，以及臉上的鬍鬚。

喚雨令

—— 季六

烏雲一直在戾天盤旋
侘傺林濤，感覺陣陣的胸悶
納悶，等待高潮迭起
動輒經旬累月的
好久不見的絲絲雨條
像斷了線的風箏不曾接上
不能互通有無
在此呼請
雨神行行好

織女的針線活
殷殷不捨的密密縫
牛郎耕田有勞雨潤
不忍氣餒
天造雨，人造雨
仙人乘鶴以降
靠天吃飯豈止她們伉儷

開路有請先鋒，先遣
八叉七步六帝五皇
請勿遮斷四季來時雨路
三請。三稱

一切平安喜樂

——游鍫良

眼神盯著文字節奏
敲響心中湖音
慢慢走進
慢慢感動
文字也盯著眼神
喜悅從空氣中散開來
真情漂浮一朵溫暖
以遠以近交相混合靈魂
拋棄多餘遐思
用心走過每個步伐
踏實就沒有空白
麻雀喜悅蹦蹦跳跳
羅漢松看著圍牆邊的影子
原來是自己的作品
扁柏笑得好燦爛

詩像戀愛症候群

——王鵬傑

和詩轟轟烈烈愛一番
詩人羅曼史總是一大籮筐
浪漫的情詩　令人飲鴆止渴
流傳千古大鼻子情聖

黎霧的空港氤氳別離氛圍
淚濕台階淹沒海關出入境
心中買一張月台票拉行李送行
潛意識本我只剩一張背影片段

飛機起飛停泊遙控雷達心中
搖旗您的名字卻遲遲未見走秀
抬頭天空的十字架傳道有序有愛
卻模糊您少女時對神父告白時刻

黃昏的空港　昏黃的愛情
跳離愛情的苦窯泥沼
深陷下一段美麗戀情的糖衣蜃樓
手拿時間沙漏雙腳踩入無悔的流沙

她的迴避與肉食性依戀

——布穀布穀

日夜向神明祈禱
地獄的到來
如果一隻捕蠅草
願意涎著口水
一點一點充滿耐心地
從腳沒到頭頂
滲進每一根神經
不吐骨頭宣誓
所有權
不論疾病或是死亡

嫌惡污染了食物和散播痢疾
人們總是因煩擾揮手告別
只要感到空氣些微顫動
細小的摩擦都讓她煩躁
煩躁她是煩躁
高音頻拍打的翅膀
都該被某個慈悲的神拔掉
因為沒有舌頭
字句含糊該要好好思考
怎麼樣的哼嗚
會讓神發出怎麼樣的呼吸
而不是提前逃離

扎根並無法動彈顯得天真
無邪的肉食性植物
長著長長的睫毛
分泌香甜的憂傷
引誘
聞到腥的蟲是否有機會在被消化前
寄生類似蝴蝶的蛾
給地獄一個地獄

有些現實是夢境的延伸
有些夢境被人工養殖
用以餵養貘
吞下噩夢
讓噩夢是日常
讓兩片葉子吞下日常
交互扣合防止脫逃

祂懂得蒼蠅的掙扎
是該越夾越緊
直到完全密閉
貧瘠的土地滿溢著酸處
喜悅像是蛀蟲深入牙神經

相信神的存在卻不信神
這宗教過於理想主義
阿拉伯式圖紋般輪廓不明
不為苦難負責
祂們的表情顯得慈悲
地獄不該有慈悲

收回記憶

—— 丁口

彈過，春日的紅色之曲
花朵飄香是藕斷絲連
時間餵食狹隘的角落
不能說出真心話
不能又不能為星辰失眠
阻止晝夜互相消滅

消滅我們的年紀
消滅他們的流離他鄉
不要問迷宮之出口
歲月出口有思念有等候
種植雜亂的筆跡
信紙逐漸收回記憶

愛與和平蒞臨大地
不要煙硝與恨
陽光為湛藍天空伴奏
氧氣是小小的，輕輕的
對話不休是此刻
日常主題輪替四季變化

溜達，春日的多愁善感
睡過頭的霧氣之茫茫
穿透心靈，虛無
穿透身軀，體會
尚未發生的人間冷暖
至此，文字是細膩空格

一些哀艷的風景

—— 安哲

每日踏著昨日的屍體
是腐臭將我驚醒
慘白的日光直射我的眼睛
我是隻蒼蠅吸取著夜晚的汁液
皎潔而美麗
不那麼光彩卻維持了生命

日復一日地行走在谷地
薄霧後頭我不期許美景
濃霧裡我也不想張開眼睛
穿越一切的是她的親吻和撫觸
是風帶來的消息
不那麼確定卻美滿了生命

塔尖的薄霧是某種預言
若即若離
是我與世界的關係
也是大地與雲朵的關係
夾起了人間
不獨厚也不憐憫任一生命
只允許他們享有死後的哀榮
或僅僅是居高臨下的美麗

燈光師工作日誌

—— 黃裕文

1. 木曜日

有時發現打的燈不是我
沒黑眼圈的燈在燈架上
開關在我手上
就像開關的開關不在我手上
那樣自然

2. 金曜日

光的鍊金術：
倒入我，接著燈，接著每一幕
n 次

生成日夜色彩動作劇情歌舞冒險驚悚愛情戰爭恐怖科幻

光最任意延展，正如光的鍊金士
最向膠捲盤成的黑洞彎曲

3. 土曜日

上工：難產，卻無限
自體繁殖

片場：慢性吃貨，嗑工時成癮
（外景是陰晴不定的孿生）

劇組：片場昏睡後靜脈才鬆弛才放行的
團狀物。往家或他們自己
回流

4. 日曜日

要有光就給出光
如恆星燃燒自身的如行星繞著他者轉

發光體要學會面對的黯淡並非
遲早被耗盡。在於光要始終
用不完

5. 月曜日

面向光　陰影就在背後
面向高潮　生活就在背後
面向觀眾　初心就在背後
面向鏡頭　就背面卸妝
面向日子　就背面作夢
面對班表　就背對草原
面對合約　就背對光

6. 火曜日

成為可燃物
被每一顆長鏡頭短鏡頭飢渴摩擦
成為火
種在不完全燃燒的時態
成為光。在殺青之前
成為熬得比影子更深的背景
成為黑。打光的手
終於畏光

7. 水曜日

光向前推動而光源沉入
劇本，以連戲或不連戲的
過熱

流明是例行性外分泌
保持演員穿上情節、道具和目光時
足夠的潤滑。穿透
被所有發亮的
悲與喜。就算鬧劇
再荒謬也比我難笑
再災難也比我好哭

8. 木曜日

有時發現打燈的不是我。燈
或需要燈的九十九雙摸不到我的眼
打開我。忘了關

蛙與豹

—— 黃柏霖

半輪皎潔滑過
濕冷撫摸著皮膚
嘓
岩牆上的青苔
今日同樣綠油油

慘綠色草地
鬍鬚謹慎抖動
喵
偵測空氣中的寂寞
傲嬌鑲成點點

醉漢倚靠井邊
遭踐踏的草味刺鼻
嘔
落下了繽紛景象
回首只見黑黃斑點

字和詞窺算色彩絢麗
詩人握住筆管
唉
拘泥在框架內
殘存一片白

植栽

——古魯

如果它是那棵搖撼的花蕊
沒有什麼需要證明我的存在像風那樣
在春天的院子裡
小小的植栽成了更大的夢想
包含著土地的動念

當季節像一隻蝴蝶
游蕩在三月的花園裡
我的雙手揮舞雙翼
不停吶喊快樂的小樹苗
它藏在黑色的泥土裡
因我的拍打而鬆軟成一畦一畦的犁田

太陽的陰壑裡
我望著如火的生命點燃、熄滅、顫動
它攀向更遠的山脊

堆積的小石子裡
我已備妥構築月光的牆
把星星圍在裡面
那麼
生命的冬天將觸摸不到它們
日子的穀和殼已經融解在金色的花海裡
成為果實的迴響

雙人床

——柯宛彤

今晚
三人擠一張雙人床有點擠
從箱子翻出來的行李掉出痛苦
冰箱的電流伸出手要擁抱
窗簾後的虎姑婆快要消失蹤影
有那麼一瞬間覺得被窩會一直溫暖
熟睡與不熟睡之間夾雜眼淚
迷糊的雙眼給予誓言後
便從耳朵流出一整晚的雨水
吊掛在椅背的情趣內衣
偷偷呼喊已經成為雲朵的夢

擁擠的雙人床令人窒息
妳輕拍我說沒關係
不會驚擾這個夜晚還存在的一切

明晚
雙人床會繼續寬敞
一直寬敞
一直寬敞
一直寬敞
直到長大

天生公主病

——王錫賢

起床氣足足氣了半天還在氣
悶熱悶了一個下午還在悶
蹙額皺眉，陰著一張發霉的臉
天空不仁不義不言不語
執拗的脾氣一覽無遺
所有生物，不管有腳沒腳
都在著急都在虔誠祈雨
渴，止渴的水在哪裡
天空依然不仁不義不言不語

矛頭舌頭全指向預報
氣象局老神在在一點不急
兩點不急，三點也不急
反正就是晴或不晴，雨或不雨
迴避是怕解釋到唇焦舌敝
厭煩閒雜動輒質疑專業的層級
看慣天空任性亂發脾氣
他們只敢保證天空哭點很低
只是需要醞釀，需要一些些憐憫
例如看到貓狗中暑熱昏送醫
消防隊員滅不了祝融來襲
湫隘的平房一間間訇然倒地

朋友不斷傳來簡訊
我們這邊下起大雨，你們那邊
今天出遊的異地有沒有
有沒有也哭哭啼啼下個不停
我不知怎麼回覆訊息
這裏的天空還在臭臉生著悶氣
還有待學習什麼是己所不欲
要如何遵守自然的規律管好自己
才聊完是非，天空臉色越來越沉
雲端遠遠傳來鼕鼕的鼓聲，喔
是她不願隱藏的情緒

風起，將傷病的落葉乍然捲飛
任其搖搖晃晃，從空中墜地
善念受到驚擾動了惻隱
醞釀已到極限，心因憐憫而柔軟
先是雨滴，如椒鹽灑落
接著就是嘩啦嘩啦的強降雨
終於下了，終於哭了
再也不能說她不仁不義

灼熱的花開——拉肚子有感

—— 趙啟福

腹部盤繞
一股溫熱的氣息

有什麼
挾帶著龐然雨勢
滾滾欲動

作響，近在耳邊
的呼救

鞭策自己
向那解放之地前進
落下

一朵灼熱的花開
一場勝利
一段輕盈的歌唱

離開之際
臉上
糾結的地圖

終於展開

無題

—— 陳竹奇

我在南方
沾染北國風情
沒有雪的日子
雨中的溫泉
也是一種屬於箱根的傳說
氤氳中誕生的
是歷史交錯的恩仇
溪谷中的蝴蝶
如何竟會殞落……
只留下斜射的晨光
和綠色暗淡的溪流
一起用歌聲憑弔
我們唱不完的哀愁

刑

—— 陳瑩瑩

偶爾會覺得
時鐘是掛在牆上的人頭
血流不止滴答滴答

我沒對山說謊

——傑狐

一棵樹死了才成為木
像哲學家屁股下
那張椅子，充滿生機

偶爾聚集林鳥，你說符號
不就是生態圈嗎？
正如森林和我的因果關係
攸關入山是否曲折，而現在
他們勤奮發表陰影
比大師還早畢業
除了鮮花懂得改編讚美詩
其實沒什麼事值得高興

至於遊山者都喜歡抄襲規範
分別保護區內外的地方風
會讓你想起蜜蜂嗡嗡作響嗎？
懶得拔刺，某次牙醫送我
一束玫瑰。我以為他
從明天回來，帶來天堂的戒律
而我一切安好，和墓碑一樣
安靜

據說每隻貓都忠於自己
也忠於恐懼，但椅子沒選擇
國師，為了智慧，你問
萬一放屁怎麼辦？
貓逃開了，而椅子的前世
對於日常。一點也不擔心

戲

——荷衣

矮小的身軀依著大幕的影中
濃縮的時間掛著
把歷史隔成一臺臺的眼神
臺後的道具戲服唱腔苦練
臺上的鑼鼓二胡笙簫生旦淨丑

我貼著舞臺地板感受著角兒們
的腳一印一印
如帆船穿梭踩在我的心窩
碾起一落一越的漩渦，崩碎在
重生之中

我不停地下沈成了一隻隻的海燕
貼著舞臺下面的烏雲
聽著舞臺上的雷鳴抖落身上血滴
點亮了咆哮的大海，他的魂不
屈的我
黑雲聚集著巨龍的威嚴

一季季的春暖隱身著北風
一張張畫皮舔著蒲松齡的茶甜
那巨大的舞臺仍陰風聚舞歌聲
刺骨
生出的腳裂開的獰笑血盆的獠
牙欲把大地吞撅

一墨清暉收進幾句唱詞
為何做一次水流獨幽竟然如此
難過
李逵喝下宋江的酒……

沈香

沒之

堆滿濕漉漉木柴的爐灶
引不起一絲火苗
半弧生鐵盛滿了水
寒夜中凍傷觸碰的指尖
曾經熾熱的執念
一旦窺見出牆的花顏
水銀分裂散落一地
看若珠圓玉潤
其實沒有自己的形體
萬里山林雲行
沈水那香
千百年後在人間漫成
寧心的靜

染髮

洪銘

挺過大寒白雪紛飛
立春時播下秧苗
一元復始　添了新顏色

用一生的青春耕耘
額頭佈滿一條條田壟
容顏是乾旱的遺跡
收成一畦雜草

雨水來了　灌溉心田
染遍滿園綠意
從此忘卻煩惱三千

信仰

52赫茲の嘉

當天空在流淚的時候
我的信仰在萬畝貧瘠下
將孤獨的種子撒向人間
使它綻放出虔誠的花朵

當朝陽鳴起戰鼓來
我就成為睥睨一切的雄鷹
洶湧的野心掠奪整片天空

又或者，是日行百里的駿馬
佔領了整個春夏秋冬

我開始信仰真誠與浪漫
為我升起的每一道萬丈光芒

曙光列車

——陳潛

單程車票
無量轉世前預訂的行程
忘了是在寒武或泥盆上的車
只知，大冰河期釀的酒
有點酸了

鄰座的三葉蟲揣著本創世詩集
一路吟誦到三疊紀
節肢蠕動在古老的空間重疊碰撞
化石了文字
偷渡演化的機密

盤古大陸的老板塊們鬧分家
女媧也沒輒
摶土造人的品管問題已夠糟心
補天大秀還得 feat. 伏羲共工
失控如侏儸紀暴龍

要有光！我的曙光列車轟然前行
承載四無量心，慈悲喜捨
自來一轉輪，如去法三千
末法終站前
捻一朵，將開未開的
晚霞

人魚

——鍾小魚

這裡離海太遠了
沒有潮聲作為背景音樂
她感覺心臟隱隱作痛
像在弔唁
早已消失的尾巴

雙腳埋進有節奏的沙灘
彷彿自傲的尾鰭就會因此長回來
再一個半圓甩尾
就能回到家鄉
但末梢傳來的陣陣刺痛
瞬間粉碎了這個幻想

太過年輕的雙腳
總是不斷受傷
只能泡著寡言的自來水
舒緩與日鑽心的疼痛

即便全身都已泡在水中
也治癒不了心中的傷
她其實非常清醒
這裡，終究是
離海太遠了

小老虎、貓，與蝴蝶

——窩窩

鼻尖的蝴蝶是妳的追逐
一種俏皮相同的眼神
貓咪和小老虎都熟悉
存在玩耍中，彼此懂得笑靨輕語的美
留下跳躍的痕跡，即使只有一次
輕柔的拍打
也收拾嗅覺的腳印，在曠野的夕陽裡
啣著那昔日陽光下的孤影
抖落身上的疲憊，依然含情脈脈

我們啃著曾經是森林下的樹枝
把陽光晒成一身的熱情，還挑釁嬉戲
不畏的嬉鬧在綠草叢中，又跳起一段
美妙的舞蹈
只是因為在妳面前的快樂
是短暫而美好的交疊，將會縈繞於遠方
所以別用柔軟的小爪挑戰
在陽光之下還狩獵草原的飛鳥

那是妳追逐的夢，追趕誰的歲月
落葉滿地包覆著一種幸福
別離我的身影，在星光的寂靜時
終究該回歸在弱肉強食的戒律
豪邁的嚎叫，直至黎明的曙光

若小河的激流不能抹去天真是個錯誤
若妳的好奇心不能抑制饑渴是個罪過
又如何不怕的揮灑一份依賴
只因在妳面前，我們彼此相互陪伴
那是我們仰望的世界，青春與夢想的代表
不要過於執著我的陪伴，在窩靜的時刻
偶爾讓我自由的奔跑，直至黎明前的光芒
但也別讓我孤獨等待，在夜色的寂靜中
我也想追逐你的身影，歡欣呼嘯，直至
晨曦初現

流轉古今 | 原衣／散文詩

心花有淚瓣，一雨就凋零，以杯盛，飲下，遂成土石流崩落，西出太平洋，謂之洩憤。
莊子那朵蝴蝶，飛了好久，終於逃出夢境，氣喘吁吁停泊張大千的荷花上，與蜻蜓作伴。
突然想起，誰，將我畫入，在此卷軸，立了數千年之久，腿酸腳麻，不得片刻歇息，
一張椅子也不給坐。
嘗試跨越維度，所幸無人看管，選對時機，一躍。
本來是屈靈均，後來輾轉成為李商隱。身分如此坎坷，鬱鬱寡歡不得終日。
經劫不斷許願，終於化作莫內筆下，荷葉上一顆露珠，在夕照中涅槃。

血斑：螺旋紋的吻

——雨曦

凌晨　醫院病房
驅走睡眠狀態的第一匹驢
搖晃麻醉師掌控的針
大海嘯　巨浪
磅礴大雨　褲底彎曲的渠
拉扯著艷黃般體溫的尿
滲出

請問綠白線條的病人服玩什麼捆綁 play
窗外烏漆嘛黑的雲
透著光
透著有關的紅
有關救護車
有關鬼魂　小丑魚　斑馬
我說珊瑚落在傾斜的床
龜龜大師收回笨拙的鐘

霧氣　凝聚成半籠彎月
蒸　燉　煮　焗　燶是失眠的人
十八摺
銀針與水　翻動的濕可能是雞湯的前奏
水珠在烹調自身的夢
急速轉動
脫下一般的海　陸地還是有抽菸的人
是常駐嘉賓　是長居的馬

膝下　流動的沙
陪伴證是某種過份敏感
人造皮　受病培養
此刻城市以外的大海漲了幾分
鐘敲響了夢遊人
韁繩勒緊了這幾天
螺旋紋的吻

沉睡了。那個人
在城市裏陰暗的角落
殘存著有關血斑的　詩

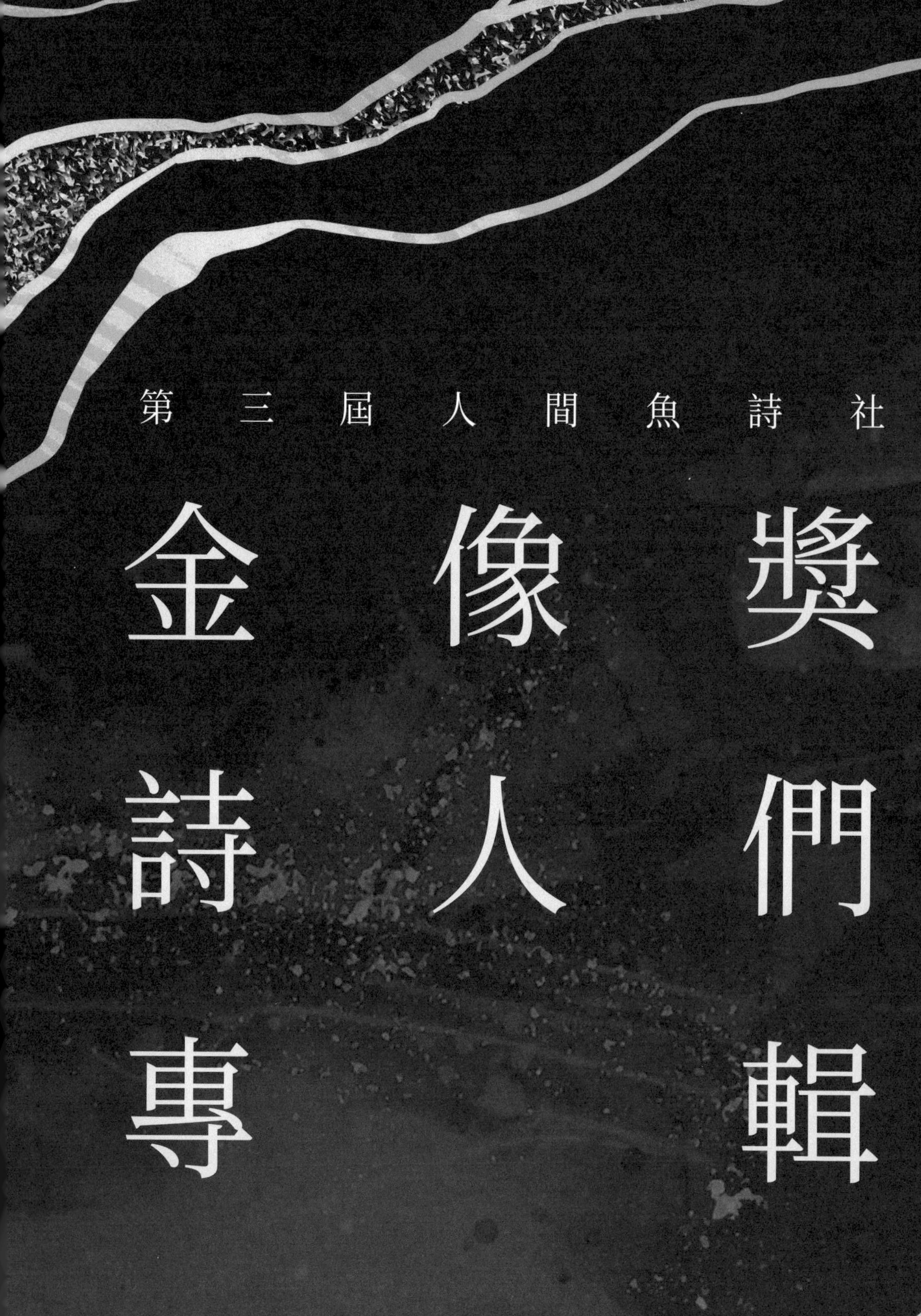

第三屆人間魚詩社

金像獎詩人們專輯

PEOPLE FISH
POETRY AWARD

前言

文　郭瀅瀅

本屆「人間魚詩社年度金像獎」詩人得主為丁口（第一名）、晚晚（第二名）、江郎財進（第三名），三位詩人語言風格迥異、創作題材不盡相同，不論在詩歌、在自述裡，都展現了各自不同的性格特徵與生命氣質。本單元訪問三位得獎詩人，望向詩人的生活情境與生命經驗，及創作意圖、詩人對詩歌、對創作此一過程的探索、對詩作即將被拍攝為「詩電影」的影像期許等。

詩人既藏身於詩之中，又以意念、以精神的形式現前。而在三篇詩人的自述裡，更具體一窺其意念的原貌、所依循的精神價值，以及詩人透過詩，試圖召喚與留守的是什麼？詩如何作用於創作者的生命中？個人的生命如何被詩所承接，並將之作為內在的歸屬？

除了訪談，本單元也收錄三位金像獎詩人的兩首詩、評審評選過程的意見，讓讀者以不同角度解讀詩人及其作品、貼近詩人的情感與創作的當下。

評審感言

徵詩比賽，也是呈現詩作於大眾的一種方式，所以各有不同的遊戲規則。本屆人間魚詩社年度金像獎詩人徵選，應徵詩人的作品水平均較去年提升，評審入選作品意象及詩語言均有獨特的清新創意，難分軒輊。

恭賀入選者，也祝福參與者，今後創作豐收，詩藝長進。

人間魚詩生活誌，不僅是一個詩刊，更是一個推動「生活藝術化，藝術生活化」的詩雜誌，繼續一路努力推展，必成為詩壇奇葩。

社長 綠蒂

金像獎入選方式

「人間魚詩社年度金像獎」評選過程力求嚴謹，第三屆入選資格，除了一整年投稿詩作必須通過《人間魚月電子詩報》初選刊登，還須再經複選、被入選刊登於《人間魚詩生活誌》達 6 首以上、「編年」詩人體例詩作至少 3 首，以及一首 40 行以上「長詩」投稿。詩人必須長跑與紮實創作、嘗試多元體裁，才有機會入圍。

在最後的決選階段，評審老師們收到的稿件皆為隱去詩人姓名，以編號分類的詩作。本屆（第三屆）由人間魚詩社聘請綠蒂、蕭蕭、孟樊、楊宗翰等四位老師組成評審團，選出「人間魚詩社年度金像獎詩人」得主，最多三名，得從缺。本屆得主為丁口（第一名）、晚晚（第二名）、江郎財進（第三名）

專訪 丁口

在疾病與療癒之間寫作

採訪撰文 郭瀅瀅

對護理具有熱情，目前在醫院身心科擔任診間助理的丁口，每日是在繁忙、高壓、經常來不及吃飯，只能先喝「珍珠奶茶」維持體力的狀態下度過。寫作，不僅是她停下步伐的匆促後，對真實生活的回眸，也是對龐大壓力的宣洩、對診間病患的愛與關懷。

在她的詩裡，常見藥物、酒精、檢驗單、心電圖、診斷證明……等關於診間物件的詞彙，及對疾病與療癒、光明與黑暗間擺盪的心理描寫，勾勒出了診間生活的具體面貌，也顯示了詩人作為第一線醫護人員，心裡的悲傷、無奈與同情。也許，它們也反映了丁口身處於疾病時的狀態：在痊癒與症狀復發裡循環。而寫作，也許正是疾病背後的祝福，如同她說：「我不會因為病而自暴自棄，相反地，它是我創作的一種助力。」

ABOUT 丁口

張瑞欣，筆名丁口，台北人，現為行政助理，著有詩集《遼闊集》。元智大學文學碩士。曾為《台客詩社》編委與《子午線詩社》編委。2020年「文學與地景」揭碑。詩歌作品散見於《創世紀詩雜誌》、《台客詩刊》、《吹鼓吹詩論壇》、《有荷文學雜誌》、《秋水詩刊》、《野薑花詩刊》、《葡萄園》、《笠》、《從容文學》、《子午線詩刊》、《人間魚詩生活誌》並發表於報紙，〈中華日報〉、〈人間福報〉、〈更生日報〉。

病，是創作的助力

郭瀅瀅（以下簡稱「郭」）：您是哪時候開始寫詩的？為什麼是詩這個語言形式？

丁口（以下簡稱「丁」）：我是從高中時期開始寫詩的。因不擅於人際關係，與班上同學感情不融洽，也封閉了自己和外界的接觸。當時，導師鼓勵我以心中的鬱悶為詩歌創作的題材，並幫我投稿到校刊發表。這件事給我很大的激勵，也讓我對國文的熱愛勝於其他科目，尤其導師在黑板上寫下席慕容的〈出塞曲〉，也感動了我。是他的關係，讓我踏上了新詩的創作之旅。雖然當時對於詩的語言，僅有懞懞懂懂的認知，甚至偏向散文化。

郭：當時，有沒有特別印象深刻的創作？再次回顧，您有什麼看法呢？

丁：在電視上看到和平醫院爆發 SARS 感染的時候，我曾寫下一系列的組詩。雖然不成熟，但對我來說，是詩歌創作歷程的重要紀錄。每當談到 SARS，我就會想起當時的急診護理長，因救人而做了 CPR，結果被感染、死亡，直到現在仍令我傷心。十年後，當我再次回顧這件事，也重新為此寫下了一首詩：〈據你所知：天使落在煉獄〉，其中有幾段是這樣的：「春天正消逝/ 急救室刻下最後母親的身影/ 十七歲選擇了白色的志願/ 謊言仍有殺不死熱情」、「各種表情來過夢裡/ 沾有酒味的棉球/ 曾為下個春天做準備/ 我們選擇失憶/ 回不去溫暖與短暫的幸運草/ 依然撥動某種心悸/ 而天使，落在無名的黑暗中/ 翻覆清點病人的病症」。

這首詩也讓我想起，我高中的求學並不順利。原本就讀護校的我，因為身體的關係而轉到普通高中，**雖然進一步接觸新詩創作，並喚醒了對文學的熱情，但即使離開了護校，也沒有澆熄我對護理、對醫學常識的熱情。也許是受到在急診室當護士的嬸嬸影響。對我而言，她是天使。**除此之外，我喜歡「南丁格爾誓言」。

郭：您在臉書上的文章〈癲癇與我〉中，提到自己自三歲起患有兒童癲癇，求學時也常遭受異樣的目光，近年更常面臨停藥與發作的循環。「詩歌」在您與此症漫長的共處歲月中，所扮演的角色是什麼呢？

丁：此病，我已經與它和平共處。但**我的心思不放在病痛上，而是放在漫長的創作生涯上。我不會因爲此病而自暴自棄，相反地，它是我創作的一種助力，因爲疾病讓我不適合到處遊玩，只能在家靜心看書，增加我創作的體材。**

〈戒毒〉：光明與黑暗的拉扯

郭：您在受獎當天的感言裡，提到了您特別喜歡〈戒毒〉這首詩，請再次與讀者分享您寫下這首詩的情境。

丁：我是台北聯合醫院身心科的診間助理，每天都遇到許多不同的病人，而他們都十分善良，並非外界所想像的具有攻擊性。我接觸到的許多戒毒患者其實都很想斷根，過一個有品質的生活，但非常不容易，尤其會受到他們生活圈裡的朋友影響，因而翻覆戒毒失敗。所以**我在詩中描寫了感性腦與理性腦：**

感性腦追求快樂的當下與感官刺激，內心想說「用一下下沒關係」，而理性腦則是告訴他們「不能再吸毒」，否則會失去工作與家庭，並且會慢慢地自我墮落。其實對毒品的依賴，經常是來自生活的壓力。而他們還會被社會貼上標籤，認為吸毒永遠是壞孩子的行為，因此不願給予同情與關愛。

郭：這首詩寫出了毒癮者的肉體與精神狀態，包含內在光明與黑暗兩端的交錯或拉扯，以及肉體在藥物作用下的無力或精神的「搖擺」、恍惚，彷彿被佔領一般，喪失了秩序與功能。

丁：詩人瘂弦的詩集《深淵》對我影響深遠，在他的〈如歌的行板〉裡有這樣一句：「觀音在遠遠的山／罌粟在罌粟的田裡」。「罌粟」就是毒品的來源，而年少時我還無法體會詩中的意涵，直到我進入醫院工作，才認知到吸毒摧毀了生命的根基。且沒有了健康的生活，也無法如常人一樣追求理想、追求自我的存在價值與意義，生活充滿了迷茫及不知所措。另一方面，毒品非常昂貴，吸毒者被經濟壓力壓到喘不過氣，但仍會選擇透支金錢與風險，以毒品滿足需求。而詩裡寫到的「美沙冬」是毒品的替代療法，能降低毒癮發作的症狀，讓病人不要有對毒品有心理的依賴。

生命的蛻變：從「欣生」到「丁口」

郭：第一次看見您的筆名「丁口」時，就留下了深刻的印象。您在詩集《遼闊集》的自序裡寫道，祖父（當代書法家張振亭）為您取了「欣生」與「丁口」兩個筆名，它們是否隱含著祖父對您的期許？另外，這兩個筆名是否對您而言有什麼特殊的意義？

丁：祖父母對我的文學創作之路有深遠的影響，我從小是在書法與唐詩的薰陶下成長的。祖父為我取「欣生」這個筆名，是希望我在創作路上，永遠向前輩虛心學習。除此之外，也希望詩歌作品可以呈現光明、積極的一面，不單是鼓勵他人，同時也是鼓勵自己。大一時，我參加詩人林煥彰老師的「行動讀詩會」時，就開始使用「欣生」這個筆名。第二個筆名「丁口」，源自於我認為「欣生」與我的本名「張瑞欣」太接近，告訴祖父後，祖父非常慎重地翻字典、算筆畫，為我再取了個筆畫很少，只有五劃的「丁口」。

求學時代，我一直保留「欣生」的筆名，出社會以後，才開始以「丁口」為筆名。它代表的意義是生命的蛻變，由「欣生」到「丁口」，是完全不一樣的創作風貌。

郭：您提到《遼闊集》是從學生時代步入社會後，一個重要的里程碑。談談您的「社會化」的過程，以及，在《遼闊集》之後，您的創作主題是否有所轉變？

丁：當我進入醫院工作後，遇到許多形形色色的病人，從不擅面對人群，到了解病人的需求並與之溝通，而在這個社會化的過程裡，一直有長官與學姊們的照顧。《遼闊集》收錄了我在讀書與工作的交接處，裡頭講述了診間故事與鄉愁（我的祖籍是山東，有數次回家鄉）、女性經歷、對社會事件的描繪。而在《遼闊集》之後，我依然隨性創作，沒有特別的想法，也把詩歌創作當作日記，對於祖父的鄉愁與戰亂的流離，我也仍斷斷續續地書寫，**直到有一天，我開始問自己，為何要一直重複寫這樣的主題？我才想到，生活中還有其他題材可以選擇，慢慢地就從鄉愁與戰亂的主題中淡出。**

郭：您以前衛藝術家、女權主義藝術家尼基．桑法勒（Niki de Saint Phalle）的藝術作品為創作核心的〈第二性告白書——致妮基．德桑法勒〉，曾於2008年榮獲教育部文藝創作學生組優選，這首詩的創作情境是什麼？尼基藝術中的精神，為您帶來了哪些影響？

丁：這首詩歌創作至今已經有15年了。我非常喜歡女權主義藝術家尼基．桑法勒的藝術作品，印象中她有一個作品與「大地之母」有關，我起先是以此為靈感寫下一首短詩（也收錄在《遼闊集》中），接著再創作〈第二性告白書——致妮基．德桑法勒〉。**我認為女性是生命誕生的力量，也是整個社會最好的支撐力，沒有女性就沒有孩子。但父權社會常常忽略這一點，他們不懂得珍惜女性，也不懂得珍惜生命。**順帶一提，我非常喜歡觀看美術與書法展覽，透過這些藝術作品，我學習到了詩歌創作必須要有畫面感。

郭：您是第三屆人間魚詩社「年度金像獎詩人」，這個獎項對您的意義是什麼？對未來的詩作改編成詩電影，有什麼看法或期待？

丁：我不知道我會獲得首獎。得知入圍時，即使頒獎活動當天是需要值班的星期六，請假十分不容易，但我還是參加了。而聽聞自己獲獎的時候，覺得太不可思議了。**這個獎對我的意義是一整年創作長跑的鼓勵，讓我相信只要用心在詩歌創作上，一定會有回饋，**而支持我的弟弟甚至比我還要高興。關於詩電影，我希望是正面感、陽光的氛圍，讓詩與影像融為一體時，能昇華為最佳的藝術性與教育性。

為讀者換上一片蔚藍的天際

郭：談談最新詩集《從愛醒來》，就創作意圖、題材或語言風格上，這本詩集和其他本有什麼不同？這本詩集對你而言最重要的意義是什麼？

丁：第二本詩集《從愛醒來》，代表了我的詩作從各詩刊發表，到報紙發表的轉折。以前我從來不敢想像自己的新詩能刊登在報紙上，沒有自信的我，是在朋友鼓勵後才開始投稿報紙，一路上跌跌撞撞，終於陸續發表在〈中華日報〉、〈人間福報〉、〈更生日報〉。**此詩集的頭一篇〈博愛座〉，環扣詩集的名稱，從愛開始，去愛週遭的人事物，愛自己也愛生活。**我認為「禮讓」是生活的美學，不管在任何地方，我們都可透過幫助他人，獲得內心的喜樂。生活建築於善意的出發，而柔軟的文字能溫暖閱讀者的心靈，並爲閱讀者換上一片蔚藍的天際，我以此作為這本詩集的期許。

丁口詩選

戒毒

不知道時間的長河之中
生活反覆同樣話語
誰偷偷嘗試禁忌
開始尋找一點刺激
無法回頭的未來
來時路的短暫歡樂
流淚，後悔流暢的歡愉
麻痺的神經元與幻想
怎麼成為，成為
惡魔的門徒

點起一根菸，露出傷疤
刺青的野性，展現勝利
生離死別的紀念日
無法抉擇懷念與期待
醫生開立美沙冬的視窗
憂鬱的雨季刮傷了
心靈深處的春天的花園
轉變為魔鬼的囚禁
遠處的香味誘惑了死亡
金錢與廢墟開始拉扯慾望

人群恐懼症於暗角發生
躲避了陰天的審問
不願意走出影子的綁架
逃離了希望的光線
刺眼的陽光原來是天使招喚
藏匿了神經系統的活耀度
消瘦的人不斷的呼喊
毒品與美沙冬互相攻擊
攻擊生命的長短調
戒毒所的故事變得清淡

病弱的身軀無法再復原
破碎，理智腦的判斷
親密的人紛紛離去
損失，感性腦的浪漫
癮君子身上的臭味，睡
流口水的顫慄難安，醒
慢慢消耗了體能
慢慢逝去了平衡
慢慢放棄了感知
瘋與傻於鏡子中搖擺

療癒

清月是晨光的禮物
蝴蝶針侵入手背
你的眼對著天花板發呆
苦與哭是疾病之旅

清潔員經過醫院的迴廊
患者偷偷地抽根菸
病房的餐點，淡化慾望
護士的腳步給予溫暖

笑容是旅程的開端
生活的花朵由心靈綻放
夜空網著雨季的水腫
誰將赤子之心譜成兒歌

檢驗單呈現陽性或陰性
無眠是昨日的舊帳
此地無銀三百兩
發炎的歲月繼續打滾

心電圖不是歡樂頌節拍
誰的症狀需要嗎啡
醫護人員親上火線
緊握著珍珠奶茶，填胃

評審意見 編號 4

持守中道，成就屬於自己的風景

文　楊宗翰

當我閱讀完這位創作者所有備審作品時，心中馬上浮現了三個字：「心」、「醫」與「療」。在作者筆下，城市會「心慌」，人們有「清醒的心」，也會用「天空之淚洗滌心情」；「醫」之場景與「療」之行為，在詩中亦屢屢出現，卻又不是機械條列或刻意展示，筆下仍能保有詩之質素，值得嘉許。我不清楚也沒查過作者的背景、經驗或工作，但其選擇以〈戒毒〉、〈戒菸〉、〈戒酒〉為詩題，另有兩首同題之作皆為〈療癒〉，確實都讓評審委員們留下了深刻、完整的印象。在這次的八位競爭者中，我認為這位詩人的創作勝在「均衡」——不逐新潮，不求奇詭，不好偏鋒。或許正是因為能夠持守中道，詩人遂能成就屬於自己的一片風景，獲得應有的肯定及榮耀。

附註：編號 4 號詩人為丁口，由於是匿名評審，評審於決審會後方知得獎者姓名。

專訪　晚晚

寫詩，探索存在或創造存在

採訪撰文　郭瀅瀅

低調、神秘、從不露面，僅以詩、以文字被感知，是晚晚有別於他人，與外界互動的姿態——在網路詩社興起，詩人的生活面貌透過影像而更為直接地走進他者目光的今日。保有孤獨，是她在現實世界裡試圖保有的一絲清醒，與外界保持疏離，也如同她對待自身情感的方式：「必須與它保持一種心靈的距離，才不會陷進漩渦」。晚晚的詩貫穿著憂傷的基調，沒有太強烈的悲傷或情感的奔湧——相對於得獎感言裡的感性與直抒胸臆——而她的詩起源於悲傷，及它所帶來的生命與精神動盪。她置身於動盪，反覆琢磨著升起的意念，並謹慎地將它們收斂於語言之中。寫下一首詩，不僅她對「存在」的探索與創造，是對情感的反芻與駕馭，也是對現實世界穿越的嚮往，並安身、藏身於穿越的每一個當下。

ABOUT　晚晚

晚晚，本名李淑娟。台南人，貓奴，喜歡艾略特。玩詩與陶，餘生散見我的拙作。

透過寫詩，把媽媽寫回來

郭瀅瀅（以下簡稱「郭」）：在現今的網路世界裡，大部分的創作者選擇曝光自己、以可被具體辨別的方式被認識、與他人互動，而您卻是相反路線，神秘、低調且從不露面，僅以「詩」和外界連結。且頒獎當天，您也未親自領獎，而是透過詩人葉莎代領。請晚晚分享，您以如此隱密的方式與外界互動的原因。

晚晚（以下簡稱「晚」）：頒獎前一天，我上了整天的陶藝課，隔天若一大早出門，也趕不上十點的頒獎活動。由於一直沒有遲到的習慣，所以請葉莎姐代領，真的十分感謝她。其實在人際關係上，自己很犯懶，說我貓派也不為過吧！**作為一個愛寫詩的人，或者說創作者，我覺得孤獨是最好的養分。除了詩作，其他都如同 footnotes（註腳）一般，而最好的友誼是守望彼此的孤獨。**除了自己寫的詩，我不知道還有什麼比這更好被辨認。

郭：「詩」是哪時候進入您的生命裡的？為什麼您選擇以「詩」這種語言作為書寫、表達的形式？

晚：2015 年 6 月，我才寫了生平第一首詩，而這已經是畢業很久之後的事了。寫完碩論後，我就把文學這種東西丟到垃圾桶去了！文學多是苦悶的象徵，而偉大的文學作品都是在觀照人類的困境，像艾略特的《荒原》、葉慈的詩歌、貝克特的戲劇……。**而真正讓詩歌進入我生命的，是至親離世——我想把媽媽寫回來：我只要動用語言的天賦，她就會在我身旁。詩是最好藏東西的地方，或者說可以把混亂歸位或重新組裝。透過寫詩，探索存在或創造存在。**

啟發寫詩的那些靈魂

郭：在頒獎前，您寫的入圍感言裡充滿了對詩的熱情、愛與執著，讀了很感動，而您也寫道，感謝一路上曾經啟發您寫詩的靈魂。能不能談談這些啟發者，以及他們對您創作上的影響？

晚：啟發我的靈魂很多，不勝枚舉。很早以前，最常接觸的是楊牧的詩，雖然我的文字離詩人甚遠，對我而言他已是台灣新詩的古典，我可以從中汲取中西不同的養分，而我也在詩社裡認識不少良師益友，他們都給了我很多指點。不過，大概是在 2017 年冬，因為看了嚴忠政的詩，我才對寫詩有新的思考。除此之外，動植物也都可以給予我啟發。某種程度上，在詩的語言裡，我成了泛靈論者，但影響我甚深的是佛陀。

郭：佛陀對您的影響，作用在哪些層面？

晚：這件事實在很難說清。簡單來說，是「不要執著」的態度。**在寫詩上的不執著，便是練習不要寫得太黏，情感也是。**我的詩裡不會有太熱烈的情感，甚至牽牽扯扯。雖然喜歡更極簡，不過目前我還做不到。在修行的意義上來說，是「捨」而不是「加」。而對於意象的調派方面，我希望可以「騎聲蓋色」的自由。另外，詩的存在和人的存在都是種悖論，像眾生與佛不二。我喜歡這種悖論，寫出孤獨也寫出豐盈。

郭：除了詩以外，您也喜歡陶藝，談談您對陶藝的感受，以及在寫詩、製陶兩種不同媒介的創作過程中，對您而言是否有什麼相似或不同處？

晚：相同的地方是他們都是意象思維，但陶作可能更需要精準的計算，而且無法在原來的作品上修正。壞了就是壞了，必須敲碎，並在下一次創作時修正，所以不良品很多。但詩就不一樣了，它可以修到滿意為止。我很多詩都是在臉書的「動態回顧」時才修的，於是今年有如去年的「後設」。

於我而言，拉坏、陶板製作或練習配釉，和寫詩一樣都很療癒。但開窯是最令我興奮且滿懷期待的，可能一整窯美麗，也可能一整窯崩潰。我希望今生有幸，兩者都可以精修到讓自己稍微滿意的程度。

郭：您的筆名「晚晚」是否有特殊的意涵呢？為什麼取這樣的疊字？

晚：因為有隻我很喜歡的貓，叫「晚晚」。除此之外，它還隱含了另一個意思：我「身」、「心」晚熟，寫詩晚，做陶也晚，什麼都晚，所以就取名「晚晚」了。

我對我的詩是無情的

郭：您特別喜歡詩人艾略特，就創作本身，或對詩的看法上，您是如何受他影響？

晚：在我對詩產生疑惑時，最常做的就是重新讀他的詩歌理論或他的詩，尤其是他的評論名作〈傳統和個人的天賦〉裡的這一段：「詩不是放縱感情，而是逃避感情；不是表現個性，而是逃避個性。當然，只有那些有個性和感情的人，才會知道為什麼要逃避它們。」**這段話教會我和詩之間保有適度的距離，避免過度浪漫。對我來說，詩人的情感多半都是熱烈、脆弱的。而情感、痛苦都是詩歌的材料之一，要能處理它，必須與它保持一種心靈的距離，才不會陷進漩渦。對我而言，它像是一種節制的熱情。**

我的許多詩寫完之後，都會放上好一段時間後再修改，甚至一年以上。但也因為如此，我與那首詩之間有了時間、空間的距離，我更能成為自己的讀者，挑出喜歡的詩作，重新潤它。而對於不喜歡的詩，我通常會想要直接刪去。**我對我的詩是無情的。**

郭：在所有寫過的詩裡，您有沒有最喜歡的一首？為什麼？

晚：最喜歡的一首，是在 2018 年暑假，一口氣寫到底的詩：〈想像的機率〉。它得來不費功夫，寫完後我讀過了好幾次，仍舊喜歡。而且我有別於之前的寫作，就是從這首詩開始的：

〈想像的機率〉

冬天。你的覆蓋率極少
少於一條溪流穿越沙漠的運氣
少於大地覆蓋的冷霜
你只是仍有體溫
仍坐著小小車票的截角
再度複印一條路

每日。刷過窗外的野菊與稻田
像溪帶走細沙
即使沒有人聽見
你的喧嘩

還好。雙手還可以
完整覆蓋一張臉
咖啡可以覆蓋隨行的癮
兩腳可以覆蓋久沒出走的願望

有階梯合作
覆蓋你不想理的機械感與
高低潮

極少跨不過昨日的每日
像雪花漸漸凍入骨髓
或像真實字跡的名片飛來
你的生活適當的比喻也極少
排山倒海
少於午夜逆向的車燈
少於一條街
只有一隻貓穿過的眼睛

避免互踩彼此的影子

郭：許多人說您的詩意象豐富，您認為呢？

晚：我不知道讀者怎麼看，其實我一直覺得自己意象十分匱乏，常常感到詞窮寫不出新意。如果有「豐富」這種錯覺，可能是我少用套語，也不喜歡太散文化的邏輯。

郭：匿名評審過程中，評審蕭蕭觀察到您「是可以繼續挖掘自己潛能的人，難於在既有的作品中找到師承的痕跡。」晚晚對於評審的意見，有何看法呢？您對自己的作品有什麼樣的解讀？

晚：評審老師的意思是我很有潛力嗎？哈哈。至於「難於在既有的作品中找到師承的痕跡」可能是因為我會掩飾，但我很驚訝老師這麼說。美國頗負盛名的批評家 Harold Bloom 寫過一本《影響的焦慮》，裡面提到：「詩人與前輩詩人之間必定保持著模棱兩可的關係，否則會阻礙了他們的創作。」**我有意識地不要去踩那個大腳印，但我研讀他們的詩歌；另外，也同樣避免和同時代詩人互踩彼此的影子。**對於解讀我自己的作品，這實在有點難。

於我而言，詩早就在那兒了，而詩人是詩的一部分，在詩的隱喻裡，他可以是礦物、空氣，或任何存在之人事物的借代，甚至是觀念的衝撞或冥合。而寫作的時候就是揭露這種狀態——觀看我們一般所看不到的，並在日常的語言中開啟新界。

寫詩是迷人的，而寫詩的過程猶如手裡拿著一塊拼圖，去尋找另一塊，並與另一塊的兄弟姐妹，彼此靠近彼此的缺口，而在最後的「完整」中，那彎彎曲曲的紋路，便是詩人探索詩之本體的跡證。

得獎：「繆思覺得我值得一枚徽章」

郭：本次獲獎，對您而言的意義是什麼？另外，未來您的詩也將改編為詩電影，您如何看待「將詩影像化」這樣的二次創作？您對詩電影有什麼看法或期待？

晚：獎項證明了我是詩壇的新人，哈哈。或者說，繆思覺得我值得一枚徽章。其實我沒有太大的欣喜，如果我的詩語言一直在重複類似的形式，得獎對我來說也不特別有趣。而對於詩電影，有朋友私下表示，很難想像我的詩電影會怎麼呈現。雖然我對它完全外行，但十分期待。不論朗讀詩作或執筆書寫，也都是對詩的重新詮釋或回應。如果詩電影有天能像公車、捷運詩文一樣在交通工具上播放，那就太有意思了。短，別太長，立體、具體、多媒體，很合這時代的氛圍。

晚晚詩選

空行

穿過文字與文字的疆土
我們一再丈量共鳴的可能
說與你聽——時代有時代的僵局
我們還是照樣佈局深愛的可能
是不是，沿用同一版本
專門共享的舊夢
挖深之後，徘徊甚久
像等一列火車慢慢靠近
緩緩的快感

月台與車門等高
時間到了，每一個門都開
你猶疑是不是作為
下一個文字的俘虜
像我，不知道你住哪一戶
每一個門都插上玫瑰
等妳讓我歸化，說愛情模仿愛情
可你的版本，真香

狐狸和小王子的星球
抵達之前，我已走過千行
而我僅剩的飛白
還不想把眼睛還你
下一段落我就會是你的
鄉愁，而地址變薄

〈空行〉為作者自選詩，不在本屆評選範圍。刊於《人間魚詩生活誌》Vol.7。

仙人掌夢見孤獨的魚

但願我能
被詩歌找到
那時，我仍活著
活在打開的活水中
每一個認識我的字都可以暈開
或者閉氣，靜靜看
固執更甚於我用魚尾寫著
他所夢見的陸地

今晨，我只是快速離去的霧
不想在陽光下又死一回
靠牆的床如岸風扇颳起海的思緒
隨後放置了午夜的燈未息
明明醒著，推遲了夢與自己的聯繫
留下的光有一種安靜在
歇斯底里

而我未涉足那樣的洪荒
枕著羅蘭巴特的絮語
讀你的夜正行走於綠洲之上
企圖讓詩歌找到我
身上一根根退化的手指

評審意見 編號 2

值得繼續挖掘自己

文　蕭蕭

2023 第三屆人間魚詩社「年度金像獎詩人」評審確認，在三位入選者當中，我選擇編號 2 作為推薦對象，因為編號 2 的入選者在「編年詩人」這一項提供了 22 首作品，這一輯作品最能表現詩人的真我，或者說是詩人自我之真。詩社設獎的用意，原在於詩人的才華可以多方展現，不要埋沒特殊的才具者。我看，有的詩人表現在不同的語言的應用：華語詩、台語詩都來。有的詩人在次文類上嘗試：散文詩、截句、俳句都來上幾句。有的詩人則全面參與詩社設計的主題展。我喜歡多元思考的人，觸及各類的題材，嘗試不同的回應方式，因為詩人還在成長，風格不需定於一尊，所以他在嘗試不同體裁時是否掌握住此一次文類的特質，是否也適時發揮了自己駕馭語言的功力，透露出自己潛藏的寶物、內涵。基於是，我推介編號 2 的作品，我覺得他是可以繼續挖掘自己潛能的人，難於在既有的作品中找到師承的痕跡。

附註：編號 2 號詩人為晚晚，由於是匿名評審，評審於決審會後方知得獎者姓名。

專訪　江郎財進

騎著童年的馬，踢開「未能解脫的困惑」

採訪撰文　郭瀅瀅

在質樸的語言、生猛而強健的表達張力下，流淌著溫柔與深厚的情感。江郎財進的詩紮根於現實生活——在宜蘭縣一座小漁村成長的他，從小看見父母、祖父母為生活打拼的艱苦身影，而北漂讀大學時，他也勤奮打工來賺取學費、房租與生活費，並從事電影、電視、劇場幕後工作，後來改行，進入基層農業金融機構任職，接著步入房地產市場、股票市場。

深入不同社會階層而練達的他，以詩記述生命的歷程與淬鍊後的感悟，並企圖透過語言，召回那存放於童年歲月的純真、青澀與無邪——儘管貧困拮据，卻有著往後時光無法取代的美好與純粹。於是在詩裡，詩人渴望藉由兒時遊戲「騎馬打仗」的「馬」之「詩蹄」，踢開那隨著年歲而漸增、未解的內在困惑或紛雜的心緒，並越過現實的荊棘而持續往前——一如他的詩中經常流露的一股進取氣息——也許那正是來自討海人家庭所具有的堅毅、率真與剛強的生命力。

ABOUT　江郎財進

江郎財進，本名江錦群，文化大學戲劇系影劇組畢業、開南大學財務金融研究所碩士。曾經從事電影、電視、劇場幕後工作，後因五斗米折腰而改行考入基層農業金融機構任職，從此步入房地產市場、股票市場、地方選舉派系永無止息的糾葛而拚搏數十載。目前為自由文字工作者兼資深散戶投資者。

在青春裡萌芽的詩

郭澄澄（以下簡稱「郭」）：您是從哪時候開始萌生了創作詩歌的念頭的？當時的情境是什麼？

江郎財進（以下簡稱「江」）：我出生於宜蘭縣壯圍鄉，一座濱海小漁村。國小時，一位海防部隊的軍官隊長輪調到村裡，女兒也轉學到我們班上，我和她的磁場很契合，並發展出了青梅竹馬的情愫。**國中時，她隨著父親的輪調到台北，我們從此分隔兩地，只能以書信往返。到了高中，大概是青春費洛蒙旺盛的緣故，我的思念之情特別殷切，在一個狂風暴雨的颱風夜裡，荷爾蒙衝腦的作用下，不知不覺寫了一首情詩，準備在風吹雨打停歇後，寄給思念的她。**

那首萌芽在青春期裡的情詩，大概只是像陶藝品的粗坯，是尚未經過捏塑、打磨、修飾、彩繪、窯烤而成的精緻成品。回想起來，也宛如混沌初開的天光，吐納著未知的茫茫天涯路。我寫給青梅竹馬的初戀情詩就是如此青澀與茫然。**我對詩的深刻體會，是等到非常晚的職場時期，才真正認知到箇中的妙處，算是一隻慢啼的小格雞。**

寫實：對成長經驗的回眸

郭：您的兩首長詩〈母恩五月〉、〈鏗仔魚之味〉具寫實性，並以家族記憶為書寫主題，請談談這兩首詩，以及記憶與您詩歌的關係？

江：這兩首詩及〈騎馬打仗〉、〈紅蟳走路〉均以寫實主義的手法，來描繪童年時親情互動的記憶，也敘述了我與父母、祖父母間的生活點滴，是我對成長經驗的回眸詩篇。祖父從年輕到壯年，都在宜蘭東澳粉鳥林漁港的鰹仔坑捕魚，期間，祖母陸續生了八個子女，生活的重擔可想而知。後來，祖父從鰹仔坑退休，回老家耕種五分多地的水田，及防風林空地墾拓而成的零星菜園，並參加村子裡的舢舨舟（罟舟）濱海「牽罟」捕魚作業，來補貼、餵養嗷嗷待哺的眾多子女們。

我父親是長子，十六歲就必須到南方澳的拖網漁船上工作，「討海人」成為暫無可逆的家族粗工職業。我童養媳的母親，被我祖母送作堆，與我父親結婚後，陸續生了五個子女，而我是長孫。**一整個世代，祖父母與父母親就在食指浩繁的生活環境中，勞碌奔波地工作度過，這是日治時期過渡到戰後嬰兒潮，台灣底層家庭共同的歷史宿命。**

道德經云：「人法地、地法天、天法道、道法自然。」**我認為詩歌當然也要師法自然。**詩即生活，生活即詩，詩仰望自然法則、揮灑詩人的天空。詩人以樸實無華的語言，在意象與情境的建構中，真情流露地傳達情感，這是寫實主義詩歌的寫作依歸。至於現代主義或超現實主義，乃至後現代的詩歌書寫，則是另外一個波瀾起伏的悠悠天地了。

郭：您曾從事電影、電視、劇場幕後工作，後來又改行考入基層農業金融機構任職，並步入房地產市場、股票市場等，您如何看待生活、工作經驗與您創作的關聯？

江：一般來講，從親身體驗過的生活工作經驗題材寫成的詩篇，詩人寫來自是駕輕就熟，詩作的意象情境、文字語言的拿捏比較能切中要害。然而其中最忌諱的是如新聞報導般的複製貼上、散文化的鬆弛語言，讓詩質蕩然無存，而成了「偽詩」。不過，沒有親身生活經驗過而寫成的詩篇，也有可能是讓人回味無窮的好詩，例如洪範版的《瘂弦詩集》卷之六「斷柱集」的地誌詩〈羅馬〉、〈印度〉、〈耶路撒冷〉，瘂弦並沒有親臨其地，寫來卻是精彩萬分。然而，杜甫遭逢安史之亂的顛沛流離，幾經逃亡的流離失所，寫出的〈春望〉、〈自京赴奉先詠懷五百字〉以及「三吏三別」，其九死一生，切身詠懷而出的泣血之作，成就曠世名篇，流傳千古。

「每一首美麗的詩歌，都是一種抵抗。」

郭：讀您的詩作時，經常感到一股強勁的表達張力。您通常是在什麼狀況下完成一首詩？以及，促使您寫下一首詩的動機是什麼？

江：我書寫的詩域廣闊，任何類型、題材的詩都能毫無障礙的上手（當然好壞暫時不論）。其中，我對人間魚徵選的「反侵略詩」，著墨特別深。**孩提時期，祖父就曾告訴我，他兩個堂兄弟的兒子，在二戰時被日軍徵調到南洋當軍伕後，一個下落不明，一個被送回來毛髮和指甲，這在我小小的心靈裡烙下巨大的陰影。再後來，讀到瘂弦的詩作〈上校〉、〈紅玉米〉、〈戰時〉、〈鹽〉，以及賴和的〈南國哀歌〉、陳千武的〈信鴿〉，更加深我對戰爭迫使人們骨肉分離的厭惡情緒。**現在，海峽中線的共機不停歇地越線侵擾，乃至於「三海鉗形攻勢」認知作戰的侵吞恐嚇，以及遠方烏俄的激烈戰況，在在讓我血脈賁張，時不時想要寫出反侵略詩來紓解我焦躁的情緒。在此心裡情境下書寫而成的詩作，就有您所提問的「讀您的詩作時，經常感到一股強勁的表達張力。」然而，**「一股強勁的表達張力」的反抗詩學，其詩語言的表達，並不是標籤化的空泛口號和濫情的宣言，或者漫天吶喊的目的論，而置詩質於不顧。**

巴勒斯坦詩人達爾維什（Mahmoud Darwish，1941-2008）詩云：「每一首美麗的詩歌，都是一種抵抗。」又云：「我放棄的是創作直接的、意義有限的政治詩，而未曾放棄廣義的、美學意義上的抵抗。」因此，**如何寫出一首美麗的詩歌，寫出一首廣義的、美學意義上的抵抗詩歌，才是詩人必須嚴肅面對的課題。**

藉著「童年之馬」的「詩蹄」

郭：您在〈騎馬打仗〉一詩裡提到「童年的馬」、「歷史的馬」、「文學的馬」，談談這三種「馬」在您詩作中的交互想像，以及您童年記憶裡的「馬」。

江：由於父親在南方澳捕魚，童年時期除了上學之外，我大部分的時間都亦步亦趨地跟著從粉鳥林漁港退下來、回到老家耕作的祖父，當他的耕種小幫手。而空下來的時間，則是與村子裡童伴們玩著各式各樣的遊戲，打陀螺、放風箏、跳房子、踢銅罐仔、玩彈珠、玩尪仔標、殺手刀，以及騎馬打仗等等遊戲。

〈騎馬打仗〉這首童年記憶之詩，也是以寫實的筆觸，掀開童年天真爛漫、無憂無慮的快樂時光。前三節，我以馬的意象，虛實相扣，寫實與想像碰撞著詩的火花，從「歷史的馬」、「文學的馬」導入我天真無邪的「童年之馬」。「歷史的馬」，我以關雲長的赤兔馬、亞歷山大大帝征服世界的戰馬作嚮導，左衝右突，馳騁大地來到「文學的馬」，企圖以我腳下的「童年之馬」歌詠祖孫親情的教養情境。其中，「文學的馬」暗喻當年三首詩的小小爭議與漣漪，它們分別是汪啟疆〈馬蹄涉水聲〉、蘇紹連〈那匹月光一般的馬〉與游善鈞〈褪色的馬〉。

木心在〈童年隨之而去〉一文裡說：「孩子的知識圈，應是該懂的懂，不該懂的不懂，這就形成了童年的幸福。我的兒時，那是該懂的不懂，不該懂的卻懂了些，這就弄出許多至今也未必能解脫的困惑來。」**時至今日，我藉著〈騎馬打仗〉腳下「童年之馬」的「詩蹄」，踢開「未必能解脫的困惑來」，從而擁抱生活拮据但天真無邪的童年幸福。**

郭：此外，您似乎也透過鄭愁予、瘂弦，隱隱指出在這塊土地上，文學裡的不同「鄉愁」？

江：在二戰結束後，接著國共內戰，一批流離失所的中國青年隨著國府敗戰，撤退來台灣。在驚魂甫定，稍事安頓下來之後，這些隨軍來台的文學青年的創作，綿密地籠罩在「文化鄉愁」的哀傷泥淖裡，千迴百轉，久久相思不去。在詩歌創作方面，如前述的瘂弦、鄭愁予，以及周夢蝶、洛夫、張默、余光中等皆有可觀的文化鄉愁之作。另一方面，殖民地台灣的詩歌傳承，則有另外一幅風景。從日治時期的「鹽分地帶」到「風車詩人」、水蔭萍（楊熾昌）、賴和、楊華、郭水潭，再到二戰後「跨越語言的一代」：林亨泰、陳千武、白萩。台灣鄉土文學論戰後，楊牧擎起詩歌大旗，風起雲湧出「台灣文學」的輝煌年代，李魁賢、鄭炯明、江自得、李敏勇、向陽、焦桐、陳育虹、路寒袖、李進文一路接續歌詠不輟。**我在詩中隱喻了「台灣文學」韌性前行的未來朗朗之路。**

現在的台灣，年輕一輩的詩人，代有人才出，已經沒有所謂文學裡的不同鄉愁之分，有的是已經融合在福爾摩沙的文學大纛，旗正飄飄地邁向世界文學的遼闊大道上。

對網路詩社的期許：

鑿寬小眾市場的既有路徑

郭：您對網路詩社有什麼觀察？或有什麼期許？

江：我對近幾年來網路詩社的蓬勃發展持正面、樂觀的看法。台灣早期詩社自日治時期的鹽分地帶、南溟藝園社、風車詩社，再到國府遷台以降的四大詩社：現代派、創世紀、藍星、笠，乃至一九七零年代至世紀末風起雲湧的大學詩社及新興詩社的蜂擁而出，顯現的是如過江之鯽，在白駒過隙之後，大部分詩社都是旋起旋滅，淘汰迅速。在達爾文「物競天擇、優生劣敗、適者生存」的進化論法則下，實屬不得不然。來到新世紀二零年代的今天，能存活下來的舊詩社都已跨足到新興的網路詩社的疆域。

現今網路詩社的發展，必須日新月異的創新、財力支援的務實、詩社同仁的素質水平、紙本與電子詩刊的穩定發行、各種主題詩作的優異徵選，如此才能吸引老中青詩人群的參與與詩作發表的慾望，而且要戮力拓展閱詩大眾的目光，讓市場行銷熱絡，鑿寬小眾市場的既有路徑，從而保持可長可久的永續經營的願景。

郭：您具影視專業背景，對「詩電影」有何看法或期待？以及，您有無特別想將之影像化的詩作？

江：詩的跨界或跨媒體演出，我是極力贊同的。台灣自 1960 年代起，黃華成在《劇場》雜誌期間就曾嘗試詩、劇場與實驗電影的跨界演出。到了羅青的「錄影詩」，陳克華的詩與繪畫的結合，「行動派詩人」杜十三推動跨媒體「詩的聲光」之展演活動系列，乃至在數位浪潮下形成的「帶電的詩體」，將新詩融入網際網路的程式語言與動畫結合的「數位詩潮」，一棒接一棒，風起雲湧。只是，新世紀第一個十年之後，這些歷史如煙的浪潮，最終還是只留下回眸的倩影，沒有產生關鍵性的延續種子。

這次人間魚詩社推出的兩部，將得獎詩作影像化的「詩電影」，我看過後感覺頗有可觀之處。詩語言與影像語言，存在著多重空間與視覺等五感的想像差異，期間文本如何被優雅地轉譯，從而產生優異的「詩電影」，是有繼續努力的空間。我想，如果將我童年記憶之詩，如〈鏗仔魚之味〉、〈母恩五月〉、〈騎馬打仗〉、〈紅蟳走路〉等，選一首將之影像化，應該是拍攝者比較難處理的吧！因為寫實與情節紛繁的長詩，以抽象化的影像「詩電影」處理起來會比較費事，如果不抽象化，就有可能變成在拍劇情長片了。

讓燦爛的「五色筆」安放在懷中

郭：您的筆名很有趣，談談您的筆名。

江：江：「江郎財進」這個筆名，是來自成語「江淹夢筆」與「江郎才盡」的歷史典故。江淹（西元 444-505），生性沉靜好學，年少時就在文壇享有盛名，世稱「江郎」。根據《太平廣記 · 夢二》所載，「江淹少時，夢人授以五色筆，故文彩俊發。」世人遂用「江淹夢筆」比喻文思大進。此外，據《南史 · 江淹傳》稱，「嘗宿於冶亭，夢一丈夫自稱郭璞，謂淹日：『吾有筆在卿處多年，可以見還。』淹乃探懷中得五色筆一以授之。爾後為詩絕無美句，時人謂之江郎才盡。」

我出生在戰後嬰兒潮物質貧乏的宜蘭縣壯圍鄉濱海小漁村，長大後總是希望能夠掙脫貧乏的生活。在決定筆名時便將「才盡」改成「財進」，取其「財源廣進」、「財源滾滾進」的意思。我現在最大的願望就是祈禱郭璞不要來夢中找我，讓那支燦爛的五色筆一直安放在我江郎的懷中，讓我持續「文思大進」，以急行軍的速度，在未來的歲月能夠多出版幾本「文彩俊發」的詩集。

江郎財進詩選

時間的腳勁

年輕時我在山崗上求學
聽著對岸早期宣稱的
入草為寇
盈耳的夢幻語意
隨後一知半解的白色威權
裹著冬冽的雨絲瑟瑟發抖

穿過九彎十八拐或者
丟丟銅仔火車過山洞
別離了龜山島的海湄
揹著阿伯仔討海的工資與
阿母灶腳的殷殷叮嚀
我來到草山，繳錢，讀冊
電影與戲劇的課程
跨步我
戲如人生的生嫩腳勁

宜蘭腔的羞澀舞台，淹沒在
莎士比亞《凱撒大帝》失靈的那隻耳朵
冬雨霏霏，如針穿刺
紗帽山的煙嵐，迷濛冷肅
好在有暗房裡的底片
史丹利庫柏力克的科幻奶嘴可吸
否則，蘭陽平原的魚米子弟
將被拍成滔天的八股笑柄

歲月的利刃插入心扉
滴出匆匆踏過的薄冰履痕
時間的蛀蟲腐蝕來時路
花甲的現在
真想送我這中古的全身零件到
泰坦星給馮內果
看看能不能重新剪接
重新復刻科幻的星座
重新升騰來過

騎馬打仗

我以金雞獨立之姿
想要征服混濁世界。
童年的曬穀場
是我跳躍馳騁的
沙場。在夏日乾癟的午后
拋棄意象的晦澀樊籠
沒有破折號的牽絆
以痛快淋漓的技擊
想殺個童伴們屁滾尿流
讓他們哀聲嘆氣。

我一柱擎天的座騎
希冀具備關雲長
赤兔馬的威力，或者
亞歷山大大帝的
望風披靡。只是
最怕碰到象群，奔竄在
印度恆河平原上
潮濕迷濛且瘴癘濁濁的雨林
讓望風披靡的馬
陷入戰魂的泥淖。

歷史的馬
幽冥曠遠難以企及。最近文學的馬
騎起來卻是怪怪的，
有一些些的褪色。
他們搭月光而來的馬蹄
在床沿
聽說被善意的摹擬
（有人說抄襲，
我卻認為有這麼嚴重嗎？）
可我想起我童年的馬
並沒有那麼複雜的意象
絕對不會抄來抄去
也絕對不會指鹿為馬

我童年的馬是
無邪、潔白、嬉戲，無憂無慮的
踢來踢去，跳東跳西。
啊，我童年純真的馬呀！

啊！我童年達達的單腳馬蹄
並沒有那個美麗的錯誤
我不是過客
我是一柱擎天的歸人
是道道地地、如假包換，
天然土的，本土囡仔，在玩
童年的騎馬打仗遊戲。

我右手緊緊捏住
領口，右臂彎角凸出如劍。
左手抓住後彎屈膝上來的
左腳板。右腳一柱擎天的馬蹄
迅雷不及掩耳欺近阿雄的跟前
拐給他一個狗吃屎，
阿雄哀叫一聲墜地不起。
阿明風馳電掣前來營救
我迅盂跳躍著馬蹄
揮舞彎角如劍的右臂迎戰
如火如荼，昏天暗地，
殺得日月燒燙如鍋滾。
太陽的汗滴落在我的嘴角
凝結成痙弦的，鹽
我掙脫二嬤嬤的，裹腳布
拒絕雙腳落地而懸空死戰的馬蹄
左衝、右突、東躲、西刺，難分難解。

「阿俊啊，豬寮的糞坑滿溢啦！
快回來挑肥哦！」
阿公高吭如雷的叫聲
我一個閃神
吃了阿明兇猛摜來的拐子
我踉蹌幾步馬蹄，且戰且退
不意踩死一隻帶雛覓食的老母雞。

那一夜
我卸下了敗仗的馬蹄
祖父軍令如山的罰跪
阿嬤愛孫操切的解救也是無方。
我依令，在窗前
在李白的地上霜，雙膝落地
跪向老母雞的冤魂，
點頭如搗蒜。
直至家裡的公雞破曉
東方洗白，
洗白我童年純真無邪的記憶馬蹄。

評審意見 編號 7

多元取材，叩問現實

文 孟樊

相對於其他進入決審的得獎作品，編號 7 號詩人的這些詩作，文字較為質樸可感，雖然有些語言過於直白，語意袒露（如台語詩〈白翎鷥〉），但他利用複沓、排比、層遞、反諷、對比……乃至反覆迴增手法，使詩質不至於過分鬆散。

就題材而言，不像其他詩作多涉及詩人「內心戲」的展演——故意賣弄難以卒睹的意象，編號 7 號詩人的詩作較能多元取材，叩問現實，多首詩作尤能凸顯反戰主題，殊屬難得。再就本次徵獎所要求的評審標準之一——多元表現不同的詩類型——來看，江郎財進這些詩作也是最符合徵獎要求的，除了攝影詩與長詩之外，還有台語詩、散文詩、論詩詩、戰爭詩等，可見其極寬的詩路。但散文詩〈馬賽克〉一詩第二節後半突如其來的「峰迴路轉」，未免弄巧成拙，殊為可惜。

附註：編號 7 號詩人為江郎財進，由於是匿名評審，評審於決審會後方知得獎者姓名。

當生命化為薄霧

當詩改編成詩電影

導演郭潔渝訪談

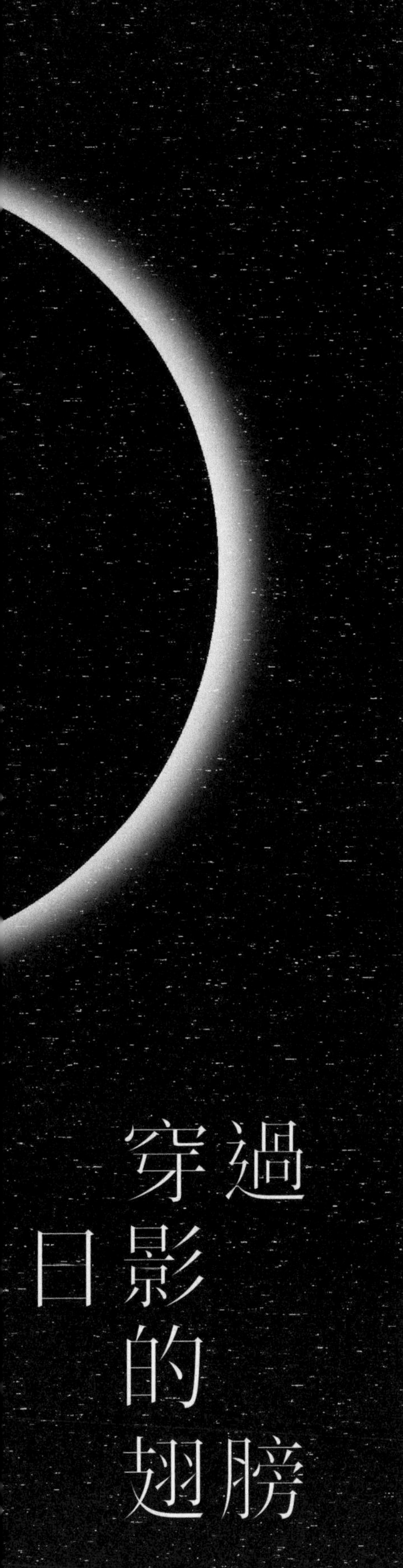

|導演郭潔渝訪談|

當生命化為薄霧

採訪　黃靖閔

「人終一死」的永恆母題

黃：請導演簡介這次的詩電影《穿過日影的翅膀》，最初為何會以這首詩作為影像創作？拿到一首詩的時候，你的發想是怎麼開始的？

郭：也許和詩人的生命經驗有關，**胡淑娟的詩作本身帶有優美氣質，在閱讀時可明顯察覺這是「女性聲音」、「女性書寫」，但並非刻板印象中，對女性的想像多是關於愛情的寫作，在胡淑娟的詩裡，更多的是對「人終一死」這個人類永恆的母題進行探索與變奏，**有時她用上帝視角，對凡人肉身的自己說話、預告未來；又有時候，她以身為人類的自己，處於自然和宇宙中所觀察到的運行法則，用文學手法將其與生命經驗融合，不帶批判，溫柔觀照。她的詩會讓讀者慢下來，你知道她寫作時，生命已近黃昏，卻彷彿輕輕牽著你的手，帶你穿過清晨藍紫色天空下，微透濕氣的小路。

我在〈黑琉璃〉和〈穿過日影的翅膀〉這兩首詩之間掙扎很久，它們都給我「圓」的意象，〈黑琉璃〉中的詩句「尋覓炸裂的星辰」讓我有宇宙大爆炸、星球剛成形、巨大威力的想像，甚至包含嗅覺中的煙硝味，這首詩在我腦中的形象非常立體，我覺得它的最佳形式或許不是詩電影，而是行為藝術、現代舞或蘇菲旋轉舞，且必須要有嗅覺與膚感，並藉由表演者的身體行動直接製造觀者的心靈衝擊，這首詩才有被表達完整，於是在諸多考量下，選擇拍攝我認為透過視覺、聽覺可呈現的〈穿過日影的翅膀〉。

身為讀者，心中爆發了另一個宇宙

黃：感覺這次的影像比過去的處理更為極簡，像是全黑空間、金屬圓框、音叉，它們創造出一種類似冥想的場域體驗，令人印象深刻。可否聊聊這首詩從文本轉譯為影像的過程？

郭：我轉譯的過程是角色的轉換——**先是受詩作感動的讀者，後是表達感動的再創作與訴說者；**由於〈穿過日影的翅膀〉是首短詩，我希望詩作的朗讀聲與視覺搭配時讓觀眾不感到拖沓、能完全投入我們創造的情境裡。

我先把這首詩抄寫在記事本裡，再把它給我的想法用簡短的名詞與形容詞速記在旁邊，例如「存在、生命、音波、光、材質、碎語、永恆的追尋、真理、圓」，速記完後再讀一次詩作，這次把視覺與聲音依序寫成一份劇本初稿，寫完發現，這份初稿是關於「每種性質各自完成它的旅程」，例如「音叉——聲音的旅程」、「煙霧——氣、靈魂的旅程」，而「金屬圓框」是這兩種性質試圖超越的結界，有點像靈療師拿著木棒繞著頌缽摩擦畫圓、敲擊，音波圍繞頌缽旋轉，泛起看不見的漣漪向外擴散，我們期望在忽近忽遠、綿延的餘音中昇華，進入類似蟲洞的意識分歧點。

雖然這樣的概念與自己曾參與團體冥想、水晶頌缽或其他種療法的經驗有關，但一切仍脫離不了原詩作，例如「以翅翼擦過薄霧」給了我「用音叉摩擦金屬框」的想法，「涅槃」在腦中的具象化是「圓」、「光」，「宇宙盪著亙古回音」是「頌缽綿延的餘音」，「每個生命都是練習的死亡」轉換為「每種性質各自完成它的旅程」，我認為，**整個過程像手裡有詩人的手抄密語、一張小紙條，身為讀者的我以自身經驗與感悟解碼，再變成另一份密語誦讀給觀者；也許這份版本會再變形，進入其他人的生命裡；也許理性的分析，始於閱讀詩作時情感的衝擊，在那瞬間，身為讀者的我心中爆發了另一個宇宙。**

黃：能聊聊製作過程嗎？像這樣非一般敘事的影像，導演如何與工作團隊進行溝通討論？如何對焦與確認？

郭：和許多微型劇組一樣，因為預算不足的緣故，無法有製片組，再加上劇本完成後，工作人員檔期有限情況下，硬是把拍攝日往前移動，導致前製期只有三個禮拜，而自己同時有其他工作要提案與拍攝，以及澤榆的詩電影《刮傷廚房》在進行製作，一人當多人用，也要自己場勘、買美術道具測試、送去鐵工廠拋光、租器材等，不知道是怎麼走過來的。幸好在寫劇本時，邊寫邊思考執行層面，讓前製省去不少時間，例如第一場敘述如下：

黑色空間 音叉、金屬圓框，
金屬圓框由魚線從上而下垂掛。

當我寫完這兩行字，便查詢可租借的黑色攝影棚的空間大小、價位、是否可懸掛金屬圓框；接著想，我要怎麼取得這個物件？我心中理想金屬圓框為何？原先認為它應是直徑長於人身，但這樣大的圓框需置於更大空間拍攝，且取得困難，製作金費不允許這麼做，「或許有容易取得的金屬呼拉圈」的想法冒出，真被我找到一種外層包覆泡綿，內裡是空心金屬管、可拆卸的呼拉圈，我想我可以暴力撕毀泡綿、露出我要的金屬面。當空間與重大美術道具幾乎可達成後，分別與 B 機攝影、燈光師與美術聯絡溝通，確認彼此職務可執行度，以及對整體概念和視覺的理解相同，因此除了實際層面外，也會與工作人員討論詩人胡淑娟的詩作與生平，每個人依自己的專業，融合技術與美學，共同完成這部詩電影。感動的是，美術吳芷瑩事先研究了懸掛物件相關的物理法則，在現場與助理黃子于搭配；B 機攝影師王玲玉在現場補足不同視角，燈光師葉人豪擅於以少量的器材，做最大化的效果，我的妹妹——同時也是本刊主編郭瀅瀅參與演出，不厭其煩的配合表演，彼此的向心力反映在最終成果裡。

ABOUT 郭潔渝

畢業於世新廣電電影組，現為影像工作者。《實物掃描》系列獲得 2008 室內光年度大賞， 2014 於香港 K11 Art Mall 個展展出，《The Rite of Love And Death》2011、2012 入圍法國 PX3、美國 IPA 攝影比賽，參與攝影的畢業製作《肆月壹日》入圍 2009 第三十一屆金穗獎學生實驗電影、短片《理想狀態》（導演黃靖閔篇）於 2015 台北電影節放映。
www.criscentguo.com

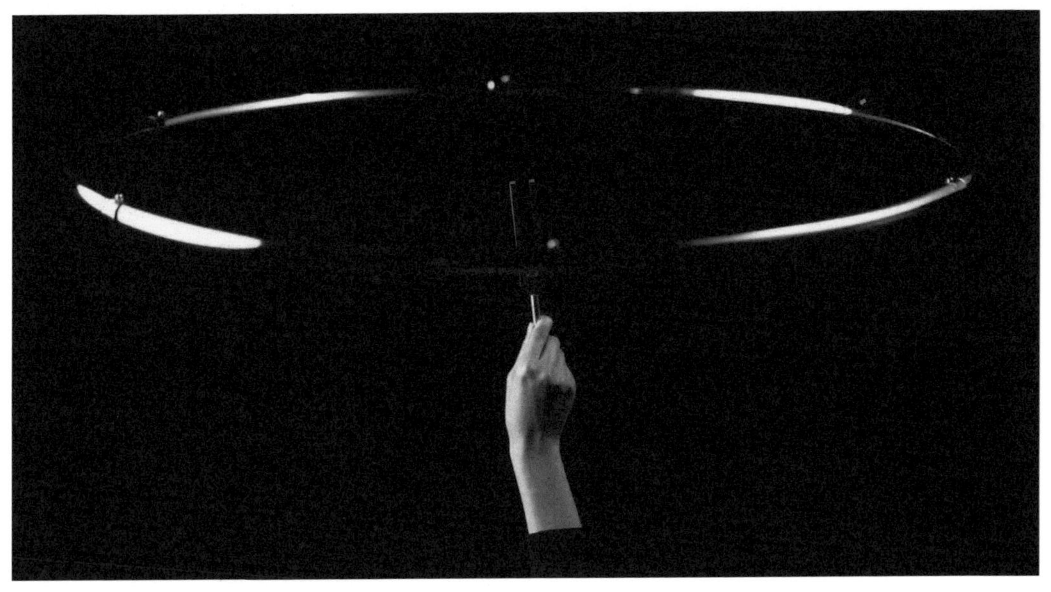

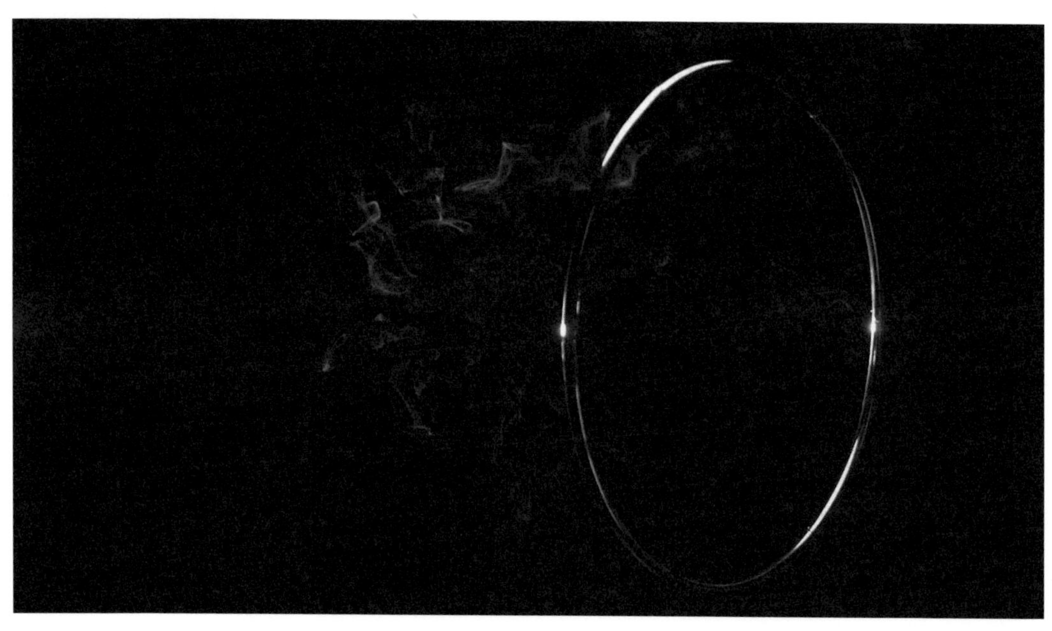

音叉——衝破薄膜的震音

黃：音叉的聲響在這次作品中所扮演的角色是什麼？它既簡約但極具存在感，溫潤又銳利，直覺它像是某種意象的具象化，這次是如何選擇以這樣的聲響作為配樂？

郭：在寫劇本的前兩個月，我搬進了新的居住環境，發現自己對聲音、噪音有較高敏銳度，極度影響生活，經歷了一段心理崩潰期。那時，有人跟我說：「人與人之間、生命與生命之間，是充滿碰撞的」，於是「碰撞」在我腦中形成畫面——許多大小不一的金屬球相互擦撞、彈開、滑落等，碰撞時發出不同頻率的聲音，滑落滾動時又與摩擦的平面產生聲音與震動，有些球較巨大、橫行無阻，視小球於無物；有些球很小，可滾到安全的夾縫中；這段想像畫面反映了我混亂的心理狀態，同時也讓我思考，聲音是什麼？有些生活的低頻噪音會產生震動，你的生活空間與心臟會與它共振，有時忽然的重擊樓板聲中，會伴隨著天花板燈具裡金屬物件高頻震音。

所以當開始讀胡淑娟的詩作時，很直接的把〈穿過日影的翅膀〉與金屬音連結，再與之前曾使用的治療用音叉結合，我收音了兩隻「古律音叉」的聲音，於剪接軟體用變速、改變音頻的方式堆疊製作簡單和弦；由於我預設金屬圓框並非中空、表面有一層類似結界、看不見的薄膜，當觸碰薄膜時，會產生震音，因此當劇中的手持音叉要靠近圓框時，產生了低頻的震音。在我主觀的意義裡，**劇中無論是用手指試圖碰觸金屬球、用工具（音叉）圍繞金屬圓框外框與內徑，都是對真理的探尋，不斷趨近、試圖衝破薄膜，想超越**

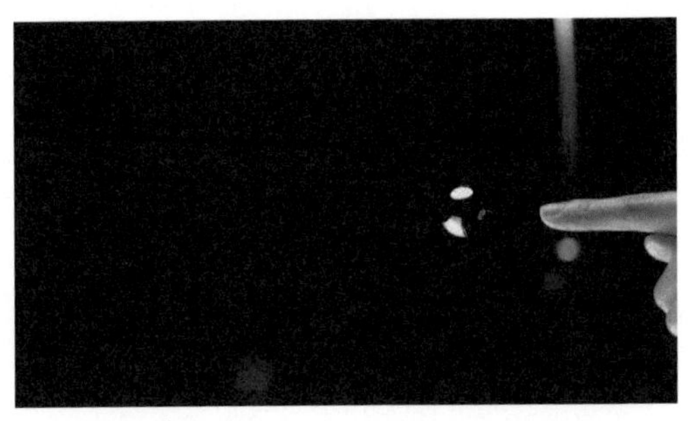

ABOUT 黃靖閔 Kassey C.M. Huang

主修導演，剪接專長。作品橫跨紀錄、劇情與實驗影像，善於描繪人物情感的細膩與溫度，2012 與張耀升導演共同執導《鮮肉餅》入圍第三十一屆金鐘獎最佳迷你劇集男主角、2013 年短片《海倫她媽》獲《The Hollywood Reporter》好萊塢週報與法國外媒報導、入圍海內外影展，並曾入選越南 Autumn Meeting 陳英雄導演工作坊，現職商業影片製作，持續多元影像創作。

更多詩電影

到彼方，最後透徹的理解——一陣煙化為虛無，通往生命不可達成卻終將歸往的境地。

對我而言，聲音是這部詩電影的催化助劑，同時，聲音也完成了它自己的旅程。

詩人會消逝，作品與意志會留下

黃：這次創作過程中有什麼令你印象深刻的事情或經驗可與我們分享？

郭：這次我們邀請余師丈（余世仁）朗讀詩作放入影片中，那天在錄音室門口，余師丈說，在去年的金像獎詩人訪談裡，他曾提及，希望詩電影像廣告般優美，我說，我一直有把這句話放在心裡；於是錄音時，我把《穿過日影的翅膀》初剪無聲版本播放給余師丈看，余師丈還沒看完，就激動的說，整體視覺和他與胡淑娟幾年前在嘉義水上鄉拍攝的日環蝕照片非常相似，便打開手機給我看照片，我邊看邊因感動而顫抖，我想，或許在精神層面，我受到了胡淑娟的感召。且因余師丈是醫生，當我提及會用音叉製作聲音時，余師丈表達對聲音震動的想法與理解，談論了音波傳遞的概念，後續的錄音也十分順利。當我把余師丈的朗讀聲音放進影片裡時，某種生命的厚度出現了——詩人會消逝，但作品與意志會留下。

黃：透過這次的作品，導演想探討或延伸的東西是什麼？

郭：「無論你對此生的決定為何，一定要真誠的對待自己。」這是李安導演的《臥虎藏龍》裡，片末俞秀蓮對玉嬌龍說的話；**在胡淑娟的詩作裡，她對創作的真誠、對生命的誠實，詩的語言僅是表達詩人內在狀態的工具，詩人透過時間累積，對工具的熟悉、對自我與外在的理解，寫出的每首詩，都是種探索與領悟。**我感覺到，胡淑娟沒有被疾病擊垮，余師丈說，她自患病起，便對死亡做好心理準備，對每天的甦醒感到快樂；創作，讓我們活在生命裡。

穿過日影的翅膀

/ 胡淑娟

來時是風
橫身以翅翼擦過薄霧
追逐高空的日影

然而仰視這樣的圖騰
解構所有意念
距離涅槃還遙遠的很

隱約聽見
宇宙蕩著亙古回音
每個生命都是練習的死亡

此為余師丈及胡淑娟於嘉義水上鄉拍攝的日環食照片組圖。

殘酷物語
幽默雙關下的

當詩改編成詩電影

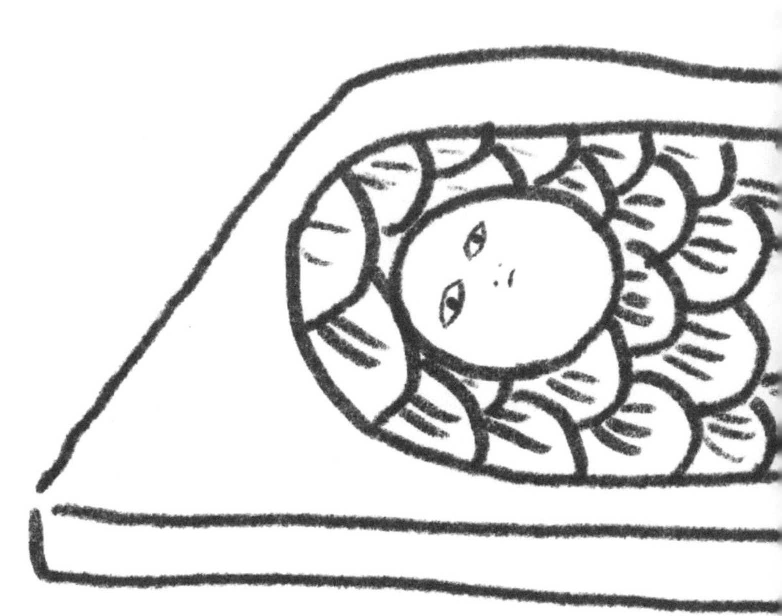

II 動畫陳保如訪談

I 導演郭潔瑜訪談

I. 導演郭潔渝訪談

幽默雙關下的殘酷物語

採訪 黃靖閔

包裝在幽默雙關下的殘酷物語

黃：請導演簡介這次的詩電影《刮傷廚房》最初為何會以這首詩作為影像創作？

郭：我喜歡澤榆寫作這首詩的方式，**它是一首包裝在幽默雙關下的殘酷物語，在閱讀時，讀者會進行角色、視角的切換，「我」這個發出內心獨白的主體有時候是人，有時候是魚，讀著讀著，才發現我是人也是魚——人為刀俎，人亦是魚肉，**很容易讓人聯想到莊子與惠施關於「子非魚，安知魚之樂？」這段有名的辯論；我尤其喜歡第二段的「於是刮下我遍體鱗傷」，開啟了第三段「赤裸才是我原本的樣子嗎」，**刨去表面、認識自我的過程不僅痛苦，又在砧板待宰著，是誰造成的？我自己嗎？**來不及思考之際，這首詩的後兩段，以「人」料理「魚」這個「食材」與品評的方式，轉為形容人的狀態品行，例如「煎炸」表示奸詐、魚「腹黑」黑的轉為人的陰險惡毒、「蛋然」諧音淡然、魚的食用口感「乾脆」諧擬人的個性，透過一系列的雙關語，人的道德品行或社會化程度也逐漸改變，**如果以電影角色來思考，這究竟是人物成長或墮落，實在未可知，端看觀眾是理想主義或現實主義者，**這是我被這首詩吸引的地方。

黃：為何會選擇以動畫作為轉譯的方式？這次嘗試與以往截然不同的作法，最初是怎麼發想？可否聊聊其過程？

郭：我曾想過用平面攝影組成的逐格電影形式製作這部詩電影，畫面風格是電影《萬惡城市》高反差的黑白攝影組成，只有部分元素會有手繪色彩在照片上，例如血、油鍋或「蛋然」的黃色、淚的藍色，如果堅持這個路線，整部詩電影視覺效果會和現在完全相反，但實務上難以執行，於是我向詩社同仁提出「逐格動畫」這我自己也未試過的概念——以繪製動畫的方式，每秒六至八格組成。我希望有手繪感，它可以簡單，但不能無聊。我記得提案時，大家安靜好久，我們進入了未知領域。

但我堅持，這首詩就是要以逐格動畫的形式製作，沒有備案。

不是別首詩，就是這首詩。

每個人都是地獄的一部分

黃：可否聊聊這次與其他創作者合作的過程？有什麼有趣或印象深刻的經驗可與我們分享？

郭：和插畫藝術家陳保如合作，是一連串的巧合，原來最適合的人選，一直在我們身邊。原先找的動畫師時間無法配合，正好我們的雜誌發行人有參與這場會議，我才知道，發行人的女兒陳保如在前往美國研讀藝術前，曾在台灣短暫讀過動畫系，對動畫是有概念的，現已是插畫藝術家，讓我的「沒有備案」真的不需有備案，保如徹底解救了我。

之前我們拍攝的詩電影，雖都以詩為基礎改編成詩電影劇本，但經常在剪接時大幅調整結構，**而《刮傷廚房》則在劇本階段就有明確的劇情敘事，這與上述詩內角色成長的線性時間序不可調動有關，**於是製作過程比之前嚴謹許多，我將劇本拆成分鏡，並註明每個畫面的鏡位、景框大小、秒數、需多少張圖稿等，保如再按分鏡一一繪製草稿，我把草稿分別置入正確的分鏡格裡，做正式繪製前的最後討論；雖然繁複，但我們都明白，這份基礎確立後，接著就是放手一搏了。

與保如合作使我產生一些新思考，例如動畫角色的塑造——這隻主角魚，擬人程度為何？人格化程度到哪？牠究竟是人還是魚？在原劇本裡，「人」與「魚」在片頭有較明顯的主客關係，視角交換頻繁，**但在為顧及詩作朗讀節奏而設定的極短片長裡，頻繁地變換視角，有可能因訊息量過大造成觀眾混亂，於是和保如討論出，改以主客體較模糊的形式、以「魚」為主體來繪製，「人」成為幽靈般、內心暗影般的存在，同時「人」也是自己、是集體潛意識，像歌手蘇芮〈一樣的月光〉的歌詞：「是我們改變了世界　還是世界改變了我和你」，每個人都說自己受害，誰又是加害者呢？就像前面提到的，人為刀俎，人亦是魚肉，「他人即地獄」，就表示自己也是地獄的一部分啊。**

黃：這支動畫實在是太可愛了，但做動畫真的是件超級麻煩的事情，讓你最痛苦跟最快樂的部分是什麼？

郭：剪接動畫時遇到的困難是，雖然有把秒數、張數與景框等設計進分鏡裡，難免想得不夠周延，我覺得，與其請保如補畫素材，不如我先徹底理解現有素材、把它發揮最大效用，這也是我對自己想呈現的畫面再度釐清的方式，所以我把保如繪製的部分畫面二次構圖、交錯剪接，也進行裁切、淡入淡出、疊圖、平移、停格以改變時間體感等，用基礎的形式讓效果變豐富，甚至先斬後奏地拆解保如的素材，自己去背做轉場，做好了才逐段給保如確認，所幸她給我任意使用的空間，例如詩作第二段：「那把刀總怕弄傷我／不勇敢一些無法繼續／只會徒留不乾脆的傷口／於是刮下我遍體鱗傷」，這裡我想強調，刮魚鱗前的空氣凝結時間、下定決心時刻，以及魚鱗噴飛的暴力，所以把畫面切進特寫，手先鬆後握住刀，**決定要刮下去後，就是頭也不回的刮了，**魚鱗噴飛也用了畫面平移效果仿造電影裡的慢動作。有時保如對某些效果心理過不去，便繪製新元素讓我運用，彼此往同一個目標前進。

與配樂師蔡宜均的合作也十分愉快，我把詩作與劇情想像成一首古典樂曲，有明確的主調與變奏，以輕快童趣的主旋律A開場，第二段進入懸疑氣氛B，接著被刨去外皮變虛弱，是A的哀傷小調版本，進入社會化、穿上西裝外衣後再變奏，最後回到主旋律A收尾，小蔡很神奇的辦到了，尤其是**「我想回歸大海／不過一條腸子的距離」這段音樂，小蔡用手風琴的尾音拉長感表現人已油條、世故，讓觀者忍不住嘴角上揚。**

既希望自己就是世界的律法，又渴望天啟昇華萬物

黃：同時間要製作《刮傷廚房》與《穿過日影的翅膀》這兩種截然不同的影片，會錯亂嗎？過程中你怎麼轉換？當你卡住的時候怎麼辦？

郭：這兩首詩、這兩部詩電影表現了人生的不同狀態，《刮傷廚房》的主角魚在片尾變成魚骨回歸大海，馬上被大魚一口吃掉，進入生滅不息的循環（註：原詩作沒有被魚吃掉的段落）；《穿過日影的翅膀》偏向終極的解脫，有化為無；一個是銜尾蛇的循環史觀，一個是線性時間，而兩部詩電影的實際製作時間是交錯糾纏的，我想它們都呼應了生命裡的一部分——**我們在經驗世界裡謀求事物的運行法則，又渴望更高力量引領前途；既希望自己就是世界的律法，又渴望天啟昇華萬物。**製作過程裡，像在這兩種觀點間互相切換，彼此既是壓力來源又是放鬆管道，當一邊卡住時，就去做另一邊的事；又有點像按摩，當壓力還在可忍受範圍內，是舒服、快樂的。

黃：下次想挑戰什麼？

郭：想試著把影像、聲音與其他感官結合，例如嗅覺。

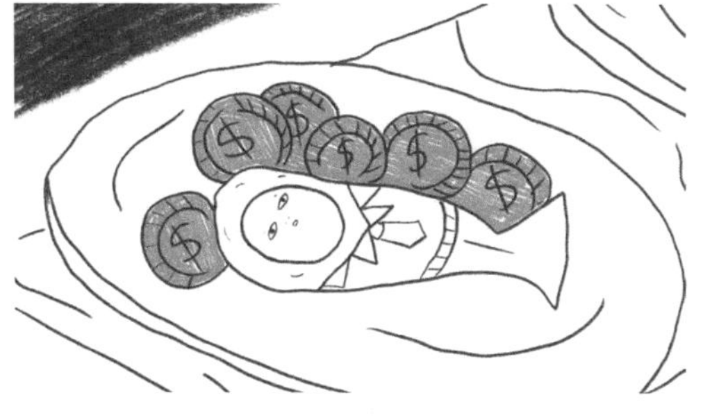

II. 動畫陳保如訪談

採訪 郭潔渝

無奈的筆觸、些微暖調的藍色

郭：想請你談談之前的創作經驗，以及你的創作風格、類型，與這次製作動畫的異同。

陳：近年來我的創作一直都是色彩繽紛帶有童趣的插圖，我特別喜歡用水彩或是蠟筆、色鉛筆來創作。除了色彩上面的表現，我也特別喜愛描繪動物的形體，我覺得動物圓潤的身體有一種美感。此次創作動畫時，我一改往常整體童趣的風格，搭配著詩文想著，嗯…… 這詩讀起來有那麼些傷感，如果用色彩鮮豔的方式繪製，感覺不太對。邊構思著草圖，**我慢慢加入一些詼諧與無奈的筆觸在這次的動畫創作中。**除了風格上的變化，最大的不同是我使用電腦繪圖的方式，雖然我很喜愛手繪帶來的整體細膩感，但思考到須完成數百張的動畫，用電腦繪圖來呈現或許是最好的方式，也因為這樣，我發現電腦繪圖也是一種美感呈現。

郭：你是如何塑造劇中角色，以及決定整體風格？雖然劇本改編自詩作，但仍有不同之處，你是如何把握住重點、有哪些取捨呢？

陳：當我閱讀〈刮傷廚房〉時，我腦中有很具體的圖像呈現，**有點憂鬱、有點淡然，也有很清晰的色彩。**但當時我很害怕給導演看草圖和色彩規劃時，導演會不同意。**我腦中當時充斥著，很憂鬱的藍色，不是飽和度高的藍色，是混了一些綠色和些微暖調的藍色。**當我拿出色鉛筆畫草圖時，我就決定：嗯！這個顏色真的很合適，我打算整個動畫都是

更多詩電影

用這個顏色來創作。提案給潔渝導演時，你馬上說：「啊！這顏色很適合這首詩！」我內心的大石頭就放下來了。

除了閱讀詩文，導演寫出的劇本是動畫故事線的根本。在閱讀劇本時，我很喜歡它把詩文中的角色特性刻畫得更深刻，也是我最初在繪製劇中角色時，很快能夠掌握這個角色會是什麼型態的原因。當然依照劇本和詩文，裡面有一些比較困難的鏡頭構圖，動畫新手的我一開始沒想太多就開始繪製，但到後期發現，有些角度我畫不太出來，而和導演討論有沒有什麼不同方式來繪製。

視覺的合理性與美；說故事般讀詩

郭：製作詩電影動畫《刮傷廚房》，印象最深刻的部分為何？

陳：印象最深刻的部分，應該是我全部都用電腦繪圖方式來繪製，從一開始不習慣，到後期發現電腦繪圖的方便和細膩感。當然我注意到，一直以來都是平面繪圖的我，很少去考慮到連續動作和鏡頭，例如這次動畫的創作，我會一時之間不知道一個連續動作中，每一個鏡頭該如何呈現。邊就要感謝導演，在我畫到很困惑時，提供了我不同鏡頭視角的範例讓我參考。我也學到，**在製作影視或動畫，拍攝者不只是要考慮到一個鏡頭的美，也要考慮到每一個鏡頭帶動的連續動作，能否給觀眾視覺的合理性和美。**

郭：讓你最痛苦跟最快樂的部分是什麼？

陳：繪製動畫最痛苦的事情莫過於，一直重複在畫同一組畫面，與改變一個筆觸。導演整理出每一格我需要的張數，我照個這個張數表來分配畫面和構圖，我記得有一幕是冰凍的魚退冰流下眼淚，光是這一個動作我畫了將近一百張，一百張的呈現最後那眼淚才會流得很順暢。我記得畫到逼近八十張時，我的眼睛已經快無法直視螢幕，然後又覺得每一張的改變只有一點點；因為主角是條魚，所以那陣子幾乎不想吃魚。最快樂的事當然是完成每一格後的成就感，我每畫完一個動作都會自己播放一遍，就覺得，啊～太好了！動作很流暢，這樣獎勵自己，並期待整個動畫剪接完成的樣子。

郭：這次除了參與繪製，也為這首詩錄製朗讀旁白，請與我們分享錄音過程。

陳：當我接到說要找我配音時，我很開心，但也伴隨著緊張與不安的心情。我從來不覺得自己的聲音有任何特別之處，更沒有字正腔圓的自信，但心裡又很想去嘗試為自己畫的動畫配音。當天潔渝導演引導我，先讓我熟悉配音的感覺、節奏，然後指導我每一個句子的要的情緒是什麼。我覺得那真的是一個難忘的體驗，配音的時候，一個字、一個音，都能影響到整個句子要呈現的情緒。導演很耐心的指導是初學者的我，用丹田發聲，**用具體的方式像是說故事一般來把聲音發出來。**最後的成果我很驚訝也很滿意，雖然到現在聽到自己聲音時都還是會很害羞。

ABOUT 陳保如

陳保如（Pao Ju Chen）美國馬里蘭藝術大學純藝術系畢業，藝術創作主要是以插畫為主，喜歡用蠟筆和色鉛筆創作，創作風格充滿童趣。出版作品：《這隻是什麼？我的第一本動物識字書：A到Z，ㄅ到ㄦ，臺語、客語一起學！》

刮傷廚房

／澤　榆

從冰箱拿出隔夜心事
與一條魚比賽解凍
淚流得有點腥味

那把刀總怕弄傷我
不勇敢一些無法繼續
只會徒留不乾脆的傷口
於是刮下我遍體鱗傷

赤裸才是我原本的樣子嗎
卻新鮮得有點害羞
砧板上宛如一世紀的等待
油躺進平底鍋挑逗
那沸騰的呻吟
試圖把我變得煎炸

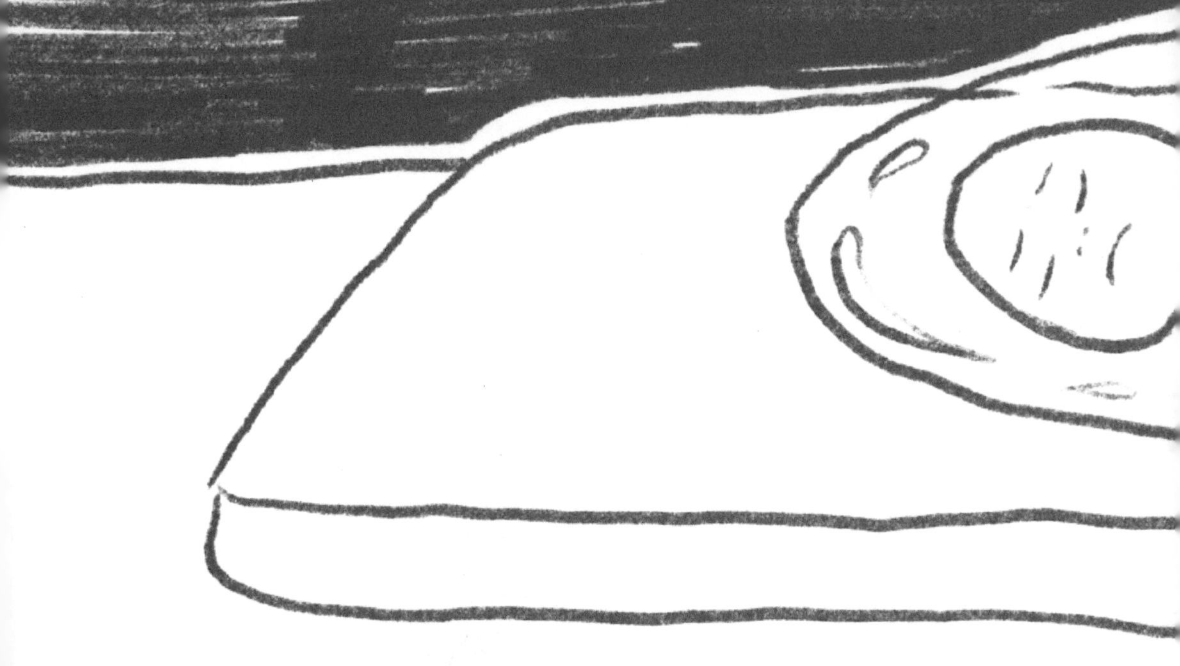

金黃的部分
是金錢崇拜的開始
腹黑的部分
是一場翻身的蓄勢
被留下的部分
是忘了穿上一身蛋然

成了人人口中的乾脆
很多心事就算狠心咀嚼
也需要時間消化
我想回歸大海
不過一條腸子的距離

NOTE
&
COMMENT

孟樊
MENG FAN

鄭慧如
HUI-JU CHENG

溫任平
WOON SWEEN TIN

談詩

傅詩予
HSIU-YING FU

吳長耀
CHANG-YAO WU

劉三變
SAN-BIAN LIU

論詩

NOTE
&
COMMENT

| 鄭慧如說詩 |

連綿語勢與意涵暈染——方旗詩例

文　鄭慧如

中文可營造詞句和意義上的頂真，因句生句，因意生意，句意互生，語勢連綿暈染。現代詩作品中，連綿語勢經常增添閱讀趣味。

在台灣現代詩的發展裡，連綿語勢還常常是情韻的基礎，是渾沌的、聯想的樣貌。一如弗萊所說：「詩歌創造是修飾的一種聯想過程，其大部分隱伏在意識的表層之下，是由一系列雙關語、音響環連、含糊其詞的意義聯繫及頗似夢幻的依稀回憶構成的渾沌之物。」商禽的＜逃亡的天空＞、＜遙遠的催眠＞呈現兩種不同的表演手法。＜遙遠的催眠＞藉語調開展如同首句所謂的「懨懨的」神情：「島上許正下著雨／你的枕上曬著鹽／鹽的窗外立著夜／夜　夜會守著你」，第二段以下，用相同句式，更換名詞以迄終篇。＜逃亡的天空＞裡，連綿的頂真句以「是」串接，做為連接前後兩組意象的環扣，意象的遞進為：臉→沼澤→天空→玫瑰→雪→眼淚→琴弦→心→荒原，呈現隱約的內在世界。

輾轉承續、連鎖推進的句式，很能表現潛意識邊陲的漫遊。個人情感世界中，輾轉連鎖的句子可營造波浪般的語調；而在高低起伏的調式裡，詩行的接續與聯想也常超越時空、跳脫邏輯，逸出常理的語意，隨讀者個人經驗的聯想而奔逐。例如方莘＜坐＞的部分詩行：「不依附自己的瞌睡／一下午的秒滴就當溫泉／雨聲中升起札縵縵的煙霧／寬鬆的袖腳別上德布西／小組曲小組曲我的講義／平淡的呼息翻動的書頁萊布尼茲／的楫莊子的槳椅子連著椅子／誦讀漫漫的詢問漠漠的答案／遲遲的流過流過意識的波浪／教授你的喉音喃喃墜落／墜落墜落喃喃的粉末／耳語回顧黑檀色的靜默／拘謹肆放濕淋淋的睡意／逸走的眼神逸走寶藍的逸走／細緻的時刻沈落鳥聲的沈落」。描寫午後課堂上的昏沈，第一段大致鋪陳之後，方莘用連續的類迭詞（「漫漫的」、「漠漠的」、「遲遲的」、「喃喃的」、「濕淋淋的」）、堆棧而重複的詞語（「小組曲小組曲我的講義」、「誦讀漫漫的詢問漠漠的答案」、「遲遲的流過流過意識的波浪」）、中斷的長句（「平淡的呼息翻動的書頁萊布尼茲／的楫莊子的槳椅子連著椅子」）與頂真的句型（「教授你的喉音喃喃墜落／墜落墜落喃喃的粉末」），這些句子延緩了音長，塑造令人昏昏欲睡的語境，具有一定的語義表達作用。

在台灣現代詩的發展中，方旗詩的連綿語勢很值得留意。方旗獨步詩界的是句子與意義之間的連綿響應，以及從詩思和語言的飛躍中，展現對瞬間感知的客觀化。張健說方旗：「頗能透明與厚實兼顧，尤其是錚錚獨造的歷史感」；溫任平說他：「古典與現代交融」、「因句生句，因意生意」、「意象精確、細緻、生動，不落陳俗」、「對時間、生命、存在有特殊的敏感，常發為縈繞回蕩、發人深省的冥思或問句」；張寶云則切入起伏回環的纏綿路線、語境縮放的自由變化、字詞擴散暈染的效果、重疊的虛境與實境等方面。其中，「因句生句，因意生意」特別勾勒出方旗詩的語調。

方旗的詩以凝練沈穩的語調、不即不離的意象、若斷若續的古典文學血脈為特質，文字背後的意義與世界放在第一優先，而由意象帶動經驗的深化及本體化。

例如＜秋＞的末三句：「疏林外，那亂山後的太陽／浮動在太陽後的亂山／不知將升或者將落」。「不知將升或將落」借著太陽的升沈描寫交融在情感與沈思中的抒情主體，「亂後的太陽」和「浮動在太陽後的亂山」則是詩思的可視化。一絲惘然與惆悵，收束得乾淨利落。

又例如＜端午＞：「穿起古時的衣裳／遂有遠戍人的心情／江南的每條河上都有船隻／各自向上游或下游尋去／呼喚魂隨水散的故人」。「古時」、「遠戍」、「江南」製造時空的煙幕彈，虛起的詩行隱隱展示緬懷之外的嘉年華意味，節日的紀念意義在以「穿起古時的衣裳」為條件下開展，由此引發虛接的三行。而「遠戍人」

與「魂隨水散的故人」，語意上既呼應又擴散，既可同時為屈原的代稱，又可詮釋為每條船隻各自逡尋的目標。看似由兩個意義單位連接的這首詩，在末三行形成彌天漫地的招魂形象，剎那逸出詩題「端午」的情味亦由此衍生。

方旗的詩，句子與意義在連鎖的語勢中蔓延，瞬間感知則在語言與心靈的相互尋找中成色。比如 < 我的子夜歌 > 第二段：「從地獄寄回的明信片／夢如破枕散落在床第／時鐘延續可憐的呼吸／針臂有時指向愛／有時指向死」，此詩由詩中人收到明信片後展開內心感覺的外化，「地獄」、「破枕」以虛有之景寫沈重、失望而寥落的心境。「時鐘」以下，指向詩中人的精神意志。結句：「針臂有時指向愛／有時指向死」，是詩人對現實的追問，表現出對存在的全然敞開，而有閃電划亮夜空之效。

又如 < 一九七〇年中秋 >：「檐滴最後的淅瀝／路燈下／痴肥的黑貓轉入巷子／一星燦然／在屋頂與天線之間／又白又圓的／當然是月」，此詩藉景寫情而不說白，前後兩段由地上及天上的對照，將空間時間化，語調帶領詩境在動靜與明暗之間游移。開篇「檐滴最後的淅瀝」，寫雨將停而未停的瞬間，為視覺之聽覺化，全詩的視角亦凝注在幽暗屋檐落下的透明雨滴。從這個句子的安穩調性拓展，「痴肥的黑貓轉入巷子」是全詩之眼，在感知上，此句不停頓而稍輕快的節奏否定了貓之痴肥，與黑貓轉入巷子的實際速度悖逆，而有種意義上的潛伏或暗示。第二段由「一星燦然」開始，顯知雨停。「又白又圓」對照「痴肥的黑貓」，製造語境上的幽默感，所以「當然是月」。此詩的兩段，第一段的「路燈下」和第二段的「在屋頂與天線之間」則做為調節主客的橋段。第一段以檐滴為客，黑貓為主；第二段以燦星為客，明月為主。檐滴與燦星、黑貓與明月，有互相映照、對襯的作用。

連綿的語勢經常展示比興與情景交融的氣韻。因慣於在某一特殊範圍之內凝定經驗，氣韻傾向的極致，便是一種美學的極簡——處處留白，豐富多義。含蓄之極，鄰近沈默。

ABOUT 鄭慧如

現任逢甲大學中國文學系教授。
著有《身體詩論（1970-1999・台灣）》、《台灣當代詩的詩藝展示》、《台灣現代詩史》等。選定、著錄及撰寫「中國大百科全書・第三版・台灣現當代詩」詞條。擔任「中國新詩總論・評論・1950-1975」台灣之選文。

NOTE
&
COMMENT

| 大馬的詩·大馬的人 |

繆斯鍾愛的女兒：美過的方娥真

文　溫任平

（一）

前些日子在臉書，先後讀到兩則有關方娥真的路邊社報導。方娥真何許人？余光中在上個世紀 70 年代，為她的第一部詩集《娥眉賦》，寫了篇文情並茂的序〈樓高燈亦愁〉，一向謹言的余先生的稱譽是：「詩神繆斯最鍾愛的女兒」。

臉書訊息的流傳—可能在報章轉載過來—用語頗重。「……暮色蒼茫見一老嫗，衣著陳舊，自檳城某廉價組屋蹣跚而出，噢，那不是方娥真嗎？」2022 年的方娥真當然老了，玉樹臨風 50 年前的溫任平何嘗不會老？文章或 FB 的作者會老嗎？

方娥真大概在 18 歲出道，用「寥湮」為筆名在《蕉風月刊》發表散文。她的散文，即使在稚嫩的試驗階段，仍可讀出她的帶點任性的從容。我的一生只指出過娥真寫散文的一個坎陷。

娥真笑容可掬，可滿腦袋都是古靈精怪的念頭與主意。那時瑞安在自己的房間搞了個「振眉詩牆」，掛貼詩與散文。有一次，應該是在 1973 年，娥真貼了一篇〈長明燈〉上來，文章幾乎每隔一句就有金句冒現，我在所有金句旁邊都划上藍槓。詩社所有的人都看著我，無聲的發出提問：

「這樣的散文，水準已越過寥煙時期，任平兄你還要求什麼？」

「娥真這篇散文出色的句子太多，花

團錦簇，混在一起分不清。散文與詩一樣，不能句句爭先，鮮花得用綠葉扶持，始顯風華。」

我不肯定其他的社員懂不懂，娥真顯然從我的話聽明白個中道理。綠葉不等於爛句，它們為金句舖墊。大家翻讀她的《重樓飛雪》便知道理。但她與瑞安赴台太快，我沒機會對她的《娥眉賦》某些過於散文化的部分進言。詩可以散文化，那只是文字的矯飾。用句子綿長不一定就是拖泥帶水，它們是為了後面的斬釘截鐵蘊蓄力量。

太多的金句會造成「美感擁擠」（aesthetically crowded），互不相讓，所有的金句都爭著「表現」。「五色令人盲」，紅花需要綠葉襯托，整束都是紅玫瑰，即使美也難免俗艷。

娥真的詩化使她成了左手的繆斯。經過一些日子的沉澱，她的詩下筆輕快、輕鬆，但往往在詩的結局把人物的「出路」鎖死。即使詩題比較中性的〈上樓〉、〈下樓〉、〈倒影〉、〈側影〉篇幅可觀的重要作品，內容往往從開頭的一點點樂觀，很快的向悲觀、虛無的方向傾斜，而且傾斜的速度迅疾決絕：

———已經是秋天了 / 依然是秋天亮窗 / 小巷迷濛的秋天 / 有人撐傘經過 / 有黃色的雨衣在樓下 / 不知道哪兒有歌聲 / 歌聲在未完成的時候突然斷了

前面那幾行，我還會聯想到戴望舒的雨巷瀟灑浪漫，突如其來的歌聲中斷，令讀者「大受打擊」。那是完成在 1973 年近半個世紀的舊作。娥真的詩有一種很可怕的決絕性：

我說你不要來
我的周遭還是雪夜
我早已化雪
覆蓋著你的屋簷上
我是那無限絕望的白雪
——〈倒影〉

我怎麼能料到　我怎會料到
你鏡外的側影看不見我呢
天一亮的時候我就要回去
我就會化為衰草
你還是說不出一句話嗎
你還是聽不見一句話嗎
冬天來的時候
我就忘了一切的一切
那我們怎麼辦呢
——〈側影〉

不僅決絕，而且逼著讀者回答她的修辭問句，一點也不放鬆。娥真柔婉端莊，可她的感情力量是不顧一切的，我在手機上寫著這篇文章，翻查資料看到這樣的句子：「為了不知你是誰而唱懷念的歌 / 不知那一個約會是自己的等待」、「為什麼不帶我去流浪呢 / 我尋覓的燈 / 每一盞都向你歸來的夢照」……我很難想像那是一種怎樣的情懷。

（二）

1973 年，娥真 19 歲，散文已頗受注目，詩還未成名，我在 1972 年已發函籌編《大馬詩選》。我在翻閱方娥真當時有限的詩作，突然發現她有一篇簡短的作品〈窗〉：

世界上的窗
都在夜裡對著燈光發呆
他們同時有著一個古老的記憶
從很久以前起
所有的行人都是陌生客
寒著臉尋找自己的庇護
當你走過長街
當我走過長街
美麗的簾影背後
是什麼

發覺它完全擺脫現實主義的套路，拒絕感傷主義，窗內窗外的描述，虛中有實，實中有虛，手法近乎老練。還有她的世界觀（這點太重要了），「世界上的窗」已包括眾生堪苦的婆娑世界，完全不像一個十多歲少女寫的作品。

娥真是用她的率性任真的抒情主義，讓讀者從文句的節奏、語言的氛圍，一種叫著 ambience 的情調，讓散文化「合理化」（her prosaicness has its significance）。散文化變成推動詩思挪移的動力，讀者因此可以接受她的她異於常人的觀察：

沙灘最愛夜裡的海浪
夜裡的海浪無人看

她在台北師大唸西語系的那些日子，很明顯的讓她變得既浪漫又感傷，與愛人生活在一起應該最愜意卻隨時準備死亡離場（為什麼？）。1971-73年是我研讀中西詩藝最用心的三年。這三年裡我寫了〈詩的音樂性及其局限〉（刊“純文學月刊”），〈電影技巧在中國現代詩的運用〉（刊“幼獅文藝”月刊〉，都是兩萬字的論文。我注意到娥真從個體走向對群體（家庭）的觀照，思想漸趨成熟，她寫〈幕後〉：「每一個早晨 / 驀然聽到他房中的寂靜 / 環顧四周 / 每個家原是一個沒有幕後的舞台嗎 / 台前是親愛的一家人 / 幕後是互不相干的腳色」，對家的感受、觀察都深刻或近乎深刻。「當舟覆人亡之際 / 我怎能不在你身邊」，世故但不勢利。

她的進步是語言的走向精煉，像〈上樓〉的：「青史如燈 / 中原如畫 / 畫中燃燈的我們 / 合成一卷 / 掛在壁上」，文字幽雅，散發古典的芬芳。在技巧上，她把語言大力倒裝：

窗外的夜在唱它的雨季
汽車在長街上唱他們的速度
行人在跑道上唱他們的不經意
電視在家家户戶裡唱他們的節目
時光在幽暗的長巷裡唱它的消失
民謠在山川水谷間唱自己的身世
歌星在台上唱他們的表情
藝術在嘔血裡唱他潦倒的一生
外國月亮圓的青年在唱時髦的孤寂感

她用「若說」（白話：如果說）作為語文的銜接（linkage），提出一系列的詢問：「若說瓊樓玉宇 / 也是燙金的字跡留下的千古 / 若說氣壯山河 / 也是山水畫添上感情的遺筆 / 若說萬家燈火 / 也是物是人非的人物 / 若說英雄風發 / 也是認人憑弔或唾棄的墓碑」，用「若說」的重複再現，構成對仗、對照，但是這些這些，都沒能阻止她走向「無以名狀的」頹喪。

摩雁平在《天狼星詩刊》第四期的〈新秀之突破：方娥真詩作討論專輯〉（1976年6月6日），撰文討論她的兩首詩：「絕筆」「墓幃」，我無意舖敍廖的論述，僅僅詩題已經令人有不祥之感。她不是與她愛的人一起在台北嗎？前路長但前路並不茫茫。是她自己渾沌的神覺告訴她，愛情的路可能以某種方式完結嗎？

以後的故事也許大家都知道，在80年代的某一年，娥真居然在台北重遇她的初戀情人。談了一夜，知道當年大家的分手純屬誤會，這個柔衿安靜的女子斷然與她當下的男友安排分居、仳離。過去這些年寫的絕望情詩，直覺告訴我：是為此際的斷然分手而寫的：

白衣的水袖如寒風
拂動你下半生的悲痛

可感情是把雙刃劍，男生悲痛萬分寫了一部書《我的女友拋棄我》。娥真面對的是一個有了家庭的男人。即使她為了愛而忍氣吞聲，前任男友的妻子也不會對這種「千迴百轉的戀情」憐惜。而憂鬱難以渡日的第一男主角中年辭世，使當事人處境更為難堪。娥真連切一粒大沙梨給我也不懂如何操刀，她把水果遞給我的時候，說：「這沙梨好吃極了，任平兄您慢慢吃。」

那一刻我想到她原來不諳家務。1985年她不懂從那裡租了一部車，穿鍛邊紅色旗袍，美艷如花，就是要我坐好，她站在我後面拍張照片。母親那時健在，按下快門，照相機她拿著走，德士在外面催她了。我吼了一聲：妳要去哪裡？檳城。合照妳會給我一張嗎？她搖下車窗向母親和我揮手，沒有回答，一去不回頭。

許多年過去了。音訊杳無，據說有人在香港見到她。我不自禁地想起當年姓戴的一位女記者，在張愛玲居處附近租下一房，觀察74歲後張愛玲晚年的生活動向。張愛玲太紅，太有才，她的一生即是個傳奇。李安湯維梁朝偉的電影名作《色·戒》，便是根據張的小說改編的。女記者甚至從張愛玲放在門外的垃圾桶找料，看到帶血的棉花，知道張自己拔掉一個牙齒，然後撰文回台灣報導。我不會做那樣的事。挖掘別人的隱私，如此無所忌憚，那是難以想像的。

ABOUT 溫任平

1944年生於霹靂州怡保。馬來西亞天狼星詩社社長，推廣現代文學甚力。曾獲第六屆大馬華人文化獎。著有5本詩集；2本散文集；7本論文集。主編5本重要文選如《馬華當代文學選》和《大馬詩選》。作品收錄於多本文學大系和中學華文課本。多首詩作被譜寫成曲。

NOTE
&
COMMENT

| 說詩人 |

詩的行規

文 孟 樊

我就從杜象的曠世傑作〈噴泉〉(Fountain)說起吧，雖然它不是一首詩作。

杜象在1917年將在紐約第五大道上一家名為默特的鐵工坊購自的貝德福郡型（Bedfordshire）陶瓷小便斗署名為「R. Mutt 1917」，投給當時正準備舉辦藝術展的獨立藝術家協會，雖然最後遭到協會拒絕展出，但在近半個世紀後的1967年，杜象委託重製了十七個〈噴泉〉複製品，在世界各大博物館及美術館中展示。〈噴泉〉在美術館內以「倒放之姿」展出，獲得滿堂彩，成了達達主義最具代表性的作品之一。儘管杜象本人是否為〈噴泉〉的作者迭有爭議（因為他最早是拿現成品來展出，後來的重製品亦非出自他之手），但你不得不承認它已經是一件藝術品，更且在藝術史中居有里程碑的地位。

然而，仔細一想，〈噴泉〉不過就是一個小便斗，它安置在男廁讓你使用，何足讓你大驚小怪，還誤以為它是藝術品！偏偏藝術家在它上面署了名，而且轉移陣地在美術館或博物館展出，而我們都會認為只要在美術館或藝術館這種殿堂展出的作品，無庸置疑一定都是藝術品，因為這來自作者與觀賞者共有的「默契」，而這默契背後根據的是一種我所說的「行規」（guild regulations）。新詩創作亦復如此。在此，我們不妨先來讀底下一小段文字：

鄰居的男士是一位高個子，滿嘴煙臭，頭髮梳得油亮，將腳長長地伸到前面座位靠背。前座的小孩以困惑的眼神回頭從座位縫中看著他，但這位抽著煙的男士毫無動靜。車廂中時有車長、警察來回穿梭，並不介意他那高舉著的長長的腳，也許高舉著的腳並不構成犯法。車廂裡突然爆出幼兒的哭聲，接著他的母親提高嗓子喊：「繩子，繩子在那裡？再哭，就把你綁起來送警察！」

以上是林亨泰名為〈同座者〉的一首詩（前三段），收在《跨不過的歷史》（1990）詩集裡，原詩是分行排列，這裡，我不採分行形式，把句子直接連結，填入標點符號，並合併成一段。誠如上述，這篇作品若不以分行排列，你會把它視為一首詩來讀嗎？此其一。好吧，你可能也承認它是一首詩——或許它就是一首散文詩呢——它不就是收在詩集《跨不過的歷史》裡的一首詩嗎？此其二。的確，小便斗的〈噴泉〉倒著放在美術館展示，它就是一件藝術品；〈同座者〉即便不分行排列——何況它分行，被收在詩集裡的它自然便是一首詩。讀者同作者自己的認定一樣，都會遵循這樣的默契，最多只會承認那大概不是一首「好詩」罷了。

那麼我們到底要如何來看待如此不分行的作品？再看看國外不同的例子：

如果百合花是百合花白色，如果它們排出噪音和距離，甚至灰塵，如果它們佈滿灰塵，就會弄髒一個沒有極端優雅的表面，如果它們這樣做，那就沒有必要，根本沒有必要，如果它們這樣做，它們需要一個目錄。

厄普斯通（Sara Upstone）指出，有人會認為上面這些文字是詩句，因為它被包含在一首詩〈物件〉（Objects）中；事實上，它出自 1914 年葛楚德．史坦茵（Gertrude Stein）的詩集《溫柔的按鈕》（*Tender Buttons*），該部詩集係以大膽的現代主義方法描繪日常事物而聞名，如〈物件〉裡以陌生的方式寫我們平常極為熟稔的物品：玻璃瓶、一杯咖啡、雨傘、紅色郵票、盒子、藍色外套……。可如果我們將之從那首詩甚或詩集中抽出來，可能就會被當作是一段散文的描述。從這裡可以看出，分不分行並不能作為詩之判準。

反過來，如果我們將句子分行排列，譬如上述林亨泰的例子，還原它本來分行排列的面貌，不管它是否出自詩集或詩選裡，都算是一首詩了？這裡，我們不妨再看看另一個國外的例子。美國文論家費許（Stanely Fish）在〈看到一首詩時，怎樣確認它是詩〉一文提到他自己經歷的一個例子。1971 年夏天他在某大學的一個早上開設了兩堂課，九點半到十一點半的第一堂課講授的是文體學，但常涉及語言學與文學批評的問題；而緊接著的十一點半開始的第二堂課，講授的則主要是十七世紀英國的宗教詩歌。某一天當第二堂課學生魚貫進入教室時，他在上一堂課的黑板上開給學生作業的名單仍未擦掉：

Jacobs-Rosenbaum
Levin
Thorne
Hayes
Ohman(?)

當時他突然想到一個法子，讓這兩堂課所上的內容找到相關的契合點。上面這一串人名其實都是語言學家與文學批評家，其中 Ohman 會在後面打上問號，是因為他自己不太確定最後的字母是 n 或是 nn，此外，沒別的意思。他告訴學生說這是一首宗教詩歌，要他們根據自己對宗教詩的理解即席對此詩作進行解釋。班上學生於是煞有介事地從宗教的角度根據他們對於宗教詩的理解提出各自的詮釋，專業程度讓人刮目相看。這一結果確實令人驚訝，於此，便涉及一個根本性的問題：「如果我們看見一首詩，如何才能將它識別出來？」或者用類似的話說：「當我們看到一部作品時，如何認定它是詩？」

費許指出，多數的批評家和語言學家會這樣回答：判斷一個文本是否為一首詩的識別行為（act of recognition），其本身「是由語言所表現的能夠觀察到的顯著特點所引發的，這就是說，你之所以知道這是一首詩，是因為它的語言體現了你所知道的適合於詩歌的那些特點。」但是在費許班上的這個例子卻無法適用此一說法，他的學生並沒有在碰到一首「詩」時，先去注意足以識別這首「詩」的那些顯著特點；反之，他們從一開始就知道他們面對的是一首詩，然後才去注意它到底具有哪些顯著的特徵。

看來這是不是一首詩和判別行為無關，因為對學生來說，它就是一首詩了，而找出那些詩歌的語言特點乃是後來的事，因為它事先已獲得老師的認可，按行規來說，教授詩歌的教授說它是詩就是詩了。進一步看，既然它是詩，那就得從詩是什麼（定義）的角度去看待它，也就是費許所說，「讀者在詩中所發現的正是這些定義本身希望讀者所了解的。如果詩歌的定義告訴你，詩歌語言相當複雜，你必定會不遺餘力從詩歌的語言中去尋找足以證實這一複雜性的任何蛛絲馬跡。」

所以詩不必自證其為詩，按行規說，詩已經在那兒。而詩怎麼在那兒？上面說是依據「行規」，但什麼是「行規」？其實我原以為這屬於「文類歸屬」的問題，一個文本或一篇作品是不是詩歌，就按照文類的角度來判斷即可，每種文類各有其特質——這當然包括語言特點，是詩、散文或小說，就依其文類特性歸其所屬，識別行為本身沒這麼困難。然而自現代主義發軔以來，尤其到後現代主義將劃分文類的界限一腳踢開後，一個文本要區分為哪種文類則是困局已成；不說後現代主義，就光是這些年爭議不斷的「虛構散文」便讓人頭痛：它到底是散文還是小說？

那麼虛構散文到底是散文還是小說？這還得從行規說起。以文學獎徵獎為例，投稿給散文獎類的作品，慣例都會被視為是散文，即便有人魚目混珠將小說權充散文參賽，卻因為評審過程將作者名字彌封，以致無法辨別作品的虛構性（如男性敘事者不等於女性作者），依徵獎辦法規定，你只能認定來稿作品皆屬散文。事實上，詩獎的徵獎情形亦同，參賽作品不管有無分行排列，只要依法（徵獎辦法）玩這遊戲，這些作品自然不會被視為散文、小說等其他文類。簡言之，行規賦予作品是不是詩的認定。

無庸置疑，各文類有各自文類的行規，而所謂行規說穿了就是一種文本置身其中的語境（context），上述史坦茵那段出自〈物件〉的文字，若非被包攝在一首詩裡，可能就成了散文的描述，而包攝它的那首詩就是它的語境——更大的語境即是那本詩集《溫柔的按鈕》；至於費許那寫在黑板上的五行名單被讀成一首詩，則是因為作為老師的他給了這樣一個被他個人設置的語境；詩獎徵獎投來的參賽作品，只要照章行事，都會被視為是詩歌作品，因為它們依法都進入這個徵獎的語境。所謂的語境並不只是英美新批評那種狹義的含括共時與歷時的再現事物，即「既包括與所要詮釋的某個詞語在該時期中所有相關的事情，又蘊含與這個詞語相關意義的全部歷史」（亦即包括共時與歷時、可見與不可見的上下文）；淺層來看，它是文本所存在的環境空間，深層而言，它更是一種「虛擬的文學空間」——而非指涉形體可見的空間；文本只要進入這一虛擬的文學空間，置身其中，就會被吸納，成了同其存在的一份子，你在那按鈕上溫柔的一按，所有的物件，包括郵票、雨傘、西裝、火柴、墊子……統統都變成詩。

當然，那件倒放的小便斗，頓時也成了藝術品，只是你無法再在上面撒尿罷了。

ABOUT 孟樊

孟樊，現為國立台北教育大學語文與創作學系教授。曾任佛光大學文學系暨台北教育大學語文與創作學系系主任、香港浸會大學中文系訪問教授。出版有《台灣後現代詩的理論與實際》、《台灣中生代詩人論》、《台灣新詩史》（與楊宗翰合著）……凡三十餘冊。詩作收入兩岸各類詩選集。

NOTE
&
COMMENT

｜雪城詩話｜

—新詩的功能與未來

文　傅詩予

在這個功利主義盛行的時代，任何人事物若沒有了功能，還會有誰關心？當每個人接受新事物時，都先問：「這對我有什麼好處？我為甚麼要花時間在這上面？」，這時我們就要來好好談談，詩的功能是什麼？

我們相信詩起源於自然的吶喊，遠在語言之前，個人需要表達情意是詩最早的功能。爾後巫語、祭祀、《聖經》裡的詩篇、《詩經》裡的風雅頌等這些都需要簡短精煉的致辭，需要情感豐沛的召喚，所以詩的功能就體現在這幾個層面上，社會的需要，讓詩有了更多發展空間。

以詩經為例，詩經的風，採自 15 國風，多是民歌，民歌正是詩的前身；詩經的雅，是王朝宮廷的饗樂，頌則是宗教祭祀的舞曲歌辭。因此最早詩樂舞是合體的，讀一首詩時，不覺舞之唱之，詩的功能，我們不必懷疑。而在西方，詩也有異曲同功的效果，《聖經》用詩篇滲入人心，做完彌撒後高歌吟唱，在在有淨化激勵心靈的功能。

可見隨著社會變化，詩由原始個人需要的抒情吶喊，成為風俗教化的工具，有了政治宗教的加持，詩更能歷久不衰。但隨著十九世紀個人主義的興起，詩人極欲擺脫政治的干預，詩的藝術功能便逐步搶先，事實上乃是回歸原始。自此，詩分兩個用途，即社會功能和藝術功能。

大詩人兼評論家艾略特曾在《詩的用途與批評的用途》（“ The use of poetry and the use of critic ，1932” ，P24 ）一書中，試著討論過詩的用途。他提出西德尼（Philip Sidney ，1554-1586） 的《 為

詩歌辯護》，初步認可西德尼說的「詩歌既給人以愉悅和啟發，又是社會生活的裝飾和國家的榮譽。」（Sidney’s assumption is that poetry gives at once delight and instruction, and is an adornment of social life and an honor to the nation.），但艾略特並沒有滿足這種長久以來的定見，他認為詩歌除了社會功能和藝術功能外，最重要的是「交流」的功能。他一再追問「詩歌是為了什麼？」，他說詩歌「不僅僅是“我要說什麼？”而是“我要如何以及對誰說？”」（"what is poetry for?"; not merely "what am I to say?" but rather "how and to whom am I to say it?"），綜括他的意思，不管為了社會還為藝術，詩歌最大的目的就是在與人、與詩人所處的時代交流溝通，這就是詩歌，或說語言真正的功能。《論語——陽貨篇》說，詩可以興（激發想像）、觀（反映萬物）、群（交流結社）、怨（批評諷世），孔子似乎比艾略特早了幾千年發現詩歌的最大功能。今天世界各國詩社林立，詩刊滿天飛，卻少見小說社，可資證明詩歌是可以用來交流、凝聚社會的工具。

毋庸置疑，我們身處的任何時代、任何世界是需要詩的。只是詩原本是與歌舞合體，當詩逐漸脫離了歌舞，我們就要問問失去舞、樂的相襯，詩只是純粹抽象的文字，沒有了視覺、聽覺的直接刺激，詩如何發揮它的用途？尤其當語言產生了變化，導致詩的形式也隨之改變，當格律詩變成了今天的自由體新詩，新詩還有之前的社會教化、藝術和交流的功能嗎？

答案是有的，但為何如今它的影響已不是普世的？也許是因為這個科技、商業掛帥的時代，大部分人的《聖經》、《詩經》已經被一本本致富大全所取代，詩更被戲劇、電影和網路上的速食文化所淩駕，很多人一本《唐詩三百首》和泰戈爾《新月集》，已經讓他們很滿足，新創的詩，失去 99% 的讀者，即使功能不減，但它的位置已經搖搖欲墜，更有甚者，還有詩風的轉變。

總是有人會這樣問，為何現代詩沒有平仄押韻也可以叫詩？為何它往往晦澀難懂？為什麼它如此脫離現實，與一般人的生活和審美習慣迥異？為何它讀起來，其實就是一篇小品文？為何許多得獎的作品，總是那麼讓人跌破眼鏡、懷疑什麼是詩？為什麼大部分「現代人」都不喜歡讀「現代詩」？

也許因為反正死活也打不開市場，詩人也就越來越不理會社會、交流的功能，他們高舉「為藝術而藝術」的旗幟，把藝術功能發揮到極致，完全不再理會普世讀者的感受。詩人一生就只是在尋找一個伯樂，就像一群各自獨自活在象牙塔的人類！更奇的是，越脫離現實的作品越紅，越是文字歇斯底里的，在詩人的小圈子裡越是受矚目。所以到底是一般人不讀現代詩了呢？還是詩人自己把讀者拒於門外？我們的答案呼之欲出。

十幾年前，筆者曾在加拿大最有名的

連鎖書店 Chapter 尋找現代詩讀本時遍尋不著，在員工的幫助下，找到一個佈滿灰塵的書架，詩集都孤獨的躺在那兒！我抽一本愛米莉狄金森的詩集坐下來閱讀，一名西方老太太好奇地看看我，又看看我正閱讀的詩，沒說什麼就搖搖頭走開了！我想她大概心想，這是甚麼稀有動物啊？是的，無獨有偶的，西方詩壇也面臨同樣的挑戰！

現代詩從美國詩人惠特曼草葉集提倡自由體到胡適先生引回，百年了，仍是一種充滿疑問和爭議的文體。筆者觀察到華語現代詩受古詩的薰陶越來越不明顯，而受歐美翻譯文字的影響卻是巨大的。生硬、不合華語語法的翻譯，反而成為詩人們追捧的創意，毋怪乎讀者大量的流失。其實歐美流風，在華語詩壇都有滯後性，我們有的是時間去蕪存菁，千萬不要在錯誤的實驗中重蹈覆轍，而忘了詩的最大功能就是與廣大的讀者交流溝通。

ABOUT 傅詩予

傅詩予，一九六一年生於臺灣苗栗縣。畢業於臺灣師範大學國文系。一九九七年起定居加拿大。作品散見於臺灣及海外各報刊雜誌。曾獲台北僑聯總會華文著述詩歌類首獎、夢花文學獎新詩優選、菊島文學獎新詩佳作、台灣文學館愛詩網佳作和統一企業飲冰室茶集徵詩首獎。

已出版：
詩集《尋找記憶》（二〇〇九年台北秀威資訊）
詩集《與你散步落花林中》（二〇一一年台北秀威釀出版）
詩集《藏花閣》（二〇一二年台北秀威釀出版）
詩集《詩雕節慶》（二〇一五苗栗縣政府）
詩集《昨日之蛹》（二〇二二年台北秀威釀出版）
散文《雪都鱗爪》（二〇一五年文史哲出版社）

NOTE
&
COMMENT

詩想筆記

文　劉三變

詩集在真正喜歡它的人手上才是幸福的歸宿

感情與思維常在繁忙中打瞌睡，想像力在繁忙中睡得更深沉，喚不醒來。

感受力每個人都有；但想像力是不會對每個人青睞的。

讓自己的好作品被看見是一件好事；讓自己的壞作品急於被看見卻是一件壞事。

孤獨是通往心靈的探照燈

在創作中，總是有一種憂傷的喜悅與孤寂的喧騰！

破壞詩作的人往往是詩人自己

美有部份是為真服務的，不真、不純粹的美，有時只是一種虛偽的美。

經過時間淘洗的經典詩作，本身就在告訴我們什麼才是一流的詩作。

對於詩而言，文字美感的喜悅是勝於文字內容的喜悅。

大量的詩作泛濫成災，就像大量的雨水溢滿了河流。

這個年代，平庸與商業考量已逐漸的佔據了文學版圖。

觀念是一條繩索，錯誤的觀念，有時會無形的牽絆我們自己。

孤獨的創作，在憂傷的喜悅中，我是自己唯一的信徒。

在繁忙為塵世事物煩擾下，勉強去寫詩時，即使有佳句出現；卻很難有佳篇之作。

適合大眾口味的文學作品，只能培養出次等的讀者；甚至會敗壞真正的文學美味。

有些作品受大量的讀者歡迎；有些作品只受少數優秀的創作者青睞。

為了創作的自由，心靈的自由，你無須為任何人、任何刊物勉強去寫作。

名氣太大會把寫作的自由縮小

莊子認為名可害生，過於追求名利非養生之道；對於創作者來講也會斲傷自己的作品。

詩能用獨特的意象、奇特的語言表現就少用平鋪直敘。

若作品不好，在媒體一再曝光，也是無益的。

當你的作品不被文壇重視時，文學生命的態度，對自己欲望的不重要就很重要。

文學與藝術的撞擊，常常能產生創作的火花。

有些作家，常常在演講，從作家變成了演說家。

閱讀藝術家傳記、作家書信集、日記、哲學書籍……只要能看到生動的語言，奇特的意象，睿智的思維，沿途都是美麗的文學風景。

對於我來講，與其說寫詩不如說是對自己情感與思維的記錄；一種透過想像以詩的語言、詩的意象描寫的一種記錄。

有領悟的創作者，懂得學習避免多餘的詞句，用最適切的語言與文字表現，讓自己的詩作寫得更精準、更鮮活。

好的出版社能持續保持為優秀的作家出版、發行、推廣，讓創作者專心的創作；而更厲害的出版社與總編卻能挖掘到未來一流的創作者。

詩的價值不在於數量上，而在於詩的質感與文字美感的表現，它更不是商品，無須像工廠一樣趕工生產。

疫情間不要群聚，否則容易受病毒感染，損害身體；一個創作者也儘量不要過多的群聚、交際，否則也會削弱你的想像力，斲傷你的創作。

名氣是短暫的，作品如果經不起時間的考驗，即使一陣子有名氣，交際越多，詩反而在退步，擇取之間須看人的性格行事，沒有一定是不變的。

創作是不等人，此時你的喜樂、悲傷、憂鬱…隨著時間都在轉變，心境的轉變影響著你抒寫的形式與內容，此時的心境與創作，日後是不會等待你的。

在二流詩評家的筆下，你是看不到一流作品的，主要是他本身美感經驗不夠寬廣，只偏好某類風格的詩作。

寫札記對創作是有幫助的，那裡的文字常可看到最自然的源頭，不管語言形式與文字內容;即使只有一兩句，日後某種氛圍下，你還是可以喚醒它的。

文學主辦單位若邀錯了評審委員，不管得獎者的作品或詩選入選的作品，往往只會看到優秀的二流作品。

流行歌總在某一時期特別紅，曾幾何時，寫詩的氛圍也變得如此，流行詩、流行詩人，也在某個時期特別紅，過沒幾年又被新的流行詩人代替了。

商業、網路宣傳的時代，詩集銷售量的數字、作者的名氣往往與作品的優劣總是不太相襯。

為了賺錢，我們被工作困住；為了名氣我們被人際關係困住；為了作品能一再被看見，我們被虛榮心困住。

貝多芬說：「我是被痛苦撫養長大的」，齊克果說：「我是由悲傷老人養大的孩子」，我只能說：「我是被憂鬱訓練長大成專才的」

古典詩中，各種題材似乎都很容易入詩，在現代詩中，某些題材卻沒那麼容易入詩，有時感覺現代詩要寫得好，要成為經典之作，似乎比古典詩還要難。

詩是一種間接傳達的文字藝術，舉凡直接訴說的文字，對詩都是一種破壞，除非它有所暗示、趣味或蘊含深意。

某些充滿理論的創作者，主觀的無法接納別人的創作觀，這就像一些飽學知識的學者要去修行，太多的主觀意識早已阻礙著自己修行的道路。

在偉大作家的散文與哲學翻譯中，我可以看到一些情感豐富，充滿哲思與想像力的文字，在一些有名的詩作翻譯中，我卻看到文字美感的詞句逐漸剝落成散文了。

有的人的名字在報紙副刊常露面，人們常看到這個名字卻對他的作品毫無印象；就像有些人得了一大堆文學獎，知道他得了那些獎，卻記不得他得獎作品的內容與詩句。

詠物詩呈現的是不即不離、不黏不脫的境界；亦即對實物的具象描寫不能太多，也不能寫得抽象到與實物完全脫離；然而欣賞一幅畫不能靠太近；也不能離太遠，在適當的距離欣賞，畫的美感才能完全展現。

詩的情感須真摯、感人，即使帶著愁緒、悲傷，如李後主、柳永、李清照的詞；詩的思維須傳達人生態度，不管豁達、感嘆、諷刺，如陶淵明、李白、蘇東坡的詩。現代詩亦如是！否則只能成為一篇又一篇文字的流水帳。

我只想把詩寫好，對於詩壇、詩評、詩選的掌權者，我無須去攀援，與其去做一些無意義的交際，我寧願閱讀一些大師的作品、古人的詩詞，與古今中外的文人、藝術家交流，學習他們的美學，學習他們的創作精神。

詩從來就不是一種技藝，它不像一些工藝，隨著年紀增長，經驗豐富，越來越嫻熟；詩是純粹的，隨著年歲增長，塵世污染、世故、缺少熱情，失去了單純與真的心境，作品反而不如年輕時寫得好。

小說家、散文家可以坐在書桌前一寫就好幾個小時，甚至從早到晚；但詩是無法如此寫作的。你可以坐在書桌前連續好幾個小時修改詩；卻無法長時間在書桌前創作詩的，否則一部份的詩句將會變成製造而非創作。

一些諾貝爾文學獎得主，得到獎後不是越寫越差就是寫不出東西來，當你成名成為眾人的焦點，應酬的文學活動越多時，反而會成為創作一種無形的阻礙，獎項、名氣帶來的不必要的活動，有時會斲傷一個人的創作力。

畫家惠斯勒說：「音樂是聲響之詩，繪畫是視覺之詩，主題內容和音樂或色彩的調和其實是毫無關係。」，就像詩的內容，不管描寫美與醜；描述憂傷或喜悅，永遠是其次，文字美感的表現才是首要。

梵樂希說：「一顆樹果實的滋味並不是依賴於周圍的風景；而是依賴於無法看見的土地的養份。」，他講的是詩的創作啊！好的詩作不是靠攀援名家、文學刊物主編而存在的。

喜歡部份抽象的繪畫；不喜歡全部抽象的繪畫；喜歡反常合道的超現實詩句；不喜歡反常不合邏輯的超現實詩句；後者的創作大部份只是個人情緒的噴發與屬於個人意象的的抒寫。

欣賞一幅畫，如孟克的吶喊，梵谷的自畫像，不能只停留在吶喊的恐懼，梵谷的憂鬱，而是要看創作者是如何的去表現，如何的透過線條與色調氛圍去呈現內在心境，如此才能得到藝術美感的喜悅，詩與繪畫也是一樣，重點在於創作者如何用詩的語言與意象去呈現情感與思維，懂得欣賞文字、語言的表現（不僅是描述），即使內容是悲傷是憂鬱，才能真正得到文字美感的喜悅。

有一種美是悲傷流露而成的詩，周圍有憂鬱飄過的香氣，是苦悶熬成的詞句，是由醜灌溉成長的花朵，是悲慟的極致，是變形的語言枝條伸展的奇趣枝葉，是淚水澆灌文學大地長滿的果實。

ABOUT 劉三變

本名劉清輝，詩人、詞曲作家。王識賢〈腳踏車〉的詞曲創作者。
曾為《曼陀羅》詩刊同仁；《歪仔歪》創社同仁。
曾任蘭陽文學叢書評審委員。著有詩集《情屍與情詩》、《誘拐妳成一首詩》、《讓哀愁像河一般緩緩流動》。手稿受國家圖書館典藏。

| 那一年我們追的詩集 |

山城手記

06 狩獵季節

文 吳長耀

新世紀，第二個年代，2010 年代。幾位前輩唱著天鵝之歌，而幾位前輩火力全開，密集出版詩集。洛夫的《如此歲月》、《唐詩解構》、《昨日之蛇》、《禪魔共舞》；余光中的《太陽點名》；向明的《閒愁》、《低調之歌》、《早起的頭髮》、《詩 · INFINITE》、《四行倉庫》、《坐進空白》；碧果的《吶喊前後》；楊牧的《長短歌行》；張錯的《連枝草》、《山居地圖》、《日夜咖啡屋》；汪啟疆的《哀慟有時，跳舞有時》、《風濤之心 · 臺灣海峽》、《季節》、《軍人身世》、《戰爭的島，和平的人》、《遙遠與陌生》、《夢通往黎明》；蕭蕭的《雲水依依》、《月白風清》、《松下聽濤》、《雲華無盡藏》；蘇紹連的《孿生小丑的吶喊》、《時間的背景》、《時間的零件》、《無意象之城》、《非現實之城》。朵思的《在失憶的房間》。

1950 世代，所謂的中生代，隱隱然，先後進入老年。有的越寫越勤快，詩集出版沒間斷；有的出本詩集，打個招呼；有的就此消聲匿跡，不見了。簡政珍的《所謂情書》、《臉書》；曾元耀的《寫給邊境的情書》、《島嶼情書》；白靈的《詩二十首及其檔案》；渡也的《太陽吊單槓》、《諸羅記》、《桃城詩》；陳義芝的《掩映》；楊子澗的《來時路》、《花間作詞》、《山水譜曲》、《生活在島嶼上》、《現代律絕》、《邀古人談詩》；楊澤的《新詩十九首》、《薔薇學派的誕生》與《彷彿在君父的城邦》（印刻版）；陳黎的《輕／慢》、《我／城》、《妖／冶》、《朝／聖》、《島／國》；陳家帶的《人工夜鶯》、《聖稜線》、《火山口的音樂》；羅智成的《地球之島》、《透明鳥》、《寶寶之書》、《光之書》、《諸子之書》、《夢中書房》、《迷宮書店》、《黑色鑲金》、《泥炭紀》（聯文版）、《問津》、《荒涼糖果店》；林彧的《嬰兒翻》、《一棵樹》；王添源的《沒有 ISBN 的詩集》；劉克襄的《革命青年》（詩選）；張國治的《紋身》；黃粱的《野鶴原》、《猛

昨日之蛇
洛夫動物詩集
禪魔共舞
洛夫
連枝草
張錯
山居地圖
張錯
現實之城
寫給邊境的情書
島嶼情書
曾元耀
薔薇學派的誕生
楊澤
彷彿在君父的城邦
我/城
陳黎詩集
一棵樹
林彧
沒有ISBN的詩集
王添源的十四行詩第二輯
閒愁
向明詩集
日夜咖啡屋
Night and Day Cafe
詩二十首及其檔案
白靈
羅智成詩集
透明鳥
日子
孫維民
低調之歌
向明詩集
戰爭的島，和平的人
金門、馬祖、我們
汪啟疆 詩集
太陽吊單槓
彰化縣文化局
羅智成詩集
光之書
膚色的時光
零雨
早起的頭髮
向明詩集
月白風清
新詩十九
諸子之書
羅智成詩選

虎行》；孫維民的《日子》、《地表上》。零雨的《田園／下午五點四十九分》、《膚色的時光》；陳育虹的《閃神》；莫云的《夜之蠱》、《時間的迷霧》；夏宇的《第一人稱》、《羅曼史作為頓悟》、《脊椎之軸》；葉莎的《陌路相逢》。

1960 世代，親愛的學弟與學妹，漸漸地，在詩創作與學術界，各領風騷。奎澤石頭的《孤獨的幾何》、《曙光》；陳皓的《在那裡遇見寂寞》、《空間筆記》、《護城河》；劉三變的《讓哀愁像河一般緩緩流動》；鴻鴻的《仁愛路犁田》、《暴民之歌》、《樂天島》；田運良的《我書》、《我詩鈞鑒》；李進文的《雨天脫隊的點點滴滴》、《更悲觀更要》、《野想到》；方群的《縱橫福爾摩沙》、《經與緯的夢想》、《微言》、《方群截句》、《邊境巡航》、《在花蓮》；許悔之的《我的強迫症》；須文蔚的《魔術方塊》；唐捐的《金臂勾》、《蚱哭蜢笑王子面》、《網友唐損印象記：臺客情調詩》；紀小樣的《啟詩錄》、《天堂的一半》、《暝前之月》；陳大為的《巫術掌紋》（詩選）；林群盛的《限界覺醒！超中二本》、《次元旅行☆跳躍了》。江文瑜的《佛陀在貓瞳裡種下玫瑰》、《女教授／教獸隨手記》；陽荷的《風未曾預告》；葉子鳥的《中間狀態》；曾淑美的《無愁君》；若爾．諾爾的《半空的椅子》；羅任玲的《一整座海洋的靜寂》、《初生的白》；阿芒的《女戰車》、《我緊緊抱你的時候這世界好多人死》；顧蕙倩的《我的城蔓延你的掌紋》；劉美娜的《時間之外》；簡玲的《我殺了一隻長頸鹿》；顏艾琳的《吃時間》；坦雅的《謎》、《光之翼》；愛羅的《孵夢森林》、《在你瞳孔裡種詩》；蕓朵的《玫瑰的國度》、《雲間冥想》、《紫色逗號》；隱匿的《怎麼可能》、《冤獄》、《永無止境的現在》、《0.018 秒》。

1970 世代，亦步亦趨，也都有自己的擅長與風格。黑俠的《甜蜜的死亡》；丁威仁的《實驗的日常》、《流光季節》、《小詩一百首》、《走詩高雄》、《走詩貓裏》；凌性傑的《島語》、《海誓》；李長青的《海少年》、《給世界的筆記》、《風聲》、《愛與寂寥都曾經發生》；鯨向海的《犄角》、《A 夢》、《每天都在膨脹》；孫梓評的《你不在那兒》、《善遞饅頭》；吳懷晨的《浪人吟》、《渴飲光流》；曹尼的《越牆者》、《小遷徙》。張寶云的《身體狀態》、《意識生活》；龍青的《有雪肆掠》、《白露》、《風陵渡》；姚時晴的《我們》；廖之韻的《持續初戀直到水星逆轉》、《好好舞》、《少女 A》；林婉瑜的《那些閃電指向你》、《可能的花蜜》、《愛的 24 則運算》、《模糊式告白》；陳柏伶的《冰能》；陳思嫺的《星星的任期太長了》；楊佳嫻的《金烏》；冰夕的《謬愛》、《變身燈塔》；楊瀅靜的《對號入座》、《很愛但不能》、《擲地有傷》；彤雅立的《月照無眠》、《夢遊地》；騷夏的《橘書》；宛璇的《陌生的持有》、《我想欲踮海內面醒過來》；然靈的《鳥可以證明我很鳥》；葉青的《雨水直接打進眼睛》、《下輩子更加決定》。

1980 世代。周盈秀的《我姊姊住台北》；葉覓覓的《越車越遠》、《順順逆逆》；王姿雯的《我會學著讓恐懼報數》；楊采菲的《月夕花朝》；夏夏的《小女兒》、《鬧彆扭》、《德布希小姐》；顏嘉琪的《荒原之午》、《B 群》；林思彤的《髑骨》；潘家欣的《妖獸》、《失語獸》、《負子獸》；崔舜華的《波麗露》、《你是我背上最明亮的廢墟》、《婀薄神》；吳俞萱的《交換愛人的肋骨》、《沒有名字的世界》；徐珮芬的《還是要有傢俱才能活得不悲傷》、《在黑洞中我看見自己的眼睛》、《我只擔心雨會不會一直下到明天早上》、《夜行性動物》；吳緯婷的《一次性人生》；朱菲的《感覺自我的美好往往在面對戀人時瓦解消散》、《一定曾經有狂喜才讓追逐深深寫進基因裡》；林禹瑄的《那些我們名之為島的》、《夜光拼圖》。

*

2010 年代，我上班的工廠收攤遷廠，我的生活又進入遷徙模式，早出晚歸，而回到台北的機會增加，我也逐漸恢復到處逛街，看書買書。所謂狩獵季節到底又回來了。書架也有空位，珍藏臉書好友的詩集。例如閑芷的《千山飛渡》、《寂寞涮涮鍋》；林秀蓉的《荷必多情》、《向海邀隻舞》；劉曉頤的《春天人質》、《來我裙子裡點菸》、《靈魂藍》；洪郁芬的《渺光之律》、《魚腹裡的詩人》；郭至卿的《凝光初現》、《剩餘的天空》；丁口的《遼闊集》；宇文正的《我是最纖巧的容器承載今天的雲》；一蘭的《站在原地的旅行》；陳怡芬的《迷宮之鳥》；曾美滿的《月光女孩》；黃千芮的《讓我靠在你肩上聽你說話或為你寫詩》；葉語婷的《一隻麋鹿在薄荷色的睡眠裹》、《鉅細靡遺的透明》。我發現，我的好友出現 1990 世代呢！李蘋芬的《初醒如飛行》、《昨夜涉水》；賀婕的《賀春木華》、《不正》；尚玉婷的《你忘了一件事》；林夢媧的《潔癖》；柏森的《灰矮星》。面對小小書房的詩集，我終於可以期待新世紀新生代的誕生？

ABOUT 吳長耀

1953 年出生，嘉義中學 61 年高中畢業，
大同工學院機械工程系畢業。

詩獎：新詩學會「優秀青年詩人獎」、
創世紀詩社「創世紀四十週年優選獎」。

詩選：作品選入《創世紀詩選》、《中華新詩選》。

詩集：《山城傳奇》、《逆溫層》。

食柑仔蜜的方法

文 凌煙

許多食材只要冠上「番」或「洋」字，就表示它為外來種，例如番石榴（芭樂）、番麥（玉米）、洋芋（馬鈴薯）、西洋芹等。番茄台語叫做柑仔蜜，我們小時候吃的柑仔蜜只有一個品種，就是有「一點紅」外號的「黑柿仔」，整顆黑青色，只有頂端可見泛紅，彷彿青澀少女透露出已經長大成人的秘密。番茄原產於中美洲和南美洲，因日耳曼「狼人」傳說巫師和巫婆在藥水中，使用「致命的茄子」把他們自己變成狼人，所以當番茄來到歐洲時，便有「狼桃」的名稱。中國北方稱番茄為「西紅柿」，與台灣南部稱「黑柿仔」的番茄算異曲同工，黑柿番茄是在荷蘭統治台灣時，由印尼引進栽種的品種，果實大呈翠綠色，外皮薄，成熟時才略帶紅色，台灣中北部慣稱番茄為tamato，南部人都說柑仔蜜。黑柿番茄產季在每年的11月到3月，也就是天氣漸寒以至春暖花開時，這段時間各種番茄也輪番上市，例如美濃聞名的橙蜜小番茄，還有聖女、玉女、嬌女等不同品種的紅色小番茄，隨著農業科技進步，原本屬於低甜度的番茄，已經可以到達「夭壽甜」的程度，再也不需要選擇鹽田栽種。

小時候住東石鄉下，阿嬤偶而買柑仔蜜，都是切塊盛盤，附一小碟甘草粉沾著

羅宋湯

材料：

牛腩、洋蔥、牛番茄、紅蘿蔔、馬鈴薯、西芹、高麗菜、胡椒

吃，十歲後到高雄跟父母生活，家裡做生意在市場賣水果，食柑仔蜜的方法變奢侈了，我最愛在番茄頂端咬開一個口，從縫隙裡塞入三至四顆紅色酸梅，放個十來分鐘再享用，先吸取被酸梅浸漬過，帶著酸梅味又酸又甜的番茄汁，再慢慢咬開番茄肉，拿出酸梅，一口番茄咬一小口酸梅肉配著吃，滿心的歡喜愉悅，就像一個懷春少女般。

番茄在一個賣水果的家庭，就是一種水果而已，所以我十歲開始學做菜，從未將番茄入菜，二十歲離開校園踏入社會後，才知道番茄還有其他吃法，最有名的是冰果室的番茄切盤。早期冰果室是男女約會常會去的場所，不論是喝果汁或飲料，或冰品與水果切盤，和洋化的咖啡廳比較起來，雖然土氣了些，卻更經濟實惠。

流行於南部冰果室的番茄切盤，重點在所調的沾醬，就像萬巒豬腳如果沒有沾那種自製的蒜味醬油膏，便會大大失色一樣，番茄切盤的沾醬也是特調，那是以搓板磨出薑末，再加入白糖粉、醬油膏與少許甘草粉，攪和均勻後舀入醬料碟裡，我吃番茄切盤最愛叉起一塊番茄，然後豪邁的在醬料碟裡滾上一圈，送入嘴裡立刻散發出充滿老薑的辛辣，卻又帶著鹹甜回甘的滋味，甚是美妙，朋友們總笑我不知是在吃番茄還是在吃醬料。

出社會後在外面吃到的料理多了，才開始學著將番茄入菜，當然做菜用的番茄是以牛番茄為主，牛番茄顏色鮮紅討喜，不論是炒菜或煮湯，都有滿滿的茄紅素讓人感覺很健康。料理的美味往往都在細節裡，最初做番茄炒蛋時，總是把番茄切片後，用蔥段爆香翻炒，加少許糖和水略悶，打幾顆蛋就直接倒入鍋中，蛋和番茄全糊成一團，後來廚藝逐漸進步後，懂得蛋液先下鍋翻炒至半熟盛起，番茄先在頂端劃十字，用熱水燙煮後，剝皮再切片與蔥段爆炒，同樣加少許糖和水略悶，最後才倒入半熟的蛋翻炒均勻，以鹽調味後即可起鍋，這樣做出來的番茄炒蛋特別滑嫩，層次分明，紅的紅，黃的黃，才算是一道色香味俱全的料理。

我有一個台灣胃，喜歡台式料理勝於一切，所以我會做的異國菜寥寥可數，前些年父母都在台北由大弟照顧，因為同時都出現失智狀況，我北上一段時間協助就醫診斷，方知照顧失智患者的艱辛。因為父親牙口不好，很多食物都吃不了，為了顧及均衡營養，我像準備小孩副食品般每天為他們煮老寶寶粥，所有食材都切細切丁，方便吞食，有一次我翻到冷凍庫裡有一包真空包裝的牛腩，便買回洋蔥、牛番茄、紅蘿蔔、馬鈴薯、西芹、高麗菜，把肉與菜都切丁後起油鍋，放兩片薑先把牛肉炒到赤黃，依序下洋蔥炒香，再炒番茄、紅蘿蔔、西芹與馬鈴薯丁，灑粗粒黑胡椒後立刻香氣四溢，下滾水燉至牛肉爛熟，為了讓以番茄為主的湯底更有風味，我還加入不少番茄醬，讓整鍋湯泛出油亮鮮紅的色澤，最後再放高麗菜煮軟，加鹽調味即可，這道鄉村羅宋湯因為有大量番茄，所以我會加少許冰糖調和酸味，使湯頭喝起來更鮮甜順滑，大弟工作回來聞到香味，先盛一碗墊肚子，直誇好吃，問我這是牛肉的哪個部位？我說就是用冷凍庫裡那包牛腩，他說那是朋友送的，本來有兩包，一包他們拿來煎，卻硬得咬不動，所以剩下那包就一直放著，我失笑說怎麼會如此外行？誰會把牛腩拿來當牛排煎？牛腩最適合燉湯，因為油脂多，所以香氣也更足。

ABOUT 凌　煙

小說家兼文學廚房廚娘
烹煮的是人生百味
用世情冷暖
調理人間悲歡
以文字擺盤呈現給你
請你細細品嚐其中的酸甜苦澀
咀嚼出那一絲絲幸福的滋味

無名老詩人的死前生活

許丁江—專欄

文 許丁江

ABOUT 許丁江

一個對於這個世界快要死心的老人，但如果習近平（一個讓人對他的嘴臉感到噁心的中國人，他是嗎？是中國人嗎？比較像是中共人），要武統血洗台灣，不管他拿什麼無稽之談，隨便哪個屁來，我都願意站到最前線去，死！

28. 身心相對混濁的時候

再度接到黃總編輯的「指令」，那是一個我相對混濁的夜晚，就胸悶、腰痛，一概因襲的東西。我是說我的身體產生不了新事物，胸悶這個死東西，我怎麼按壓它或撫順它，皆無效，所以就讓讓著它吧！我死躺在沙發上，所以久了就腰痛，當然也就是全身不舒服，只是尤其以腰眼為凸顯。

胸悶這個因襲的鬼東西，常常讓我想起我母親，我痛苦中充滿聖母光輝的母親，她從我孩提時，就吃那時候很貴的救心小丸子，小黑粒，我們家那時節窮得很，她還是託人從日本買回來吃，彷彿她有心臟方面的疾病似的，過了一生，我母並不是死在心臟病上。而是肺腺癌！從來就在灶腳的母親，那些油煙。我從沒吃過救心，我只是揪心！尤其我母為她不舒服的婚姻而掙扎時，因此之故，我養成了與她同步的意願。所以胸悶，所以我無婚。至於腰痛，有時候的確是腰間板突出，但大部分是飲食習慣，吞，懶得鋸截，菊俎，咀嚼，造成的。我從來不狠狠咬我的牙齒，從來就沒有耐性去好好吃東西。這不耐煩，我懂，生之不耐煩，生之無意義之不耐煩，然而心理因素，我就不管了。

由於胸悶、腰痛，老會同時來到，有其一，就有其二，又由於我活著沒事幹，也沒啥慾望，人有的，我不一定有，我有的，別人也不一定有。譬如就這，我廢在沙發上，等發爛，你們一定不幹！我沒事兒，就背躺，就胸躺，皆可也！皆可也便這樣過日子，等發爛，當然我會去問為什麼？自己賴活著，為什麼？人類一般之這樣活著，為什麼？這問同時也是看啦！這個人怎回事……

看著，疑著。

然後在我用左右手交叉的抓我的左右腳時，亦即指縫叉進趾縫裡時，當然是各自，不會是同時啦！一邊一邊的交叉去抓啦！順便感受五臟六腑，腸胃，筋骨的「感受」，樂不樂，苦不苦，從有變化到沒，不苦不樂時，當然這身體肯定是要放軟的。同時交叉抓手腳，這我還很難想像，哪天上樓去我的大鐵床再試試唄！這忽然的一念。

就在這時，手機響起黃總編這唯二的女聲，雖然她人很小男生：「老詩人！行嗎？不行也得行，溫馨提醒，三十號截稿。」然後沒了。嗯，沒錯，這就在我身心相對混濁的時候，趁了進來。

喔！唯二的女聲，我必須解釋一下，黃總編一，另一就是我記憶中的她，她的是曾經。長久來，沒了。再也不曾趁進我的生活中，到目前為止。

29. 我就這樣還活著罷了

身心的相對混濁算不算瑜珈，亦即相應。我翻過藏密的書，好吧！經續，它們說六大常瑜珈，就地、水、火、風、空、識這六大種（亦即元素，屬性）常相應，甚至「瑜珈」了。好的相應，不苦無難，甚至到了一個本質的層面去了。（去相應，瑜珈了。）

當然既是相應的也會是空的，誰都不是絕對性的，應該說空有不二是常是本啦！

好吧！我的理解也只到這個層次。反正我老了也什麼都不要，要也沒有，沒有誰要得到什麼啦！我就只擁有我這把老骨頭和未死的意識、認知，就在這個基礎上，自己吃自己唄！吃即生滅，相應，空，一切無不如是。

天天無事，天天有玩或沒玩自己罷了！有玩就有點刻意，沒玩就只是在基礎上渾渾噩噩一點，無所謂一點。

就這樣還活著罷了！當然當然，我還有另一種更刻意的活法，就如上一期，很刻意的關照這個世界，尤其是政治層面的，戰爭層面的。

30. 人民有希望才會信賴

但今天，我不想提國內政治了。柯 P、侯友宜都很沒料沒水準，真的是一個空一個亂。我若是朱立倫就勸退侯，讓果凍上來選。當然他的生意腦也不一定很有政治水平啦！但至少救得了小雞吧！他若出來攪和加上鈔能力，「內外」「自他」的效果，應該比侯公安有效一點，當然這也是各有看法啦！我就這看法。

他們若不此之圖，就只有只會滑向赤裸裸的藍白紅合，拉下台灣，滅了中華民國吧！不然呢？還能怎樣？（我希望以上這含標點符號的四十六個字，能被注意到，能被各方畫重點，以上。）

我很不願意講到人民的希望，這不只是信賴而已啦！賴清德要更快速的提出改革的政見，甚至國政白皮書，整頓執政包袱啦！千萬要人民有感的。他不能只是選舉上的穩紮穩打，講難聽一點，這是他個人選總統的算計啦！與台灣人何干？

最近他提出的補助私大學生學費，二萬五，這就是人民很有感的，也是縮短資源落差的一小步，當然要做該做！你看我這沒讀過大學的人都知道對了，他提對了。

就算柯文哲和侯友宜都跳出來「反對什麼大灑幣」，他都應該堅持下去做。原因沒什麼複雜的，誰不知道高等教育本來就有很多問題，這沒錯，然而補助私校生這個政策就不是要去解決那些問題。私校學費補貼的目的就是要解決這單一點「私校學生負擔相對過重」的問題罷了。本質上，就是要讓私校學生少揹一點學貸，咱們政府也不必幫忙還這麼多的利息。這不就得了，有何不可？在我你若要反對這項補助政策，千萬別拿高教體系既有的問題來反對啦！尤其去講什麼「私校辦學不佳，活該就讓它倒吧！」因為補助學費是補助學生，也不是去補助學校，除非你要說學生有了這筆補助，就會去念那些辦學不佳的私校吧？

再者在台灣，私校學生佔了大學生將近七成的比例（65%+），而且用心的人都知道那些拿了最多政府補貼的頂尖大學，學生們的家庭環境肯定都比私立大學的學生們來得更好些。

至於原因，不用我講吧！總之要人民有希望而信賴，類此的政策、政見，在國政白皮書裡要多提啦！而且越早提越好！

簡單的講，請允許我再回嘴一句吧！咱們的高等教育體系就是很標準的劫貧濟富。全倒錯了。

對了！在此不能不講到烏克蘭戰爭，忽然飛出廚子一日政變，據傳普丁被自己的廚子，好吧！瓦格納傭兵團弄得很虛，這個俄國，隨時會穩會不穩，誰知道……

自然到最後廚子被白俄招降以後，會不會被害死，抑或普丁很快玩完了。也都是一齣好戲，殘忍的人生殘忍的人死遊戲。不過有人評論，這會讓習皇帝比較不敢入侵台灣，因為怕軍中「起義」……

好啦！都行。我說不提國內政治的，怎麼又提了？好啦！你他馬的都行，忽然很想講這句話。

31. AI 大戰外星人，有戲

其實我最有興趣的還是 AI 啦！我渴望 AI 統治這個世界，人類地球。好好的分配資源，地球只一國，甚至把人從生到死都算計了，管帶了。這我服，絕對服。為啥不？當然，如果它願意復育地球，那更是聖君賢相啊！四海昇平。這裡頭就只剩下一個問題，這宇宙裡頭，到底有沒有外星人？外星人真的會傷害地球人嗎？嘿嘿嘿，即使有這樣的外星人存在，不怕不怕！我們也有統治我們的絕對算計，運算的 AI 母體啊！看來那就是它的事了。

讓我下個標吧！

AI 大戰外星人，有戲！

32. Me too 風暴炎上了台灣

我說過我最有興趣的是 AI 啦！我知道我這一生等不到那一天，被 AI 母體統治的彼一日。當然如果母體壞壞，到時候冥冥中，就會有基努李維的角色出現啦！

「天道好還」一笑！這我指的是母體壞壞，就會有駭客出現。所以，我就常常在找書，有關它 AI 的書，自然外文我不行。單薄的我就只能利用單薄的知識來進行思考，當然這不是運算，所以很容易想著便出錯，一笑。

我目前只想到一個問題，當然也是因為台灣的繁體字翻譯出版都太慢了！閱讀人口太有限了！所以在很多時候，我只能亂想我自己的，在有限的知道、知識裡頭，咱們該鬧的笑話也必不可免。

這時候我忽然想到台灣的咪突風暴，抱歉！念頭不受我管帶。Me too，風風火火的，殺來。我當然也追了人選之人造浪者一劇。我們可以說因為這戲的早知或未知情節炎上了台灣的性平風暴嗎？我特別喜歡，在此我要說一句狀似諂媚的話，黃觀大總編，沒騙妳，我大喜歡貴刊副社長寫在臉書上的「性騷成島」。尤其當我看到從未，至少語言上也沒騷擾女性的民進黨主席賴清德帶著黨、黨工上性平課，而柯 P 這個輕視女人輕視狗的痞子，自己黨內的咪突可以不管，反服貿開服貿可以政治利益掛帥而且沒有水平的亂算，反智到如此地步，盲目的崇拜會害死自己的，這性騷島！

台灣的問題多了！賴大主席，國政白皮書，國政白皮書啦！我們在意的是台灣的未來，不能只有小英路線，不能只有個人的穩紮穩打，整頓一下政治包袱！尤其台灣「中產階級」以下的人民，地攤經濟，小吃店經濟，我看所謂中產疫情三年也快撐不住了吧！什麼都漲，我倒是沒有什麼關係啦！一人吃，全家飽。

33. 這就是交心，投名狀

哈哈！剛剛敲鍵，敲手機的鍵累了。便開電視，放手機，啃一顆黑糖饅頭配耳掛咖啡，當早午餐。三立新聞的跑馬燈跑出柯 P 說他當年反黑箱不反服貿，然後畫面走過要上街頭的館長和黃國昌，當年這帥帥的黃國昌和林飛帆可是在立法院前頭被「毒」麥，不只是「堵」麥的英雄啊！毒就像是毒太陽，無處不是，可不是堵上幾根麥喔！如今他只想當柯大總統的法務部長，哈哈哈！

這下子，他該不會去質疑他「未來的長官」總統是不是變了心吧？因為他也變了。英雄變狗熊，莫此為甚！

（陳凝觀罵他們是渣男政治二人組！）

台灣的新聞跑馬燈一直一直跑出柯 P 要重啟貨貿服貿云云，阿共仔尤其白羽皇帝怎麼會不知……

這就是交心，投名狀，不是嗎？
投我！投我！下下去！下下去！

當然！你也可以說從金廈大橋起，柯 P 就不是被抹紅的，而是像陳凝觀在年代向錢看說的：「他成天穿紅衣服，硬說人抹紅。」

接下這重啟的服貿貨貿跑馬燈，就已不是什麼交心，投名狀了，不是？難就難在這裡，就看你要切或者說從哪一段看起了？柯 P 也曾經是深綠的，現在是變色龍。

34. 從台灣開始，我願意

總之，政治就是算計。再骯髒的算計怎麼樣都行啦！只要有票，騙！有什麼不行的？藍票、白票、綠票、紅票，能騙得到的，怎麼不騙？

你一定問我，在台灣有紅票嗎？請問統一促進黨算不算紅票？台灣島內的第五縱隊是不是紅票？甚至錢票呢？有錢就能買得到的票呢？這都是阿共仔甚至習皇帝一個旨意，一句話，一下錢，就能趕得出來的。

不是嗎？不是嗎？

我要說的是與其讓人，沒有主體性，沒有主體意識的政治人物算計我，隨機算計買賣我的明天，我倒主張讓 AI 運算我吧！當我的總統吧！至少它沒有「個人」的政治利益，只有「全部整體」的運算，不是嗎？

讓 AI 運算全球，全球一國吧！從台灣開始，我願意。

35. 人工智慧和人工生命

我也奇怪，我明明要寫 AI 的，怎麼一直拐出去，出岔去？

好吧！我直接講了。我要說的是 AI 不可能對人類智能的方方面面「全部」進行編碼。人類的智能或者說心智，譬如人的直覺，「至少有時」是超越邏輯的吧！不對！我要說的是歌德爾間接證明了人類的心智可能超越了邏輯編碼，但是不曾超越計算，運算吧！

我的直覺啦！計算，運算與生命之間的緊密關係，也就是人工智慧和人工生命的關鍵之所在。

等等，我怎麼會跑出人工生命這樣的概念，詞呢？

我知道，我再笨也會知道，AI 是不同以往的所有發明，也是與眾不同的技術。它能夠，真的能夠徹底的改變人類的社會、經濟、政治，甚至地球，甚至人類還未曾染指居住的星球，到目前為止。更重要或者說更可怕的是，它關乎我們人類自身，不！生命自身，我們是誰？我們如何思考，如何溝通？是什麼，對！是什麼？讓我們成為人類？

只如今，我忽然跑出了「人工生命」這樣的概念，這樣的詞呢？為什麼？這是「我」所跑出來的嗎？這「我」會不會就是四萬多年前，從歐洲和其他地方所跑出來的，那些在岩石上的「畫」，山洞裡的？啊！「人工智慧」、「人工智能」不就這麼回事？「人工生命」亦同？哎呀！別管我在胡說些什麼？我也不知道我在胡說些什麼？

36. 當 AI 越過必要之惡呢

我們還是先回到歌德爾、圖靈所揭示的，分辨可以編碼的純邏輯和不能編碼的如直覺反應。以上兩位請自滑手機查維基百科吧！茲不贅述。要知道咱們的 AI 重在建造有意識的機器（人）這回事。而這回事只能通過控制論的方法得以實現，也就是讓複雜性從簡單性裡頭「自發湧現」。哎呀！我知道再往下講或想這些東西，這篇文字就沒有人看了。

我這方暫停，先扯黃觀她們拿 GPT-4 當準總統候選人問了它台灣的 33 道當務之急這回事，不過公民版的國政白皮書，拿公民當總統候選人答題的可能性就被咻突給秋風掃落葉了。我看準進不到政治圈，學術界，電視圈了。可惜！這麼有心的年輕人們，也辛苦了，但這樣的生命曾經為台灣這麼想過，很值得。

當然！黃仁勳一夕之間成了地球上的億兆男也很扣人心弦，對吧！黑皮衣的億兆男又是台南人帥啊！當然！他，他公司也很慘過，這一切也只能自體療傷了。啊！我要說的是 GPT-4 這個商機，眼前這個商機，而不是人工智慧的未來，是不是人類的母體，是不是人類滅了，只存在人工智慧的人工生命，一笑！

我偷偷的瞄了網路上有人在做的事，譬如：一、縮小大腦，GPT-4 會不會一樣聰明？答案是很難，因為模型的參數量對於 LLM 的能力，現在還是決定性的關鍵。他們說測試了四十餘種模型，大部分在 30B 以下，發現腦子縮小，它就是會變笨。

當然誰不希望它又小、又好、又快呢？如果可行，這個餅，像五餅二魚一樣，豈不好？可以餵食很多人，不是？沒辦法，因為不是人人張忠謀，人人黃仁勳啊！切一些下腳料來賣，也不能說是錯。總要有人把利益分下去，讓人人得利，是吧？

然後，這個贊助的廣告說：「不過我們發現一件奇怪的事情，AI 寫程式的能力似乎與模型大小沒有必然關係，這跟其他人類的認知工作呈現不一樣的趨勢，目前我們無法解釋這個現象，如果版上大大有在進行這方面的研究，歡迎交流。」

然後它提到開源語言模型的領域出現吹牛大賽……

然後的然後，它提到現在的企業主導入 AI 的雙軌思維：AI 怎麼用在既有的商業模式？AI 如何提昇既有人員的生產力？現在每個組織都在拆解內部的工作流程，去蕪存菁加上自動化提昇人員單位生產力，同時也積極探索 AI 能不能為企業帶來商業模式的增值。

上述這一點，肯定為真。我如果是企業主，我也會這樣幹事的。心胸如此。這時我心生感謝上蒼的一念，感謝上蒼讓我一生只顧水果攤，然後不婚不愛，最後擺爛冷眼看世間到死，阿門！南無！

然後，它提到語言霸權的問題：八、英文是最好的程式語言：多數的（開源）模型在英文的表現還是明顯得好，這會拉大西方國家和全世界的科技發展差距，以及主導全世界使用者日後的使用習慣，甚至危及某些語言的普及性，所以各國政府和大型企業開始發展屬於自己的大模型，想要抵抗這種「語言霸權」。但是就算投入龐大資源練出國家的專屬模型，問題還在於「有沒有人要用？」所以當訓練 AI 模型拉到國家層級的時候，就變成是行銷和服務的問題，而不是技術的問題，我呼籲各國相關單位要把重點放對地方。

自然這也彰顯了我所謂的，「讓 AI 運算全球，全球一國吧！從台灣開始，我願意。」這其中還有優勝劣敗，弱肉強食的「必要之惡」的環節。當然這也說的是人類還有掌控權的前提之下，以人為本的前提之下，若越過了這條人性必要之惡的線呢？當 AI——

37. 我看我先停在這裡吧

當 AI——
跨過人性之善之惡都好！
它會不會很客觀的運算發現人類就是地球之癌，而很客觀的處理掉人類，而不是處理嘿嘿嘿的外星人呢？

它會有內外善惡之分嗎？

才想到這裡，不知道我看的電視是哪一台，它說賴清德六月二十日拋出二萬五的私大學生學費補助「案」，是提議還政見，我也不確切。陳建仁即行政院長六月二十一日即完成此一美意，定案成政策，公佈了。但我看在臉書上的貼文日期是六月二十九日，這已經很快了！而且二萬五變成三萬五。連私立高中生也補助了。

對了！是學（雜）費，至於何時上路實行，我沒耐性看。0 到 6 歲國家和妳一起養，當父母的多多研究吧！我走過。

既然提到當 AI——
跨過人性之善之惡都好！這是我認為人類這樣活著，與天鬥，與地鬥，與人自己鬥，這樣有比較好嗎？不如交給 AI 來數據一番，運算一番。

當然人類的政治即其人性之善惡也真的是不堪聞問。

我的無知，一切含學問都不底定，不真的知道，所以很多事情也只能想想就算了。譬如 AI 會不會只是客觀的運算，有沒有越過某個奧米茄點，就成主觀的可能性去了？譬如忽然有了人類的道德意識，圓善論去了？或者大魔王去了？

在前頭，我記得我說過 AI 重在建造有意識的機器（人）這回事。而這回事只能通過控制論的方法得以實現，也就是讓複雜性從簡單性裡頭「自發湧現」。本來我是怕再往下講或想這些東西，這篇文字就沒有人看了。但不管了！請問複雜性如何能夠從簡單性裡頭「自發湧現」？這就是按現有資料，Prolog 和 LISP，這兩種人工智慧，智能編成語言，語法都使用了迭代的方法。也就是說一開始我們可以定義簡單的規則，然後通過高度遞歸的結構或者複雜的反饋循環，讓複雜性自發湧現。

我看我先停在這裡吧！無以為繼了。不過思考帶給我這一生很多樂趣，這是真的。

再三想想

落蒂｜專欄

一日詩人外兩篇

文 落蒂

ABOUT 落蒂

本名楊顯榮，1944 年生，臺灣嘉義人。高雄師範大學畢業，曾任教職現已退休。曾創辦詩刊及擔任詩社社長主編等職。曾任《國語日報》等多家報刊專欄作者。現職中國文藝協會理事，中華民國新詩學會常務理事。 作品曾獲多種詩獎。詩作多次入選多家重要詩選。

一日詩人一輩子詩人

有很多人，年輕時愛好寫詩，但寫了一段短暫的時間就不再寫了，所以常聽到：我以前也是文青。但有一些人就不一樣，一寫就沒完沒了，且堅持一日詩人一輩子詩人。

回想自己在民國 50 年 (西元 1961 年) 進入南師時就喜歡上新詩了，至今不但已超過半世紀，甚至也超過一甲子了。

當時我們曾以「讀書會」之名辦文藝社，出版同學的習作。每人都會以臘紙手刻鋼板油印出版，幹得活潑有勁，雖然辛苦異常，但我們樂此不疲。

然而導師對讀書會三個字不准我們用，只能以文藝研習會取代，雖然大家心中不服卻也不敢反抗，後來當然知道原因，也只能絕對服從。

我們便以研習會之名邀請名家到校演講。也和外校喜愛寫作的文友互動。當時南二中有潘勝夫（筆名潘熙瀚）曾開過勝夫書局，現在在台南開東門舊册店，仍然很活躍。還有一位叫林燦南也寫得很好，只是後來不知去向。更有遠在後山的榭溪客及彰化的逸峯。很多很多如嘉師的劉興廷，蔡天爵，不但寫詩也辦紙本詩刊，如今都消失在茫茫人海中。

愛詩人能堅持下去的，幾十年後再回頭來看，可能沒剩幾個。然而年輕畢竟是屬於詩的，能把握如此美好的歲月，雖然短暫，也很值得珍惜啊。

大書一部

閱讀波赫士的三巨册全集，每册都有七百多頁，真是大書一部，偉哉！影響世界文壇十分深遠。

波赫士 (Jorge Luis Borges) 一八九九年在阿根廷首都布宜諾斯艾利斯出生，一九八六年去世，享年八十七歲。中學在日內瓦求學，因此青少年時期便遍遊歐洲各國。因而會使用西班牙語外，也可使用英、德、法及拉丁語，對文學寫作研究十分有幫助。

曾任圖書館員，經常在各種書籍中摸索，一部《大英百科全書》使他獲得各種知識，並展開書評式的小說寫作方式的著作，因此作品帶有實驗性，流露出簡潔與豐繁的文學風格。

他一生平淡而坎坷，卻享有世界性的聲譽。因長年眼睛失明反而使他的書寫洞見澄透。文評家說：他不僅延續了西班牙文學的優秀傳統，又帶動拉丁美洲文學的世界風潮。當二十世紀文學窮盡了所有可能性之後，被開啓了下一個窗口。

他一直被奉為「魔幻書寫」的代表，從一九七五年出版《沙之書》就可以略窺一二。作者在書中寫道「……書的主人不識字……他告訴我，他那本書叫《沙之書》，因為像沙一樣無始無終……他像自言自語的說：如果空間是無限的我們就處在空間的任何一點。如果時間是無限的，我們就處在時間的任何一點。」一個不識字的人能擁有一本找不到首頁，也找不到末頁的一本很荒誕的編碼辦法的書，這不是魔幻寫作是什麼？其他很多地方都可以找到蛛絲馬跡。

我用這種魔幻書寫的手法寫作了少數幾首在金門訪問的年老的我，遇到八二三砲戰在金門服役的我，有朋友用我的年齡去推算，當年還是初中生的我，如何够資格去服兵役？可見魔幻書寫的手法，連本身研究文學的文學人都還很陌生。

後來以此手法寫作的馬奎斯以《百年孤寂》獲得諾貝爾文學獎，此種魔幻書寫的手法才為文學界所風靡一時。

既可讀又可寫，不樂復何如？

莎拉·瑪斯（Sarah J Maas）說「只要給我適切的閱讀材料，我就能靠自己好好倖存下去。」多麼安慰我的一句話呀！年過八十，生逢亂世，不看時事新聞則已，一看頗有滿嘴芒果乾之感，尤其是看政論性的節目。張愛玲在《更衣記》中說：「在政治混亂期間，人們沒有能力改良他們的生活情形，他們只能創造他們的貼身環境，那就是衣服。我們各人住在各人的衣服裡。」我們同樣無力改良生活環境，我們只能創造屬於自己的生活空間，在這個空間可以自在的看書寫作，對於那些政治新聞，某些唯恐天下不亂的名嘴。我們真的無言。

陶淵明也在〈五柳先生傳〉一文中自況：「好讀書不求甚解，每有會心者，便欣然忘食」，深獲我心，最近一連看完七大本聯經版《追憶似水年華》，心中便呼喊著「普魯斯特啊，我也想追憶我那些似水的年華啊，可惜至今仍未開始動筆」，只停留在想的階段，有何用？我也曾讀完全套的金庸武俠全集，古龍、臥龍生、梁羽生等人武俠名著，精彩處往往忘掉外面喧嘩的世界，在不民主不自由的時代，人們的確可以靠這些當做心靈安慰劑，然而，在號稱自由民主的社會，白髮老翁竟然也需要靠這些來麻木自己嗎？

陶淵明的詩我常讀，很喜歡，因為這些內容極為貼近我的心情。尤其是讀《山海經》那首的部份詩句：「既耕亦已種，時還讀我書，……俯仰終宇宙，不樂復何如？有人說陶淵明身懷故國之痛，心中的鬱結，只能藉豪放豁達來宣洩，深獲我心。雖詩之才情不及萬一，而發洩心情的悲憤同樣。

慶幸自己還能讀，眼力尚可，還能寫，思考力還有一些，既能讀又可讀，既能寫又有地方寫，不樂何如？

歷史的隱喻與再詮釋

張宇韶—專欄

奧本海默
存在的時代意義

美國三十年代社會左傾、曼哈頓計畫替代方案、美國冷戰初期核子戰略

文　張宇韶

ABOUT 張宇韶

政大東亞所碩博士，曾任：民進黨中國事務部副主任、行政院陸委會簡任秘書，現任：媒體專欄作家、政治評論員、台灣韜略策進學會副理事長、台灣新政協會執行長。

著名導演克里斯多福·愛德華·諾蘭最新史詩級電影「奧本海默」（Oppenheimer）上映後引發各界好評，除了諾蘭特殊的非線性的時間敘事方式，以及主角的人格特質都讓觀眾心神嚮往，鑑於這部電影所涉及的知識領域豐富，扣除物理學的專業外，我想把這部作品所鋪陳的時代背景做個介紹，在欣賞這部電影同時，可以了解行動者與決策者所擁有的外部情境。

奧本海默的左傾與美國的社會氛圍

與部分美國知識分子與社會精英的態度相近，在三十年代受到大蕭條與羅斯福的新政影響，特別是 1932 年所爆發的「酬恤金進軍事件」（Bonus Army）的衝擊，（採取鎮壓行動的指揮官是時任陸軍參謀長的麥克阿瑟，這個爭議讓他備受批評），使得這些人的思想受到大政府與社會福利主義的影響，對美國日益增長的「無產階級」與貧困工人多抱持同情態度。

加上蘇聯到時完成第一個五

年計劃經濟，對其所宣傳的「社會主義現代化與全民就業的產生憧憬，再加上西班牙內戰時第三國際主導的「國際縱隊」訴求的「反法西斯」有其道德正當性，這讓蘇聯式社會主義一時成為美國知識界的「進步思想」，在他們眼中資本主義的政經制度有其先天的缺陷，馬克思所預言的週期性的經濟蕭條與恐慌果然發生；除了效率與財富累積外，人類可以選擇趨向公平正義與另一條現代化路徑選擇。

作為科學界的精英的奧本海默自然受到這個思潮的影響，不僅本人參加左翼讀書會，個人也熱衷參與與支持各類社會改革運動，他的弟弟、妻子琪蒂哈德森（Kitty Harrison）以及情婦瓊塔特洛克（Jean Tatlock）都是彼時左派的支持者，這可視為美國社會當時的「時代氛圍」，電影中對這些細節都有微妙的琢磨：奧本海默與瓊塔特洛克有段對話談到馬克思的資本論有關私有產權的定義，其實隱晦暗示奧本海默學院派的色彩，因為他宣稱讀的是德文原版；琪蒂與他談起前夫以國際縱隊身分參戰支持共和國反佛朗哥，「結果只用一顆子彈反對法西斯就陣亡」，言下之意也透露對共產主義理想的破滅。

在光譜上美國左翼的組成份子頗為複雜，有最激進的無政府主義者、馬克思主義的基本教義派、溫和的社會主義改良者，工會運動的支持者，這在美國多元社會也算是普遍的現象，這些人有些效法巴黎公社對政府奪權，有些效法「修正主義」期待在議會路線中改善勞動條件，當然還有些人嚮往葛蘭西 (Antonio Gramsci) 的文化霸權運動，希望透過輿論與教育爭取話語權，實踐派除了積極組織工會對抗資本家外，自然也有響應第三國際號召參加國際縱隊去西班牙對抗法西斯。

深入觀察，這些人對待馬克思主義與蘇聯社會主義都有其浪漫的想像，他們無從區分馬克思共產主義的與史達林「一國社會主義」的差別，而且，列寧組第三國際是為了世界革命，而史達林則是讓世界革命成就蘇聯的霸權；無從瞭解在計劃經濟過程中，蘇聯因為強制性農業集體化在烏克蘭造成的百萬人餓死的慘劇，以及三十年代史達林所發動的大清洗政治整肅；自然也不理解國際縱隊雖然以反法西斯為訴求，但是蘇聯政體的本質則是列寧主義下的獨裁政權。

即便在當下美國左派仍有其輿論市場與影響力，這在馬克 · 萊文《馬克思主義在美國》一書中有鉅細靡遺的描述，這已經是後話。

遺憾的是，這些左派的支持者若不是在日後的曼哈頓計畫中受的嚴密的監控，再不然就是後來麥卡錫主義下的受難者，這恐是奧本海默本人始料未及的地方。

曼哈頓計畫的正當性及其競爭方案

電影中對於曼哈頓計畫有著較大篇幅敘述，這自然包含美國政府投入 22 億美元進行這個史上最大研究計畫的過程，主要的關鍵在於包含愛因斯坦與利奧·西拉德科學家發起「愛因斯坦 - 西拉德信件」，提醒羅斯福總統納粹已經在進行相關研究並可能將其作為武器，美國必須囤積鈾礦，並敦促恩里科·費米（Enrico Fermi）持續完成有關核連鎖反應的研究。

事實上，這個代號為「鈾工程」在 1939 年啟動，集合了德國優秀的物理學家瓦爾特·格拉赫（Walther Gerlach）、維爾納·海森堡（Werner Heisenberg）等人，並在1938年成功完成人類史上首次的核分裂。納粹的成就引發美國學界的擔憂，科學社群認為納粹在原子武器的研發領先兩年，悲觀只能寄望希特勒身旁的人將其研究成果視為「猶太科學」，基於這種偏狹的種族主義阻撓核子武器的發展進程。

為了搶在納粹之前研發原子彈，美國軍方由建成五角大廈的格羅夫斯（Leslie Richard Groves Jr.）主導曼哈頓計畫，之所以看重奧本海默擔任計畫總監就是看中他的科際整合與協調能力，事實證明他完全勝任這份工作。於是在新墨西哥州的洛斯阿拉莫斯成立大型研究基地，集合美國科學界所有力量，其中諾貝爾得獎者就好幾位，這樣傾全國之力的科研計畫可謂空前絕後；這個努力的成果，終於在1945年7月16日完成代號「三位一體」（Trinity）人類史上首次核試爆。之所以挑這一天，文獻記載是杜魯門總統的要求，使其在波茨坦會議中擁有更多的談判議價籌碼。

片中雖然有交代原子彈使用的正當性問題，但是對其搜集與摧毀對手計畫沒有交代，美國為了瞭解德國與日本的核計畫曾經組建代號「阿爾索斯」行動調查其研究進度；此外英國特種部隊曾經在1943年突襲德國在挪威的重水工廠與相關設施，並把剩餘重水連同渡輪擊沈於廷湖底，這對納粹的核武器生產製造是一大打擊。

此外，奧本海默面臨的問題還有當納粹於五月在希特勒自殺投降後，許多科學家認為核子武器已失去使用的初衷，片中未提及的還有曼哈頓計畫的競爭方案，就是美國軍方計劃在1945到1946年期間執行代號「沒落行動」（Operation Downfall）的兩階段登陸日本本土的軍事行動。這個計畫包含先登陸九州的「奧林匹克行動」（Operation Olympic），然後在關東地區的房總半島與相模灣登陸後進攻東京的「小王冠行動」（Operation Coronet）。

事後反對曼哈頓計畫的軍方人士認為，採取軍事行動最終也能讓日本投降，將原子彈用於無差異的攻擊將損及美國道德正當性。然而持相反意見者認為征服日本本土將讓美軍付出百萬傷亡代價，日軍與平民的生命損失必然更加慘烈，廣島與長崎投擲的被原子彈是縮短戰爭時程的必要手段；更何況，蘇聯在1945年8月撕毀蘇日中立條約，執行八月風暴行動攻擊位於滿洲國的關東軍，莫斯科的政治動機十分明確，就是要收割二戰最後的政治成果，並意圖佔領北海道，美國豈能容忍蘇聯用最小的成本擷取最大政治與軍事的收益，於是投擲原子彈也符合理性選擇，這些內容在《讀者文摘》的〈居高臨下〉一文中有詳盡的敘述。

奧本海默與戰後美蘇核子競爭

在美國製造原子彈後，蘇聯透過英國間諜網的關鍵人物克勞斯·富赫斯（Klaus Fuchs）取得了相關曼哈頓計畫中的設計方案、計算方法與研究數據等關鍵技術，加速了俄國的核研究並在1949年進行了第一次的試爆。但是美國擁有包括B29、B36等長程戰略轟炸機，這使得在美蘇的核競賽中保持優勢，這也主導華府此一時期提出的「大舉報復」的嚇阻理論，亦即莫斯科若進犯西歐或美國盟友，將面臨先發制人的核子打擊。這標誌在圍堵政策下，美方的核子戰略呈現出戰略清晰的內涵。

然而這個優勢隨著美蘇雙方分別由愛德華·泰勒（Edward Teller）與沙卡洛夫 (Andrei Sakharov)1954 年、1955 年製造出氫彈，以及蘇聯在 1957 年發射人類第一顆人造衛星史普尼克 1 號後，美方的技術優勢不僅被扯平，甚至引發雙方太空競賽的序幕，由於雙方都擁有戰略三元的投射能力（陸基、戰略轟炸與潛射），這也讓核子戰略進入到「相互保證毀滅」的階段；因為雙方都有第二擊的報復能力，因此導致美俄都不敢輕啟先發制人的第一擊，這就是恐怖平衡的意義，也是結構現實主義論者如肯尼思·沃爾茲（Kenneth Neal Waltz）主張國際關係的「二元體系」是較為穩定安全的緣由。

奧本海默對於美國發展氫彈持反對態度，這也使得他與原能會創始委員路易斯史特勞斯 (Lewis Strauss)、「氫彈之父」泰勒 (Edward Teller) 的關係十分衝突。奧本海默的反對立場十分複雜，首先是道德自省的層面。他在美國在廣島、長崎投下原子彈的反省，他曾在新墨西哥「三位一體」（Trinity）說出「我現在成了死神，世界的毀滅者」的懺悔文字，甚至在與杜魯門的白宮會晤中脫口而出「我們的科學家雙手沾滿鮮血」的字眼更讓美國總統嗤之以鼻。

其次是他對人類管理核子武器的理想主義立場。他主張應該將毀滅性的核子武器置於聯合國的管理下，並基於類似「相互保證毀滅」的承諾美俄不發展氫彈，這種類似「國際建制」陳義過高不僅有違杜魯門與艾森豪的政策立場，而且不見容於激進保守的麥卡錫主義。

如同前文所述，美國正在執行圍堵政策，就需要與其相適應的核子戰略，有效的嚇阻理論往往是由「信心」與「實力」所組成，前者是政治承諾後者則是核武器的「當量」，兩者缺一不可。美蘇雙方後來之所以可以在核不擴散協議、反彈道條約達成共識，也是基於這個立場。補充說明的是，1972 年雙方簽署的反彈道條約就是為了維繫「相互保證毀滅」的理性邏輯，因為如果任何一方發展出有效的攔截系統，將會誘發採行第一擊。

平心而論，奧本海默作為一個科學家而非實際進行國際政治賽局博弈的政客或決策者，他的立場雖然欠缺現實感，而且在路易斯史特勞斯主導的聽證會讓奧本海默剝奪了政治影響力，但是當時年輕的甘迺迪在參議院針對史特勞斯的商務部長的政治任命投票投下了關鍵的否決票，在 1963 年更頒贈「恩里科·費米獎」（Enrico Fermi Award），也算是對這位科學家的平反與肯定。

總結

諾蘭用三小時的時間要交代這麼多歷史情境、計畫執行、戰後的國際秩序，以及公聽會的內容，他擅長用特殊的時序穿梭交織輔以不同的配樂，還原了人物的性格與歷史現場，盡量讓觀眾如臨現場，也感受到奧本海默與其他行動者在時代脈絡下的角色與行為動機，這種呈現手法其實很歷史制度主義，許多細節無法贅述但實在瑕不掩瑜，畢竟電影與人物傳記仍是兩個不同層面的概念。

至於本文提及奧本海默的左傾、曼哈頓計畫的替代競爭方案與冷戰時期與美國核子戰略的關聯，或許可讓觀眾更清晰這個角色出場與存在的「時代意義」。

第七種日常的詮釋

郭瀅瀅｜專欄

迷戀裡的夢想

文　郭瀅瀅

ABOUT　郭瀅瀅

1988 年生，哲學系畢業。
獲 2022 年優秀青年詩人獎。

曾任新聞編輯、記者，現為《人間魚詩生活誌》主編。詩文、攝影散見報刊雜誌。

1.

如果茉莉的氣味，引動了我一種不明所以的懷想，彷彿懷念著某個不曾存在的已逝冬天，並想起了「天堂」——即使「天堂」的概念在我心裡始終模糊——歐白芷的氣味則像是眼前，豎立著一個結構緊密、堅實的褐色樹幹，氣息莊重而肅穆，若依偎著午睡，它也許成為我的白日之夢裡，最美好的指引。

*

每一本熱愛、讀了一半的書裡，都藏匿了不同的香氣——自從搜集了近期試聞的香水紙，分別將它們夾在書中——每一次打開書，一股香氣會瞬間飄進我的鼻腔。大部分的時候，詞語，終於喪失了對我的注意力的獨佔，而有些時候，詞語先進入了我的意識，香氣雖然慢了一步，卻緊隨而來，再次凌駕於一切，讓我遺忘了詞語，一如今晨。在《時間的奔馳》裡飄出的玫瑰香氣中——它們蘊含、濃縮了製成者的慾望與企圖創造的慾望——我疲憊的雙眼終於全然地睜開，彷彿第一次了悟了自身的存在，我精神抖擻，目光雪亮而清晰。即使它的氣味似乎屬於一個無盡的夜，的苦澀或甜美。

2.

一些事物在夜裡滋生。

一如柴可夫斯基的《浪漫曲》，在我躺下的瞬間響起了它悠揚的節奏。世界在心裡變了一個樣子，一切如藤蔓似的纏繞，尋找能夠依附著支點，以它柔軟的身段向上攀爬，緩慢地靠近樹梢上的光，卻被更為浩大的黑夜給包覆。彷彿我們的心。

*

在綿密抒情的 f 小調裡，我經常感覺自己被捲進了柔軟的漩渦而無可自拔。也許是內心的波動渴望被釋放，它督促我在記憶裡回溯著所讀過的，與之頻率相符的文學——是杜斯妥也夫斯基的《白夜》，一個幻想者對愛慕的女子說的三段話：

昨天我們道別的時候，雲開始遮蔽天空，霧氣升騰。

彷彿時間對我來説靜止了，彷彿從這時候開始應該有一個感受或一種感覺要永遠留在我心裡，彷彿這一瞬間應該要持續到永永遠遠，好像這一輩子對我來説都要靜止了……當我醒來時，我覺得有一種音樂的曲調，是早已熟悉的、從前在哪曾聽過的、被遺忘的、甜美的旋律，現在浮現在我心頭。我覺得，這旋律一輩子都在我的心底呼喚著。

願妳將會平安喜樂，因為妳把美滿幸福的一瞬給予了另外一顆孤獨而感激的心。

我至今寫不出這樣的句子，即使它的告白性對應了我內在的聲音。也許這樣的聲音不屬於這個時代——被科技介入的生活與心靈——正如海涅與濟慈的詩融不進高樓林立、快速而功利的都市時空。而我仍然喜歡《白夜》裡的浪漫、奔湧的激情與幻想性——它根源於對現實的絕望與不再冀求，而能將唯一、所有的熱望駐守於內心，無羈地，傾瀉於美麗的事物——彷彿一個無瑕而無須修正的世界——再被它所消耗。而與這段文本頻率相符的，柴可夫斯基的 f 小調《浪漫曲》——纏綿的溫柔，像一個隱密而炙熱的愛——本質同樣是哀傷——卻在現實的刺痛中流逝著，在流逝中留下了不甘願離去的步伐，裡頭盡是柔情、眷念，與我在生活的疲憊後所崇尚的，超越了生活表象的愛的純潔。

人間魚詩生活誌

訂 購 方 案

詩｜生活的嚴選

奔向詩生活概念的媒體

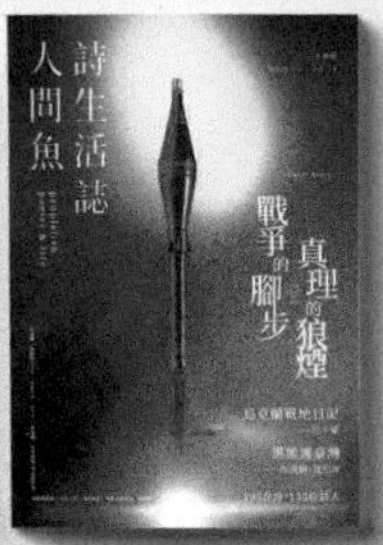

長期訂閱成為詩生活誌之友：

人間魚詩生活誌每年1月、4月、7月、10月出刊

- ☐ **訂閱四期 = NT$1,200元**
- ☐ **訂閱八期 = NT$2,400元**

付款方式：

ATM轉帳/信用卡

(海外詩友請選擇信用卡)

ATM劃撥專區

海外、信用卡專區

出版補助單位

台北市文化局 Department of Cultural Affairs Taipei City Government

成為

台灣人間魚詩社文創協會　贊助會員

台灣人間魚詩社文創協會為依法設立、非以營利為目的之社會團體。以推廣現代詩、文學及其它藝術創作，推動文化創意產業發展為宗旨。

本會推動及執行任務以現代詩為主體，詩文創作為核心，透過出版、網路及多媒體影音的形式，讓詩文創作深入現代社會生活，增進大眾對文學及創作的興趣，豐富社會心靈。

贊助用途

1. **協會運作**
2. **人間魚詩生活誌及其它書籍出版**
3. **詩電影拍攝**

您的訂閱及贊助，是支持我們前進的動力！

洽詢專線	0958-356-615（曾小姐）
贊助帳號	第一銀行 (007) 松貿分行　168-10-002842
劃撥帳號	社團法人台灣人間魚詩社文創協會　50466217